DAS TEIGTASCHERLDEBAKEL

Beate Ferchländer wurde 1961 in Scheibbs, Niederösterreich, geboren. Als Lehrerin verschlug es sie ins Weinviertel, wo sie mit ihrem Mann bis heute lebt. Da sich dort die spannenden Fragen ausschließlich um den Wein drehen, wirft sie seit einiger Zeit Leichen ins Idyll, die sie von biederen Heldinnen entsorgen lässt. Chefinspektor Hartinger muss diese verzwickt-skurrilen Fälle nun bereits zum dritten Mal lösen.
www.beate-ferchlaender.at

BEATE FERCHLÄNDER

DAS TEIGTASCHERLDEBAKEL

Kriminalroman

emons:

Bibliografische Information der Deutschen Nationalbibliothek
Die Deutsche Nationalbibliothek verzeichnet diese Publikation in der Deutschen Nationalbibliografie; detaillierte bibliografische Daten sind im Internet über http://dnb.d-nb.de abrufbar.

MIX
Papier aus verantwortungsvollen Quellen
FSC® C083411
FSC
www.fsc.org

Umschlagmotiv: Montage: shutterstock.com/Margaret M Stewart, shutterstock.com/Thaiview
Umschlaggestaltung: Nina Schäfer, nach einem Konzept von Leonardo Magrelli und Nina Schäfer
Umsetzung: Tobias Doetsch
Gestaltung Innenteil: DÜDE Satz und Grafik, Odenthal
Lektorat: Uta Rupprecht
Druck und Bindung: CPI – Clausen & Bosse, Leck
Printed in Germany 2022
ISBN 978-3-7408-1401-4
Originalausgabe

Dieser Roman wurde vermittelt durch die Verlagsagentur Lianne Kolf, München.

BEATE FERCHLÄNDER

DAS TEIGTASCHERLDEBAKEL

Kriminalroman

emons:

Bibliografische Information der Deutschen Nationalbibliothek
Die Deutsche Nationalbibliothek verzeichnet diese Publikation in der Deutschen Nationalbibliografie; detaillierte bibliografische Daten sind im Internet über http://dnb.d-nb.de abrufbar.

FSC
www.fsc.org
MIX
Papier aus verantwortungsvollen Quellen
FSC® C083411

Umschlagmotiv: Montage: shutterstock.com/Margaret M Stewart, shutterstock.com/Thaiview
Umschlaggestaltung: Nina Schäfer, nach einem Konzept von Leonardo Magrelli und Nina Schäfer
Umsetzung: Tobias Doetsch
Gestaltung Innenteil: DÜDE Satz und Grafik, Odenthal
Lektorat: Uta Rupprecht
Druck und Bindung: CPI – Clausen & Bosse, Leck
Printed in Germany 2022
ISBN 978-3-7408-1401-4
Originalausgabe

Dieser Roman wurde vermittelt durch die Verlagsagentur Lianne Kolf, München.

Gewidmet Jö und Christoph,
den »fabelhaften Eckel-Buam«

Absturz

Denken wird allgemein überschätzt. Es ist das Bauchgefühl, dem wir viel mehr Gehör schenken sollten. Leider kommuniziert es seine Botschaften so undeutlich. Und wenn du dann auch noch über einen dermaßen gut trainierten Verdrängungsmechanismus verfügst wie ich, dann überhörst du es halt furchtbar gerne.

Dabei hatte mich schon beim ersten Auftritt dieser schrägen Typen ein ungutes Gefühl beschlichen. Warum nur hatte ich nicht auf meinen Bauch gehört, verdammt?

Es muss so gegen fünfzehn Uhr gewesen sein, als sie mich aus meinem Mittagsschläfchen klingelten. Grantig schlurfte ich zur Tür. Frechheit, mich aus meiner Siesta zu reißen!

Seit Wochen hatte die Hitzewelle das Weinviertel fest im Griff. Der Sommer 2019 war drauf und dran, sämtliche Rekorde zu knacken. In Ermangelung einer Klimaanlage musste ich schon frühmorgens alle Rollos herunterlassen, um die Sonne auszusperren. An körperliche Arbeit war vor achtzehn Uhr nicht zu denken. Ich quälte mich deshalb täglich um sechs aus dem Bett, um die Ordinationsräume ordentlich durchzulüften, bevor ich Hans Helmut sein Frühstück servierte. Dafür gönnte ich mir dann ein nachmittägliches Nickerchen, um mich später gebührend um Haus und Garten zu kümmern. Und ausgerechnet jetzt wollte wer was von mir? Dieser Störenfried würde was zu hören kriegen!

Die geplante Gardinenpredigt war im Nu vergessen, als ich die beiden vor mir stehen sah: das chinesische Pendant zu Arnold Schwarzenegger und Danny DeVito. Der eine blickte mir geradewegs in die Augen, was mir mit meiner Körpergröße von eins sechsundfünfzig bei einem Mann selten passierte. Der andere, ein tätowierter Muskelprotz von annähernd zwei Metern, hätte sich wohl bücken müssen, um über meine Schwelle zu treten – wenn ich ihn denn gelassen hätte.

»Ich hab nichts bestellt«, grummelte ich und wollte die Tür

wieder schließen, da zwängte der Kleine doch glatt den Fuß dazwischen.

»Dokto' Mose'?«, sagte er. »Wi' sind doch lichtig hie'? Theodo' Kölne' Weg 3?«

»Mein Mann ist noch in der Ordination.« Mit dem Kopf deutete ich auf unser Nebenhaus. »Theodor Körner Weg 3A. Hier ist unser Wohnhaus: 3B. Ich kann mir nicht vorstellen, dass er etwas bestellt hat, wir haben schon gegessen.«

Dass Hans Helmut chinesisches Essen grundsätzlich verabscheute – »Ratten und Hunde, Schatz! Wir bleiben beim österreichischen Schweinderl« –, brauchten sie ja nicht zu wissen.

»Wi' haben Telmin!« Der Kleine lächelte hintergründig und reckte den Hals. Als der Große ihm von oben zunickte, zog er seinen Fuß zurück. »Velzeihen Sie Stölung. Auf Wiedelsehen, Flau Mose'«, sagte er, verbeugte sich und zog ab. Der Hüne folgte ihm.

Ich rannte in die Küche zum Fenster und kurbelte die Rollos hoch. Ich musste sichergehen, dass ich keiner hitzebedingten Fata Morgana aufgesessen war. Aber da waren sie, ganz real. Der Lange nahm nur jede zweite Stufe der Eingangstreppe, der Kleine hastete hinterher. Sie mussten mehrmals klingeln, bis Hans Helmut den Buzzer drückte und die beiden ins Haus ließ.

Seltsam. Was die wohl von ihm wollten? Ärztlichen Beistand wohl kaum, er war Frauenarzt! Heute Nachmittag war außerdem keine offizielle Sprechstunde. Hans Helmut wollte »Papierkram erledigen«. Im Klartext hieß das, dass er schlicht und einfach seine Ruhe haben wollte und sich im Büro verkroch, damit ich ihn nicht zu niederen Tätigkeiten im Haus und im Garten vergattern konnte. Auch Vertreter empfing mein Mann ausschließlich während der Ordinationszeiten. Oft ließ er diese lästigen Menschen stundenlang bei mir im Anmeldebereich warten, und ich konnte mir dann ihr fortwährendes Gelaber anhören. Eines war klar: Hans Helmut würde mir den asiatischen Besuch heute Abend erklären müssen.

Ich ließ die Rollos wieder herunter und überlegte, ob ich mein

Schläfchen fortsetzen sollte. Aber dafür war ich zu aufgewühlt. Ergo konnte ich auch gleich in den Garten gehen.

Wie so oft vergaß ich dort eine Zeit lang all meine Sorgen, insbesondere diejenigen chinesischen Ursprungs. Aber wem käme beim Anblick von frisch blühenden Rosen und farbenfrohem Rittersporn schon Kung-Fu in den Sinn, wer würde beim Duft von blauem Lavendel an Tausendjährige Eier denken? Ich schnipselte mich andächtig durch meinen Rosengarten, zupfte Unkraut aus den Gemüsebeeten und Blumenrabatten und zertrat seufzend einige Maulwurfshügel neben den Zucchinipflanzen.

Drei Stunden später streifte ich zufrieden meine Gartenhandschuhe ab und freute mich auf den geplanten Nudelsalat, den ich mit frischem Rucola veredeln wollte. Hans Helmut war noch nicht da. Das war ungewöhnlich. Immerhin gab mir das genügend Zeit, um mich etwas zu regenerieren.

Ich hüpfte unter die Dusche – was man sich jetzt nicht bildlich vorstellen sollte. Von Hüpfen konnte bei mir schon länger keine Rede mehr sein, das ließen Körpergewicht und Bandscheiben nicht zu. Duschen ging gottlob noch ganz gut.

Zurück in der Küche, stellte ich das Nudelwasser auf, wusch die Rauke und hobelte Parmesanblättchen in eine Schüssel – nicht ohne die eine oder andere Kostprobe zu nehmen. Auch von den Mozzarellakügelchen, die ich sorgsam abgegossen hatte, wanderte manch eines in meinen Mund und nicht in die Salatschüssel. Das hatte allerdings schon mehr mit Hunger zu tun als mit Naschen. Wo blieb Hans Helmut nur? Auch ihn trieb der Appetit sonst immer rechtzeitig an den Tisch.

Und da fielen sie mir plötzlich wieder ein, diese Chinesen, und ließen augenblicklich meine Phantasie anspringen. Im Ausmalen schrecklicher Szenarien war ich ja schon von Kindesbeinen an Kaiserin gewesen. Wenn Mama spätabends anrief, wähnte ich sie im Knast. Wenn meine pubertierende Tochter sich die Nächte um die Ohren schlug, sah ich sie im Geiste bei einem Lustmolch auf der Couch. Wobei – das hatte leider nichts mit Paranoia zu tun, sondern mit Erfahrung. Dass mir jedoch im Zusammenhang mit Hans Helmuts asiatischem Besuch die Chinamafia einfiel, war wohl eher meinem Faible für Tatort-Krimis und der Sommerlochberichterstattung über die illegalen Teigtascherlfabriken in Wien geschuldet, oder?

Um mich abzulenken, machte ich den Fernseher an und ließ mich von einem Experten mit Halstuch beraten, wie ich problemlos durch die Hitzewelle käme: mit warmem Kräutertee. Aha! Den Tipp mit dem Halstuch hatte ich offensichtlich bereits versäumt.

Ich schaltete das Gerät wieder aus und holte mir eine eiskalte Cola aus dem Kühlschrank. Zahlreiche Fliegen interessierten sich bereits für meinen Nudelsalat. Aber nicht nur sie. Mein Magen knurrte böse. Außerdem wollte ich unbedingt vor der Primetime mit Essen und Abwasch fertig sein. RTL strahlte heute den ganzen Abend lang Gartensendungen aus, die ich nicht verpassen wollte. Ich überlegte kurz, ohne meinen Mann zu essen, aber das wäre unhöflich gewesen.

Zudem zwickte mein Magen nicht nur wegen des Nahrungsmangels. Beim Gedanken an diese Asiaten und die letzten Triaden-Artikel in »News« gab mir mein Bauch nun doch recht deutlich zu verstehen, dass hier etwas verdammt faul war und ich besser nach dem Rechten sehen sollte. Kurzentschlossen schnappte ich mir den Schlüssel für die Ordination vom Brett und lief hinüber.

Es war unerträglich stickig im Flur, und wieder einmal verfluchte ich meinen Mann für seinen Geiz. Lediglich im Warteraum und im Behandlungszimmer hatte er sich eine Klimaanlage einreden lassen, und selbst dafür hatte ich mich mächtig ins Zeug legen müssen.

»Wenn du diese Investition nicht tätigst, dann werden wir hier bald gar keine Schwangeren oder vom Klimakterium geplagten Patientinnen mehr herumsitzen haben«, hatte ich ihn gewarnt und ihm gleich noch ein paar weitere zu erwartende Einkommenseinbußen vorgerechnet. »Unterschätze den Klimawandel nicht, Hans Helmut!«

»Verschone mich mit deinen Kalkulationen!«, hatte er gerufen und sich die Ohren zugehalten. Prozentangaben ertrug er nur in

Zusammenhang mit Rabatten. »Du wirst sehen, letztlich werden wir alle krank werden, Schatz. Und wir werden die Klimaanlage gar nicht aufdrehen, weil sich die Patientinnen erkälten. Dann hab ich das Geld unnötig zum Fenster hinausgeworfen.«

Seine Einwände bewahrheiteten sich nie. Ich drehte frühmorgens die Anlage auf Automatik und verbot ihm, sie auszuschalten. So hatten wir ein angenehmes, gleichbleibendes Klima für alle, und niemand außer ihm beschwerte sich.

Ich öffnete die Haustüre bis zum Anschlag und fixierte sie mit dem Türstopper. Dann riss ich das Gangfenster auf, damit es ordentlich durchziehen konnte. Irgendetwas schepperte.

»Hans Helmut!«, rief ich. Keine Antwort. In der Ordination war es finster, also musste er im Atelier sein. Atelier – das klingt etwas hochtrabend. Im Prinzip war es eine kleine Dachwohnung, die wir uns damals eingerichtet hatten, als wir zu Hans Helmuts Eltern ziehen mussten. Die eigentliche Wohnung im Erdgeschoss hatten wir später, nachdem die Alten draußen waren, als Praxisräume adaptiert. Und sobald unser Wohnhaus fertig gewesen war, hatte sich Hans Helmut im Dach seine Werkstatt eingerichtet, um ungestört von Frau und Kind seinem Malhobby zu frönen.

Dummerweise hatte er sich, um besseres Licht zu haben, diese Glaswand einbauen lassen und machte den Raum dadurch in der sommerlichen Hitze praktisch unbenutzbar. Aber damals hatten ja höchstens irgendwelche grünen Spinner mit den Folgen globaler Erwärmung gerechnet.

Umso mehr wunderte es mich, dass Hans Helmut ausgerechnet heute freiwillig nach oben gegangen war. Dort musste es noch immer mindestens dreißig Grad haben.

»Hans Helmut!«, rief ich erneut die Treppe hoch. Antwort kam keine, aber ich glaubte, ein regelmäßiges Schleifgeräusch zu hören, so als ob jemand eine Kiste oder einen Kübel über den Fußboden ziehen würde. Das war höchstverdächtig. Hans Helmut würde niemals etwas über den teuren Parkettboden ziehen aus Angst, einen Kratzer zu hinterlassen. Und dass er auf seine alten Tage plötzlich den Boden wischte, war erst recht außerhalb meiner Vorstellungskraft. Er würde doch nicht in einem Anfall von Midlife-Crisis Aktionskunst ausprobieren und ein Schüttbild produzieren? Vielleicht hätte ich ihn doch nicht ins nitsch museum schleifen sollen?

Stöhnend schleppte ich mich die Stiegen hinauf, um der Sache auf den Grund zu gehen. Die Treppe ächzte solidarisch mit mir. Meine Schwiegereltern hatten seinerzeit anstelle der vorhandenen Falltreppe diese Lagerhausstiege einbauen lassen. Im Pfusch, versteht sich. Wie bei allem, was die Mosers anpackten, war auch hier kräftig gespart worden, und so hatte das arme Do-it-yourself-Konstrukt schon von Beginn an bei der geringsten Belastung gestöhnt. Bei mir war das Stöhnen erst mit zunehmendem Gewicht und Alter gekommen.

Mit jedem Schritt wurde nicht nur unser Ächzen, sondern auch dieses seltsame Geräusch lauter. Erst ein Scheppern. Und war das jetzt ein Flattern gewesen? Was machte der Mensch dadrinnen bloß?

»Hans Helmut?« Ich klopfte forsch.

Keine Antwort.

Verärgert riss ich die Tür auf. »Bist du nun auch noch taub, oder was?«

Ich stieß einen Schrei aus, als ein schwarzer Vogel aufflog. Panisch sprang ich zurück, donnerte geradewegs in die offene Tür und rammte mir dabei mit voller Wucht die Schnalle in den Rücken. Der Schmerz ließ mich zu Boden gehen. Wie in Trance verfolgte ich mit meinen Blicken den hysterischen Vogel, wie er orientierungslos Runde für Runde durch das Zimmer zog. Endlich ließ er sich auf einem der Dachbalken nieder. Doch von Beruhigung konnte gar keine Rede sein. Denn von ebendiesem Balken baumelte ein Seil.

Daran eine Schlinge.

Gottlob leer.

Darunter ein Stuhl. Umgefallen.

Daneben ein Karton, den der Wind über den Boden blies. Ein paar Zeichenblätter wirbelten durcheinander. Ein umgestürzter Plastikkübel drehte sich im Kreis.

Warum war es hier so zugig?

Ich rappelte mich mühsam hoch, was den dämlichen Vogel dazu bewog, seine Runden fortzusetzen. Doch plötzlich flatterte er auf und davon. Durch die Glaswand! Die keine intakte Wand mehr war.

Und jetzt erfasste mich erst recht die Panik. Die Schmerzen waren wie weggeblasen. Ich hastete hinüber. Blickte nach unten.

Erstarrte.

Der Schock lässt Menschen die seltsamsten Dinge tun.

Meine Lippen bewegten sich, als ob ein Puppenspieler an ihren Fäden zöge, und formten einen Satz: »Die sparsame Hausfrau ist die Mutter allen Reichtums.«

Ich erschrak über meine raue Stimme. Noch mehr über das Gesagte.

Weiß der Kuckuck, warum mein Unterbewusstsein ausgerechnet diese chinesische Weisheit ausspuckte, als ich meinen Mann dort unten im Teich treiben sah.

Es stimmt schon, dass Leitsätze wie dieser unsere fast dreißigjährige Beziehung geprägt hatten. Aber die ökonomische Grundhaltung meines Mannes war in seiner Weinviertler Lebensanschauung begründet und hatte gewiss nichts mit jahrtausendealter Weltkenntnis zu tun.

Außerdem hätte mir angesichts der Umstände eher »Wer billig kauft, bezahlt teuer« einfallen müssen. Die Scheibe wäre nicht zu Bruch gegangen, wenn wir, wie es in der Bauvorschrift stand, das teure Panzerglas eingebaut hätten. Stattdessen hatte Hans Helmut sich diese schlichte Glaswand aus einer aufgelassenen Fabrik erbettelt. »Sieht doch von Weitem keiner, ob die bruchsicher ist, Schatz.« Das hatte er nun davon!

Ich musste mich beim Vorbeugen gedankenlos mit der Hand an einem größeren Zacken abgestützt haben, denn mich durchfuhr ein scharfer Schmerz. Gleichzeitig stürzte eine riesige Glasscherbe in die Tiefe und zerschellte auf einem Zierstein neben dem Teich.

Mit einem Schlag wurde mir klar, warum mir dieser Satz mit der sparsamen Hausfrau eingefallen war. Hans Helmut selbst hatte ihn mir einst an den Kopf geworfen, als ich ihm die Idee mit dem Koiteich unterbreitet hatte. »Du hast sie ja nicht alle. Was das kostet!«

Dabei wollte ich einfach nur dieses ungenutzte Fleckchen Garten hübscher gestalten. Die Thujenhecke hatte mich schon immer gestört, aber meine Schwiegereltern waren mit den Nachbarn zerstritten gewesen und wollten keine Zaunspechte. Von dieser schrecklich toten Grünmauer wollte ich durch einen lebendigen bunten Teich ablenken.

»Schatz«, hatte Hans Helmut weiterdoziert, »für Kois brauchst du ein Zuchtbecken. Und überhaupt – bei den vielen Katzen in der Siedlung? Stell dir vor. Ein Biss und Hunderte Euro sind weg wie nichts! Ein kleiner Teich mit Goldfischen wird es wohl auch tun.«

Und dann war er mit diesem Spruch aus seiner Lieblingsserie »Die Rebellen vom Liang Shan Po« dahergekommen: »Die sparsame Hausfrau ist die Mutter allen Reichtums.«

Schrecklich zornig war ich gewesen, daher konnte ich mich ja so gut erinnern. Der Spruch und natürlich die Tatsache, dass er mit den Katzen ein überzeugendes Argument gehabt hatte, machten mich ganz wahnsinnig.

»Ich spare jetzt schon seit Ewigkeiten. Außerdem pfeif ich auf den Reichtum, wenn ich das Geld ja doch nicht ausgeben darf!«, hatte ich geschrien und zwei Tage nichts mit ihm geredet. Am dritten Tag hatte ich eingesehen, dass erstens das Schweigegelübde in Anwesenheit der Patientinnen schwer zu halten war und zweitens ein kleiner Seerosenteich besser war als gar nichts.

Hans Helmut hatte gegrinst und war mit mir ins Lagerhaus gefahren. Beim Graben des Lochs für die Plastikwanne hatte er sogar persönlich den Spaten geführt. Stolz hatte er mir die Blasen an seinen Händen gezeigt. »Die Weinviertler Erde ist hart und wenig herzlich«, hatte er lachend gesagt. Aber billig war es gewesen, das Selbergraben, keine Frage, und das machte wohl die Schwielen wieder wett.

Danach durfte ich mir meinen japanischen Garten anlegen,

wie ich wollte. Mit jedem Jahr war er schmucker geworden. Richtig stimmungsvoll. Eine Oase der Ruhe.

Und jetzt ruhte Hans Helmut da unten inmitten der hübschen Seerosen. Auf seinem Rücken lag ein Teil der Pagode, einer Steinlaterne, die so gut ins Arrangement gepasst hatte. Mit dem Kopf war er im Brunnen zu liegen gekommen, direkt unter dem wasserspeienden Steinfisch, den er mir damals noch im selben Jahr voller Stolz zu Weihnachten präsentiert hatte. »Der war auch nicht gerade billig, Schatz, aber er kann von einer Katze bestenfalls angepinkelt werden.«

Wie zum Hohn spie dieser Fisch nun Wasser auf das blutige Haupt meines Mannes.

Zitternd betrachtete ich meine Hand. Auch sie war mittlerweile blutrot geworden. Und da erwachte ich aus meiner Schockstarre und schrie.

Und schrie …

Chefinspektor Hartinger muss zum Rapport

»Nicht jeder Ehemann, der vorzeitig sein Ende findet, ist notwendigerweise von seiner Frau ermordet worden, Hartinger«, sagt der Kastner. Er rollt mit seinem protzigen Chefsessel an den ebenso großkotzigen Schreibtisch, stützt sich auf die Ellbogen, faltet die Hände wie zum Gebet und beugt sich gönnerhaft nach vorne.

Und nicht jeder Staatsanwalt ist so ein Trottel, denkt sich der Hartinger. Aber er behält diese Erkenntnis lieber für sich. Weil, mit der Taktik, dem Kastner das ins Gesicht zu schleudern, ist er schon einmal baden gegangen. Heute hört er sich schweigend an, was der Chef alles zu sagen hat, bevor er zur Verteidigung ansetzt.

Obwohl. Einfallen würde ihm so einiges, was er erwidern könnte. Dass es bei solchen Fällen eine sehr hohe Dunkelziffer gibt, zum Beispiel. Dass Frauen zwar generell weit seltener morden als Männer, doch wenn sie es tun, dann im familiären Umkreis. Und dann trifft die letale weibliche Aggression mit hoher Wahrscheinlichkeit den Partner. Nicht zu vergessen, dass eine Frau beim Töten meist wesentlich geschickter vorgeht als ein Mann und deswegen oft erst gar nicht vor den Richter kommt. Außer sie gerät an jemanden wie ihn, den Chefinspektor Hartinger, der sich nicht wie der Kastner von einem süßen Lächeln täuschen lässt. Oder sich mit einem Kuchen bestechen lässt wie der Gruber, sein nerviger Azubi.

»Abgesehen davon, was das gekostet hat«, sagt der Kastner und unterbricht damit die Gedankenausflüge des Chefinspektors. »Ein Schwimmbecken wegreißen. Nur auf ein bloßes Hirngespinst hin. Was hast du dir dabei gedacht?«

Jetzt muss sich der Hartinger schon sehr auf die Zunge beißen, um nicht sofort dagegen anzuschreien. Dein lieber Kollege in Baden, der hat das ganz anders gesehen, hätte er erwidern können. Der hat sich von ermittlungsbasierten Argumenten überzeugen lassen und denkt nicht in banalen Gemeinplätzen, die er auf einem Leadership-Seminar gehört hat.

Außerdem. Ein Risiko, dass man falschliegt, gibt es bei so was immer. Wenn der Plan aufgegangen wäre, stünden sie jetzt als Helden da, die Kollegen aus Baden und er. Und der Kastner würde sich garantiert mitsonnen in dem Erfolg.

Aber was soll's. Mit dem Herrn Staatsanwalt zu diskutieren, das bringt nichts. Darum schweigt der Hartinger weiter beharrlich und starrt stattdessen auf die Hände vom Kastner.

Der hat in der Zwischenzeit seine Finger verschränkt. Jetzt beugt er sich noch weiter nach vorne über den Schreibtisch, als ob er ihm ein großes Geheimnis anvertrauen wollte. »Schau, Hartinger«, sagt er jovial. »Warum probierst du es nicht wirklich einmal mit einer Psychotherapie? So ein Kindheitstrauma gehört aufgearbeitet. Auch wenn es schmerzt.«

Wenn der Hartinger so was wie einen Rauchmelder für seinen Blutdruck hätte, würde der todsicher anspringen. Sein Atem geht schwer, als er sich ebenso vorbeugt, bis er den Kastner mit seinem roten Schädel beinahe an der Stirn berührt. Der greift sich instinktiv an die Krawatte, bevor es der Hartinger tun kann.

»Ich sag dir was, Kastner«, zischt er zwischen den Zähnen hindurch. »Man hat mir als Kind gar keine Chance gelassen, ein ordentliches Trauma aufzubauen. Ständig haben sie in meinen Wunden gewühlt, die Psychotanten und -onkel. Die Sache ist austherapiert bis zum letzten Futzerl von einem seelischen Knacks. Und fang mir bitte nicht wieder an mit meinem angeblichen Frauenproblem!« Mit einem Ruck richtet er sich auf, dass sein Stuhl nach hinten kippt und mit einem Krachen umfällt.

Auch der Kastner springt auf. »Siehst du? Siehst du?«

»Seh ich was?«

»Wie aggressiv du bist! Das ist doch nicht normal. Jedes Mal, wenn ich dein Trauma andeute, rastest du aus.« Der Kastner zittert.

Der Hartinger auch, aber aus einem anderen Grund. »Weil mich deine ewigen Unterstellungen ankotzen, verdammt!«, schreit er. »Ich hab keinen Frauenkomplex. Kannst oder willst du das nicht begreifen?«

»Und warum bist du dann so versessen darauf, angebliche Schwarze Witwen hinter Gitter zu bringen? Das wird ja schon zu einer Manie bei dir. Erst die Wirtsschwestern und jetzt auch noch die arme Witwe von dem Kollegen in Baden. Dem Dingsda.«

»Moravec!« Der Hartinger wischt sich mit dem Handrücken den Schweiß von der Stirn, stellt den Stuhl wieder auf und fixiert sein Gegenüber. »Bist jetzt fertig?«

Ohne es zu wissen, ist der Kastner da in ein Wespennest getreten. Ein riesiger Schwarm Killerinsekten sticht auf den Hartinger ein. Seine Augen treten hervor. Der Hals wird immer dicker. Die Sache mit dem Moravec seiner Frau, der schönen Helene, treibt ihn ja selbst halb in den Wahnsinn. Egal, ob er sie zu Recht oder fälschlich verdächtigt hat, beide Szenarien sind gleich schlimm. Er hat die Sache vergurkt. Aus. Ende. Aber der Kastner hat ja keine Ahnung, was Sache ist.

»Hartinger? Hörst du mir überhaupt zu?« Der Kastner trommelt mit den Fingern auf den Tisch.

»Was?«

»Der Gruber«, sagt er und lässt sich wieder in seinen Sessel fallen. »Der hat mich gebeten, ihn jemand anderem zuzuteilen.«

»Mir egal. Einen Trottel weniger am Hals«, murmelt der Hartinger. »Kann ich jetzt gehen?« Ohne eine Antwort abzuwarten, hastet er davon. Die Luft ist einfach zu dick dadrinnen.

»Man hat dir wen Neuen zugeteilt. Wartet im Büro auf dich!«, ruft der Herr Staatsanwalt ihm nach, aber da hat der Hartinger die Tür bereits hinter sich zugeworfen.

Stab und Stütze

»Hallo! Hallo!«

Jemand schüttelte mich sanft an den Schultern und zog mich in den Raum zurück. »Alles in Ordnung mit Ihnen?«

Ich hob meinen Kopf und schaute in ein paar blaue Augen, die mich besorgt betrachteten. Das zugehörige Gesicht war mit einer goldenen, engelsartigen Lockenaura umkränzt, sodass ich kurzfristig dachte, ich wäre im Himmel. Dann fiel mir ein, dass ja nicht ich, sondern Hans Helmut tot war.

»Wer sind Sie?«, stammelte ich. »Und wie kommen Sie hier herein?«

»Martin«, erwiderte der Engelsgleiche. »Wieland Martin. Ich kam zufällig an Ihrem Haus vorbei und hörte einen Schrei. Die Tür stand offen, da bin ich dem Ruf gefolgt. Kann ich etwas für Sie tun, Frau …?«

»Moser. Mir kann niemand helfen. Und ihm schon gar nicht«, sagte ich und deutete auf das Loch in der Glaswand.

Vorsichtig trat der Mann an die Öffnung und spähte nach unten. Sog scharf Luft durch die Zähne und wandte sich wieder an mich. Mir rannen in der Zwischenzeit die Tränen über die Wangen.

»Ihr Mann?« Herr Wieland drückte mir etwas in die Hand. Ein Taschentuch.

Ich schnäuzte mich und nickte.

»Du meine Güte! Es tut mir so leid, Frau Moser. War er denn depressiv?«

Verwundert schaute ich auf. »Mein Mann?«

Ich folgte seinem Blick ins Atelier, wo er an der Schlinge hängen blieb. Die hatte ich völlig vergessen.

Meine Hand fuhr zum Mund, um einen erneuten Aufschrei zu unterdrücken. War Hans Helmut tatsächlich da hinunterge… hinunterge…? Hatte er den Mut zum Erhängen verloren und sich lieber in die Tiefe gestürzt?

Mein Unterbewusstsein wehrte sich in Form eines Bauchkrampfes heftig gegen diese Möglichkeit. Nein! Es musste ein Unfall gewesen sein. Ein fataler Ausrutscher. Aber was sollte dann der Strick da?

»Mein Gott, Sie kippen mir ja gleich um!«, rief Herr Wieland. »Was bin ich doch für ein Idiot.« Er legte mir sein elegantes Leinenjackett über. Es duftete dezent nach Lavendel und Kümmel.

»Besser nicht«, warf ich ein. »Ich blute Ihnen doch das teure Stück voll.«

»Darum machen Sie sich mal keine Sorgen«, sagte er. Sein Lächeln ermutigte mich, mich seinem Willen zu unterwerfen. Dann hob er mich einfach hoch, als ob ich keine fünfzig Kilo wöge, und trug mich zu dem kleinen Sofa hinüber, das noch aus der Zeit stammte, als hier oben unser Wohnzimmer gewesen war. An der Küchenzeile durchsuchte er diverse Laden und Schränke und kam mit einem Packen Servietten zurück.

»Drücken Sie die fest auf die Wunde, sie scheinen halbwegs sauber zu sein. Und außerdem denke ich, wir sollten dann mal die Rettung rufen, nicht wahr?« Er zog sein Smartphone aus der Tasche und wählte den Notruf. »Sie sind schon unterwegs«, sagte er. Dann ging er zurück zur Küchenzeile, spülte zwei Gläser aus, die auf der Anrichte standen, und befüllte sie mit Wasser.

In der Zwischenzeit hatte ich Gelegenheit, den Raum aus meiner neuen Perspektive zu betrachten. Rund um den umgestoßenen Stuhl bei der Seilschlinge befanden sich wahllos verstreute Bilder auf dem Boden. Auf dem IKEA-Schreibtisch hinter der Staffelei sah es nicht besser aus. Farbtuben und eingetrocknete Pinsel lagen achtlos hingeworfen auf einem Stoß mit Bildern unterschiedlicher Größe, die sich wie nass gewordene und wieder getrocknete Zeitungsbögen in alle Richtungen aufwölbten. Daneben häuften sich schlampig hingeworfene Malfetzen und alte Zeitschriften. Abgesehen von der schrecklichen Unordnung beschämte mich der Schmutz der Vernachlässigung, der dem Zimmer anhaftete. Die abendliche Sonne schnitt erbarmungslos flimmernde Staubschneisen in die Luft. Spinnweben glitzerten im Dachgebälk. Hysterisch brummende Fliegen schlugen unaufhaltsam gegen die dreckigen Dachflächenfenster.

»Ich war schon lange nicht mehr hier oben«, entschuldigte ich mich. »Es sieht hier keineswegs immer so aus!« Der Mann musste ja glauben, ich wäre ein Messie.

»Trinken Sie das«, sagte er, ohne auf meine Bemerkung einzugehen. Sein Glas leerte er in einem Zug. Kein Wunder. Trotz der gesprungenen Scheibe war es noch immer gewaltig heiß und stickig hier oben.

Kaum hatte auch ich mein Glas ausgetrunken, hörte ich schon das Martinshorn, und bald darauf ächzte die Treppe – verlässlich wie die Kirchenglocke.

»Oh-oh!«, sagte der Sanitäter, als ihm Herr Wieland Hans Helmut zeigte. »Dem können wir, fürchte ich, nicht mehr helfen.«

»Dies festzustellen ist wohl meine Sache«, warf der ihm nachkommende Notarzt forsch ein. »Wollen wir mal zusammen hinuntergehen?«

Ich führte die Männer nach unten und sperrte ihnen die Tür zum Garten auf. »Muss ich unbedingt mit raus?«, fragte ich mit bangem Herzen. Ich verspürte keine Lust, Hans Helmut und die ganze Sauerei aus der Nähe zu betrachten.

»Wo denken Sie hin!«, antwortete Herr Wieland, bevor der Notarzt anders entscheiden konnte. »Sie gehören sowieso verarztet, das übernehme ich. Das ist doch eine Ordination da vorne, oder?«

Ich nickte dankbar.

»Können Sie das denn?« Der Notarzt musterte Herrn Wieland skeptisch. Der lächelte gelassen. »Ich bin Arzt, Herr Kollege. Sie können beruhigt Ihrer Aufgabe da draußen nachgehen.«

Herr Wieland war ein wunderbarer Arzt. Einfühlsam. Zarte Hände. Flinke Finger. Der Verband war im Nu angelegt, und es tat kaum weh, als er meine Rippen untersuchte.

»Gebrochen ist nichts«, sagte er, »aber spüren werden Sie das noch einige Tage lang, fürchte ich. Klassisches Hämatom.

Lassen Sie mich mal an den Medizinschrank, dann sehen wir, ob wir nicht was Geeignetes zum Schmieren finden.«

Mit einem Griff hatte er die richtige Salbe parat und massierte mir gleich sanft die erste Dosis auf die von der Türschnalle malträtierte Stelle. Auch ein passendes Schmerzmittel war schnell zur Hand. Er quetschte zwei Pillen aus dem Blister und reichte sie mir mit einem Glas Wasser.

»Heben Sie sich die für später auf. Ich werde Ihnen ein Beruhigungsmittel spritzen«, sagte der Notarzt. Er drängte Herrn Wieland zur Seite und klappte seine Arzttasche auf. Anscheinend vertrug es sich nicht mit seinem Berufsethos, sich die Notversorgung völlig nehmen zu lassen. Zuständig ist zuständig.

»Ich habe den Tod Ihres Mannes festgestellt«, erklärte er, während er die Spritze aufzog. »Und ich musste, wie es meine Pflicht ist, die Polizei verständigen. Ungeklärte Todesursache.«

Natürlich hatte ich keine Sekunde daran gezweifelt, dass Hans Helmut tot war. Allein wie der Kopf ... Aber jetzt so brutal von einem mir fremden Arzt hingeworfen zu bekommen, dass ich nicht nur Witwe geworden war, sondern auch noch die Polizei ihre Nase in meine traurigen Angelegenheiten stecken würde, das überstieg meine Schmerzgrenze.

Und nicht nur das. Ich zuckte zusammen, als die Injektionsnadel in mich hineinfuhr.

»Sie müssen schon stillhalten, Frau Moser!«, tadelte mich der Notarzt. Mir schossen die Tränen in den Augen. Ich wünschte, Herr Wieland hätte mir die Injektion verabreicht. Der Kerl hier hätte besser Veterinärmediziner werden sollen. Lieblos nahm er mir Herrn Wielands parfümiertes Jackett ab und legte mir stattdessen eine Aludecke mit Kuschelfaktor null um, die nach Desinfektionsmittel stank. Maß meinen Blutdruck und die Körpertemperatur wie ein Koch bei seinem Braten und nickte zufrieden.

Kaum dass er mit mir fertig war, schallte eine männliche Stimme vom Eingang herein. »Rühren Sie ja nichts an da draußen!«

Ich konnte gerade noch sehen, wie ein athletischer Mann in

einer Lederjacke durch den Gang in den Garten hinaushastete. Ihm folgte eine Frau mit der Statur einer Basketballerin.

»Die Polizei, dein Freund und Helfer«, kommentierte der Notarzt und klappte sein Köfferchen zu. »Bin gleich wieder da.« Wichtigtuerisch folgte er den Polizisten.

Herr Wieland legte mir beruhigend die Hand auf die Schulter. Ich schaute dankbar zu ihm hoch. »Ich hoffe, ich halte Sie nicht von etwas Wichtigem ab«, sagte ich, nachdem ich festgestellt hatte, dass es bereits nach acht Uhr war. Draußen wurde es langsam dunkel, und eine frische Brise wehte von der offenen Tür herein.

»Kein Problem«, sagte Herr Wieland. »Außerdem glaube ich nicht, dass die Polizei mich so schnell gehen lässt. Immerhin bin ich ja Zeuge, nicht wahr?«

Plötzlich, wie aus dem Nichts, versperrte mir ein kindlich wirkendes Gesicht die Sicht auf ihn. Große dunkle Augen strahlten mich an.

»Frau Moser?«, fragte die junge Frau. Sie leckte sich einen Schweißtropfen von der Oberlippe. »Sind Sie in der Lage, ein paar Fragen zu beantworten?«

Ich bejahte.

Ihr fürsorglicher Blick kippte jedoch ins Nervöse, als der Typ mit der Lederjacke auf der Bildfläche erschien.

Herr Wieland trat ihm höflich entgegen. »Martin. Wieland Martin. Ich nehme an – Polizei?«

Der Polizist musterte ihn kalt, blieb ihm die Antwort aber schuldig.

Die junge Polizistin hatte offensichtlich eine bessere Kinderstube genossen als ihr Kollege. »Das ist Chefinspektor Norbert Hartinger, Landeskriminalamt Niederösterreich, und ich bin Bezirksinspektorin Ursula Kleine«, sprudelte es aus ihr heraus. Dann streckte sie Herrn Wieland erst ihre Marke und anschließend die Hand hin.

Frau Kleine! Wäre die Situation nicht so tragisch gewesen, ich hätte wohl gelacht. Die Frau war mindestens einen Meter neunzig groß. Was für eine Ironie des Schicksals!

»Da staun ich aber, dass hier gleich die Kripo auftaucht«, sagte Herr Wieland mit deutlich sarkastischem Unterton. »Österreichische Gründlichkeit? Ist mir was Neues.«

»Deutscher?« Der Polizist hob amüsiert die rechte Augenbraue.

»Gebürtig nicht. St. Pölten«, erwiderte er grimmig. »Ich wohne aber schon eine ganze Weile in Düsseldorf. Hab wohl schon einen leichten Akzent.«

Chefinspektor Hartinger nickte zufrieden. Sein Blick verdunkelte sich allerdings, als seine Assistentin erklärend sagte: »Wir waren zufällig in der Gegend. Einschulung.«

»Danke, Frau Kleine«, unterbrach er sie frostig. »Ich kann gut für mich selbst antworten. Und vorstellen tun wir uns in der Regel ohne Vornamen.«

Frau Kleine war ob des Rüffels ihres Chefs rot angelaufen. Wie zum eigenen Schutz zog sie mir die Decke wieder über die Schultern, weil sie mir beim Aufstehen verrutscht war.

»Soll ich Frau Moser nicht besser nach Hause bringen?«, stammelte sie.

»Sie bleiben bei mir. Die Spurensicherung wird gleich da sein, und wir zwei werden uns erst mal oben umsehen.« Zuvor schickte der Chefinspektor den Notarzt und die Sanitäter nach Hause und Herrn Wieland und mich ins Wartezimmer.

»So ein rüpelhafter Polizist ist mir im Leben noch nicht untergekommen«, schimpfte Herr Wieland, während er im Sprechzimmer alles wieder ordnungsgemäß an seinen Platz räumte. Im Wartezimmer, meiner natürlichen Umgebung, konnte ich mich endlich entspannen, vielleicht wirkte auch das Beruhigungsmittel schon. Bloß mein Temperaturhaushalt war etwas durcheinandergeraten.

»Sie Arme. Sie gehören doch ins warme Bett – und nicht an einen Tatort.« Herrn Wieland war es nicht entgangen, dass ich wieder zu zittern begonnen hatte. Er setzte sich zu mir und legte behutsam den Arm um mich.

Obwohl mir der Mensch völlig fremd war, kuschelte ich mich dankbar an ihn. Er strahlte so viel Wärme aus, körperlich wie mental. Er war garantiert ein toller Arzt. Vielleicht sogar Psychiater? In dem Moment wollte ich gar nicht in mein Bett, das ohnehin halb verwaist sein würde, sondern einfach nur so in seinen Armen sitzen bleiben. Selig schloss ich die Augen.

Leider hielt dieser wohlige Zustand nicht lange an.

»Die Spurensicherung schaut sich oben um, und der Gerichtsmediziner untersucht die Leiche Ihres Mannes«, sagte der Chefinspektor. »Einstweilen können wir ja schnell noch ein paar Daten aufnehmen.« Er rückte sich einen Stuhl heran. Seine Assistentin berührte mich sacht an der Schulter. Sie blieb stehen und betrachtete uns aus der Vogelperspektive.

»Frau Kleine, Sie werden die Aussagen festhalten«, befahl Hartinger.

»Darf ich das Handy?«, fragte sie unsicher. »Dann könnte ich alles später zu Hause abtippen.«

»In ganzen Sätzen bitte, Frau Kleine. Aber meinetwegen verwenden Sie das Ding, falls die beiden Zeugen nichts dagegen haben. Darf meine Kollegin die Befragung zum Zwecke der späteren Verschriftlichung aufnehmen?«, wandte er sich an uns.

Natürlich hatten wir nichts dagegen.

»Am besten fangen wir mit dem Zeugen an. Frau Moser, wenn Sie etwas einwenden oder ergänzen möchten, gerne. Erzählen Sie bitte die Vorkommnisse aus Ihrer Sicht, Herr … ähhh?«

»Herr Wieland«, sagte Frau Kleine, hockte sich nieder und hielt ihm aufmunternd ihr Handy hin.

»Martin«, sagte Herr Wieland.

Frau Kleine lächelte, während der Blick ihres Chefs eine Kröte zum Frieren gebracht hätte.

»Ich kam so circa um neunzehn Uhr dreißig hier am Haus vorbei«, begann Herr Wieland, »da hörte ich plötzlich einen verzweifelten Schrei. Also sah ich es als meine Menschenpflicht an, der Sache nachzugehen.«

»Wie sind Sie denn in das Haus hineingekommen, Herr Wieland?«

»Martin«, sagte Herr Wieland scharf. »Die Tür stand offen. Sonst hätte ich den Schrei ja wohl nicht gehört.«

»Gut. Was genau haben Sie gesehen, als Sie da oben angekommen sind? Versuchen Sie sich so akkurat wie möglich zu erinnern. Die ersten Eindrücke sind oft die wichtigsten.«

»Ich hab Frau Moser dort stehen sehen. Direkt vor dem Abgrund gewissermaßen. Ich glaube, sie hat mich nicht kommen gehört. Sie muss ja unter Schock gestanden haben.«

»Nicht interpretieren, Herr Wieland, bitte. Nur, was Sie beobachtet haben.«

»Martin«, seufzte Herr Wieland. »Gut, ich habe also beobachtet, wie Frau Moser in die Tiefe starrte, bin zu ihr hinübergeeilt und habe sie von der Kante weggezogen, damit sie nicht auch noch hinunterfällt.«

»Wieso ›auch noch‹? Sie konnten doch gar nicht wissen, dass Herr Moser da unten lag.«

»Mann! Aber *jetzt* weiß ich es. Soll ich weitermachen, oder wollen Sie mich gleich verhaften?«

Der Polizist hob kurz die rechte Augenbraue, bevor er weiterstichelte. »Warum waren Sie sich eigentlich so sicher, dass der Mensch tot war? Wissen Sie eigentlich, dass Sie wegen unterlassener Hilfeleistung belangt werden können, wenn sich herausstellt, dass Herr Moser noch gelebt hat?«

»Jetzt halten Sie mal die Luft an!« Herr Wieland war aufgesprungen und ein paar Schritte durchs Wartezimmer gelaufen. »Ich bin Arzt, sagte ich das nicht schon? Erstens war mir beim ersten Blick auf den Mann klar, dass da jede Hilfe zu spät kam. Und zweitens war Frau Moser hier verletzt und eventuell suizidgefährdet, ich musste mich zuerst um sie kümmern.«

Obwohl Herr Wieland schon ziemlich sauer wirkte, fuhr er fort. Schilderte, wie er mir sein Jackett umgelegt hatte, dann zur Küchenzeile hinübergegangen war, um mir ein Glas Wasser zu bringen.

»Sie sind durch den Tatort gelatscht? Das darf ja nicht wahr sein!« Hartinger verdrehte entnervt die Augen.

»Hören Sie. Frau Moser, der ging es – verständlicherweise – nicht gut. Ich musste doch vordergründig an sie denken und nicht an irgendwelche Spuren! Und wieso Tatort? Es handelt sich doch offensichtlich um … Ich weiß. Keine Interpretationen«, seufzte Herr Wieland, als Hartinger zum Einspruch anhob.

»Haben Sie da oben noch etwas angefasst?«, schnauzte der den armen Menschen an, als ob er eine Straftat begangen hätte.

»Keine Ahnung. Zwei Gläser Wasser hab ich uns eingeschenkt. Und dann hab ich noch etwas gesucht, um Frau Mosers Blutung zu stillen. Das ist ja wohl kein Verbrechen, oder?«

Hartinger seufzte. »Jede Menge Fingerabdrücke also. Die Spusi wird keine Freude mit Ihnen haben. Ist Ihnen sonst noch was aufgefallen – ganz spontan?«

»Das Seil. Ich dachte zunächst ja, Frau Moser wollte …«

»Lassen wir mal das Seil«, unterbrach ihn Hartinger. »Gehen wir ans Fenster zurück. Sie haben Frau Moser also heroisch vor einem möglichen Absturz gerettet. Haben Sie dabei auch nach unten gesehen?«

»Natürlich. Ich hab Frau Moser dann gefragt, ob der Tote ihr Mann ist – und sie hat mir das bestätigt.«

Hartinger wiegte seinen Kopf. Plötzlich fixierte er mich mit seinem stechenden Blick, bevor er sich wieder Herrn Wieland zuwandte. »Ist Ihnen je der Gedanke gekommen, jemand könnte Herrn Moser gestoßen haben?«

Mein Herz unterbrach kurzfristig seine monotone Arbeit. Ich schnappte nach Luft.

»Nicht eine Sekunde!«, rief Herr Wieland entrüstet.

»Was macht Sie da so sicher, Herr Wieland?«

»Martin, verdammt! Ich heiße Martin«, schnaufte er.

»Hören Sie, Herr Wieland«, sagte Hartinger trocken, »bei uns ist es üblich, amtlich beim Nachnamen zu bleiben. Selbst bei guten Bekannten. Was wir beileibe nicht sind.« Obwohl er gar nichts aufschrieb, hatte er einen Kuli gezückt und malträtierte nun dessen Klickvorrichtung.

»Das versuch ich Ihnen seit einer Weile klarzumachen«, fuhr ihn Herr Wieland an. »Ich heiße Martin. Mit Nachnamen. Wieland ist der Vorname.«

»Warum sagen Sie das nicht gleich?«

»Ich habe nie was anderes behauptet. Genau hinhören sollte

man halt, guter Mann. Sie hören nämlich nur das, was Sie hören wollen. Das sollten Sie als Kriminalbeamter besser ablegen, sag ich mal salopp. Ich hatte mich als Martin vorgestellt. Wieland Martin. Wie Bond. James Bond. Mach ich immer so, eben um ein Missverständnis zu vermeiden. Kommt ja bei zwei Vornamen öfter vor.«

Ich bildete mir ein, dass über Frau Kleines hübsches Gesicht ein Lächeln huschte, die Visage ihres Chefs blieb hart wie Granit.

»Gut, Herr Martin«, sagte Hartinger. Dabei betonte er »Martin«, als wäre es der absurdeste Name auf Gottes Erdboden. »Formulieren wir es anders: Haben Sie sich nicht gefragt, wie der Herr Moser dorthin gekommen ist, in den Teich? Weil, eine Möglichkeit ist doch, dass er nicht freiwillig gesprungen ist.«

»Ja, sicher«, räumte Herr Martin ein. »Aber ich wäre nie auf die Idee gekommen, dass diese arme Frau hier ...«

»Hab ich auch nie behauptet. Hm. Vielleicht haben Sie ihn ja zu zweit gestoßen? Und Frau Moser hat bloß geschrien, weil sie sich dabei geschnitten hat?«

Herr Martin schüttelte entsetzt den Kopf.

Frau Kleine räusperte sich vorsichtig. »Dürfte ich kurz etwas einwenden?« Sie hob leicht den Arm, als ob sie aufzeigen wollte wie in der Schule.

»Bitte, Frau Kleine. Was gibt's?«

»Der Zeuge, Chef. Der Herr Martin. Der hat vorhin ausgesagt, dass er *wegen* dieses Schreis erst hier herauf ist. Wo er in der Folge die Frau Moser blutend vorgefunden hat. Also: Erst der Schrei, dann der Zeuge.«

»Sie meinen also, Frau Moser hat ihren Mann alleine geschubst?«

»Kann sein, theoretisch ja. Aber die Haustüre, Chef. Die stand offen. Also wenn ich vorhätte, meinen Mann zu töten, ich glaube, dann würde ich sicherheitshalber vorher die Türe schließen.«

»Gut, dass Sie nicht verheiratet sind, Frau Kleine«, murmelte Hartinger. Er nahm sie etwas zur Seite.

Trotzdem konnte ich genau hören, was er sagte. Mein Gehör funktionierte noch tadellos, trotz meines fortgeschrittenen

Alters und des Stresses. Aber vielleicht war es ja auch Absicht vom Inspektor, damit ich wusste, was in seinem Kopf vorging?

»Und wenn Frau Moser es gar nicht geplant hat, Frau Kleine?«, flüsterte er. »Vielleicht hatten die beiden einen Streit, der dann eskaliert ist. Soll ja in den besten Ehen vorkommen, nicht wahr? Ich kann es nicht genug betonen: Es geht hier nicht darum, was wir *glauben*. Oder glauben *wollen*. Die arme Witwe auch noch zu verdächtigen – ich weiß! Das ist unangenehm und hart. Aber in unserem Job können wir uns keine Rührseligkeiten erlauben. Es ist nicht unsere Aufgabe, geliebt zu werden. Wir ermitteln in Mordfällen. Checken Fakten. Wir können es uns nicht leisten, eine Möglichkeit unbeachtet zu lassen. Und die Lebenspartnerin des Ermordeten *nicht* als Täterin in Betracht zu ziehen, wäre nachgerade fahrlässig.« Er schaute kurz in meine Richtung.

Kapierte er erst jetzt, dass ich alles mithörte? Oder kontrollierte er, ob ich auch ja alles verstand? Der Mensch machte mir Angst.

»Den Polizisten mit dem phantastischen Bauchgefühl«, fuhr er an seine Assistentin gewandt fort, »den gibt es bestenfalls in schlechten Krimiserien. Oder auch den asiatischen Auftragskiller mit dem Drachentattoo und einem tödlichen Wurfstern. Glauben Sie mir. Mörder tragen kein Etikett, in der Regel sehen sie aus wie du und ich.«

Frau Kleine blickte peinlich berührt von ihrem Chef zu mir und wieder zurück. Sie wusste, dass ich alles gehört hatte.

Auch Herr Martin schwieg betreten.

Mich hatte bei Hartingers belehrendem Monolog aber nicht nur die Tatsache betroffen gemacht, dass er mich eines Mordes für fähig hielt. Speziell die Erwähnung des tätowierten Asiaten war mir durch Mark und Bein gefahren. Die Chinesen hatte ich schon völlig verdrängt gehabt. Klar konnte es sein, dass sie Hans Helmut auf dem Gewissen hatten. Den Großen hätte es nicht viel Anstrengung gekostet, ihm den tödlichen Stoß zu versetzen. Bloß, wie sollte ich das dem Inspektor jetzt klarmachen? Damit machte ich mich ja erst recht verdächtig, wenn ich so aus heiterem Himmel mögliche Täter aus dem Hut zauberte. Die noch dazu einem Klischee entsprachen, das der Inspektor soeben verworfen hatte.

Ach was, sagte ich mir. Wenn diese Typen tatsächlich etwas mit Hans Helmuts Tod zu tun hatten, dann würde es hier heroben vor Spuren nur so wimmeln. Und überhaupt. Wenn die Asiaten nicht zuvor am falschen Haus geläutet hätten, hätte ich über deren Existenz ja auch nicht Bescheid gewusst. Sollte der arrogante Inspektor doch selbst herausfinden, was Sache war. Ich hatte keine Lust, mir weiter darüber den Kopf zu zerbrechen. Er sollte einfach nur gehen, damit ich mich endlich schlafen legen konnte!

»Gibt es noch etwas, was wir wissen sollten?«

»Hallo, Frau Moser! Möchten Sie noch etwas ergänzen?« Frau Kleine drückte sanft meinen Arm.

Ich schüttelte matt den Kopf.

»Ich glaube, das Beruhigungsmittel …«, sagte sie.

»Danke, Frau Kleine. Sie werden es nicht glauben, aber es ist mir nicht entgangen.« Zu mir gewandt, sagte Hartinger: »Wir wären hier fürs Erste fertig, müssen allerdings vorübergehend die Ordination sperren. Ich melde mich wieder, wenn die Ergebnisse der Obduktion Ihres Gatten verfügbar sind. Dann nehmen wir auch Ihre Aussage auf.«

»Kann ich denn morgen früh hier herein und den Patientinnen der nächsten Tage absagen?«, stammelte ich.

»Tut mir leid. Solange wir ein Verbrechen nicht ausschließen können, darf hier kein Unbefugter über die Schwelle. Wir werden auch den gesamten Eingangsbereich und den Garten absperren. Die Spurensicherung wird sich hier genauer umsehen müssen. Bringen Sie einfach vorne ein Schild an: ›Wegen Todesfalls geschlossen‹. Ihre Patienten werden sich ohnehin einen anderen Arzt suchen müssen.«

»Patient*innen*«, wandte ich ganz automatisch ein. Als ob das jetzt was ausmachte.

»Sehr feinfühlig, Herr Kommissar«, sagte Herr Martin und drückte mich kurz an sich. »Ich mach das für Sie, Frau Moser, wenn Sie möchten.«

»Ach ja. Bevor Sie gehen, Herr Martin … Was führt Sie eigentlich hierher ins Weinviertel?«

»Muss ich mich jetzt rechtfertigen, wohin ich in Urlaub fahre?«

»Müssen Sie nicht. Es hätte mich nur interessiert.«

»Gut. Ich war in Wien auf einer Tagung, wenn Sie es genau wissen wollen. Können Sie gerne überprüfen. Und um der Hitze der Großstadt zu entfliehen, bin ich hier aufs Land rausgefahren. Genügt Ihnen das?«

»Vorerst ja, danke«, sagte Hartinger und grinste.

»Haben Sie denn Freunde, Familie, Nachbarn, die Sie anrufen könnten?«, fragte mich Frau Kleine besorgt.

»Danke, ich komme allein zurecht.«

»Ich bring Sie noch hinüber und schreib Ihnen das Schild«, sagte Herr Martin und schob mich zur Tür hinaus.

Wortlos sahen wir zu, wie sich Leute in weißen Schutzanzügen im Garten wichtigmachten.

Ich führte Herrn Martin ins Wohnzimmer und brachte ihm einen Karton und einen Plakatstift.

»Schön haben Sie es hier«, sagte er höflich.

»Möchten Sie einen Kaffee oder irgendetwas anderes zu trinken?« Auch im Stress wusste ich schließlich, was sich gehörte.

»Machen Sie sich um Gottes willen keine Umstände«, sagte er. »Ich schreib Ihnen das Schild. Dann bin ich auch schon wieder weg.«

Schwungvoll warf er in schönen großen Lettern »Wegen Todesfalls entfällt die Ordination bis auf Weiteres« auf den Karton, erbat sich ein paar Reißnägel und wandte sich zum Gehen.

An der Haustüre fixierte er mich noch einmal mit seinen schönen blauen Augen. »Sie gehören wirklich ins Bett, Frau Moser. Nach allem, was Sie durchgemacht haben«, sagte er. »Und sperren Sie alle Türen ab. Haben Sie auch einen Keller?«

Verwirrt schaute ich ihn an. »Nein. Nicht in diesem Haus. Wir haben es nicht unterkellert, wegen des hohen Grundwasserspiegels. Stattdessen haben wir Wirtschaftsräume hinten im Garten angelegt.«

»Ich dachte bloß, diese Tür hier …« Herr Martin lächelte.

»Ach, die. Die führt in die Garage, und die ist sowieso immer abgesperrt.« Ich lächelte tapfer zurück, obwohl mich bei dem Gedanken, dass sich draußen womöglich ein Mörder herumtrieb, ein mulmiges Gefühl überkam. Ich hätte dem Inspektor lieber doch von den Chinesen erzählen sollen, damit er mir eine Wache vor die Tür stellt, dachte ich. Jetzt war es dafür zu spät.

»Wenn es Ihnen nicht gut geht, wenn Sie sich fürchten …« Herr Martin hatte meine Angst wohl bemerkt. »Ich bin in ein paar Minuten bei Ihnen. Ich bin vorhin an einem Motel vorbeigefahren, dort bekomme ich bestimmt ein Zimmer. Morgen sehe ich noch einmal nach Ihnen, wenn es Ihnen recht ist.« Er steckte mir noch eine Visitenkarte zu, dann umarmte er mich kurz und ging.

Ich sah ihm noch zu, wie er das Plakat ans Gartentor pinnte, in sein schickes Auto stieg und um die Ecke fuhr. Das rot-weiße Band, das die Polizei durch den ganzen Vorgarten gespannt hatte, flatterte leise im Wind. Ich zog die Haustüre hinter mir zu und ging in die Küche. Am Nudelsalat tummelten sich grüne Schmeißfliegen. Ich kippte ihn in den Mülleimer und weinte.

Die Neue

»Mich vor den Verdächtigen bloßzustellen, Frau Kleine. Was haben Sie sich eigentlich dabei gedacht?«, fährt der Hartinger seine junge Assistentin an. Er ist sowieso stinksauer, dass man ihm so ein Mäderl als Wauwau aufgehalst hat. Weil, die Absicht dahinter ist doch klar: Die soll auf ihn aufpassen, damit er sich nicht wieder fälschlich an unschuldigen Witwen vergreift. Für ein erfolgsgewohntes Alphatierchen wie den Hartinger eine Watschen sondergleichen. Dass das Mäderl auch noch einen halben Kopf größer ist als er und faktisch auf ihn herunterschaut, kratzt zusätzlich an seinem männlichen Ego.

Und wie zum Hohn wirft das Schicksal ihm gleich wieder so einen Fall vor die Füße, wo eine Gattin dem Mann Flügel verliehen hat. Engelsflügel wohlgemerkt. Und das oberg'scheite Nockerl – grün hinter den Ohren wie ein Laubfrosch – will ihn, den erfahrenen Chefinspektor, verbessern? Noch dazu vor den Verdächtigen!

Dass die Kleine eh schon ganz blass ist, merkt er gar nicht. Bevor sie zur Verteidigung ansetzen kann, bellt er sie gleich noch einmal an. »Es ist ja löblich, wenn Sie sich Ihre eigenen Gedanken machen. Aber diskutieren tun wir dann ohne Zeugen, wenn's geht, Frau Kleine! Ich schau jetzt noch zum Gerichtsmediziner hinaus, ob der schon was festgestellt hat zum Tod vom Herrn Moser. Und Sie denken mal drüber nach, wie man sich einem Chef gegenüber korrekt verhält.«

Mit schnellen Schritten marschiert er in den Garten und lässt die arme Frau ganz einfach stehen. Die zittert, nicht nur wegen der forschen Worte ihres Chefs. Wo er recht hat, hat er recht. Mit ihren Einwänden hätte sie besser bis nachher gewartet. Aber wenn das so weitergeht mit ihm, dann wird das eine harte Zeit für sie.

Mit hängendem Kopf schleicht sie ihm nach, weil, was der Gerichtsmediziner zu sagen hat, das interessiert sie ja trotzdem.

»Was meinst, Berger?«, fragt der Hartinger gerade. »Gesprungen oder gesprungen worden?«

»Darüber kann ich im Moment nur spekulieren«, sagt der Gerichtsmediziner. »Die Scheibe ist jedenfalls nicht schon vorher zerschlagen worden. Jede Menge Schnittwunden im Gesicht und an den Händen der Leiche, schau!«

Zusammen stellen sie fest, dass das Opfer gestürzt sein muss, nicht gesprungen. Sonst wäre der Mann weiter hinten, vermutlich in den Thujen, gelandet.

»Der ist gefallen, als ob dort kein Glas gewesen wäre. Runter wie vom Zehn-Meter-Turm ohne Anlauf. Bauchfleck«, meint der Berger.

»Irgendwelche verwertbaren Spuren, dass er gestoßen worden ist?«, fragt der Hartinger.

»Dafür muss ich mir die Leiche erst genauer ansehen. Andererseits – würdest du dich durch eine Glaswand fallen lassen, wennst dich umbringen möchtest? Also ich würd vorher das Fenster aufmachen. Du nicht?«

»Ein Fenster zum Aufmachen hat's nicht gegeben. Nur Kippfenster in unerreichbarer Höhe«, sagt der Hartinger. Er kniet sich auf den Boden, hebt eine Scherbe auf und hält sie dem Gerichtsmediziner hin. »Ziemlich dünn für so eine Glaswand im Dachgeschoss, was?«

»Dass die Behörden das haben durchgehen lassen, wundert mich auch. Ordnungsgemäß abgenommen hat das sicher niemand. Da wird die Versicherung die Witwe auf ihren Kosten sitzen lassen.«

»Apropos Witwe. Hätte sie viel Kraft gebraucht, um ihren Gatten durchs Glas zu schubsen?«

Der Berger grinst. »Ich kann nachschauen, ob ich am Rücken entsprechende Abdrücke oder Hämatome feststellen kann. Den Rest musst du selber rausfinden.«

»Kannst mir schon was über den ungefähren Todeszeitpunkt sagen?«

»Der Mann war laut Rektalmessung vermutlich noch keine zwei Stunden tot, als ihn seine Frau gefunden hat.«

»Du meinst, als sie uns angerufen hat.«

»Du spekulierst. Ich arbeite wissenschaftlich«, sagt der Berger. Er grinst erneut und packt sein Köfferl zusammen. »Morgen zehn Uhr«, sagt er.

Fundstücke

Das Beruhigungsmittel, das mir der Notarzt gespritzt hatte, ließ gegen vier Uhr früh nach. Ich wälzte mich im Bett herum, und meine Gedanken kreisten, ohne Ergebnis. Meine Unruhe wuchs. Schließlich hielt ich es nicht länger aus.

Ich ging zum Fenster und blickte hinüber zur Ordination. An der Haustüre klebte ein Zettel. Der gehörte vermutlich zu einem polizeilichen Siegel, welches ein unbefugtes Eintreten unterbinden sollte. Ob sie wohl auch den Kellerabgang dicht gemacht hatten?

Zwischen unser Haus und die Ordination hatten wir eine Garage gequetscht, aus der wir theoretisch trockenen Fußes in beide Gebäude gehen konnten. Den Eingang von der Garage ins Wohnhaus benutzte ich, wenn ich mit dem Auto vom Einkaufen kam. Zur Ordination ging ich hingegen immer über den Gartenweg und zum Haupteingang hinein. Durch die Garage war es eng, und man kam wegen der unterschiedlichen Niveaus der beiden Häuser zuerst in den Keller und musste dann über eine schmale Treppe wieder hochsteigen. Viel zu umständlich für den Alltag.

Jetzt kam mir diese Zugangsmöglichkeit jedoch sehr gelegen. Ich zog mir den Morgenmantel über, zwängte mich hinter dem Auto durch zur Feuertür und schloss sie auf. Ein modriger Geruch schlug mir entgegen. Hier war schon eine Ewigkeit niemand mehr gewesen. Abgesehen von einer Anzahl von Klein- und Kleinsttieren, die es sich über die Jahre gemütlich gemacht hatten. Besonders der Kelleraufgang war nichts für Arachnophobiker. Das ganze Treppenhaus musste ich unbedingt mal ordentlich sauber machen!

Die Kellertür ins alte Haus war, wie ich gehofft hatte, nicht versiegelt. Ich zog mir sicherheitshalber die verstaubten Schuhe aus und sah mich vorsichtig um. An der Ordination klebte ein Siegel, aber das Wartezimmer war offen.

Ich zwängte mich zunächst durch das Schwingtürchen in meine Empfangsloge – der Frotteemantel war meiner Figur wirklich nicht zuträglich – und stellte mit Freuden fest, dass die Polizisten auch die Verbindungstür von meinem Arbeitsplatz in die Ordination übersehen hatten. Ich hatte keinerlei Skrupel, sie zu benutzen, um mal kurz nach dem Rechten zu sehen. Spuren von mir gab es hier ja zuhauf, da kam es auf die eine oder andere mehr nicht an.

Schon gestern, als mich Herr Martin hier herinnen verarztet hatte, war mir nichts Ungewöhnliches aufgefallen. Alles an seinem Platz.

Ich zog die Laden mit den Patientinnendateien auf. Tipptopp in Schuss. Auch der Praxisraum bot sich mir wie immer dar. Die Faltrollos am Fenster waren herabgezogen. Die Liege und der gynäkologische Stuhl sorgsam mit einem frischen Papier überzogen. Weder das Waschbecken mit dem Desinfektionsspender noch das fahrbare Ultraschallgerät wiesen offensichtliche Fremdspuren auf. Alles blank geputzt. Ein Blick hinter den Paravent, der den Patientinnen Privatsphäre beim Umziehen gewähren sollte, bestätigte mir: Auch hier würde ein Spurensucher nichts finden.

Mein nächstes Untersuchungsobjekt war der Medikamentenschrank. Wir führten ja keine umfangreiche Hausapotheke, aber auch ein Frauenarzt bekam eine erkleckliche Menge an Ärztemustern von den Vertretern geschenkt, die mein Sparefroh gerne an Patientinnen weiterverkaufte. Ich fand das ein wenig peinlich, aber Hans Helmut hatte immer gemeint, dass mich das nichts anginge, ich sei bloß für die Ordnung im Arzneischrank zuständig. Alle paar Wochen durchforstete ich den Schrank und ordnete alles nach Ablaufdatum wie in der Billa – neu eingegangene Packungen hinten, ältere vorne. Abgelaufene Präparate entsorgte ich, bevor Hans Helmut auf die Idee kommen konnte, sie doch noch in Umlauf zu bringen. »Was kann schon passieren, Schatz, wegen ein paar Wochen?« Immerhin waren wir uns in einem Punkt einig gewesen: keine Verschwendung.

Genau dieser Gedanke kam mir auch jetzt. Was würde mit

all diesen Medikamenten geschehen? Würde die Polizei sie beschlagnahmen? Wäre doch schade darum! Vielleicht konnte ein Kollege damit etwas anfangen. Ich holte mir also einen Plastikbeutel und schob die neueren Sachen hinein. Sollten sie doch das Zeug mitnehmen, das ohnehin bald nicht mehr zu verwenden war.

Blieb nur noch der kleine Kühlschrank, in dem heiklere Sachen wie Impfstoffe und dergleichen gelagert waren. Viel war da nie drinnen, aber ich hatte erst vor ein paar Tagen ein Paket von der Apotheke geholt, das sofort in den Kühlschrank gemusst hatte: ein Botoxpräparat für eine Patientin mit Krampfproblemen in der Scheide. Sie hätte demnächst einer diesbezüglichen Operation unterzogen werden sollen. Das Medikament würde ich der Patientin am besten direkt zukommen lassen. Es war ziemlich teuer gewesen, und sie konnte es sich dann ja von einem anderen Arzt spritzen lassen.

Ich seufzte bei dem Gedanken, dass auch die restlichen Klientinnen sich nach jemand anderem umschauen mussten. Ich konnte es einfach nicht glauben. Hier war doch noch alles so wie früher!

Ich wischte mir eine Träne weg, öffnete den Kühlschrank und staunte. Völlig vereist. Auf höchste Kühlstufe gestellt. Das Gefrierfach halb offen. Das war völlig untypisch für meinen Mann. Als wär es heute gewesen, sah ich im Geiste sein entsetztes Gesicht vor mir, wenn die Kinder die Kühlschranktür zu lange offen stehen gelassen hatten. »Türe zu! Das Gerät vereist ja völlig.«

Aber das, womit der Eiskasten vollgestopft war, war noch viel obskurer. Ich zog zwei große Säcke mit riesigen chinesischen Schriftzeichen darauf hervor. Teigtascherl! Hatten die zwei Chinesen also tatsächlich Essen geliefert? Aber Hans Helmut hasste chinesisches Essen! Die Sache wurde immer mysteriöser.

Hinter die Teigtascherl hatte er einige Barren indische Butter gestopft. Wie idiotisch war das denn, Butter aus Indien zu importieren? Bei dem CO_2-Fußabdruck! Außerdem wusste man da ja nie, wie es mit den Hygienebedingungen an den Produktionsstätten aussah. Mein Mann wurde mir immer fremder. Trotzdem packte ich das Zeug in den Sack. Ich konnte ja mal dran riechen, bevor ich es entsorgte.

Die Botoxpackung war ganz nach hinten gerutscht. Ich hoffte, dass das Mittel die Kälte überlebt hatte. Soviel ich wusste, konnten sowohl zu hohe als auch zu niedrige Temperaturen den Wirkungsgrad von Botox deutlich verringern.

Im Kühlschrank standen nur noch zwei Flaschen Wasser. Ich drehte den Schalter zurück auf Minimalleistung und schloss sorgsam das Gefrierfach. Hier war ich fertig.

Blieb nur noch der Schreibtisch, an den ich mich jetzt mit einem mulmigen Gefühl im Bauch setzte. Würde ich hier Aufklärung für Hans Helmuts Absprung finden?

Die Perspektive war für mich ungewohnt. Der Chefsessel war alleinig für den Herrn Doktor bestimmt gewesen. An der linken Seite hatte er seinen Computer stehen, daneben das Telefon. Ich streifte mir Einmalhandschuhe über, denn hier hatten meine Fingerabdrücke eigentlich nichts verloren, und checkte zunächst seinen Anrufbeantworter. Er war leer. Alles gelöscht. Keine chinesischen oder sonstigen Drohanrufe. Immerhin.

Als Nächstes fuhr ich den Computer hoch. Das Passwort war kein Problem, Hans Helmut hatte überall dasselbe: den Mädchennamen und das Geburtsdatum seiner Mutter. »AnneHrdy*1605«.

»Da ist alles drin, was ein gutes Passwort braucht, Schatz. Sonderzeichen, Klein- und Großschreibung, Zahlen.«

Trotzdem hatte ich ein schlechtes Gewissen, als ich seinen Mailverkehr durchsah. War das nun – auch posthum noch – Vertrauensmissbrauch? Verstoß gegen das Briefgeheimnis?

Die Gedanken hatte ich mir umsonst gemacht. Alle eingegangenen Mails schienen rein geschäftlicher Natur zu sein. Hauptsächlich waren es Anzeigen von Pharmafirmen oder Werbeinfos über die neuesten Errungenschaften im Gerätesektor. Das bekam ich sowieso auch alles auf meinen Computer.

Im Ordner »gesendete Objekte« gab es ein paar private Mails. Praktischerweise hatte Hans Helmut immer die vollständigen »AW:AW:«-Schlangen hinterlassen, sodass ich bequem ganze Konversationen nachverfolgen konnte. Aber auch hier war nichts Verdächtiges zu entdecken. Hauptsächlich handelte es sich um Schreiben junger Mütter, die Bildchen ihrer Neugeborenen schickten und sich herzlich bedankten.

Blieb nur noch der Ordner »Entwürfe«. Hier fand ich einen Eintrag. Schon beim Lesen des Betreffs bekam ich zittrige Knie.

Der Hartinger und die Frauen

Dass er in anderer Leute Vergangenheit wühlen muss, ist der Hartinger ja gewöhnt, das gehört zu seinem Job. Dass man in letzter Zeit aber ständig in seinen eigenen Altlasten stochert, nervt ihn schon gewaltig. Den ganzen Abend lang hat er, unterstützt von ein paar Flaschen Bier, über sein Verhältnis zu Frauen nachgegrübelt. Und er ist – wie immer – zum selben Ergebnis gekommen.

Er – ein Frauenhasser? Lächerlich. Er mag Frauen. Immer schon. Und sie ihn. Das mit der Mutter ist jetzt beinahe vierzig Jahre her. Und dass deswegen seine beiden Ehen nicht funktioniert hätten, das ist barer Unsinn. Ein Hirngespinst vom Kastner. Die Erste, die Veronika. Die hätte er von vornherein nicht heiraten dürfen. Weil, nur damit du eine hübsche Frau an deiner Seite hast, das ist halt ein recht dürftiges Fundament für eine Ehe. Das hatte er auch bald begriffen. Trial and Error eben – Versuch und Irrtum. Die Veronika war nämlich nur blond. Zwar nicht Natur, aber trotzdem. Die Tatsache, dass sie ihn verlassen hat, hat ihn nicht sonderlich erschüttert. Nur dass sie es wegen eines anderen Kerls getan hat, das fuchst ihn noch heute. Weil, für einen gekränkten Mann sind die bedauernden Blicke der Kollegen das Schlimmste überhaupt. In Wirklichkeit steht ihnen die Schadenfreude ja ins Gesicht geschrieben. »Das hast jetzt davon, Hartinger, weil du sie wegen der Karriere vernachlässigt hast. Oder warst ihr vielleicht im Bett nicht gut genug?«

Noch jetzt, nach so vielen Jahren, wird ihm heiß, wenn er daran denkt.

Wie auch immer. Die Lücke, die die Veronika hinterließ, war nicht allzu groß, außer im Ehebett vielleicht. Da hat man das Vakuum ja quasi direkt vor Augen, wenn das Bett halb leer steht.

Wahrscheinlich hat er sich auch deswegen noch einmal rumkriegen lassen. Objektiv betrachtet, hat er die Auswahlkriterien beim zweiten Mal aber wirklich sehr vernünftig gestaltet. Mit der Birgit hat man stundenlang über Gott und die Welt quatschen können. Weil, gebildet war sie, die Frau Lehrerin. Und hübsch auch. Nur dass sie nicht so viel Wert auf ein künstliches Äußeres gelegt hat wie die Veronika. Eher ein natürliches. Und das war dem Hartinger dann auch wieder nicht so hundertpro, die Sache mit der Natur und der Gesundheit. Auf die Dauer fast ein bisserl lästig. Mit der Ernährung und der Bewegung, da hat er ja gerade noch mitkönnen mit ihren Prinzipien. Weil, Schnitzel und Schweinsbraten hat er ja eh in der Kantine gekriegt. Und die Bewegung, die hat ihm wirklich gutgetan. Im Schwimmbad haben nicht nur die Kollegen neidisch auf seinen Bauch geschaut. Und beim Hundert-Meter-Sprint ist ihm auch keiner nachgekommen.

Nur leider. Das mit dem Alkohol, da hat die Birgit es dann wirklich übertrieben. Immer öfter hat der Nachbar an die Wand klopfen müssen, weil sie sich befetzt haben, der Hartinger und seine Frau Lehrerin. Sie sei intolerant, hat er ihr vorgeworfen. Er habe schließlich kein Problem damit, wenn sie nichts trinke. Ergo müsse sie es umgekehrt auch akzeptieren. Ein Bier nach dem Dienst. Eine gute Flasche Wein vor dem Fernseher. Das macht dich doch noch lange nicht zum Trinker, mein Gott.

»Ja, wenn es bei einem Bier und einer Flasche bleibt, sagt ja eh keiner was.«

»Du bist kleinlich.«

»Ich will halt kein Kind von einem Alkoholiker!«

»Wieso Kind? Ich brauch kein Kind. Hast nicht genug von denen in der Schule?«

»Das Saufen ist dir also wichtiger als ein Nachkomme?«

Ja, und genau da, wenn der Hartinger es sich damals selbst eingestanden hätte, dass er einfach Angst hatte, dass er kein Kind wollte, weil Kinder so unglücklich sein können, dann hätte er die Kurve vielleicht noch gekriegt, das weiß er aus heutiger Sicht. Stattdessen hat er geschrien: »Lass dich halt von einem strohtrockenen Lehrer schwängern!«, und sich ein Bier aufgemacht.

Das hat die Birgit dann auch getan. Also das mit dem Lehrer.

Schwamm drüber, sagt sich der Hartinger und verscheucht

die Bilder aus der Vergangenheit mit einer wegwerfenden Handbewegung – und einem weiteren Bier. Ist ja auch schon wieder locker zehn Jahre her. Außerdem. So eine Ehe ist sowieso eine brandgefährliche Sache. Weiß er ja auch aus kriminalistischer Erfahrung. Der Moser zum Beispiel. Wenn der Single geblieben wäre, dann wär er jetzt vermutlich nicht tot.

Blick zurück

Betreff: Auf Wiedersehen!

Liebe Elli,
wenn du diese Zeilen liest, bin ich aus deinem Leben verschwunden.
Es tut mir so leid, Schatz. Ich bin da in etwas hineingeraten, das ich nicht mehr unter Kontrolle habe. Es bleibt mir kein anderer Ausweg.
Sei mir bitte nicht allzu böse. Glaub mir, ich konnte nicht anders, und es ist für uns alle am besten so! Ich hoffe, du kannst mir verzeihen, und bitte vergiss mich nicht!
Wir sehen uns wieder in einer besseren Welt!
In ewiger Liebe
H. H.

Ich klickte die Mailbox weg und ließ die Worte sickern.

Am liebsten hätte ich den Inspektor sofort angerufen, aber das konnte ich nicht. Ich war ja illegal hier. Außerdem war es nur eine Frage der Zeit, bis er diese Zeilen entdecken würde. Trotzdem hätte ich es auch gerne brühwarm von ihm persönlich gehört, dass diese latenten Verdächtigungen gegen mich nun endgültig vom Tisch wären.

Ich muss gestehen, dass mich neben all der Trauer, die ich in diesem Moment empfand, auch schreckliche Wut packte. Jetzt, wo die Möglichkeit, dass es sich um einen Unfall gehandelt haben könnte, weggefallen war – das einzige Szenario, mit dem ich mich einigermaßen hätte abfinden können. Wie hatte er mir das antun können? Sich einfach aus dem Staub zu machen und mir das Chaos zu hinterlassen? Das war doch keine Lösung!

Andererseits sah es ihm auch ähnlich. Seit ich ihn kannte, hatte er es so gehalten. Jede Schwierigkeit, der er sich hätte stellen müssen, wurde auf mich abgewälzt. Als ich ihn kennengelernt hatte, auf einem Studentenfest vor mehr als dreißig Jahren, da war er völlig verzweifelt gewesen, am Boden zerstört. Stundenlang hatte ich mir anhören müssen, wie arm er sei, weil ihm seine Freundin den Laufpass gegeben hatte. Sein gesamtes Geld habe er in die gemeinsame Wohnung gesteckt, und dann habe sie ihn einfach rausgeworfen. Ich erbarmte mich seiner und ließ ihn vorübergehend gratis bei mir im Wohnzimmer schlafen. Nach einem halben Jahr tupfte ich einmal dezent bei ihm an, ob er denn schon eine Wohnung in Aussicht habe, die dauerhafte Unordnung auf dem Sofa machte mich ganz kirre. Da brach er in Tränen aus und warf mir vor, grausam zu sein. Und ob ich denn nicht bemerkt habe, wie verliebt er in mich sei.

Hatte ich tatsächlich nicht, weder anhand seiner Worte noch seiner Taten. Aber sein Geständnis rührte mich, wo es ohnehin schon empfindlich an mir nagte, dass ich es mit meinen einundzwanzig Lenzen noch immer nicht zu einem festen Freund gebracht hatte. Schließlich sprachen einige meiner ehemaligen Schulkolleginnen damals schon von Heirat und vom Kinderkriegen.

»Vielleicht solltest du ja mal in den Spiegel gucken«, hatte meine Mutter mit vorwurfsvollem Blick auf meine angeblich immer üppiger werdenden Kurven gemeint.

Diese, so beteuerte Hans Helmut mit Nachdruck, störten ihn nicht im Mindesten. »Ein Mann will doch was in der Hand haben.«

Von da an waren wir also ein Paar gewesen – und alle Welt (außer meiner Mutter) war überzeugt, dass sich hier die Richtigen gefunden hatten. Hans Helmut war drei Jahre älter als ich, hatte seinen Wehrdienst bereits hinter sich gebracht und war mir im Studium der allgemeinen Medizin anfänglich zwei Jahre voraus, was ich allerdings bald aufholte. Er fand es toll, dass wir von nun an zusammen lernen konnten. Ich trabte auch weiterhin brav zu den Vorlesungen und verfasste druckreife Manuskripte, während er sich um die sozialen Netzwerke kümmerte, wie er das nannte. Dies bedeutete (damals!) in der Regel, dass er an den Vormittagen in Kaffeehäusern herumlungerte und über Kunst oder Politik diskutierte und nächtens in der Bude seiner Studentenverbindung zechte. Das sei mindestens genauso wichtig wie ein abgeschlossenes Hochschulstudium, behauptete er. Seilschaften müssten in jungen Jahren geknüpft und stets gepflegt werden.

Schriftliche Klausuren absolvierten wir immer gemeinsam, und Hans Helmut schrieb hemmungslos von mir ab. Nur bei mündlichen Prüfungen musste er seinen Mann stehen. Logischerweise durfte ich ihn auf diese Examen vorbereiten. »Da lernst du ja selber am meisten dabei!« Wenn er scheiterte, was des Öfteren geschah, hatte ich ihn angeblich auf die falschen Themen hin getestet.

Leider fiel ich in der Folge im Studium etwas zurück, denn ein Zwei-Personen-Haushalt will ja auch gepflegt werden. So sah ich das zumindest. In Reaktion auf das Chaos, das meine Mutter stets hinterlassen hatte, hatte ich schon in jungen Jahren einen Putzfimmel entwickelt. Hans Helmuts sorgloser Umgang mit der Ordnung stand diesem diametral entgegen.

»Das ist ja krankhaft«, schimpfte er, wenn ich ihn auf seine Sockenhaufen ansprach oder darum bat, die Dusche so zu verlassen, wie er sie vorgefunden hatte – nämlich mit haarfreier Duschwanne und tropfenfrei abgezogenen Wänden. Da die unorthodoxen Erziehungsmethoden meiner Mutter – sofern man überhaupt von solchen sprechen konnte – auch eine stark ausgeprägte Harmoniesucht in mir hinterlassen hatten, warf ich bald die Flinte ins Korn. Bevor er mich in lähmende Diskussionen verstricken konnte, räumte ich lieber gleich hinter ihm her. Kochen und Einkauf oblagen sowieso zu hundert Prozent mir. »Die Kochkünste sind eindeutig dein Metier, Schatz!«

Das Einzige, was er zum gemeinsamen Haushalt beitrug – außer der genauen Hälfte des notwendigen Etats, darauf hatte ich bestanden –, war die Finanzanalyse. In einem Haushaltsbuch musste ich minutiös festhalten, was ich für Essen, Putzmittel und sonstige Anschaffungen ausgab, und am Ende jeden Monats wurde abgerechnet.

Seine Spartipps trug er stets freundlich, aber bestimmt vor:

»Muss es denn unbedingt Butter sein, Schatz? Margarine ist doch viel gesünder. Denk an deinen Cholesterinspiegel.« Obwohl er selbst nie einkaufen ging, wusste er durch eingehendes Studium diverser Werbeprospekte über Preise und Aktionen genauestens Bescheid. »Das Waschmittel wäre bei Hofer diese Woche um fünf Schilling billiger gewesen, Schatz.«

Leider hatten wir dann auch bei den Verhütungsmitteln gespart.

»Das ist ja der reinste Wucher, was die Pharmafirmen für die Pille verlangen! Kondome sind da viel billiger und kommen nur zum Einsatz, wenn sie wirklich gebraucht werden«, hatte Hans Helmut gesagt und mir dabei lustvoll zugezwinkert.

Die ursprüngliche Freude, eine riesige Familienpackung Blausiegel im Ausverkauf erstanden zu haben, weil ihr Ablaufdatum fast erreicht war, schlug in Panik um, als meine Periode ausblieb und mein Busen zu wachsen begann. Die Anschaffung eines Schwangerschaftstests mogelte ich am Haushaltsbudget vorbei, aber als auch mein Bäuchlein schon deutlich zu wachsen begann, musste ich mit der Wahrheit raus.

»Das ist ja wunderbar!«, rief Hans Helmut, als ich ihm die Schwangerschaft beichtete. Damit war eine Diskussion über eine Abtreibung, zu der mir meine Mutter telefonisch vehement geraten hatte, vom Tisch.

»Kind, du ruinierst dir dein Leben! Willst du hinter dem Herd versauern?«

»Hans Helmut ist bald mit dem Studium fertig, Mama. Dann passt meine Schwiegermutter auf das Baby auf, und ich werd meinen Abschluss machen.«

»Was? Du ziehst zu den Schwiegereltern? Aufs Land?«

»Es ist billiger, Mama, und von Mistelbach fährt mehrmals täglich eine Schnellbahn nach Wien.«

»Und schlafen tust du in Hansis Kinderzimmer, oder was? Während die Oma kocht?«

»Natürlich nicht, Mama. Die Dachwohnung können wir uns völlig autark einrichten. Wir haben einen großen Wohnraum, wo eine Küchenzeile eingebaut wird. Ein kleines Bad mit Dusche und ein Schlafzimmer mit Einbauschrank sind vorhanden. Mehr brauchen wir nicht.«

»Einbauschrank! Wie romantisch! Dir ist nicht zu helfen«, hatte Mama geschimpft. »Ich spar mich krank für dein Studium, und du wirst Hausfrau?«

Dass sie wegen meines Studiums massive Einschränkungen hätte hinnehmen müssen, war mir neu. Ich hatte von Beginn an eine großzügige Studienbeihilfe vom Staat bezogen, weil Mamas recht unregelmäßiges Einkommen als Reiseleiterin stets unter der Einkommensgrenze fürs Stipendium blieb. Außerdem war sie offiziell Alleinerzieherin, auch wenn sich die Lebensabschnittspartner bei ihr die Klinke in die Hand gaben. Dass sie es sich leisten konnte, mehrere Wochen im Jahr in Goa zu verbringen, wusste der Fiskus ja auch nicht.

»Du willst doch bloß nicht Großmutter werden!«, hatte ich ihr vorgeworfen. »Aber du brauchst keine Angst zu haben, dass du babysitten musst, Mama! Mein Kind soll in geordneten Verhältnissen aufwachsen.« Das hatte gesessen.

»Undankbares Kind! Ich mein es nur gut mit dir. Du wirst noch an meine Worte denken!«, hatte sie ins Telefon gerufen und den Hörer aufgeknallt.

Von da an bekam ich Mama nur noch sporadisch zu sehen. Die Verachtung, die sich meine Mutter und meine Schwiegereltern entgegenbrachten, beruhte auf Gegenseitigkeit, und Mama weigerte sich, mich im Haus dieser spießigen Provinzler zu besuchen. Wenn ich sie sehen wolle, müsse ich sie in Wien aufsuchen.

Klar sollte sie recht behalten. Hans Helmut brauchte ohne meine Hilfe bedeutend länger als erwartet für sein Studium. »Das tägliche Pendeln raubt mir ganz schön viel Substanz, Schatz!«

Die Wohnung in Wien hatten wir nicht nur wegen des Geldes aufgeben müssen. Auch wäre die kleine Lisbeth im Haus seiner Schwiegereltern viel besser aufgehoben, meinte Hans Helmut. »Ein Kind gehört aufs Land!«

Da dieses Kind auf dem Land allerdings einen ungünstigen Biorhythmus entwickelte, musste ich es in der Nacht aus dem ehelichen Schlafzimmer entfernen, worauf es mit Dauerschreien reagierte.

»Mach was mit dem Kind, sonst werd ich nie mit dem Studium fertig, Schatz!«

Ich machte also nächtelang was mit dem Kind, hauptsächlich im kleinen Flur unserer Wohnung. Im großen Wohnzimmer der Schwiegereltern ging es leider nicht, weil ihr Schlafzimmer angrenzte und die betagten Leute ihren Schlaf brauchten wie ein Stück Brot.

Als Hans Helmut sein Turnusjahr im Landesklinikum Mistelbach antrat, seufzte ich erleichtert auf und kramte meine Skripten und Bücher hervor, um mit großer Vorfreude darin zu lesen. Im Herbst wollte ich es endgültig wieder angehen.

Leider erlitt meine Schwiegermutter im Sommer einen Schlaganfall und landete im Rollstuhl. Natürlich wusste ich, dass sie das nicht mit Absicht getan hatte, aber meine Wut war grenzenlos. Mein Schwiegervater war so taub – oder dement, das wusste keiner so recht –, dass ihm die Haushaltsführung nicht zuzumuten war. Also musste ich mich nun auch noch um die Schwiegereltern kümmern.

»Das trifft sich doch wunderbar, dass wir im Haus sind, Schatz. Da brauchen wir keine teuren Pflegekräfte zu bezahlen.«

»Wir« bedeutete in Wahrheit natürlich *ich*, denn Hans Helmut war ja nun berufstätig und brauchte seine Ruhe, wenn er nach Hause kam. Immerhin sah er ein, dass es für das Kind im Dachgeschoss langsam etwas eng wurde, denn unser kleiner Wirbelwind war für die alten Herrschaften zu anstrengend.

Hans Helmut erwarb für günstiges Geld das Nebengrundstück, und wir wurden klassische Häuslbauer. Neben Kind und Schwiegereltern beaufsichtigte ich nun auch die Bauarbeiten, verhandelte mit den Firmen und fuhr ins Lagerhaus, wenn es an Werkzeug oder Baumaterialien gebrach. Auch die Verköstigung der Bauarbeiter zählte zu meinem Aufgabenbereich. Hans Helmut übernahm hier nur die Auswahl, streng nach ökonomischen Richtlinien, versteht sich. Dabei spielte ihm der Fall des Eisernen Vorhangs günstig in die Hände. Anscheinend war die

Hälfte der männlichen Bevölkerung unserer slawischen Nachbarn zu Universalbauarbeitern ausgebildet worden, denn sobald sich irgendwo ein Rohbau auftat, bremste sich ein Škoda, Lada oder Polski Fiat davor ein, deren Insassen allesamt qualifizierte Arbeit zu Schnäppchenpreisen anboten. Vom Maurer über den Elektriker bis hin zum Installateur war alles dabei.

Natürlich musste man sowohl Fahrzeug als auch Arbeiter vor neidischen Blicken schützen, Arbeitsbewilligungen waren ja beiderseitig unerwünscht. Und so kam es schon mal vor, dass ich zusätzlich zum täglichen Geschäft eine geheime Vollpension im Rohbau betrieb, welche Frühstück, Gabelfrühstück, Mittag- und Abendessen, die tägliche Kiste Bier sowie ein Matratzenlager anbot. »Du hast ja keine Vorstellung, Schatz, was wir uns dadurch ersparen!«

Frei nach dem Energieerhaltungssatz ging die finanzielle Ersparnis anderweitig an die Substanz. Während ich meinen Schlafmangel mit Kaffee und Nutellabrötchen abfing, schlitterte mein Mann in einen Burn-out. Es hieß zwar damals noch nicht so, aber die Konsequenzen waren ähnlich. »Ich muss was für mich tun, sonst schnapp ich noch über.«

Hans Helmut hatte im Vorfeld die Baupläne für unser Einfamilienhäuschen gezeichnet. »Wer braucht schon einen Architekten, wo es ausgeklügelte Pläne für Fertigteilhäuser gibt, die man problemlos adaptieren kann?« Dabei hatte er sein künstlerisches Talent entdeckt. Er schrieb sich in einen Malkurs der Volkshochschule ein, den ein bekannter Weinviertler Künstler leitete. »Einen Kurs in dieser Qualität bekommt man nicht einmal auf der Kunstakademie. Man muss die Chancen wahrnehmen, wenn sie sich bieten!«

Dasselbe Prinzip setzte er, durch die Kunst erholt, auch beim ehelichen Beischlaf durch. Wann immer er Lisbeth, deren Gitterbett dicht am Ehebett stand, im Tiefschlaf wähnte, stupste er mich an, egal, ob auch ich schon entschlummert war.

»Elli. Die Gelegenheit ruft!«

Meinen Einwand, dass auch ich ab und zu die Chance zur Nachtruhe wahrnehmen wollte, wischte er mit vielversprechenden Gesten vom Tisch. »Danach schläfst du sicher wie ein Baby.«

Auf ihn mochte das vielleicht zutreffen, er schnarchte, kaum dass er mich beglückt hatte. So bekam er auch selten mit, wenn Lisbeth ihren Tiefschlaf unterbrach und stattdessen spielen wollte. Durch Hans Helmuts nächtliche Aktivität wurde aber nicht nur unser erstes Baby geweckt, auch das zweite ließ nicht lange auf sich warten. Es war ein Junge, und wir nannten ihn Hannes.

Hans Helmut war begeistert. »Das Zweite läuft ja sowieso nebenher. Und Papa freut sich so über einen Stammhalter!«

Während mein Mann bei der Arbeit war oder sich beim Malen entspannte – »Halt mir bloß die Kleine von der Staffelei weg. Die Farben haben ein kleines Vermögen gekostet!« –, wechselte ich große und kleine Windeln, putzte sowohl die schwiegerelterliche als auch unsere Wohnung und räumte den Dreck weg, den die Arbeiter im Rohbau hinterließen. Immerhin trug meine Aufopferung Früchte, und Hans Helmut beendete die Ausbildung zum Facharzt für Gynäkologie und damit eine lange Durststrecke.

Praktischerweise fiel diese Promotion mit dem Umzug ins Haus und dem Ableben meiner Schwiegermutter zusammen. Opa Moser wurde kurzerhand ins Pflegeheim verlegt, und Hans Helmuts elterliche Wohnung zur Ordination umgebaut.

Inzwischen war ich so weit vom Studium entfernt und auch leidlich erschöpft, dass ich mich breitschlagen ließ, für Hans Helmut die Arzthelferin zu geben.

»Du hast ja keine Idee, was gutes Personal heute kostet!«, wetterte mein Mann. »Du bist vom Fach, die paar Einschulungskurse machst du mit links. Außerdem, wenn ich dich bezahle, dann bleibt das Geld wenigstens in der Familie. Und für die Kinder brauchen wir auch keine Ganztagsbetreuung zu finanzieren.«

Großzügig richtete er mir ein eigenes Konto ein – »Damit du unabhängig bist und später mal eine eigene Pension bekommst« – und bezahlte mich laut Kollektivvertrag. Das Geld blieb dann tatsächlich zum größten Teil in der Familie, denn davon bestritt ich den Haushalt. Immerhin musste ich Hans Helmut keine Rechenschaft mehr ablegen und durfte damit walten, wie es mir beliebte. Seit die Kinder aus dem Haus waren, hatte ich mir sogar schon eine Kleinigkeit ersparen können. Eine geführte Reise zu verschiedenen Gärten Europas schwebte mir vor. Da könnte ich als Frau auch alleine fahren, denn Hans Helmut zog es nicht in die Ferne.

»Wieso sollte ich für teures Geld in Urlaub fahren, wenn ich es zu Hause auf der Terrasse bei einem guten Achterl genauso schön haben kann?«

Ab nun würde ich sowieso alles allein machen müssen, schoss es mir durch den Kopf. Wut und Trauer überwältigten mich erneut. Ich wischte meine Tränen mit dem Ärmel weg, fuhr den Computer runter und ging durch den Schleichweg zurück ins Haus.

Kipferl und Woodstock

In der Zwischenzeit war es Tag geworden. Sinnlos, noch einmal ins Bett zu gehen. Auch die Temperatur war bereits deutlich über die Zwanzig-Grad-Marke geklettert.

Ich duschte mich ausgiebig, rubbelte mir den Staub der Kellertreppe aus dem Haar und zog mir etwas Luftiges an. Der Cappuccino musste heute extra cremig sein. Nach Essen war mir immer noch nicht. Ich schob die Zeitung ungelesen zur Seite und suchte krampfhaft nach Arbeit, die ganz dringend erledigt werden musste. Der Geschirrspüler war weder ein- noch auszuräumen. Die Fenster waren geputzt, die Arbeitsflächen glänzten im Sonnenlicht. Ich kehrte zum zweiten Mal die Küche aus. Hier würde nicht einmal eine Ameise satt werden.

Schließlich konnte ich es nicht länger hinausschieben, ich musste meine Familie informieren. Hannes sollte der Erste sein, ihn wollte ich noch erreichen, bevor er zur Arbeit fuhr.

Er war zunächst völlig außer sich, dass ich nicht schon am Vortag angerufen hatte, und zeigte auch kein Verständnis dafür, dass ich unter Schock und Einfluss eines Beruhigungsmittels gestanden hatte. »Diese Polizisten hätten anrufen müssen, Mama. Wir wären sofort gekommen!«

Ein invasiver Besuch von Hannes und Gattin samt Hund wäre allerdings das Letzte gewesen, was ich und meine Nerven gestern gebraucht hätten. Natürlich sagte ich ihm das nicht. »Das ist lieb, Hannes. Aber ihr hättet mir auch nicht helfen können – und dem Papa schon gar nicht.«

Er glaubte keine Sekunde daran, dass sein Vater sich umgebracht haben könnte. »Das ist doch völlig absurd! Warum hätte er das tun sollen, Mama?«

»Ich versteh es auch nicht, Hannes«, sagte ich matt. »Aber es ist die Realität. Leider.« Ich hatte im Moment gar nicht die Kraft, mich mit der Frage herumzuschlagen, warum sich Hans Helmut das Leben genommen haben könnte. Das Resultat an sich reichte, um den Boden unter den Füßen zu verlieren. Es fiel mir schwer genug, darüber zu berichten.

Aus dem Hintergrund hörte ich Doris' ständiges Dreingequatsche. »Was hat er? Wieso war die Polizei im Haus? Mich würde es nicht wundern, wenn er sich …«

Erschöpft beendete ich das Gespräch nach fünfzehn Minuten. Wenigstens hatte mir Hannes freiwillig angeboten, seine Schwester anzurufen. Er hatte mir zwar einmal ihre Nummer verraten, aber Hans Helmut wollte nicht, dass ich sie anrief. »Erst wenn sie sich bei mir entschuldigt hat, Schatz. Vorher verbiete ich dir, mit ihr zu sprechen!«

Jetzt konnte er es mir zwar nicht mehr verbieten, aber mir fehlte der Mut, den ersten Schritt zu tun. Ich war mir ohnehin sicher, dass sie nicht zur Beerdigung ihres Vaters kommen würde.

Blieb nur noch Mama. Auch dieses Gespräch würde nicht einfach werden. Obwohl wir uns nicht zerstritten hatten, war unser Verhältnis immer schon ein schwieriges gewesen.

Sie war erstaunlicherweise schon auf. »Namaste!«, sagte sie.

Ich brachte gerade noch ein »Ich bin's, Mama« heraus, dann begann ich, hemmungslos zu schluchzen.

»Elli? Was ist passiert?«

Es dauerte ewig, bis ich ihr die notwendigen Details verständlich machen konnte.

»Versteh ich das richtig? Haha hat sich umgebracht, und du hast ihn gefunden? Ich wusste schon immer, dass er ein Arschloch ist.«

Meine Mutter hatte Hans Helmuts Namen nie zur Gänze ausgesprochen, entweder nannte sie ihn Hansi oder schlicht H. H., also ausgesprochen »Haha«. Das zeigte ja schon von vorneherein, was sie von ihm hielt.

»Mama, bitte! Sprich nicht so despektierlich über meinen toten Mann.«

»Du brauchst ihn nicht mehr in Schutz zu nehmen, Kind. Ich finde, es ist verabscheuungswürdig, dass er dir das angetan hat. Hoffentlich hat er dir wenigstens eine ordentliche Lebensversicherung hinterlassen!«, schimpfte sie, bevor sie das Gespräch beendete.

Im Grunde genommen hatte sie ja recht. Auch ich musste zugeben, dass ich Hans Helmut diesen letzten Schritt schwerlich verzeihen konnte. Mich so brutal aus meinem gewohnten Alltagstrott zu reißen! Abgesehen davon ließ er mich auch noch mit dem schlechten Gewissen zurück, seine Probleme nicht erkannt zu haben. Wir waren uns doch immer nahegestanden. Ja. Die leidenschaftliche Liebe wie bei Shakespeare war es nicht gewesen, aber welches Ehepaar konnte das schon von sich behaupten? Wir hatten harmonisch zusammengelebt, unsere Sorgen und Nöte geteilt, wenn auch – zugegebenermaßen – nicht immer ganz gerecht. Und jetzt das? Warum?

Seufzend blickte ich auf die Uhr. Der Tag würde lang werden. Vielleicht würde ich im Garten etwas Ruhe finden. Ich warf mir eine Stola um und setzte mich in meine Hollywoodschaukel. Freute mich, dass die Vögel und Insekten meine Pflanzenwelt genauso liebten wie ich.

Das regelmäßige Wippen hatte mich in den Schlaf geschaukelt, und es dauerte eine Weile, bis ein lautes Gebimmel es bis in mein Bewusstsein schaffte. Aber dann war ich schlagartig munter. Die Haustürglocke!

Die Chinesen? Mein Herz raste.

Ich schlich mich zurück ins Haus und lugte vorsichtig durch den Türspäher.

Selten war ich so erleichtert gewesen, meine Mutter zu sehen. Sie stand in der Tür wie eine astrale Erscheinung. Die Morgensonne brachte ihr hennagefärbtes Haar zum Leuchten, und in ihrem weißen Kleidchen sah sie nicht nur aus wie das Christkind, sondern auch wie frisch aus dem Bett. Wie immer trug sie keinen BH, woraus der dünne Leinenstoff kein Hehl machte. Sie war barfuß.

»Mama! Wie kommst du denn so schnell hierher?«

»Mit der Schnellbahn, Liebes. Die Öffis von Wien in die Provinz sind nicht so schlecht wie ihr Ruf. Und was werd ich schon hier machen? Mich um dich kümmern, was sonst.«

Sie drückte sich an mir vorbei und tapste ins Wohnzimmer, wobei ihre dreckigen Fußsohlen hässliche Abdrücke auf meinen frisch gebohnerten Vorzimmerfließen hinterließen. Ich lief ihr nach, um ihr Frotteeschlapfen anzutragen, musste jedoch hilflos zusehen, wie sie ihre schmutzige Batiktasche auf mein weißes Ledersofa warf und eine Bidi-Zigarette herauszog.

»Nein, Mama!«, rief ich. »Du wirst in meinem Haus nicht rauchen. Und wasch dir bitte die Füße, bevor du dich auf meinem Sofa niederlässt.«

»Mensch, was bist du borniert«, schimpfte sie. Immerhin ging sie mit ihrer Zigarette nach draußen, wobei sie den Weg durch die Küche auf die Terrasse nahm. Ich versuchte, ihre Spuren zu ignorieren, und brachte ihr einen Aschenbecher, bevor sie auf die Idee kommen konnte, meinen schönen Oleander zu missbrauchen.

»Hast du schon gefrühstückt?«, fragte ich.

»Hast du denn was im Haus? Das wäre ja der Hammer. Am besten gleich hier draußen in der Sonne, Liebling?«

Ich machte mich also in der Küche an die Arbeit. Schnitt ein paar Scheiben Vollkornbrot, holte Schinken und Käse aus dem Kühlschrank und drapierte alles hübsch auf einem Teller. Radieschen, Cocktailtomaten und Salatgurken aus dem Garten rundeten die Platte ab. Dann goss ich für Mama einen Kräutertee auf und braute mir einen starken Kaffee. Natürlich kamen auch Milch, Butter, hausgemachte Marmelade und eine Schale Obst mit auf den Tisch.

»Bircher Müsli hast du wahrscheinlich nicht, Liebling? Macht nichts«, sagte Mama, noch bevor ich das Tablett vor ihr abgestellt hatte.

»Tut mir leid. Hans Helmut und ich, wir haben – hatten – kein Faible für Zerealien«, sagte ich matt. Beim Gedanken an meinen Mann schnürte es mir den Hals zu. »Haferflocken könnte ich dir anbieten«, stammelte ich.

»Ach, lass es gut sein«, sagte Mama generös. »Dann werde ich heute ausnahmsweise ein pikantes Frühstück nehmen. Hättest du vielleicht ein weiches Ei für mich? Wenn schon, denn schon.«

Ich schnappte meine Tasse mit dem duftenden Kaffee und

schlich in die Küche zurück, um Mamas Ei zu kochen. Gedankenleer stierte ich auf das Wasser, bis es zu blubbern begann, während ich im Stehen meinen Kaffee schlürfte.

Kaum hatte ich zwei Eier eingelegt, schrillte abermals die Haustürglocke. Klingel am Morgen bringt Kummer und Sorgen. Sicherheitshalber trank ich den Kaffee aus, bevor ich an die Tür ging.

Umso erfreuter war ich, als ich in die schönen Augen von Herrn Martin blickte.

»Ich dachte, ich guck mal, wie es Ihnen heute Morgen geht«, sagte er. »Darf ich reinkommen? Ich habe mir erlaubt, frisches Gebäck mitzubringen. Sie sollten den Tag mit einem kräftigen Frühstück beginnen, wenn Sie gut über die Runden kommen wollen.«

Ich nahm ihm dankbar den Jutebeutel vom Bäcker ab und führte ihn auf die Terrasse.

»Herr Martin. Das ist meine Mutter«, stellte ich die beiden einander vor.

»Oh. Wenn ich gewusst hätte, dass Sie Gesellschaft haben ... Ich kann gern ein anderes Mal kommen. Ich will nicht stören. Die Frau Mama ist wohl gerade erst aufgestanden?«, sagte er mit einem vielsagenden Blick auf ihr Hemdchen.

»Aber keineswegs«, sagte sie. »Ich bin schon seit Stunden unterwegs. Setz dich doch zu mir, Martin, und erzähl mir, wie du zu meiner Tochter kommst. Ich bin übrigens die Marion.«

»Wenn schon, dann Wieland«, korrigierte Herr Martin. »Martin ist der Nachname.« Er räusperte sich verlegen. So viel Vertrautheit war ihm wohl etwas zu viel auf nüchternen Magen. Trotzdem streckte er Mama höflich die Hand hin.

Mama erwiderte den Händedruck mit einem aufreizenden Lächeln. Wenigstens küsste sie ihn nicht gleich.

»Es ist Ihnen doch auch recht, wenn wir uns duzen, Frau Moser?«, wandte er sich an mich. »Nach der gestrigen Nacht?«

»Aha?«, sagte meine Mutter.

Ich warf ihr einen bitterbösen Blick zu. »Herr Martin – Wieland – hat mir gestern quasi das Leben gerettet.«

»Jetzt übertreibst du aber ... äh?«

»Elli.«

»Elli Grace, genau genommen«, ergänzte meine Mutter. »Nach ...«

»Mama! Ich glaube nicht, dass Wieland sich für die Herkunft meines Namens interessiert.« Ich wusste ja, welche Geschichte jetzt kommen würde. Selbst mit meinen beinahe fünfzig Lenzen war sie mir noch peinlich, deshalb eilte ich in die Küche, um ein weiteres Gedeck und eine Tasse Kaffee für Wieland zu holen. Die Eier waren in der Zwischenzeit hart gekocht. Ich nahm sie heraus und legte drei neue ins Wasser. Diesmal wartete ich viereinhalb Minuten ab.

Ich hätte besser noch länger warten sollen. Mama stand dicht neben Wieland am Tisch, als ich die Terrasse wieder betrat. Abgesehen davon, dass sie die Grenze der intimen Distanzzone deutlich überschritt, beugte sie sich so weit vor, dass er unweigerlich in ihr Dekolleté blicken musste. Selbst mit ihren sechsundsechzig Jahren konnte sie es nicht lassen, sich jedem halbwegs attraktiven Mann an den Hals zu werfen. Zugegebenermaßen war Wieland nicht nur halbwegs, sondern extrem attraktiv. Freilich war er für Mama viel zu jung, er nahm ja mir schon einige Jahre ab.

»Was für eine hübsche Namensgeschichte!« Wieland schaute auf und schenkte mir ein unwiderstehliches Lächeln.

Mir wurde trotz der peinlichen Situation ganz warm ums Herz.

»Und so romantisch!«

Erst jetzt bemerkte ich, dass er ein Foto – *das* Foto – in der Hand hielt. Es zeigte meine Mutter mit sechzehn, eine langhaarige, lachende Schönheit, barbusig im Kreise nackter junger Männer sitzend. Die meisten Jungs sah man nur von hinten. Der Wuschelkopf direkt neben ihr gehörte meinem Vater. Er hieß Eliyah und war als Sohn russisch-jüdischer Einwanderer ein typischer Amerikaner. Seine Mom rief ihn Elli. Das ist die Erklärung für Teil eins meines Vornamens. Meinen zweiten Vornamen, Grace, verdanke ich Grace Slick, der Sängerin von Jefferson Airplane, zu deren Klängen (»Somebody to Love«)

sich meine Mutter mit diesem Eliyah am Morgen des 17. August 1969 während des Woodstock-Festivals fortpflanzte.

»Ich verstehe ja auch nicht, warum sie *Grace* nicht verwendet. Elli Grace! So hätte ich gerne geheißen«, sagte Mama. Mit einer theatralischen Bewegung nahm sie Wieland das Bild aus der Hand. Wenigstens setzte sie sich jetzt wieder züchtig an den Tisch, um ihr weiches Ei zu konsumieren.

»Woodstock«, seufzte Wieland. »Da wäre ich auch gerne dabei gewesen!«

»Schon die Anfahrt muss grauenvoll gewesen sein«, warf ich ein. »Stundenlange Staus. Die meisten Leute ließen ihre Autos einfach auf dem Highway stehen und gingen kilometerweit zu Fuß, nur um herauszufinden, dass es weder Schlafplätze noch Duschen gab. Sie hatten nicht genug zu essen und zu trinken, und als es zu schütten begann, versank das Fest im Schlamm.«

»Es war das Fest des Friedens und der freien Liebe, davon verstehst du nichts, Kind. Wir waren glücklich und hatten Spaß. Trotz der Widrigkeiten, die du aufgezählt hast. Oder vielleicht gerade deshalb.«

»*All-time high*, nehme ich an?«

»*So what?* Es macht dich gelassen und kreativ. Könnte dir nicht schaden.«

»Kein Bedarf, danke«, schnappte ich zurück. Wie man sich unter LSD-Einfluss gebärdete, hatte sie mir ja einige Male vorgeführt. Nach dieser Welt sehnte ich mich mitnichten.

»Ich hatte auch eher die Musik gemeint«, versuchte Wieland, die Wogen zu glätten. »Joan Baez, Janis Joplin, Jimi Hendrix und wie sie alle hießen.«

»Sind eh die meisten schon tot«, murmelte ich. Mein natürliches Harmoniebedürfnis machte gerade große Pause.

»Mensch, du kannst so negativ sein. Was ist eigentlich los mit dir, Elli?« Mama hielt Wieland eine Zigarette hin, der schüttelte entsetzt den Kopf. Ungeachtet dessen zündete sie sich selbst eine neue an.

»Ach, lass sie doch, Marion. Vergiss nicht, deine Tochter ist eben erst Witwe geworden. Da kann man die Welt schon mal mit trüben Augen sehen.« Wieland strich mir gefühlvoll über den Arm.

So viel Verständnis war ich nicht gewöhnt. Ohne Vorwarnung schossen mir die Tränen ein. »Es tut mir leid. Ich …« Gott, war mir das peinlich! Betreten schlug ich die Hände vors Gesicht und sprang auf, um davonzulaufen.

Aber Wieland stellte sich mir in den Weg, nahm mich sanft in die Arme und wiegte mich wie ein kleines Kind. »Wein nur, das tut dir gut. Trauer zu verdrängen macht nur krank. Lass es raus!«

Nach einer Weile drückte er mich in meinen Stuhl zurück und schmierte mir eine Buttersemmel. »Schinken oder Marmelade?«, fragte er.

Ich nahm Schinken und Käse und stopfte mir ein paar Radieschen in den Mund, während ich zuhörte, wie er Mama die Ereignisse des vergangenen Abends zusammenfasste. Am Ende seiner Ausführungen, bei denen nicht nur Mama andächtig an seinen Lippen hing, hatte ich mich wieder im Griff.

»So. Jetzt muss ich aber gehen«, sagte Wieland schließlich. »Deine Mutter wird sich garantiert aufopfernd um dich kümmern.«

Augenblicklich kehrte meine depressive Stimmung zurück. Seine Anwesenheit hatte so etwas Beruhigendes. Wenn ich mir ausmalte, wie Mama mich den ganzen Tag »bemuttern« würde, bekam ich jetzt schon eine Panikattacke.

Er gab mir einen freundschaftlichen Kuss auf die Wange. Sein Parfüm wehte mir sanft um die Nase. Hans Helmut hatte nie Parfüm verwendet. »Viel zu teuer, Schatz. Für wen? Meine Patientinnen? Ein ordentliches Deo muss genügen!«

Ich beobachtete Wieland, wie er anmutig in seinen Wagen stieg und bedächtig um die Kurve verschwand. Seufzend schloss ich die Tür hinter mir.

Totenbeschau

Punkt zehn Uhr trifft der Hartinger mit seiner Assistentin beim Berger in der Prosektur ein. Zu seinem Erstaunen ist auch der Kastner anwesend, wo der sich vor so was doch normalerweise schraubt. Jovial reicht er ihnen die Hand.

Ob sie schon einmal bei einer Obduktion dabei gewesen sei, fragt er die Kleine. »Bevor Ihnen schlecht wird«, sagt er, »gehen S' lieber rechtzeitig raus. Ist keine Schande. Ist uns allen so gegangen.«

Ja, das kann er sich vorstellen, der Hartinger, dass der Herr Staatsanwalt da gereihert hat beim ersten Mal. Obwohl. Lustig war es auch für ihn nicht, das muss er zugeben. Aber er hat es durchgestanden damals – ohne Zwischenfall. Darauf ist er heute noch stolz.

Die Kleine ist jedenfalls deutlich blasser als die Leiche mit ihren blauvioletten Flecken. Das entlockt dem Hartinger ein Grinsen. Schauen wir mal, wie es der Frau Besserwisserin geht bei ihrer ersten Leichenöffnung.

Ein paar Studierende stehen um den Sektionstisch herum. Sie wirken betont cool. Für sie ist es also keine Premiere.

»Die äußere Beschau inklusive Röntgen haben wir gestern noch erledigt«, sagt der Berger. »Das Schädelröntgen zeigt Brüche des Jochbeins und des linken Augenhöhlendaches sowie eine multiple Nasenbeinfraktur. Ober- und Unterkiefer sind mehrfach gebrochen«, doziert er weiter. »Am Thorax konnten wir diverse Frakturen der Wirbelsäule und Unterarme feststellen. Das hat uns alles natürlich nicht sonderlich überrascht. Brüche kann man übrigens auch ohne Röntgen feststellen. Weiß jemand vielleicht, wie?« Der Berger blickt fragend in die Runde.

»Weil man es sieht, wenn ein Knochen unnatürlich wegsteht?«, fragt ein Student.

»Manchmal. Andere Möglichkeit?«

»Abtasten?«, meint eine Studentin zögernd.

»Schon besser. Beim Abtasten äußert sich ein Knochenbruch auch akustisch«, sagt der Berger und fährt mit dem Daumen über eine Stelle am Arm der Leiche, bis es knackt und knistert. »Krepitation nennt man das im Fachjargon. Will jemand probieren, ob er eine weitere Fraktur findet?«

Eine Studentin opfert sich und drückt an der Leiche herum, bis das unschöne Geräusch zu hören ist. Die Kleine wendet sich angeekelt ab.

Das wird noch hart für die junge Kollegin, denkt sich der Hartinger. Fast tut sie ihm ja leid. Denn jetzt greift der Berger schon zur oszillierenden Säge und bearbeitet die Schädeldecke, um das Gehirn freizulegen. Die Kleine neben ihm atmet schwer. Als der Assistent vom Berger das blutunterlaufene Gehirn vom Moser – beziehungsweise das, was davon übrig geblieben ist – in eine Schale legt, ist es aus mit ihr, und sie sucht das Weite.

Sie versäumt dadurch die Öffnung der Körperhöhlen und die Entnahme der Organe. Als sie nach einer Weile mit grünlichem Gesicht zurückkehrt – immerhin –, erklärt der Berger gerade die blutig-schaumige Flüssigkeit, die er in den Bronchien der Leiche gefunden hat.

»Diese Bläschen sind eindeutige Vitalitätszeichen. Das heißt, er hat noch Blut eingeatmet, bevor er gestorben ist. Was können wir daraus schließen?«

»Dass er nicht ertrunken ist?«

»Richtig. Ist er nicht. Da hätten wir auch Wasser in seiner Lunge gefunden. Geht's auch konkreter? Woran genau ist er vermutlich gestorben?« Er antwortet schließlich selbst, als die Studierenden angestrengt seinem Blick ausweichen. »Schädel-Hirn-Trauma.«

Da räuspert sich die Kleine. »Könnte es sein, dass der Mensch schon vor dem Sturz erschlagen worden ist?«

Kleine Streberin, denkt sich der Hartinger. Womit hab ich das verdient?

»Theoretisch ja, Frau Kollegin«, sagt der Berger und nickt anerkennend. »In unserem Fall sind die Traumata jedoch eindeutig auf den Sturz zurückzuführen. *Mortui vivos docent*, wie der Lateiner so schön sagt. ›Die Toten lehren die Lebenden.‹ Noch irgendwelche Fragen?«

Die Studenten zeigen kein Interesse. Das Kaffeehaus ruft.

Der Kastner verabschiedet sich ebenso. »Eindeutige Sache«, murmelt er. »Suizid.«

Als es wieder ruhig geworden ist im Saal, fragt die Kleine zaghaft: »Können wir Fremdverschulden denn definitiv ausschließen?«

Der Berger schüttelt den Kopf. »Im Prinzip ist alles möglich. Unfall, Sturz mit suizidaler Absicht oder Gewaltverbrechen. Schauen Sie, Frau Kollegin«, sagt er und dreht die Leiche um. »Jede Menge Hämatome am Rücken. Interessant sind die beiden hier unter den Schulterblättern. Die könnten von zwei Fäusten stammen. Aber durch die Wucht des Aufpralls ist die Zierpagode des Brunnens über ihm ins Wanken geraten. Ein paar Steine sind auf seinem Rücken gelandet. Was bedeutet, dass die Abdrücke auch von Steinbrocken herrühren können. Einen Stoß mit Mordabsicht kann ich daher weder ausschließen noch nachweisen.«

»Und ein Kampf davor? Der Sturz selbst nur ein Unfall mit tödlichem Ausgang?«

»Muss ich mir noch genauer anschauen. Schaut aber nicht so aus.«

»Ich glaub nicht, dass Frau Moser ihn gestoßen hat«, sagt die Kleine, als sie bei einem Kaffee im Büro sitzen. Mittlerweile hat sie wieder ihren rosa Teint zurück. »Die macht mir einen zu friedlichen Eindruck.«

»Glauben, glauben. Sie müssen lernen, Sympathien auszuschalten, Frau Kleine«, seufzt der Hartinger. »Durch Mitleid kommen Sie nicht zu einem objektiven Urteil. Der Moser hat seinen Mörder gekannt. Der Mann steht seelenruhig da und schaut aus dem Fenster. Der Mörder geht langsam auf ihn zu. Der Moser reagiert nicht. Dreht sich nicht einmal um. Ein festes Schubserl und die Sache ist erledigt. Ich bin fest davon überzeugt: Wenn wer den Moser umgebracht hat, dann seine Frau.«

»Warum kann es nicht irgendein anderer Bekannter gewesen sein?« Die Kleine will es einfach nicht wahrhaben, dass die Moser hochgradig tatverdächtig ist.

»Wäre theoretisch denkbar. Aber das Glas, Frau Kleine. Jeder andere – außer der Ehefrau – hätte dort oben Panzerglas vermutet. Und einen Kampf, der mit dem tödlichen Flug endete, den hat der Berger praktisch ausgeschlossen.«

»Und dass es doch ein Suizid war?«

»Zum Erhängen zu feig, meinen S'? Dann spring ich lieber durchs Glas?«

Da sind sich die beiden einig, dass das zwar möglich, aber schon recht unwahrscheinlich ist. Seltsam auf jeden Fall. Warum zerschlägt er die Scheibe nicht vorher und segelt dann gemütlich zu Boden? Abgesehen davon, der Mann war Arzt. Der hätte in seinem Medikamentenschrank sicherlich was für einen schmerzfreieren Abgang parat gehabt. Aber er war clean. Minimal Alkohol im Blut. Sonst nichts. Weil die Kleine – blöd ist die ja wirklich nicht – erst an einen Drogenrausch gedacht hat. Aber nein. Der Berger hat nichts dergleichen gefunden.

Und als die von der Spusi dann auch noch durchgeben, dass an dem Seil kein einziger Fingerabdruck von dem Opfer war, und der Berger auf Rückfrage bestätigt, dass keinerlei Faserspuren eines Seils unter den Fingernägeln der Leiche gefunden wurden, da sieht sich der Hartinger der Lösung des Falls schon verdammt nahe. Endlich wieder ein klarer Sachverhalt. Und es war die Ehefrau. Das wird dem Kastner vielleicht nicht schmecken, aber ihm schon! Jetzt braucht er nur noch ein passendes Motiv, und das findet man bei Eheleuten normalerweise fix.

Spuren

»Hilfst du mir mal mit dem Scheißcouchtisch?« Aus dem Wohnzimmer drangen wüste Schiebegeräusche.

»Was machst du da, um Gottes willen?« Vor Schreck ließ ich das Geschirrtuch fallen.

Mama streckte mir ihr Hinterteil entgegen, das sie mittlerweile in Leggins mit Totenkopfmotiv gezwängt hatte. Sie kniete auf dem Teppich vor dem Sofa. Ihren Oberkörper hatte sie unter den Couchtisch geschoben. Mit gekrümmtem Rücken versuchte sie, ihn anzuheben. Ein Teil davon schwebte über dem Parkettboden. Leider hatte Mama den Tisch nicht mittig erwischt, sodass er auf einer Seite zu Boden krachte.

»Schau dir die Bescherung an, Mama!«, schimpfte ich, nachdem ich sie auf die Beine gezogen hatte. Der Parkettboden hatte eine ordentliche Delle abbekommen. Mama vermutlich auch, aber das war mir im Moment egal. Sie jammerte auch gar nicht, stand nur etwas schief da und hielt sich die Seite.

»Ach, hab dich nicht so«, sagte sie. »Schiebst du halt diesen scheußlichen Proloteppich drüber.« Sie zog sich die Leggins hoch und ihr Trägerleibchen hinunter. Was weder bei der Leggins noch beim Shirt recht weit ging. Daher blieb auch ihr Bauch frei und entblößte ein Nabelpiercing. Mit sechsundsechzig!

»Was guckst du? Hilf mir lieber, dieses Unding vom Teppich runterzukriegen.«

»Warum soll der Tisch denn weg? Was hast du vor?«

Es stellte sich heraus, dass Mama erst Yoga machen wollte und danach noch meditieren. Sie hatte dafür extra eine CD mitgebracht. Schon die ersten Klänge machten mich hibbelig. Ich musste hier raus!

Draußen war es schon wieder richtig heiß geworden, der nächste Hitzerekord kündigte sich an. Gartenarbeit war daher ausgeschlossen.

Der Keller! Dort hatte es heute bestimmt erträgliche Temperaturen.

Ich schnappte mir einen Staubwedel und einen Aufwischkübel und marschierte durch die Garage in den Kellergang. Putzen hatte mich schon seit frühester Jugend beruhigt. Wenn das Leben ein Chaos war, weil Mama zum Beispiel wieder mal einen seltsamen Typen im Bett hatte oder mit glasigem Blick durch mich hindurchsah, während ihr der Kakao – oder was auch immer – aus dem Mund tropfte, dann krempelte ich die Ärmel hoch, und nach ein paar Stunden exzessiven Reinemachens konnte ich der Zukunft wieder hoffnungsvoller ins Auge blicken. Mamas Anwesenheit schien dieses Bedürfnis wieder zu verstärken.

Also dann mal ran an den Feind!

Am schlimmsten war der Gang von der Garage hinüber in den Keller, dort ballten sich Mäusekot und Spinnweben. Im Kellerraum selbst schien es etwas besser zu sein, zumindest was das Getier betraf.

Plötzlich stutzte ich. Die Staubschicht auf den Fliesen verriet nicht nur, dass seit meiner letzten Putzaktion Jahre vergangen sein mussten, sondern auch, dass sich hier vor Kurzem noch jemand anders umgesehen hatte. War mir das heute Morgen im Halbschlaf entgangen? Neben meinen Schlapfenspuren waren eindeutig größere Schuhabdrücke zu erkennen, die den Weg des Eindringlings genau verrieten. Da brauchte man kein Apache zu sein, um das lesen zu können.

Nach unten gekommen war der Mensch vom alten Haus, dann führte die Spur quer durch den Keller. Die Kästen waren geöffnet und durchstöbert worden. Ich kontrollierte kurz, ob etwas fehlte – oder vielleicht gar etwas ergänzt worden war. Eindeutig negativ. Die Staubschicht auf den alten Büchern und Weckgläsern war unangetastet. Das sollte auch so bleiben, so weit ging mein Putzbedürfnis dann doch wieder nicht. Ich drückte die Schranktüren vorsichtig wieder zu. Eine Grundreinigung des Inventars musste auf meine Pensionierung warten.

Ich folgte den Fußabdrücken weiter. Sie führten über die Kellertreppe zurück ins alte Haus. Ich wollte mich gerade umdrehen und die Stufen zu wischen beginnen, als ich von oben Geräusche hörte. Hallo! Das Haus war polizeilich versiegelt. Dort hatte niemand etwas zu schaffen!

Leise öffnete ich die Tür. Die Geräusche kamen eindeutig wieder vom Dachzimmer. Gut. Der Glaser hatte noch nicht kommen dürfen, daher war die gesamte Front offen für Tauben. Vielleicht auch eine Katze. Sicherheitshalber schnappte ich mir den Staubwedel, um mir das Getier gegebenenfalls vom Leib halten zu können.

Je näher ich der Treppe kam, desto gewisser wurde es, dass es sich um schrägere Vögel als Tauben handelte, die da oben ihr Unwesen trieben. Die Eindringlinge waren der menschlichen Sprache mächtig.

Ich hätte wissen müssen, dass man nicht geräuschlos auf diese vermaledeite Lagerhaustreppe treten konnte. Kaum hatte ich zwei Stufen erklommen, wurde oben die Tür aufgerissen.

»Stehen bleiben. Polizei!«, rief jemand.

Auch das noch! Mein Herumschleichen würde mich noch verdächtiger machen, als ich ohnehin schon war. Ich nahm die Beine in die Hand und rannte. Im selben Moment krachte ein Schuss.

Die Treppe knarrte. Jemand rief etwas, aber es schien von sehr weit her zu kommen. Mir war, als hätte jemand Watte in meine Ohren gestopft. Ich taumelte zurück und stürzte. Scheiße. Wieder die Rippen!

»Oh mein Gott. Sind Sie verletzt, Frau Moser?« Frau Kleine klang, als säße sie im Keller, obwohl sie sich neben mich auf den Boden gekniet hatte.

»Na bravo!«, donnerte Hartinger. »Was ballern Sie denn da gleich herum? Wir sind ja nicht im Wilden Westen!«

»Chef. Ich dachte … Ein Schreckschuss. Also in der Polizeischule haben sie uns …«

»Jaja, die Theorie. Die Praxis ist die einzig wahre Schule, Frau Kleine.«

»Ich ruf die Rettung«, sagte sie und fischte ihr Telefon aus der Hose.

Hartinger nahm ihr das Handy weg. »Das lassen Sie mal schön bleiben.«

»Aber Frau Moser. Wenn sie innere Verletzungen ...«

»Woher sollten die kommen? Ihre Kugel steckt im Plafond. Und von einem Sturz aus einem halben Meter Höhe reißt einem nicht gleich die Milz. Das einzige Problem, das Sie haben, Frau Kleine, ist: Wie wollen Sie das Fehlen einer Patrone in Ihrer Dienstwaffe erklären?«

»Knalltrauma. Ich glaub, sie hat ein Knalltrauma.« Kleines Stimme kippte leicht ins Hysterische. »Hören Sie mich, Frau Moser? Können Sie mich hören?«, schrie sie. Es tat richtig weh in den Ohren.

»Sie müssen nicht so schreien. Ich bin nicht taub«, sagte ich. »Es ist bloß wie durch einen dichten Nebel. Das vergeht schon wieder.«

Ich rappelte mich hoch, um ihr zu zeigen, dass mir auch sonst nichts fehlte. Leicht war es nicht, meine Schmerzen zu unterdrücken, aber ihr zuliebe biss ich die Zähne zusammen. Das arme Mädchen hatte mit diesem Chef genügend Probleme am Hals. War ja auch unverantwortlich von ihm, die Anfängerin vorzuschicken. Er selber hätte schauen müssen, woher die Geräusche kamen.

»Was suchen Sie hier überhaupt?«, bellte Hartinger mich an.

»Das ist mein Haus«, keifte ich zurück.

»Das staatliche Siegel gilt auch für Sie, Frau Moser. Also raus damit. Was wollten Sie hier?«

Ich überlegte kurz, ob ich ihm mein Putzbedürfnis erklären sollte, aber dann würde er mir sicher vorwerfen, ich hätte Spuren verwischen wollen. Außerdem brauchte er nicht zu wissen, dass man auch über die Garage ins Haus gelangen konnte. Deshalb behauptete ich, dass ich drüben vor die Türe gegangen sei, um den Staubwedel auszubeuteln. Da habe ich gesehen, dass das Siegel gebrochen sei, und nachschauen wollen, wer sich da unbefugt im Haus bewege.

Anscheinend genügte ihm die Erklärung. »Na, wenn Sie schon mal hier sind, könnten wir ja gleich ein paar Fragen klären«, sagte er versöhnlich. »Kommen Sie bitte mit nach oben.«

Dort musste ich ihm dann minutiös die Vorgänge vom gestrigen Abend schildern und dabei meine Aufenthaltsorte mit Kreide markieren. Wo genau ich gesessen hatte, als ich das Seil bemerkte. Wo genau ich gestanden hatte, als ich mir die Schnittwunde zufügte. Bei jedem Punkt wollte er auch noch wissen, was ich mir gedacht hatte. Als ob ihn das was anginge! Er hatte auch ein paar Fotos mit, auf denen er offenbar meine Aussagen kontrollierte. Immer wieder nickte er. Ob das jetzt gut oder schlecht war für mich, war nicht zu deuten.

Dann kamen die unangenehmen Sachen. Ob Hans Helmut depressiv gewesen sei. Ob er in letzter Zeit anders gewesen sei als sonst. Ich musste alles verneinen und schämte mich kräftig. Eine gute Ehefrau hätte es bemerkt, wenn ihr Mann suizidgefährdet war. Aber ich hatte in all meinen Ehejahren gar keine Veranlassung gesehen, darauf zu achten. Hans Helmut hatte mir doch seine Probleme im Normalfall auf dem Tablett serviert, damit ich sie für ihn lösen konnte.

»Hatte Ihr Mann denn Feinde?«

»Was? Wieso sollte er Feinde gehabt haben?«

»Was weiß ich? Kunstfehler vielleicht. Gibt es Patientinnen, die einen Hass auf ihn haben könnten?«

Ich beteuerte, dass dem nicht so sei. »Ehrlich, Herr Chefinspektor. Da war nicht ein einziger Fall. Mein Mann war sehr vorsichtig. Wenn es nur irgendwie nach möglichen Komplikationen aussah, dann hat er die Frauen ins Spital geschickt. Er war nicht so ein Doktor, der mit Gewalt jede Nuss selbst knacken musste.« Ich verschwieg ihm, dass Hans Helmut in kritischen Fällen zunächst meinen Rat eingeholt hatte und erst dann, wenn auch ich mit meinem Latein am Ende gewesen war, die Damen weitergeschickt hatte. Das war ja hier nicht von Belang.

Mir schwirrte bald der Kopf von der vielen Fragerei, zumal ich ja immer noch Hörprobleme hatte und öfters nachhaken musste wegen dieses seltsamen Ohrensausens. Und die Fragen kamen in einem verwirrenden Durcheinander und erforderten ziemliche Konzentration. Wann ich ihn zuletzt gesehen habe. Und was ich ihm an diesem Tag zu Mittag gekocht habe.

»Scholle auf Saltimbocca-Art mit Salbei und Speck, dazu Polenta und gegrillte Zucchinischeiben.« Das kam bei mir wie aus der Pistole geschossen, weil es eine von Hans Helmuts Lieblingsspeisen gewesen war. Auch das verriet ich dem Inspektor, wobei ich die Tränen kaum zurückhalten konnte. Da bekam er sein Leibgericht serviert, und dann ging er da hinauf und stürzte sich in den Fischteich?

Schließlich wollte Hartinger wissen, woher ich Wieland kannte. Bis zum Schluss zweifelte er an meiner Aussage, dass ich ihn gestern zum ersten Mal gesehen hatte. Zigmal fragte er praktisch dasselbe mit anderem Wortlaut.

Endlich durfte die Kleine ihr Handy abdrehen, und er steckte sein Notizbuch ein.

»Sie können dann das Glas im Atelier reparieren lassen«, meinte er großzügig. »Die Versiegelung hier oben ist nicht mehr notwendig.« Ob er den Computer des Gemahls mitnehmen dürfe, meinte er zum Abschluss.

Ich hatte nichts dagegen und verriet ihm auch das Passwort. Besser als eine Hausdurchsuchung, bei der dann womöglich etliche Personen durchs Haus latschen und alles durcheinanderbringen würden. Außerdem würde er so Hans Helmuts Abschiedsbrief finden und mich endlich in Ruhe lassen.

Während ihr Chef den Computer ins Auto verfrachtete, nahm Frau Kleine mich noch einmal zur Seite. »Frau Moser. Bitte. Sie müssen den Arzt rufen, wenn es Ihnen schlechter geht. Versprechen Sie mir das?«

»Machen Sie sich keine Sorgen, Frau Inspektorin. Unkraut verdirbt nicht.«

»Was ist?« Hartinger hatte den Kofferraum zugeschlagen und hielt Frau Kleine die Beifahrertür auf. Nach der noblen Geste eines Gentlemans sah es nicht gerade aus, eher nach »Gemma, gemma«.

Ich sah ihnen noch nach, bis sie außer Sichtweite waren. Keine Ahnung, was im Gehirn dieses Inspektors vorging, aber mein Bauch signalisierte mir, dass es nichts Gutes war. Mein Verdrängungsmechanismus hingegen empfahl mir, lieber nicht weiter darüber nachzudenken. Letzterer gewann wie so oft im Gerangel die Oberhand. Ich ging ins alte Haus zurück, nahm wieder den Weg durch den Keller und die Garage. Sorgfältig sperrte ich alle Türen hinter mir ab.

Ich hätte besser vorne durch die Haustüre reingehen sollen, dann wäre ich vorgewarnt gewesen. Doris' kleine Töle kam mir schon im Vorzimmer entgegengelaufen.

»Fippsi! Da komm her!«, rief meine Schwiegertochter. Recht erfolglos, denn der Genannte zog es vor, an mir hochzuspringen.

Hannes fiel mir um den Hals und heulte. Ich natürlich mit.

»Die Polizei war grad da«, sagte ich, um irgendwas zu sagen. »Ich ruf gleich den Glaser an, dass er die Scheibe ausmisst. Und diesmal gibt es Panzerglas.«

Beim Wort »Panzerglas« brach Hannes wieder in Tränen aus.

»Was für ein Panzerglas?«, fragte Doris.

Hannes schüttelte nur den Kopf und brachte kein Wort heraus. Es war schrecklich, ihn so leiden zu sehen.

Ich war höchst dankbar, als Mama aus der Küche »Zu Tisch! Zu Tisch!« rief. »Es gibt nichts Tröstlicheres als ein warmes Essen.«

Ich hatte tatsächlich Hunger. Nach der von der Polizei gestörten Putztour war mein Stoffwechsel anscheinend doch wieder hochgefahren. Allerdings wunderte es mich, dass Mama zum Kochlöffel gegriffen hatte. Auch konnte ich mich nicht entsinnen, viel Brauchbares im Kühlschrank gelagert zu haben. Ich tippte mal auf Spaghetti aglio e olio oder ein Fertigpesto. Wäre auch okay gewesen.

Ich hastete in die Küche. Vielleicht konnte ich ja noch einen Rucolasalat beitragen. Ich staunte aber nicht schlecht, was Mama gerade auftrug: Teigtascherl!

»Mit brauner Butter!«, sagte sie stolz.

»Chinesisch?«, fragte Hannes. »Dann nehm ich mir lieber ein Brot.«

Wie der Vater, dachte ich wehmütig. »Willst du nicht wenigstens kosten?«

Aber er hatte sich schon aus dem Kühlschrank bedient und ein paar Scheiben Schinken und Käse vom Frühstück auf einen Teller gestapelt.

Die Teigtascherl schmeckten exotisch und pikant. Was genau in der Fülle war, konnte ich nicht herausschmecken. Auf jeden Fall irgendwelche Pilze.

Meine Schwiegertochter war ganz angetan von Mamas Kochkünsten. »Die sind frisch, oder?«

»Handgedreht«, behauptete Mama.

Doris schaufelte in sich hinein, was das Zeug hielt. »Die Kräuterbutter, Marion. Die ist der Hammer. Hast du die auch selbst gemacht?«

»Nach einem alten indischen Rezept!« Mama zwinkerte mir verschwörerisch zu.

Mir persönlich behagte der Nachgeschmack der Butter nach fremdem Kraut weniger, daher sparte ich damit und schüttete mir lieber Sojasoße über die Teigwaren.

»Die Nachspeise könnt ihr euch aus dem Garten holen«, schlug ich vor. »Es sind eine Menge Erdbeeren dran!«

»Fein!«, rief Doris. »Fippsi muss eh nach draußen. Komm, Hannes!«

Ich strich dem Hundchen über den Kopf. »Wehe, du scheißt mir in den Garten!«, flüsterte ich. Fippsi wedelte erfreut mit dem Schwänzchen.

»Ich wusste gar nicht, dass du auf Ganjabutter stehst«, sagte Mama, als die beiden außer Hörweite waren. »Ich hätte da ein paar tolle Rezepte. Die Brownies solltest du mal probieren oder Kekse. Die sind einfach der Hammer.«

Ich wurde aus meiner Mutter nicht schlau. Kochrezepte auszutauschen, das wäre früher unter ihrer Würde gewesen. Viel zu spießbürgerlich. »Ganjabutter. Ist das was Besonderes?«

Mama sah mich schräg an. »Ja, schon«, sagte sie gedehnt.

»Was ist? Sollte ich da was wissen, Mama?« Ich kannte diesen Blick. Der hatte noch nie etwas Gutes bedeutet.

»Ich dachte, du wüsstest es. Sorry.«

»Was wüsste ich? Bitte?«

»Cannabutter sagt man auch dazu.«

»Was hilft mir das jetzt?«

»Mensch, Kind. Cannabis. THC. CBD. Lebt ihr hier auf dem Land wirklich hinter dem Mond?«

»Rauschgift? Da war Rauschgift drinnen?«

»Cannabis, Kind. Das ist doch kein böses Rauschgift. Beim Wein macht ihr auch kein solches Getue, ihr Weinviertler! Den trinkt ihr nicht nur in rauen Mengen, ihr tut ihn doch auch ins Essen, oder? Wo ist da der Unterschied?«

»Du hast uns wissentlich Cannabis serviert, Mama? Geht's noch? War in den Teigtascherln vielleicht auch was Verbotenes drinnen?«

»Woher soll ich das wissen? Sie waren in deinem Kühlschrank. Das ist jetzt wirklich nicht meine Schuld!« Mama zündete sich trotzig eine Bidi-Zigarette an.

»Raus!« Ich schob sie auf die Terrasse und ließ mich neben ihr in einen Sessel fallen. Erschöpft stützte ich den Kopf in meine Hände. Erst ein Knalltrauma. Jetzt noch ein zu erwartender Cannabisrausch. Lauter Erfahrungen, die ich meinem Kopf liebend gerne erspart hätte.

»Glaubst du, dass es stark war, das Zeug?«

Mama zuckte mit den Schultern. »Das wird sich zeigen«, sagte sie.

Das Seil

Das mit der fehlenden Patrone aus der Kleine ihrer Pistole löst der Hartinger elegant. »Nehmen S' die, Frau Kleine«, sagt er im Büro und drückt ihr eine von seinen in die Hand. »Bei mir werden s' nicht deppert fragen. Aber sein S' das nächste Mal ein bisserl zurückhaltender. Wenn S' wirklich wen treffen, kann ich Ihnen nicht helfen.«

Die Kleine ist zerknirscht. »Es tut mir leid, Chef. Das war wirklich dumm von mir.« Richtig kindisch kommt sie sich vor, wie eine blutige Anfängerin eben. Warnschuss! Nachlaufen hätte sie ihr sollen, der verdächtigen Person. War ja nicht anzunehmen, dass von ihr eine Gefahr ausging, es handelt sich ja nicht um einen Mafiafall oder etwas Terroristisches. Aber da fehlt ihr halt die Routine, so was blitzschnell abzuwägen. Wenn es gefährlich gewesen wäre, dann hätte der Chef sie nicht vorausgeschickt, das ist ihr jetzt auch klar.

»Ist ja nichts passiert«, tröstet sie der Hartinger. Weil, imponiert hat es ihm in Wirklichkeit schon, dass die Kleine so beherzt ist. Der Gruber hätt sich in die Hosen gemacht. Aber das sagt er ihr jetzt lieber nicht. Sonst schießt sie das nächste Mal gleich wieder um sich. »Werfen wir einmal seinen Computer an«, sagt er, um das Thema zu wechseln.

»Doch Selbstmord!« Die Kleine strahlt, als sie die Abschiedsmail finden, und deutet auf Datum und Uhrzeit des Entwurfs. »Geschrieben hat er das kurz vor seinem Tod, schauen Sie, Chef!« Weil, dass die Frau Moser eine Mörderin sein soll, das will ihr sowieso nicht in den Kopf.

»Wer sagt denn, dass der Moser das selbst geschrieben hat? Das Schreiben könnte genauso gut von seiner Frau verfasst worden sein. Das Passwort hatte sie auf jeden Fall.« So schnell lässt sich der Hartinger nicht überzeugen. »Spielen wir das Ganze einmal im Kopf durch«, schlägt er vor. »Sie streitet mit ihrem Mann und stößt ihn durch die Glaswand. Absichtlich oder nicht, das sei einmal dahingestellt. Auf jeden Fall überlegt sie, wie sie die Geschichte als Selbstmord verkaufen könnte, läuft ins Sprechzimmer und verfasst diese E-Mail.«

»Und warum hat sie die Zeilen dann nicht ausgedruckt – oder wenigstens abgeschickt?« Auch die Kleine kann hartnäckig sein.

Eigentlich gefällt dem Hartinger das. Aber so schnell klein beigeben, das geht natürlich nicht. »Weil ihr dann die Idee mit dem Seil kommt. Wenn sie es dort oben aufknüpft, dann sieht es gleich viel mehr nach Suizid aus, denkt sie sich. Läuft in die Garage und holt sich das Seil. Hängt es auf. Dann überrascht sie der James Bond, und sie kann den Brief nicht mehr abschicken.«

Die Kleine schüttelt erneut den Kopf. »Glaub ich nicht«, sagt sie. »Der Computer war heruntergefahren.«

Der Hartinger verdreht die Augen. »Gut. Sie hat ihn vielleicht absichtlich nicht abgeschickt. Sie weiß ja, dass wir die Nachricht sowieso finden werden. Vielleicht ist ihr auch das Druckerpapier ausgegangen.« Ganz überzeugt ist er jetzt selbst nicht mehr von seiner Theorie.

Darum traut sich die Kleine auch, die offene Haustür wieder ins Spiel zu bringen, obwohl der Chef da am Tag zuvor so ausgezuckt ist. Diesmal nimmt er den Einwand gelassener hin.

»Panik«, sagt er. »Sie vergisst in der Eile, die Tür hinter sich zu schließen, wie sie das Seil holt.«

»Na ja«, wendet die Kleine ein. »Die Fenster waren auch offen. Zum Lüften. Damit es durchzieht. Und der Türstopper? Und die Handschuhe?«

»Was ist mit den Handschuhen?«

»Wenn sie so in Panik war, wie Sie sagen. Denkt sie da echt an die Handschuhe? Die Spurensicherung hat ja keine Fingerabdrücke am Seil gefunden.«

»Die hat die Moser auch schon in der Ordination getragen, als sie die E-Mail geschrieben hat. Liegt ja jede Menge von dem Zeug herum beim Doktor«, kontert der Hartinger.

»Na gut«, sagt sie. »Dann müssen wir schauen, ob die Frau Moser ein Abschleppseil im Auto hat – oder in der Garage.

Wenn ja, dann war das im Loft nicht von ihr. Weil, dass sie in der Zwischenzeit ein neues gekauft hätte …?«

»Das könnten wir außerdem schnell überprüfen.«

»Soll ich das gleich checken?«, fragt die Kleine erfreut. »Ich wär sowieso gerne noch einmal hingefahren. Schauen, wie es ihr geht. Mit den Ohren.«

»Da komm ich mit«, sagt der Hartinger. »Unangekündigte Besuche sind mitunter sehr aufschlussreich.«

Außerdem, denkt er sich, ist es besser, wenn er dabei ist. Damit die Kleine keinen Blödsinn macht. Der Frau Moser womöglich etwas verrät, was die nicht wissen soll. Zum Beispiel, dass sie diesen angeblichen Abschiedsbrief auf dem Computer des Opfers gefunden haben. Auf die Meldung wartet die doch nur. Die Chance, dass sie sich diesbezüglich verplappert, soll bestehen bleiben. Wenn Frau Moser das Schreiben erwähnt – von dem sie keine Ahnung haben kann –, dann ist sie dran!

»Schauen wir uns doch das Motiv einmal genauer an«, sagt der Hartinger nach der kurzen Denkpause und schnappt seine Lederjacke vom Stuhl. »Angenommen, sie hat ihren Mann im Affekt gestoßen. Wenn ein Ehepaar so heftig streitet, dann war es vermutlich nicht das erste Mal. Hören wir uns in der Nachbarschaft um, wenn wir schon hinfahren. Wenn du etwas über den Mörder erfahren willst, durchleuchte das Opfer.«

Das Teigtascherldebakel

Bei Doris schlug es zuerst an. Hannes und sie lungerten vorm Fernseher auf dem Sofa und schauten eine deutsche Kochshow. Dazu ließen sie sich Kaffee servieren. Bei Hannes knurrte angesichts der Fernsehköstlichkeiten wieder der Magen.

»Hast du noch was Unchinesisches da, Mama?«, fragte er.

»Ein altes Kipferl könnte ich dir anbieten«, sagte ich zerknirscht. Üblicherweise hatte ich auch frischen Kuchen da, wenn die Kinder zu Besuch kamen. Aber in diesem Ausnahmezustand hatte ich völlig darauf vergessen. Abgesehen davon hatten sie sich ja auch nicht angekündigt.

»Der Hunger schiebt's rein«, sagte Hannes und holte sich ein Kipferl, das er dann genüsslich in den Kaffee tunkte.

Doris schaute ihm mit großen Augen zu. Als Hannes das Teilchen gerade zum Mund führen wollte, zeigte sie hysterisch darauf.

»Hannes! Weißt du, wie das ausschaut? Wie dein …« Dann prustete sie ihren Kaffee über den Tisch.

Hannes legte kraftlos das halb angelutschte Kipferl auf seinen Teller und wischte alles brav weg. Doch Doris bekam ihren Lachkrampf nicht in den Griff. Deutete immer wieder auf das Kipferl.

»Ich glaube, ihr solltet besser an die frische Luft«, sagte Mama. »Das sind die Nerven«, erklärte sie Hannes, der peinlich berührt dreinschaute.

»Supi-Idee«, sagte Doris. »Kommt wer mit ins Gartenparadies?«

Das gefiel mir. »Ich zeig dir meine neuesten Rosen, wenn du willst«, bot ich an.

Doris war begeistert. Mama wollte nicht mit, aber Hannes musste.

Doris hakte sich bei mir unter und animierte mich dazu, mit ihr im Gleichschritt zu gehen. Dann erhöhte sie den Schwierigkeitsgrad und wollte wie ein Pferd hoppeln, was synchron ziemlich schwierig war. Wir waren nass geschwitzt – vom Hüpfen, von der Hitze und vom Kichern –, bis wir bei den Rosen ankamen. So viel Spaß hatte ich mit meiner sonst so trockenen Schwiegertochter bis dato noch nie gehabt.

Ich hatte all meine Rosenlieblinge mit einem Namensschildchen versehen.

»Wie heißt die noch mal? Apollo? Wie die Rakete?« Doris kriegte ihren nächsten Anfall.

»Wie der Gott«, korrigierte ich, was sie nur noch amüsanter fand.

Völlig aus dem Häuschen war sie jedoch über eine Rose namens Fairy Prince. »Hannes! Hannes! Komm her, mein Prinz!« Sie fiel ihm stürmisch um den Hals und küsste ihn wild.

»Ist dir nicht gut, Schatz?« Hannes wand sich aus ihrer Umarmung und betrachtete seine Frau besorgt.

Doris schmollte. »Du solltest mich retourküssen, mein Prinz!« Ein erneuter Versuch scheiterte, weil Hannes zurückwich. Auch Fippsi schien mit der Situation überfordert. Er hob sein Beinchen und pinkelte Hannes an die Sandale.

»Pfui, Fippsi!«, rief sein Frauchen und bog sich vor Lachen. Nun, das muss ich aufrichtig zugeben, konnte auch ich nicht länger an mich halten.

Hannes hingegen fand das gar nicht lustig. Er drehte sich um und eilte ins Haus. Beinahe hätte er die beiden Polizisten umgerannt, die Mama in den Garten gefolgt waren.

»Der junge Mann hat es aber eilig«, sagte Hartinger. »Ihr Sohn?«

»Der Hund«, prustete ich los. »Der Hund hat ihm ans Bein …«

Doris hakte sich wieder bei mir unter, wobei sie immer noch kicherte. »Wer sind denn die zwei Vögel?«

»Chefinspektor Hartinger und seine kleine Assistentin, die Frau Kleine«, erklärte ich. Ich wusste, dass die Höflichkeit es erforderte, die Contenance zu bewahren. Es war aber sehr schwer.

»Nein, echt? Die heißt Kleine? Das ist jetzt ein Schmäh, oder?«

Frau Kleine schaute betreten drein. Ich konnte ihr nicht helfen. Was hatte sie auch so einen bescheuerten Namen?

»Das ist die dazugehörige Schwiegertochter«, erklärte Mama. Anscheinend hatte sie sich gerade in der Küche zu schaffen gemacht. Sie trug eine meiner Schürzen.

»Mama, du siehst aus wie aus der Werbung. Hast du uns auch Kindermilchschnitten mitgebracht?« Ich fand meinen Witz so komisch, dass ich laut darüber lachen musste. Doris fiel mit ein. Die anderen hatten anscheinend keinen Humor.

»Wir wollten uns nur erkundigen, wie es Ihnen geht, Frau Moser«, stammelte Frau Kleine.

»Mir? Mir geht's blendend. Warum sollte es mir schlecht gehen?«

»Die Ohren. Sind die wieder in Ordnung?«

»Ohren? Was ist mit deinen Ohren, Mutti?« Doris schob mein Haar zur Seite und betrachtete die Ohrmuschel aufmerksam. Ich klopfte ihr den Finger weg, nachdem sie Anstalten machte, ihn hineinzubohren.

»Es tut mir leid, wenn ich den Damen womöglich die gute Laune verderbe – oder vielleicht tu ich das ja ohnehin nicht. Ich wollte Ihnen mitteilen, Frau Moser, dass Sie Ihren Mann jetzt beerdigen lassen können. Die Gerichtsmedizin ist mit ihren Untersuchungen fertig.«

Hannes, der soeben wieder zu uns gestoßen war, schluchzte leise.

Doris fiel ihm um den Hals und begann ebenfalls zu weinen. »Das ist so traurig, Hasi!«

»Wir finden selbst hinaus«, sagte Hartinger.

Frau Kleine räusperte sich.

»Was ist?«, fragte ihr Chef ungehalten.

Sie trat an ihn heran, neigte ihr Haupt und flüsterte ihm etwas ins Ohr.

»Das wollte ich sowieso gerade fragen. Beim Hinausgehen«, herrschte er sie an. »Frau Moser«, wandte er sich an mich. »Haben Sie ein Abschleppseil?«

»Ein was?«

»Ein Abschleppseil fürs Auto«, erklärte Frau Kleine.

»Im Auto, ja. Wieso fragen Sie? Wollen Sie was abschleppen? Aber doch hoffentlich nicht mich?« Ich musste ob der Zweideutigkeit meiner Worte wieder kichern.

»Keine Angst«, beruhigte Frau Kleine. »Wir wollen nur was überprüfen.«

»Haben wir ein Abschleppseil im Auto, Hasi?«, fragte Doris.

Hannes war zu sehr mit sich selbst beschäftigt, als dass er seiner Frau zuhörte.

»Könnten wir es vielleicht sehen, Ihr Seil, Frau Moser?«

»Meinen Sie jetzt die junge oder die alte Frau Moser?«, fragte Doris. Sie schmollte, weil ihr keiner eine Antwort gab.

Ich führte die ganze Prozession in die Garage. Öffnete den Kofferraumdeckel von unserem Corsa. Es lag fein säuberlich aufgerollt in der Plastikwanne neben dem Pannendreieck, den Ersatzlampen und dem Scheibenputzmittel. Genau dort, wo es hingehörte.

»Bitte schön. Bedienen Sie sich«, sagte ich.

»Danke. Das genügt. Sie haben nur das eine Auto?« Hartinger durchbohrte mich förmlich mit seinem Blick.

»Der Jaguar steht in einer gemieteten Garage«, sagte ich.

Die Kleine sah mich überrascht an. »Und wo ist diese Garage?«

»Scherz!«, sagte ich. Vor lauter Lachen kriegte ich beinahe einen Hustenanfall.

»Wollen Sie unser Abschleppseil gar nicht sehen?«, motzte Doris, als sich die Polizisten verabschiedeten.

»Na, dann zeigen Sie schon her«, seufzte Hartinger.

Leider hatten sie dann keines dabei, und Doris begann sofort, an Hannes herumzumeckern. Die beiden Polizisten warfen einander bedeutungsschwangere Blicke zu, als sie in ihren Wagen stiegen. Mama grinste und schob ihre Schwiegerenkeltochter ins Haus zurück.

Mir war auf einmal nur noch zum Heulen zumute, und so hatte ich gar nichts dagegen, als Mama mich ins Bett schickte.

Eine schrecklich nette Familie

»Schaut so eine trauernde Witwe aus, Frau Kleine?«, fragt der Hartinger, als die Bagage im Haus verschwunden ist.

Dass dem nicht so ist, das gibt sie zu, aber sie hält der Moser nach wie vor die Stange. Das ist ja unglaublich.

»Sie hat halt was getrunken, Chef, damit sie die ganze Sache aushält.«

Aber der Hartinger weiß aus Erfahrung, dass Alkohol die eigene Grundstimmung verstärkt. Hat er sich ja schon des Öfteren selbst bewiesen.

Fakt ist: Wenn man vorher schlecht drauf ist, dann zieht einen der Alkohol erst so richtig runter. Und umgekehrt, wenn die Stimmung passt, dann geht's nachher ab, Holla, die Waldfee. Und ihrem Verhalten nach war die Moser nicht trübselig. Bei Gott nicht. Die kann es gar nicht erwarten, die Lebensversicherung des Gatten in die Hand zu kriegen, da ist sich der Hartinger sicher.

Überhaupt ist die ganze Familie ziemlich durch den Wind. Der Bursche ein Weichei. Seine Frau eine hysterische Blunzen. Und die Moser selbst, die ist gerissener, als sie tut. Ganz dicht ist sie jedenfalls auch nicht.

»Die einzige Vernünftige in dem Haus ist die Oma«, sagt er zur Kleine mit voller Überzeugung.

Die Kleine ist sich da nicht so sicher. Aber zu widersprechen traut sie sich jetzt nicht mehr. Weil, sie kiefelt ja selber an der Moser ihrem seltsamen Verhalten. Eigentlich hat sie sich immer was auf ihre gute Menschenkenntnis eingebildet. Aber offensichtlich liegt sie diesmal falsch.

»Wegen dem Seil«, sagt der Hartinger. »Da müssen wir halt hoffen, dass die Spurensicherung das zuordnen kann. Einer Marke zum Beispiel. Oder wo man es zu kaufen kriegt. Vielleicht finden wir da einen Anhaltspunkt.«

Innerlich seufzt er. Womöglich hat sich der Moser den Strick ja wirklich selber gekauft, um sich zu erhängen? Das wäre schade. Wo er doch endlich dem Kastner eine Gattenmörderin glatt überführen will! Aber vielleicht bringen ja die Gespräche mit den Nachbarn Erhellung. Die wissen in der Regel verdammt gut Bescheid, was im Haus nebenan abgeht. Wer regelmäßig zu Besuch kommt. Vielleicht ein Geliebter mit deutschem Kennzeichen? Die Idee, dass die beiden es zusammen erledigt haben, der James Bond und die Moser, die hat er noch immer nicht ganz verworfen. Wäre ja auch nicht das erste Mal, dass eine Frau sich aus Liebe zu einem anderen Mann brachial aus den Ehefesseln befreit.

Der Hartinger selbst übernimmt den direkten Nachbarn. Bei dem bleibt er dann ein bisserl hängen. Lässt sich ein Schnapserl aufdrängen, weil er ihm leidtut, der Alte. Alleinstehender Witwer mit Redebedürfnis. Ist oft ganz ergiebig, wenn man jemanden so dahinplappern lässt. Leider in dem Fall weniger. Weil, der hat schon jahrzehntelang nichts mehr geredet mit der Familie. Fehde über Generationen hinweg. Und durch eine Thujenhecke sieht und hört man halt praktisch nichts.

Von ehelichen Streitereien weiß der Alte daher nichts. Aber, dass die junge Frau, also die Frau vom Herrn Doktor, es nicht leicht gehabt hat. Die Schwiegereltern schwierig, besonders sie. Und auch die Kinder recht anstrengend. Aber sonst kann er ihm da wirklich nicht weiterhelfen.

Der Hartinger bedankt sich und lässt sich noch ein Abschiedsschnapserl aufdrängen.

»Chef, die Theorie mit dem Streit und der Tötung im Affekt … Ich glaub, die können wir vergessen«, sagt die Kleine, als sie eine Stunde später zu ihm ins Auto steigt. »Die Mosers sind nicht aufgefallen, kaum fortgegangen, keine Skandale. Nur einmal. Vor ungefähr zehn Jahren. Da muss es mächtig Zoff gegeben haben mit der Tochter. Das haben alle Anrainer unisono behauptet. Woll'n S' des hören, Chef? Hab ich alles am Handy.«

»Lieber ist's mir, Sie fassen's zusammen. Und fahren müssen S' auch, Frau Kleine. Ich hab gerade ein paar Höflichkeitsstamperl getrunken.«

Dass sie das eh gleich gerochen hat, behält sie lieber für sich. Der Chef kann so sarkastisch sein, und das geht durch Mark und Bein. Immerhin fährt er nicht, registriert sie anerkennend, während sie den Sitzplatz tauschen.

»Wie gesagt«, sagt sie, legt den ersten Gang ein und fährt los. »Die Tochter muss ein schwarzes Schaf gewesen sein. Punk. Piercings gegen den Willen der Eltern. Frech. Renitent in der Schule. Und dann soll sie angeblich Geld aus der Ordinationskassa geklaut haben. Worauf es einen Megastreit gegeben hat. Seither ist sie nicht mehr gesehen worden im Ort. Aber Sie wissen eh, wie die Gerüchteküche da gleich brodelt. Drogen, Sex, im Sarg geschlafen. Nicht wirklich ernst zu nehmen, sag ich mal.«

»Kommt in den besten Häusern vor«, seufzt der Hartinger. »Und sonst? Keine ungewöhnlichen Besuche? Auffällige Autos vorm Haus in letzter Zeit?«

»Nichts.« Die Kleine schüttelt bedauernd den Kopf.

Wenigstens der Schnaps war gut, denkt sich der Hartinger und lehnt sich entspannt zurück.

»Was ist eigentlich mit der Frau Moser ihrer Tochter, Chef? Sollten wir der Sache nachgehen?«, fragt die Kleine nach einer Weile. Bevor ihr der Chef da auf dem Beifahrersitz einnickt.

»Nachforschen müssen wir auf jeden Fall. Aber bringen wird's nichts«, sagt er und setzt sich auf. »Mal unter uns. Zehn Jahre ist der Zwist jetzt her, sagen Sie? Seitdem war das Kind nicht mehr zu Haus? Wieso sollte die junge Frau ausgerechnet jetzt daherkommen, ihren Vater umbringen und wieder verschwinden? Und keiner hat's gesehen?«

»Nein, das hab ich auch nicht gemeint. Als Selbstmordmotiv für den Vater eher.«

»Nach zehn Jahren plagt ihn das schlechte Gewissen? Auch unwahrscheinlich.«

Da muss wiederum die Kleine dem Chef recht geben. »Und dass es doch jemand ganz anderes war? Viel wissen wir ja noch immer nicht über das Opfer.«

»Das nicht, Frau Kleine. Aber es gibt überhaupt keine Anhaltspunkte diesbezüglich. Keine Spuren von Dritten da oben im

Dach außer von den Sanitätern. Nur die vom Opfer, der Gattin und diesem James Bond. Was muss der Trottel dort auch herumlatschen? Aber es gibt keine anderweitigen Fingerabdrücke, keine Fußspuren, nichts Genetisches. Dritttäter also eher keine Option. Höchstens, es waren so richtige Profis, aber nach etwas Größerem schaut die ganze Sache einfach nicht aus. – Schauen wir uns die finanzielle Situation genauer an, das ist meistens aufschlussreich«, sagt der Hartinger dann mehr zu sich selbst. Wenn uns das nicht weiterbringt, dann weiß ich es auch nicht, spinnt er den Satz in Gedanken weiter und hofft auf eine üppige Lebensversicherung für die Gattin. Da wäre dann wenigstens das Motiv im Trockenen.

Sorgen und Hoffnungen begraben

Ob in den Teigtascherln auch was Psychedelisches drinnen war, blieb ein Geheimnis. Die restlichen wanderten trotz heftigen Protests meiner Mutter sofort in den Müll.

Die Butter verteidigte sie mit ihrem Leben. »Spinnst du, Kind? Weißt du, wie viel Arbeit das ist, die selber zu machen? Noch dazu in der Qualität! Ich nehm sie mit nach Wien und basta.«

»Tu, was du nicht lassen kannst. Aber dann bitte auf der Stelle. Ich dulde dieses Zeug keine Minute länger im Haus. Was glaubst du, wenn der Inspektor eine Hausdurchsuchung durchführen lässt, was dann los ist?«, schrie ich.

Mama fiel die Entscheidung zwischen Tochter trösten und Drogen retten leicht. Sie packte unverzüglich ihre Sachen.

»Gut, dann sieh zu, wie du alleine klarkommst«, sagte sie an der Türe. Sie war beleidigt, weil ich sie nicht zur Bahn fuhr.

In Wahrheit genoss ich die wiedergewonnene Stille. Eine verbale Dauerberieselung à la Mama war ich einfach nicht gewöhnt. Hans Helmut und ich hatten nicht viele Worte gebraucht. Nach fast dreißig Jahren hatte unser Zusammenleben auch ohne geklappt.

Eines von Mamas Dauerthemen war das Geld gewesen. Aus irgendeinem Grund ging sie davon aus, dass ich in Bälde darin ersticken würde.

Woher sie denn die Gewissheit nehme, dass ich nun reich sein würde, hatte ich wissen wollen. Da hatte sie mir vorgerechnet, wie hoch meine Witwenpension ausfallen würde und wie viel sich mein knauseriger Mann bei seinem Gehalt erspart haben musste. Außerdem ging sie davon aus, dass ich beide Häuser veräußern und fluchtartig die Provinz verlassen würde, um endlich die Vorzüge der Großstadt zu genießen. Sie hatte mich auch nicht mit Tipps verschont, was ich mit dem Geld alles anfangen könnte. Eine Weltreise. Den Regenwald retten. Ihr eine Wohnung mit Dachterrasse kaufen.

Heimlich, im stillen Kämmerlein, hatte auch ich schon Schätzungen über Hans Helmuts Vermögen angestellt. Sein genauer Kontostand entzog sich meiner Kenntnis. Ich war zwar für die täglich anfallenden Kosten im privaten Bereich zuständig gewesen, doch die Zahlungen für die Ordination waren immer über sein Konto gelaufen. Buchhaltung und Steuerberatung hatten wir ausgelagert. Ich legte als Ordinationshilfe ordnungsgemäß alle Rechnungen vor, hatte aber keine Ahnung, was unterm Strich übrig blieb.

Meine Kalkulationen ergaben zwar ein moderateres Ergebnis als Mamas Wunschträume, dennoch fielen sie recht beruhigend aus. Es zog mich ja weder in die Welt hinaus wie Mama, noch hielt ich es für meine Pflicht, ihr eine Wohnung zu kaufen. Die Aussicht auf ein sorgen- und arbeitsfreies Leben tröstete mich ein wenig über Hans Helmuts unschönen Abgang hinweg. Die brennenden Fragen über die Hintergründe, die zu diesem Abtritt geführt hatten, verdrängte ich bewusst. Zuerst musste ich den öffentlichen Abschied hinter mich bringen, um den Kopf wieder frei zu kriegen. Dann würde ich mich diesem Brandherd widmen.

Die Aufbahrungshalle war gesteckt voll. Die Mehrheit der Trauergäste waren Frauen aller Altersklassen. Patientinnen, Mütter, Omas. Aber auch etliche Männer hatten es sich nicht nehmen lassen, Hans Helmut die letzte Ehre zu erweisen, obwohl er weder Mitglied in einem Verein noch für seine Spendenbereitschaft berühmt gewesen war.

An der Zeremonie hätte ich eigentlich sparen wollen, nicht allein, weil es meinem Mann gefallen hätte, sondern vor allem, weil sie dadurch bedeutend kürzer ausgefallen wäre. Aber Hannes und Doris bestanden auf Musik und Reden. Sicherheitshalber hatte ich mir, um die Trauerfeierlichkeit zu überstehen, zuvor eine kleine Dosis Valium aus der annektierten Hausapotheke eingeworfen, was sich im Nachhinein als Goldgriff entpuppte.

Die Worte des polnischen Pfarrers verstand ohnehin keiner,

und da wir nicht zu den eifrigsten Kirchgängern zählten, hatte er keine Ahnung, wen er da zu Grabe tragen sollte. Er las mehr schlecht als recht Hans Helmuts biografische Daten, die wir ihm stichwortartig zusammengestellt hatten, vom Blatt, ohne – wie von uns erwartet – ganze Sätze zu formulieren. Das machte es nicht unbedingt leichter, seinen Ausführungen zu folgen, denn neben den fehlenden Verben und einem erhellenden Satzgefüge kämpften selbst willige Zuhörer zusätzlich mit seinem starken polnischen Akzent. Was sollte sich jemand auch unter »Pierwszy Eltrn Mutter Flucht von Südmäääähren gekómmen« vorstellen?

Hannes' nachfolgende Rede brachte zwar Aufklärung, war aber in anderer Hinsicht schwer zu ertragen. Auch er las vom Blatt. Ich vermutete, Doris hatte ihm die Rede geschrieben und mit viel Pomp ausgestattet. Sie fing bei der Vertreibung der Mutter aus Südmähren an, lobte Eifer und Ehrgeiz des Verstorbenen im Studium und brach bei der Geburt des Sohnes ab, weil es diesem tränenreich die Sprache verschlug. Doris übernahm und las die Rede zügig fertig, während ihr Mann schluchzte und der Hund knurrte.

Ein Vertreter der Stadtgemeinde sprach dankende Worte über Hans Helmuts unentbehrliche ärztliche Beiträge zum Wohle der Gemeinde, die man in Zeiten wie diesen nicht genug würdigen könne. Der Kirchenchor brachte schließlich auch den hartnäckigsten Trauergast zum Weinen, aber immerhin ging es dann zum Friedhof und an die frische Luft.

Was wir allerdings unterschätzt hatten, war die enorme Hitze, die am frühen Nachmittag ihren Höhepunkt erreichte. Die Sonne brannte uns erbarmungslos auf die Häupter und heizte das schwarze Gewand auf ein gefährliches Temperaturniveau auf. Ich war einem Kollaps nahe, als mein Mann zur kirchenchörlichen Interpretation von Frank Sinatras »My Way« – eine Idee meines Sohnes – in die Grube gelassen wurde. Mein Körper sah sich nicht in der Lage, Tränen zu produzieren; Feuchtigkeit wurde allerhöchstens noch über die Haut zum Zwecke der Kühlung abgegeben.

Plötzlich fiel ein rettender Schatten über mich. Jemand hielt mir einen riesigen schwarzen Schirm über den Kopf. Es war Wieland.

Als er mir sein Beileid ins Ohr flüsterte, musste ich feststellen, dass wohl mein Wasser-, nicht aber mein Hormonhaushalt auf Sparflamme lief. Mein Herz hämmerte wie verrückt in der Brust. Meine Zunge fühlte sich an wie Pelz, meine Finger waren kalt wie Stein.

»Du musst unbedingt nachher mitkommen zum Leichenschmaus. Ich bestehe darauf!«, flüsterte ich zurück.

Er wollte nichts davon hören. Das sei eine Angelegenheit für die engsten Vertrauten, und er sei doch nur eine flüchtige Bekanntschaft.

»Natürlich kommst du mit, Wieland, dann hab ich im Gasthaus auch einen Mann an meiner Seite!«, rief Mama, schlüpfte mit unter den Schirm und hakte sich bei ihm unter, sodass er gar nicht erst wegkonnte. Dafür erntete sie neugierige Blicke der Trauergäste, während sie unbekümmert strahlte wie ein verliebter Teenager.

Ich hasste sie. Ich war es, die seinen Beistand nötig hatte, nicht sie!

In besagtem Gasthaus war ich dann aber wieder froh, dass Mama Wieland mit Beschlag belegte, wo ich als Gastgeberin doch kaum Zeit für ihn hatte. Ohne sie wäre er womöglich gleich nach dem Essen verschwunden.

Pflichtbewusst arbeitete ich mich nach den Schnitzeln von Tisch zu Tisch und ließ mich bedauern. Ein anstrengendes Unterfangen. Im Small Talk war ich noch nie gut gewesen, und das, was die Leute wissen wollten, nämlich wie Hans Helmut zu Tode gekommen war und wie es mit der Praxis weitergehen würde, wollte und konnte ich nicht beantworten. Ich schüttelte meist schniefend den Kopf und trollte mich wieder, sobald der Gesprächsfaden gerissen war.

Endlich war ich durch!

Meine Mutter war gerade zum Rauchen vor die Tür gegangen. Diese Gelegenheit konnte ich mir nicht entgehen lassen, und ich setzte mich frech an ihren Platz neben Wieland.

»Deine Mutter. Sie ist ja sicher eine Dame von Welt, aber eine ziemlich anstrengende, was?« Wieland blickte mich an, als hätte ich ihn vor einer Horde Wölfe gerettet.

»Was du nicht sagst!« Ein Wort von ihm, und schon hatte er mir ein Lächeln ins Gesicht gezaubert. Leider löste sich dieses im Augenblick wieder auf, weil meine Schwiegertochter mit blähenden Nüstern auf mich zustob. Völlig aufgelöst baute sie sich vor mir auf.

»Mutti! Der Wirt will meinen Fippsi nicht ins Lokal lassen. Okay, beim Essen, da hab ich es ja noch eingesehen. Damit er der Kellnerin nicht zwischen die Beine kommt. Aber jetzt? Der arme Kerl sitzt schon seit einer Stunde vor der Tür.«

»Dann geh halt spazieren mit ihm«, seufzte ich.

»Aber jetzt ist ja grad erst die Mehlspeise gekommen!«, warf sie entrüstet ein.

»Dann lass deinen Mann gehen«, sagte Mama, die gerade vom Rauchen zurückgekehrt war. »Der sollte sich sowieso mehr bewegen, wird eh immer fetter.«

»Marion! Wie kannst du so was sagen?« Doris schnaufte wie eine alte Diesellok, aber auch ich warf Mama einen vernichtenden Blick zu.

Es stimmte zwar, dass Hannes für sein Alter schon einen recht ansehnlichen Männerbauch entwickelt hatte, aber er geriet halt nach mir. Guter Futterverwerter eben. Auf jeden Fall hatte sie nicht das Recht, so abschätzig über ihren Enkelsohn zu sprechen.

»Wenn Sie mir Ihr Hündchen anvertrauen würden? Ich wollte Ihre Schwiegermutter ohnehin gerade auf ein Gespräch entführen.« Wieland schenkte Doris sein unwiderstehliches Lächeln.

»Ich weiß nicht recht.« Sie musterte Wieland und grübelte sichtlich, ob sie ihm wohl ihren wertvollen Schatz anvertrauen konnte. »Kannst du denn hier weg?«, wandte sie sich an mich.

Auch ich zögerte. Freilich war die Aussicht auf einen Spaziergang mit Wieland – auf dem ich ihn ganz alleine für mich haben würde – verlockend. Aber schließlich war ich die Gastgeberin.

»Wenn Sie und Marion einstweilen die Vertretung übernehmen könnten?«, sagte Wieland. »Ein halbes Stündchen wird die

Gesellschaft sicher auch ohne die trauernde Witwe auskommen. Und wenn es Probleme gibt, rufen Sie einfach am Handy an.«

Wielands Charme wirkte auch bei Fippsi. Schwanzwedelnd umkreiste er ihn und machte keinerlei Probleme, als Doris ihm die Leine umlegte und sie Wieland in die Hand drückte. Zum Schluss bekamen wir noch ein Sacki fürs Gacki mit, dann konnte es losgehen.

Eine Weile trotteten wir schweigsam nebeneinanderher und beobachteten den Hund, wenn er sein Beinchen hob.

Plötzlich stoppte Wieland abrupt und räusperte sich. »Liebe Elli Grace«, sagte er. »Ich muss dir was beichten.« Dabei sah er so betrübt aus, dass ich ihm schon im Voraus verzieh, egal, worum es sich handeln würde.

»Ich bin nicht zufällig an Hans Helmuts Ordination vorbeigekommen, wie ich es den Polizisten gegenüber ausgesagt habe. Wir waren verabredet.«

Das war ja wirklich mal eine Überraschung. »Ihr kanntet euch?« Ein wenig war ich nun doch enttäuscht, dass er mir diese wichtige Tatsache vorenthalten hatte.

»Schon länger, ja«, seufzte er schuldbewusst. »Zum ersten Mal trafen wir einander im Kursalon Wien bei einem Vortrag über Vaginismus – also Scheidenkrämpfe.«

»Ich weiß, was Vaginismus ist, danke«, flüsterte ich. »Von der Praxis. Also der Ordination natürlich …« Wie peinlich konnte jemand eigentlich sein?

Gottlob ignorierte Wieland meinen Einwurf und fuhr ungerührt fort. »Wir sind dann zusammen ins Casino und haben uns auch sonst recht gut verstanden. In der Folge haben wir unsere Seminartermine oft abgestimmt. Macht ja auch mehr Spaß zu zweit, so eine Veranstaltung, oder? Jedenfalls, bei unserem letzten Treffen in Bad Kissingen, da hat er mir dann dieses Angebot gemacht. Ehrlich gesagt, es ist mir nun, in Anbetracht der Umstände, schrecklich peinlich, aber …«

Ich nahm Wieland die Leine aus der Hand, weil Fippsi ungeduldig daran zog. »Sag schon, ich bin Kummer gewöhnt.«

»Er wollte mir seine Praxisausstattung verkaufen.«

Beinahe hätte ich vor Schreck den Hund laufen lassen. Unsere Ordination war vor einigen Jahren generalüberholt worden, es war daher ausgeschlossen, dass Hans Helmut sich schon wieder eine neue Ausstattung hatte anschaffen wollen. Was eigentlich nur heißen konnte, dass er geplant hatte, die Praxis aufzulassen. Aber warum um alles in der Welt? Wovon hätten wir in der Folge leben sollen? Wieso hatte ich von seinen Plänen nichts gewusst?

Wieland übernahm Fippsi wieder. »Lass uns langsam weitergehen«, schlug er vor. Ich glaube, er wollte es vermeiden, mir in die Augen schauen zu müssen.

»Hat er dir auch den Grund verraten, warum er die Sachen loswerden wollte?«

»Ja, hat er. Aber zunächst einmal möchte ich erklären, wie es dazu kam.« Er blieb stehen und sah mir nun doch in die Augen. »Wir waren wieder einmal zusammen im Casino, wie meistens nach so einem Kongresstag, und hatten auch schon so einiges getrunken. Da schüttete ich ihm mein Herz aus. Ich erzählte ihm, dass ich mich mit dem Gedanken trug, wieder nach Österreich zu ziehen. Meine Frau, musst du wissen, sie ist etwas kränklich. Sie hat Asthma, leidet unter mehreren Allergien und Unverträglichkeiten. Die Luft im Ruhrgebiet ist einfach nichts für sie, auch wenn es schon viel besser ist als früher. Die Ärzte haben uns einen Ortswechsel empfohlen. Derzeit ist sie ja in einem Sanatorium, weil die vielen Leiden auch auf die Psyche drücken. Aber ich will dich nicht auch noch unnötig mit meinen persönlichen Problemen belasten.«

Wieland blickte sehnsüchtig in die Ferne, während in mir alles zusammenstürzte. Klar hatte er eine Frau. Was hatte ich denn gedacht? So ein netter, attraktiver Mann blieb doch nicht übrig.

Er schüttelte den Kopf, als ob er seine melancholischen Gedanken verscheuchen wollte, und drehte sich wieder zu mir. »Daraufhin machte er mir dieses Angebot«, sagte er und seufzte. Seine Augen waren feucht.

»Ich versteh noch immer nicht«, sagte ich.

Er schüttelte abermals den Kopf. »Es tut mir leid, wenn

ich dir jetzt zusätzlichen Schmerz bereiten muss, Elli Grace«, sagte er. »Hans Helmut gestand mir, dass er Konkurs anmelden müsse.«

»Was? Aber ... Das ... Das kann nicht sein! Die Praxis lief doch ausgezeichnet.«

»Es tut mir leid«, sagte Wieland kaum hörbar. »Er war hoch verschuldet. Spielsucht.«

Ich schluckte. Hans Helmut, mein sparsamer Hans Helmut, hatte sein geliebtes Geld ins Casino getragen?

»Heißt das, ich bin pleite?«, stammelte ich.

Ein kurzer Blick in Wielands Augen bestätigte meine ärgsten Befürchtungen.

Er nickte. »Hans Helmut meinte, ich solle mir die Geräte ansehen und kaufen, bevor sie der Fiskus beschlagnahmen würde, dann hätte er wenigstens noch etwas Geld flüssig.«

»Um es zu verspielen?« Meine Niedergeschlagenheit wich langsam gerechtem Zorn.

»Aber nein, Elli Grace! Ach Gott, wie soll ich dir das bloß sagen?«

»So, wie es ist, Wieland. Bitte. Was wollte er mit dem Geld?«

»Sich ins Ausland absetzen.« Wieland zog ein Stecktuch aus seinem Sakko und wischte sich damit die Stirn ab. »Dazu ist es ja leider nicht mehr gekommen«, murmelte er. »Er hat sich ja schon vorher aus dem Staub gemacht.«

Eine Weile saßen wir noch schweigend nebeneinander, dann erinnerte uns Fippsi winselnd, dass es auch noch eine Welt um uns herum gab. Ich band ihn los, froh, dass der Kleine nicht sprechen konnte. Wenn er mich bei Doris verpetzen würde, dass ich ihn angebunden hatte, würde ich mir sicher etwas Böses anhören müssen. Und von Bösem hatte ich heute nun wirklich genug!

Wieland brachte mich zum Gasthaus zurück und verabschiedete sich mit einer herzlichen Umarmung von mir. Er komme lieber nicht mehr mit rein, ich solle Marion von ihm grüßen.

Seufzend stürzte ich mich wieder ins Getümmel. Die Trauergesellschaft begann sich gerade aufzulösen.

»Wo warst du denn so lange?«, rief Doris vorwurfsvoll, ließ sich von ihrem Goldstück abschlecken und lief davon.

Ich bestellte noch eine Tasse Kaffee und ein Stück Kuchen, nur um zu erfahren, dass Doris den Kuchen und die übrig gebliebenen Schnitzel bereits eingepackt hatte. Schaumrollen von gestern seien noch da.

Da mein Körper vehement nach Süßem verlangte, ließ ich mir eine servieren. Der Blätterteig war schon zäh, aber der Zuckerschaum verklebte mir für kurze Zeit das Blut stark genug, dass ich, ohne zu kollabieren, meine Gäste verabschieden konnte.

Familienzwistigkeiten

Die ersehnte Ruhe im Eigenheim blieb mir leider verwehrt. Hannes und Doris wollten über Nacht bleiben und stritten schon am Nachhauseweg mit Mama, wer wo schlafen sollte. Mama hatte Hannes' Kinderzimmer okkupiert. Sie weigerte sich, umzuziehen.

Doris wollte weder mit alten Gewohnheiten brechen – »Es ist Hannes' Zimmer. Es gehört ihm. Und wir haben immer da geschlafen!« – noch auf den größeren Raum verzichten. »Wo sollen wir denn in dem kleinen Kammerl von der Lisbeth unseren Fippsi unterbringen, bitte?«

Die Streitereien hörten erst vor der Haustür auf, ohne jedoch gelöst worden zu sein. Es war der Schock, der alle zum Schweigen brachte, denn die Haustür war nicht verschlossen. Ich hatte unter Garantie abgesperrt, da war ich mir sicher.

Augenblicklich sprang meine Phantasie wieder an.

Einbrecher? Die sich die Tatsache, dass wir alle auf dem Begräbnis waren, zunutze gemacht hatten? Oder noch schlimmer: die Chinesen? Trotz der immer noch sehr hohen Außentemperaturen lief mir ein Schauer über den Rücken.

Fippsi bellte, also war unauffälliges Hineinschleichen nicht mehr möglich. Ich wollte folglich den Hund vorausschicken, was mir einen entsetzten Blick seines Frauerls einbrachte. Doris hyperventilierte beinahe, sodass Hannes sich sofort um sie kümmern musste. Also fiel auch er als Frontmann aus.

Nachdem ich also keinerlei Hilfe zu erwarten hatte – auch Mama trat höflich zur Seite –, betrat ich die Höhle des Löwen.

Das Vorhaus war sauber. Keine Spuren von fremdländischen und anderen Eindringlingen. Aus dem Wohnzimmer drang ein leises Geräusch, es klang ein bisschen wie Hummelgebrumm mit Dutz-Dutz-Sound im Hintergrund.

Vorsichtig trat ich näher. Auf dem Sofa lag eine junge Frau. Sie trug einen kurzen Jeansrock und ein blaugrünes T-Shirt mit einem großen Fair-Trade-Zeichen auf der Brust. Ihre blonden Haare standen kurz vom Kopf ab. Das Geräusch kam aus ihren Ohren oder besser gesagt aus den Stöpseln, die dieselben verstopften.

Zum ersten Mal an diesem Tag wurden meine Augen feucht.

»Lisbeth?« Vorsichtig stupste ich meine Tochter an der Schulter an.

Sie öffnete ihre Augen und zog die Stöpsel raus. »Hallo, Mama«, sagte sie leise und setzte sich auf. Auch ihre Augen füllten sich mit Wasser.

»Hi, Lis! Wie bist du denn hier hereingekommen?«, fragte Hannes, Hund und Gattin im Schlepptau.

»Wie früher.« Lisbeth lächelte. »Mit meinem Schlüssel.«

»Du bist zu spät«, meinte Doris spitz. »Das Begräbnis ist vorüber.«

»Ich weiß«, erwiderte Lisbeth.

»Nicht mal zum Begräbnis des eigenen Vaters kommt sie rechtzeitig«, murmelte Doris und zog Fippsi von der Couch weg. Ich glaube, sie war eifersüchtig, weil er Lisbeth so freudig begrüßte. »Hast du das gewusst, Hannes, dass sie erst nach dem Begräbnis auftaucht?«

Hannes wurde rot, hüllte sich aber in Schweigen.

»Das geht dich nichts an, Dosis!«, stellte Mama fest.

»Dosis? Ich heiße Doris, Marion.«

»Ich weiß«, sagte Mama und grinste. Sie hatte ihre Schwiegerenkeltochter noch nie leiden können und ihr heimlich den Spitznamen Dosis verpasst. »Weil man diese Frau nur in geringen Dosen erträgt. Inbegriff einer Landpomeranze!«

»Marion! Schön, dich zu sehen!« Lisbeth sprang auf und umarmte ihre Großmutter stürmisch. Das gab mir einen Stich. Die beiden waren in Kontakt geblieben?

»Ganz meinerseits«, gab Mama zurück. »Verabschiedung erledigt?«

»Mhm.« Lisbeth nickte. »War vorhin drüben am Friedhof, während ihr im Wirtshaus wart.«

»Du warst am Friedhof? Echt jetzt? Aber für das Begräbnis warst du dir zu gut, oder was?«

»Schatzi. Du weißt doch, dass Lis zu unserem Vater kein so gutes Verhältnis hatte.« Hannes schwitzte wie ein Bauarbeiter, obwohl er sein Sakko schon lange zuvor ausgezogen hatte und es hier im Wohnzimmer wegen der heruntergelassenen Jalousien angenehm kühl war.

»In der Pubertät ist das von mir aus normal. Aber jetzt ist sie ... Wie alt ist sie noch mal? Sechsundzwanzig, siebenundzwanzig? Na, egal. Jedenfalls könnte sie sich wie eine Erwachsene benehmen.« Doris sprach über Lisbeth, als ob sie gar nicht anwesend wäre.

»Halt die Klappe und hör auf, über Dinge zu reden, von denen du keine Ahnung hast.« Lisbeth baute sich so bedrohlich vor ihrer Schwägerin auf, dass deren Augenbrauen zu zucken begannen. »Ich wollte nicht zum Begräbnis meines Vaters kommen. Punkt.«

Sicherheitshalber ging Doris ein paar Schritte auf Distanz. Aus der Ferne tat sie sich aber schon wieder leichter, ihre Pfeile abzuschießen. »Weil er dich aus dem Haus geprügelt hat?«

Lisbeth warf Doris einen Blick zu, der mich persönlich unmissverständlich zum Schweigen gebracht hätte, aber Doris war weder sensibel, noch kannte sie meine Tochter von früher. Sonst hätte sie gewiss nicht weitergestichelt.

»Was ich so gehört hab, warst du ja auch nicht gerade zimperlich. Hast du ihm wirklich das Gesicht zerkratzt? Dem eigenen Vater?«

»Dosis, jetzt reicht's!«, zischte Mama. Offenbar hatte auch sie Respekt vor Lisbeths Zornesausbrüchen. Ihre Handbewegung war eindeutig: Raus!

»Komm, wir gehen eine Runde mit Fippsi«, sagte Hannes und zog seine tumbe Frau samt Hund nach draußen, bevor sie noch weitere unsensible Bemerkungen vom Stapel lassen konnte.

Lisbeth atmete sichtlich auf, als die beiden weg waren.

»Ich geh mich mal frisch machen«, sagte Mama und verschwand nach oben. So viel Fingerspitzengefühl hatte ich ihr gar nicht zugetraut.

Leider hatte ich keinen Schimmer, wie ich ein Gespräch beginnen sollte. Fast zehn Jahre hatte ich meine Tochter nicht mehr gesehen, seit sie brüllend ihren Rucksack gepackt hatte und aus dem Haus gestürmt war. »Ihr könnt mir gar nichts mehr. Ich bin volljährig!«

Ein zorniger Punk in schwarzer Gruftikluft. Piercings in Zunge und Nase. Dabei hatte Hans Helmut ihr die ausdrücklich verboten. Nachdem sie ja auch kein Taschengeld bekommen hatte – »Wir sind seinerzeit auch ohne ausgekommen. Du kriegst von uns alles, was du brauchst.« –, hatten wir uns lange gewundert, woher sie das Geld nahm, denn immer wieder kam sie mit neuen Nägeln im Gesicht daher. Bis wir draufkamen, dass sie sich regelmäßig aus der Ordinationskasse bediente. Daraufhin gerieten Hans Helmut und sie böse aneinander. Sie beflegelte ihn wüst, bis er schließlich ausrastete und auf sie einschlug. Völlig unkontrolliert, wie er mir später versicherte. Er hatte sich nicht mehr im Griff gehabt.

Und es stimmte auch, was Doris behauptet hatte. Lisbeth hatte sich gewehrt und ihn gekratzt – was Hans Helmut noch mehr in Rage gebracht hatte. Als ich den Lärm gehört hatte und dazwischengehen wollte, war es schon zu spät gewesen.

Die nächsten Tage waren die Hölle für mich gewesen, weil ich nicht wusste, wo Lisbeth war. Ich wollte zur Polizei, aber Hans Helmut betrachtete die Sache gelassen.

»Wo wird sie schon sein?«, meinte er lakonisch. »Bei einem von ihren schrecklichen Freunden. Wäre ja nicht das erste Mal, dass sie gegen unseren Willen auswärts übernachtet. Außerdem ist sie achtzehn und hat ihren Abgang ja angekündigt. Wenn wir jetzt zur Polizei gehen und sich später herausstellt, dass sie einfach ein G'frast ist, sind wir die Blamierten.«

»Und wenn nicht?«

»Die wird schon wieder auftauchen, Schatz, spätestens, wenn sie Hunger hat. Wirst schon sehen.«

Aber sie kam nicht. Nicht am nächsten und nicht am übernächsten Tag. Am dritten Tag platzte mir der Kragen. Ich saß schon im Auto, um endlich zur Polizei zu fahren, als Hannes mit der erleichternden Botschaft daherkam, dass sich seine Schwester bei ihm gemeldet habe. Es gehe ihr gut, aber wir dürften sie nicht suchen. Sie sei volljährig und habe das Recht auf ein eigenbestimmtes Leben. Basta.

Über Hannes' Vermittlung war es mir später ein Mal gelungen, mich mit ihr in einem Wiener Lokal zu einer Aussprache zu treffen, aber das Wiedersehen war genauso im Desaster geendet wie ihr erster Abgang. Sie hatte mich vor allen Leuten angeschrien, dass Papa ein knausriger Versager sei und ich eine harmoniesüchtige Memme, die ihre Probleme unter den Tisch kehre.

»Alles in Ordnung mit dir, Mama?« Lisbeth klopfte mir auf die Schulter und holte mich damit sanft aus meiner Trance.

»Es war falsch von ihm«, sagte ich. »Es war im Affekt. Aber er hätte es nicht tun dürfen. Und ich hätte … Das Geld. War es das alles wert?«

»Mama«, sagte Lisbeth und blickte mir geradewegs in die Augen. »Du musst mir das glauben. Es hätte mir zugestanden. Es war nicht geklaut. Nicht im üblichen Sinn zumindest.«

»Ich verstehe nicht. Du *hast* es doch ohne zu fragen aus der Kassa genommen, oder?«

»Doch. Ja … Lass uns ein anderes Mal darüber reden, alleine«, sagte Lisbeth, denn Fippsis Gekläffe kündigte das Ende unserer Privatsphäre an.

»Ich hätte dich wenigstens öfter anrufen sollen«, flüsterte ich beschämt. »Du musst nicht glauben, dass ich nichts mehr von dir wissen wollte. Im Gegenteil. Ich hab Hannes ausgehorcht, damit er mir von dir berichtet. Dabei hab ich ihn auch noch zum Mitverschwörer gemacht. Ich bin einfach feige.«

Lisbeth legte mir die Hand auf den Arm. »Ich hätte sowieso nicht mit dir gesprochen. Den Weinviertler Sturschädel hab ich wohl vom Papa geerbt.« Jetzt grinste sie sogar. »Und das mit Hannes als Spion, das war keine One-Way-Sache. Das war zwischen uns beiden abgemacht. So hat letztlich keine von uns beiden sein Gesicht verloren.«

»Ich hätte vorher aufs Klo gehen sollen!« Doris flatterte an uns vorbei und steuerte direkt die Toilette an.

»Die Ruhe ist hin«, sagte ich und wischte mir heimlich eine Träne weg. »Hat er dir wenigstens beruflich geholfen, dein Sturschädel? Was machst du denn jetzt?«, wandte ich mich wieder an meine Tochter.

Lisbeth lachte. »In gewisser Weise, ja«, erwiderte sie. »Ich hab zuerst die Matura nachgemacht und bin Sozialarbeiterin geworden. Und bei Greenpeace engagiere ich mich ehrenamtlich. In Umweltsachen schadet es nicht, wenn man eine dicke Haut hat.«

»Gibt's eigentlich noch was zum Essen?«, fragte Hannes, dem der kurze Spaziergang offenbar wieder Appetit gemacht hatte.

»Was wollt ihr denn haben?«, seufzte ich. »Schinken und Käse hab ich da, und ein paar Weckerl kann ich euch aufbacken.«

»Habt ihr nicht jede Menge Schnitzel eingepackt?«, fragte Mama, die gerade die Treppe heruntersegelte. Sie hatte jetzt wieder ihre Leggins angezogen und sah sehr relaxt aus.

»Die wollte ich eigentlich mit nach Hause nehmen«, sagte Doris. »Dann brauch ich morgen nicht zu kochen.«

»Behalt dir deine Schnitzel«, sagte Lisbeth. »Ich bin sowieso Veganerin.«

»Das hätt ich mir denken können«, retournierte Doris.

»Was soll das jetzt wieder heißen?« Lisbeth trat kämpferisch an Doris heran. »Du meinst wohl, ich sollte deinem Essen nicht das Futter wegfressen, stimmt's?«

»Was?« Doris sah sich hilflos nach ihrem Mann um.

»Geh. Müssts ihr jetzt unbedingt streiten? Wir haben gerade erst den Papa eingegraben. Bitte!« Hannes schaute schon wieder recht weinerlich drein. Er war wirklich nah am Wasser gebaut.

»Ich mach uns einen schönen Salat«, warf ich ein, um die Stimmung zu beruhigen. »Die ersten Paradeiser sind schon reif, Gurken und Radieschen hab ich auch. Und der Rucola wächst sowieso wie Unkraut.«

Nach dem Essen machten wir sogar eine Flasche Wein auf.

»Das Einzige, was die wirklich können da im Weinviertel«, sagte Mama.

»Na, hör mal!«, rief Doris aufgebracht.

Dann mussten wir uns einen ziemlich entbehrlichen Disput darüber anhören, wo es sich schlimmer lebte – auf dem Land oder in der Stadt.

»Warum streitet ihr denn? Ihr wohnt ja eh dort, wo ihr wollt. Wir haben schließlich die Freiheit in diesem Land, oder?«, warf Lisbeth ein.

»Na ja«, sagte Doris gedehnt. »Wir leben zwar auf dem Land, müssen uns aber trotzdem mit einer kleinen Wohnung begnügen.« Sie hüstelte und warf ihrem Mann eindringliche Blicke zu.

Hannes musste daraufhin dringend aufs Klo.

»Typisch!«, rief Doris ihm nach. »Immer, wenn du was sagen solltest, musst du aufs Klo.«

»Was sollte er denn sagen?«, fragte ich. »Ich bin sicher, das kannst du selber übernehmen, oder?«

»Es ist wegen dem Haus«, sagte Doris. »Also der Hannes und ich, wir haben uns gedacht, so ein Garten wär doch was für unseren Fippsi.«

»Meinst du *meinen* Garten?« Ich konnte nicht glauben, was meine Schwiegertochter da andeutete. Ihr Hündchen sollte in meinem Paradies herumwühlen?

»Na ja, Mutti. Das Haus wird dir ja jetzt sowieso zu groß, wenn der Vati nimmer da ist. Und die Wohnung über der Ordi steht ganz leer. Da habts ihr ja früher auch gewohnt. Sogar noch mit der Lisbeth. Für einen allein ist die doch ideal. Und wegen der Stiege brauchst du dir auch keine Sorgen zu machen. Wenn du die einmal nicht mehr packst. Da gibt's ganz günstige Treppenlifte. Im ÖAMTC-Prospekt sind die immer drinnen. Und wenn du was brauchst, sind wir gleich da. Was sagst du dazu?«

»Eigentlich bin ich sprachlos«, sagte ich matt.

»Gell, das wird nett, wenn die Familie so nahe beisammen ist.« Doris hatte meine Sprachlosigkeit missinterpretiert und umarmte mich.

»Cool, da bin ich aber erleichtert!«, rief Hannes, der eben vom Klo zurückgekommen war. Ob die Erleichterung dem

Toilettenbesuch geschuldet war oder der Tatsache, dass Doris die schwierige Frage schon durch hatte, würde ich wohl nie erfahren.

»Ihr spinnts wohl!« Lisbeth sprang auf und haute ordentlich auf den Tisch. »Die Mama aus ihrem eigenen Haus verdrängen? In die Dachwohnung? Wo sich der Papa umgebracht hat?«

»Es ist nicht mehr *ihr* Haus«, schrie Doris, die anscheinend auf jedes Wort ihrer Schwägerin allergisch reagierte. »Und der Vati ist nicht dort oben gestorben. Er ist im Teich …«

»Ich weiß, wie mein Vater umgekommen ist, Doris. Danke«, sagte Lisbeth. »Das war nur symbolisch gemeint.«

»Und … und … und nach neuem Erbrecht kriegen wir alle genau ein Drittel«, sagte Doris und holte noch einmal tief Luft. »Du kannst ihr deines ja gerne abgeben, aber wir können uns das nicht leisten!«

Daher wehte der Wind!

»Da muss ich dich leider enttäuschen, Doris«, warf ich ein. »Das Wohnhaus gehört zur Hälfte mir plus jetzt noch das Drittel von Hans Helmuts Hälfte. Ich nehme an, du kannst dir das ausrechnen, wie groß der Anteil ist, den Hannes davon erbt. Beziehungsweise umgekehrt. Wie viel ihr mir und Lisbeth auszahlen müsstet.«

»Wie viel ist ein Drittel von einer Hälfte schnell?« Doris sah ihren Mann fragend an.

Lisbeth grinste.

»Ich glaube, wir fahren dann lieber doch heim«, sagte Hannes. »Jetzt, wo Lisbeth ihr Zimmer belegen wird.«

»Gute Idee«, sagte Mama, die sich bis jetzt aus der Diskussion herausgehalten hatte.

Doris schnaubte, schnappte sich die Schnitzel und den Kuchen aus dem Kühlschrank und stopfte alles in ihre Tasche. »Wir sehen uns dann beim Notar, Mutti«, sagte sie patzig und stürmte zur Tür hinaus.

»Nimm einen Taschenrechner mit!«, rief Lisbeth ihr nach.

Hannes tat mir leid. So zwischen den Stühlen zu sitzen war sicherlich nicht leicht für ihn. Ich umarmte ihn. »Wir sind alle ein bisschen durch den Wind. Ruf mich an, wenn ihr zu Hause seid, ja?«

Er weinte noch ein bisschen, dann musste er raus, wenn er nicht die Scheidung riskieren wollte.

Lisbeth strich mir über den Arm, als die Türe hinter ihm zugefallen war. »Ich werde auf meinen Anteil verzichten. Ich will von Papa nichts erben.«

»Wird sowieso nicht viel übrig bleiben«, seufzte ich.

»Wie sollen wir das verstehen?« Mama war ganz Ohr.

Schweren Herzens erzählte ich ihnen, was Wieland mir anvertraut hatte. Offiziell wusste ich es natürlich nicht, aber so wie es aussah, war zumindest die Ordination nicht mehr zu halten. Die würde sich die Bank unter den Nagel reißen.

»Ich hab immer schon gewusst, dass Haha ein Arschloch ist«, schimpfte Mama.

»Marion, halt die Klappe!«, sagte Lisbeth. Dann grinste sie. »Eigentlich wollte ich zur Testamentseröffnung gar nicht kommen. Aber Doris' Gesicht kann ich mir jetzt nicht entgehen lassen, wenn sie erfährt, dass sie nichts kriegen wird.«

Fall abgeschlossen und aus

Das schmeckt dem Hartinger gar nicht, dass die Moser vor dem finanziellen Ruin steht. Nicht, dass er unter die Mitleidigen gegangen wäre. Aber jetzt hat er praktisch gar nichts mehr in der Hand gegen sie, und der Kastner reibt sich wieder einmal die Hände.

»Die Moser hat keinen Grund gehabt, ihren Mann umzubringen. Der geht's finanziell jetzt dreckiger als vorher«, hat er ihm entgegengeschmettert. »Schlag dir die Ehefrau aus dem Kopf, Hartinger. Die hat kein Motiv. Nimm meinetwegen noch den Dr. Martin unter die Lupe, aber wenn du da nichts Belastendes findest, dann stell die Ermittlungen ein und Schluss. Dann war es eindeutig Selbstmord, wie ich gleich vermutet hab. Der Moser wäre ja nicht der Erste, der wegen hoher Verschuldung seinen Abschied nimmt.«

»Könnt ja genauso gut sein, dass sie es gar nicht gewusst hat, die Moser, das von seiner Spielsucht und dass sie nichts erbt. Künstlerpech quasi?«, hat der Hartinger es noch einmal probiert, aber ohne Erfolg.

Also ruft er mit geringem Enthusiasmus die Kollegen in Düsseldorf an, ob sie sich über den Herrn Dr. Martin ein bisschen schlaumachen könnten.

Wenig überraschend, kommt ein paar Tage später auch aus dieser Ecke kaum Brauchbares. Es liege nichts vor gegen den Dr. Martin, versichern die deutschen Kollegen. Ein beliebter Gynäkologe. Die Mitarbeiter der Gemeinschaftspraxis beschreiben ihn als kompetent und kollegial, wenn auch vielleicht etwas eitel. Aber das ist ja nicht verboten. So ähnlich klingt auch die Beurteilung der Nachbarn. Angeber. Aber sehr umgänglich. Extrem geduldig und liebevoll mit der Ehefrau, die eine ziemliche Prinzessin ist. Angeblich psychische Probleme. Oder aber auch nur verwöhnt.

Ein einziger Zwischenfall ist aktenkundig, ein Eklat beim

Begräbnis des Schwiegervaters. Ein alter Kollege und Mitbegründer der schwiegerväterlichen Praxis hat Dr. Martin angeschrien bei der Beerdigung, er habe den Freund auf dem Gewissen.

Da wird der Hartinger kurzfristig hellhörig. Was der Freund denn damit gemeint habe, will er sofort wissen. Aber es stellt sich heraus, dass es keineswegs einen Mordverdacht gegen Herrn Dr. Martin gegeben hat. Der Schwiegervater war eindeutig eines natürlichen Todes gestorben. Es war wohl eher etwas Persönliches. Der Schwiegersohn habe ihm die einzige Tochter entfremdet oder so ähnlich. Und das, bitte schön, kommt in den besten Häusern vor.

Der Dr. Martin hat diesen Freund daraufhin auch angezeigt, wegen Rufmords. Hat die Anzeige aber zurückgezogen, als sich der Mann bei ihm entschuldigt hat.

Bankverbindungen oder Handydaten könnten sie natürlich nur bei dringenden Verdachtsfällen und nach richterlichem Beschluss überprüfen lassen, sagen die Kollegen. Also eine Sackgasse.

Auch mit dem Seil ist man nicht weit gekommen. Handelsübliches Abschleppseil, allerdings nicht in den umliegenden Baumärkten erhältlich. Vermutlich Onlineshop. Der Moser ihr Amazon-Account, den sie ihnen widerstandslos offengelegt hat, verrät höchstens ihren Lesegeschmack. Garten- und Kochbücher, Romanzen und Regionalkrimis. Ab und zu ein Kleidungsstück in Größe XL. Auch für ihn, den Gatten. Weil, der hatte kein eigenes Konto beim Onlinehändler.

Es wurmt den Hartinger mächtig, dass er schon wieder aufgeben muss. »Was haben wir bloß übersehen, Frau Kleine?«, murmelt er.

Die zuckt nur mit den Schultern. »Ich weiß nicht«, sagt sie. »Aber von der Motivlage her war's der Herr Moser selber. Die anderen beiden hatten keinen nachvollziehbaren Grund, ihn umzubringen.«

»Ich weiß«, seufzt der Hartinger. »Dann machen S' die Akte fertig für die Ablage.«

»Chef«, sagt sie, weil er schon Feierabend machen will. »Da wär noch was … Kann ich kurz mit Ihnen reden?«

Aus ihrer zögernden Stimme schließt er, dass sie was Gröberes auf dem Herzen hat. Daher dreht er sich noch einmal um. »Was gibt's, Frau Kleine?«

»Der Herr Staatsanwalt …« Sie stottert und ringt nach Worten.

»Was ist mit dem Kastner?«

»Na ja. Er hat mich zuvor in sein Büro gerufen. Wie ich den Fall einschätze, wollte er wissen.«

»Und Sie haben ihm gesagt, dass Sie die Frau Moser für unschuldig halten.«

»Nein. Ja. Das schon. Aber nicht bedingungslos. Dass halt nicht genügend vorliegt, hab ich gemeint.«

»Ja, und? Das wissen wir ja bereits.«

Sie schluckt und dreht mit dem Finger an ihren Haaren. »Dann hat er so seltsame Fragen gestellt. Über Sie, Chef.«

»Aha?« Der Hartinger spitzt das Ohr. Wenn der Kastner was ausgeplaudert hat über seine Vergangenheit, dann ist er dran. Die Personalakte unterliegt strenger Schweigepflicht. »Aha?«, wiederholt er und fixiert die Kleine wie ein Habicht. Sein berühmt-berüchtigter Verhörblick ist das. Wenn die jetzt lügt, entgeht ihm das mit Sicherheit nicht.

»Erst waren es so ganz allgemeine Sachen«, stammelt sie. »Ob Sie mich gut behandeln. Und eh nicht diskriminieren. Da hab ich erst nachfragen müssen, was er damit meint.«

»Und, was hat er damit gemeint?«

»Dass Sie vielleicht sexistisch wären«, sagt sie.

Der Hartinger schaut sie fragend an. Versucht, so neutral wie möglich zu wirken. »Und, bin ich das?«

Ein Lächeln huscht über ihr hübsches Gesicht. »Dem Dr. Kastner gegenüber hab ich es abgestritten.«

»Aha? Und mir gegenüber?« Dem Hartinger gefällt ihre Art, zu antworten. Sein Pokerface bleibt.

»Ein bisserl ausbaufähig wären Sie diesbezüglich schon«, sagt sie ihm glatt ins Gesicht, ohne mit der Wimper zu zucken.

Er fixiert sie weiterhin mit seinem durchdringenden Blick. Aber sie hält ihm wacker stand. Das entlockt ihm schließlich ein Grinsen. »Darüber müssen wir uns ein andermal ausführlicher unterhalten«, meint er, schon etwas gelöster. »War das alles?«

»Eben nicht«, seufzt sie. »Er hat behauptet, Sie wären nicht objektiv in dem Fall. Im Gegenteil. Geradezu obsessiv. Und er wollte, dass ich ihm das bestätige, dass Sie die Frau Moser unter allen Umständen in den Knast bringen wollen.«

»Interessant«, sagt der Hartinger. Vielleicht ein bisserl zu scharf, weil die Kleine zusammenzuckt. Da muss er aufpassen, sonst traut sie sich nicht, weiterzuerzählen. Jetzt, wo es spannend wird. »Und? Haben Sie ihm das bestätigt?«

»Ich bin der Frage ausgewichen und hab erst einmal nachgefragt, warum er glaubt, dass Sie das tun sollten. Und da hat er dann gemeint …« Sie räuspert sich.

»Dass ich ein Frauenproblem hab?«

»Genau genommen hat er behauptet, dass Sie ein Frauenhasser wären«, sagt sie und blickt zu Boden. »Aber das hab ich vehement abgestritten«, sagt sie und schaut ihm wieder ins Gesicht. »Das dürfte er aber falsch interpretiert haben, weil, daraufhin hat er gemeint, dass ich mich vor Ihnen nicht zu fürchten brauche. Seine Tür stehe immer offen, hat er gesagt. Und ich solle doch alles, was Sie Frauen betreffend tun und sagen, also wirklich alles, was man auch nur in Ansätzen als frauenfeindlich betrachten könnte, das soll ich dokumentieren und ihm berichten.« Jetzt hat sie sich schon eine richtig lange Locke gezwirbelt, die Kleine.

»Was haben Sie ihm denn darauf erwidert, Frau Kleine?« Hartingers Stimme ist verdächtig leise geworden.

»Ich hab irgendwas Nichtssagendes dahergestottert, dass das vermutlich nicht viel sein wird, so was halt. Weil, was hätte ich auch sagen sollen? Immerhin ist er mein Vorgesetzter. Neben Ihnen natürlich, Chef. Was ich mich frage: Ist denn das rechtens vom Herrn Staatsanwalt? Mich quasi als Spitzel einzusetzen? Ich mein, ich kann doch nicht hinter dem Rücken von einem

Kollegen, egal, ob Vorgesetzter oder nicht … Ich kann doch nicht zum Petzen gezwungen werden, oder?«

Der Hartinger mustert die Kleine von oben bis unten. Die roten Flecken am Hals verraten ihre Empörung. Seine persönlichen roten Flecken sind mehr innerlich, dafür aber umso explosiver. Er beherrscht sich trotzdem. Weil, die Kleine kann ja nichts dafür.

Eine Weile starrt er ins Nichts.

»Jetzt mal ehrlich, Frau Kleine«, sagt er dann. »Hab ich mich der Frau Moser gegenüber obsessiv verhalten? Ich mein … nicht objektiv genug?«

»Na ja«, sagt sie gedehnt. »Manchmal hab ich schon den Eindruck gehabt, es würde Sie freuen, wenn sie es gewesen wäre. Aber das ist doch sicherlich nicht, weil sie eine Frau ist. Sondern, damit wir ein Ergebnis haben, oder?«

»Genau so ist es«, sagt er. Vielleicht ein bisserl zu schnell. Er hofft, dass die Kleine die Unsicherheit in seiner Stimme nicht bemerkt. »Warten S' kurz«, sagt er plötzlich, springt auf und rennt ins Büro vom Kastner. Ohne anzuklopfen. Noch bevor ihn die Kleine bitten kann, es lieber sein zu lassen.

Als er die Tür ein paar Minuten später wieder aufreißt, steht die Kleine leichenblass vor ihm und zittert.

Spontan macht der Hartinger noch einmal kehrt und brüllt ins Staatsanwaltsbüro hinein, dass man es noch bis auf die Straße hören kann: »Und komm ja nicht auf die Idee, der Kollegin irgendwelche Steine in den Weg zu legen, Kastner, hast du gehört! So schnell kannst gar nicht schauen, da steht das in der Zeitung. ›Staatsanwalt mobbt junge Kollegin, weil sie ihre Kollegen nicht für ihn bespitzeln will‹.«

Und peng ist die Tür zu.

Auf der gegenüberliegenden Seite geht eine andere auf, aber das bemerken weder die Kleine noch der Hartinger.

Der fährt sich mit der Hand durch die Haare und holt einmal tief Luft. »Schlechte Presse verträgt er gar nicht«, sagt er und grinst.

»Kann ich da vielleicht meine Mediationsdienste anbieten?«, sagt die Person, die immer noch unbeachtet in der Tür steht.

Der Hartinger fährt herum. Man sieht, dass es ihm peinlich ist, dass diese Frau Zeugin seines Wutausbruchs geworden ist.

»Entschuldigung«, sagt sie. »Ich hab eh geklopft. Anscheinend hat es niemand gehört. Mauser«, sagt sie zur Kleine und streckt ihr die Hand hin. »Ich bin die Psychologin vom Haus, wenn Sie so wollen.«

»Kein Bedarf für eine Mediation, Frau Mauser. Danke«, murmelt der Hartinger, der sich in der Zwischenzeit gefasst hat. »Ich glaub, ich hab die Sache deutlich kommuniziert. Von meiner Seite her ist das Problem vom Tisch.«

Die Psychologin lächelt. Der Hartinger will schon gehen, da sagt sie: »Die Sache mit dem Hunderl, Herr Hartinger. Hat das geklappt?«

»Was?« Der Hartinger schaut so entsetzt drein, als ob sie ihn über den Tod der Großmutter befragen würde.

»Das Hundchen. Das Sie der jungen Witwe von Ihrem Kollegen schenken wollten. Ist wohl nichts daraus geworden?«

»Ach, das«, sagt der Hartinger und bemüht sich, möglichst kühl zu wirken. »Ja. Sie hat es angenommen. Hat schon gepasst.«

»Geht's ihr nicht gut, Ihrer Freundin?«

»Sie ist nicht meine Freundin. Also. Ihr Mann war mein Freund«, stottert er. »Aber ich vermute mal, dass es ihr nicht gut geht.« Aber sicher nicht, weil ihr Mann tot ist, weiß der Hartinger. Weil ich so ein Trottel war, schon eher.

»Herr Hartinger«, sagt die Psychologin und steckt ihm ein Kärtchen zu. »Wenn die junge Witwe vielleicht Hilfe braucht – ich therapiere auch privat. Und sie braucht keine Angst zu haben, dass irgendjemand davon erfährt. Manchen Leuten ist es ja peinlich, wenn sie Therapie brauchen. Oder sie fürchten, dass ihr Chef das erfahren könnte. Hundert Prozent diskret. Einfach anrufen. Termin vereinbaren. Fertig.« Sie achtet penibel darauf, dass ihr der Hartinger in die Augen schaut. Was er ungern tut.

Er nimmt das Kärtchen entgegen und steckt es ein. Schaut ihr nach, wie sie beim Kastner im Büro verschwindet. »Den kannst auch gleich therapieren«, flüstert er.

Und dann fährt es in ihn hinein wie der Blitz. Das Angebot

für eine diskrete private Therapie. Das hat ihm gegolten. Nicht der Helene, der Witwe vom Moravec. Die Psychotante hat ihn durchschaut. Dass da was nicht im Reinen ist mit ihm.

Da wird ihm bewusst, dass die Kleine noch immer dasteht und nicht weiß, was los ist.

»Was ist, Frau Kleine? Gehen wir auf ein Bier?«, sagt er spontan. »Wenn es für Sie nicht zu sexistisch ist, lad ich Sie sogar darauf ein.«

Erwachen

Eine Vorsprache bei Bank und Notar brachte endgültig Licht ins Dunkel. Oder eigentlich war es ja umgekehrt. Man gab mir zwar Bedenkzeit, ob ich mein Erbe annehmen wollte, aber es war ohnehin klar, dass ich bald ohne Eigenheim dastehen würde. Hans Helmuts Elternhaus mit Praxis gehörte praktisch samt Inhalt der Bank, aber auch seine Hälfte vom Wohnhaus war bereits mit Hypotheken belastet. Was sollte ich mit einem halben Haus? Die Kinder mussten – teils zähneknirschend – auf ihr Erbe verzichten, weil sie wussten, dass ich ihnen nichts auszahlen konnte. Meine eigenen, sehr geringen Ersparnisse reichten gerade mal für die laufenden Kosten.

Die Bank bot mir an, die Ordination als Ganzes zu versteigern, dann würde man sehen, ob mit dem Erlös wenigstens die Hypothek für das Wohnhaus getilgt werden konnte.

Aber nicht nur auf meinem Konto, sondern auch in mir drinnen machte sich eine Leere breit, von der ich nicht wusste, wie ich sie füllen sollte. Obwohl Hans Helmut an meiner jetzigen Misere schuld war, vermisste ich ihn gleichzeitig so sehr, dass mir der Brustkorb eng wurde, sobald ich an ihn dachte. Und das war praktisch andauernd. Keine herumliegenden Socken im Badezimmer. Kein Kaffeehäferl, das seinen Weg in den Geschirrspüler nicht von alleine gefunden hatte. Niemand, der mein Essen lobte. »Du bist einfach die beste Köchin, Schatz!«

Wozu sich überhaupt die Mühe machen, etwas zu kochen?

Was mich mindestens genauso fertigmachte wie seine Abwesenheit, war der Gedanke an mein Versagen. Ich hatte nicht erkannt, dass Hans Helmut der Spielsucht verfallen war. Wie hatte mir das passieren können? Er war nie ein guter Lügner gewesen. Wenn ich genau hingeschaut hätte, dann hätte ich auch seine Verzweiflung sehen müssen, die ihn letztendlich in den Selbstmord getrieben hatte.

Plötzlich fiel mir ein, dass ihm der Selbstmordgedanke

eigentlich recht spontan gekommen sein musste. Wieland hatte doch erwähnt, dass er sich ins Ausland absetzen wollte. Das wäre mir, rückblickend gesehen, deutlich lieber gewesen. Es hätte zwar an meiner jetzigen Situation kaum etwas geändert, aber dafür hätte ich Hans Helmut wenigstens ordentlich hassen können.

Es war der Gedanke an Wieland, der mich schließlich aus meiner selbstmitleidigen Lethargie riss. Vielleicht mochte er ja das Inventar der Ordination ersteigern?

Ich suchte seine Visitenkarte heraus und wählte seine Nummer.

»Martin. Wer ist dran?«

Vor Schreck hätte ich beinahe aufgelegt. »Hallo, Wieland«, stammelte ich. »Ich bin's. Elli.«

»Elli Grace! Wie ich mich freue, von dir zu hören. Wie geht es dir?«

»Och. Nicht so toll«, sagte ich wahrheitsgemäß und kämpfte mit den Tränen. »Heute war Testamentseröffnung.«

»So schlimm?«

»Leider, ja. Danke, dass du mich vorgewarnt hast, Wieland. Der Schock hätte mich aus den Latschen gehauen.«

»Kann ich dir helfen? Wenn du einen Privatkredit brauchst …«

»Das ist lieb, Wieland, aber das kann ich nicht annehmen. Warum ich eigentlich anrufe … Die Ordination mit allem Drum und Dran wird versteigert. Wenn du noch Interesse hast, vielleicht magst du der Bank ja noch vorher ein Angebot machen und dir die Geräte sichern. Falls du sie noch brauchen kannst.«

»Puh«, sagte Wieland. »Das Projekt hab ich eigentlich verschoben. Silke geht es wieder schlechter, sie wird noch einige Zeit im Sanatorium bleiben müssen. Wann ist denn die Versteigerung?«

»Das wird, wenn ich das richtig verstanden hab, jetzt erst einmal ausgeschrieben. Und dann dauert es sicher noch ein paar Wochen. Ich schätze, auf dem Gemeindeamt werden sie dir da näher Auskunft erteilen können. Soll ich dir die Nummer raussuchen?«

»Ach, bemüh dich nicht, Elli Grace, das schaffe ich schon selber.«

Sosehr ich auch nachdachte, es fiel mir leider nichts mehr ein, was ich ihm hätte erzählen können. So beendeten wir beide höflich das Gespräch, und ich war erst recht wieder allein.

Frustriert schleppte ich mich zur Hausbar. Bis auf das gelegentliche Likörchen trank ich zwar nie Hochprozentiges, aber die derzeitige Situation verlangte danach. Betäubung war angesagt. Ich griff nach der erstbesten Flasche. Original Becherovka aus Karlsbad. Den hatte Hans Helmut wohl günstig hinter der Grenze erstanden.

Das erste Stamperl kostete mich einiges an Überwindung. Bitter passte aber hervorragend zu meiner Stimmung. Von Glas zu Glas rann das Gesöff leichter meine Kehle hinunter.

Wie viel von der Flasche tatsächlich in meinen Metabolismus gelangt war, ließ sich rückblickend nicht mehr ergründen. Auf jeden Fall zu viel. Als ich Stunden später aufwachte, lag die Flasche leer am Boden. Etliches von ihrem Inhalt hatte mein schöner Teppich aufgesogen, aber der Großteil war wohl in meine Zellen gelangt. Mein Kopf drohte zu zerspringen, meine Finger waren dick wie Knackwürste, und als ich aufstehen wollte, um aufs Klo zu gehen, versagte mein vestibuläres Innenohrsystem, und alles um mich herum drehte sich. Ich setzte mich sicherheitshalber wieder hin und wartete ein Weilchen, bis ich den nächsten Antritt wagte.

Die folgenden zwei Tage verbrachte ich im Bett. An mein Handy ging ich nicht ran, und ich lud es auch nicht auf, sodass es sich automatisch offline schaltete. Zweimal läutete es an meiner Haustür, was ich ignorierte.

Erst als jemand zusätzlich kräftig an die Tür hämmerte, schlich ich mich nach unten und lugte durch den Türspäher.

Zweifel

Und wieder hat sich der Hartinger am Wochenende so angesoffen, dass er am nächsten Morgen nicht weiß, wo ihm der Kopf steht. Dabei hat er sich geschworen, dass damit jetzt Schluss sein muss.

Was muss diese Psychotante auch die Sache mit dem Hunderl aufwärmen, jetzt, wo er gerade begonnen hat, sich mental von der Angelegenheit zu lösen. Helenes Blick, wie er ihr den kleinen Hund gebracht hat. Wie sie ihm daraufhin ihr Herz geöffnet hat. Die Erinnerung daran löst noch immer körperliche Reaktionen in ihm aus. Hat sie ihn wirklich so täuschen können?

Ja. Er ist immer noch in Helene verliebt, verdammt. Und ja. Er weiß immer noch nicht, ob sie ihren Mann umgebracht hat oder nicht. Im Prinzip ist es aber auch egal. Beides ist gleich schlimm für ihn. Wenn sie unschuldig ist, dann hat er sie dermaßen vor den Kopf gestoßen, dass sie ihn für ihr Leben hassen wird. Und wenn sie doch eine Mörderin ist? Dann fragt er sich nicht nur, was das mit ihm macht. Sondern auch, warum er sich ausgerechnet in eine Mörderin verliebt. Hat es doch was mit seiner Mutter zu tun? Man kennt ja das Schema. Diese Frauen, die immer wieder auf dieselben Typen reinfallen. Säufer und Schläger. Obwohl sie bei ihren Vätern doch hätten sehen müssen, wohin das führt. Aber das scheint zwanghaft zu sein.

Folgt er auch so einem Muster? Haben seine gescheiterten Ehen doch etwas damit zu tun? Wenn ja – hat der Kastner womöglich recht mit seiner Behauptung, er sei ein obsessiver Frauenhasser? Selbst die Kleine – und auf deren Urteil kann er sich mittlerweile verlassen – hat es zumindest nicht ausgeschlossen, dass er die Moser zwanghaft ins Gefängnis bringen wollte. Auch wenn sie die Sache anders interpretiert.

Er starrt auf den Couchtisch. Achtlos hingeworfen zwischen

Pizzaschachtel, zerquetschten Bierdosen und der halb leeren Whiskyflasche, liegt die Visitenkarte von der Psychologin.

Vielleicht hat sie tatsächlich eine Antwort für ihn parat?

Ach was! Der Hartinger gibt sich einen Ruck. Hilft's nicht, so schad's nicht. Und wählt spontan ihre Nummer.

Neubeginn

Mein Herz machte einen Satz, als ich ihn durch den Türspäher erkannte.

Kurzfristig überlegte ich, ob ich überhaupt aufmachen sollte, aber dann hatte ich Angst, er würde auf Nimmerwiedersehen verschwinden. Also öffnete ich Wieland die Tür, ließ ihn in mein Haus – und in mein Leben.

»Meine Güte, wie siehst du denn aus?«, rief er entsetzt. Dann nahm er das Heft in die Hand; ich hatte nicht einmal Zeit, mich in Grund und Boden zu schämen. Er schickte mich in die Dusche, gab mir Kaffee und ganzheitliche medizinische Betreuung in Form von mentalen Streicheleinheiten und einem Antidepressivum. Und eine neue Lebensperspektive.

Während ich mich tatenlos im Bett herumgewälzt hatte, hatte er mit der Bank und der Gemeinde Kontakt aufgenommen und sie von den Vorteilen einer Arztpraxis im Ort überzeugt. Fazit: Mit meinem Einverständnis würde er die Praxis mit allem Drum und Dran übernehmen und eine angemessene Miete für die Ordination und die Dachwohnung bezahlen. Die Bank würde die Schulden in einen Kredit umwandeln, den ich mit Hilfe dieser Mietbeträge abbezahlen konnte. Mich bat Wieland, weiterhin die Arzthelferin zu geben und nebenher eine junge Kraft auszubilden – verknüpft mit einer ordentlichen Gehaltserhöhung. Dadurch und in Kombination mit meiner kleinen Witwenpension würde ich in der Lage sein, nicht nur meinen Lebensunterhalt zu bestreiten, sondern auch mein Wohnhaus zu erhalten.

Erst konnte ich mein Glück kaum fassen, die nächsten Wochen kam ich mir vor wie in einem Rosamunde-Pilcher-Roman. Mein Held trug mich auf Händen. Als ich die Dachwohnung aufräumen wollte, damit er sich gemütlich einrichten konnte, riss er mir förmlich den Putzlappen aus der Hand – »Elli Grace, deine schönen Hände sind zum Putzen zu schade!« – und organisierte eine Firma, die die Grundreinigung und auch gleich die

Entrümpelung übernahm. Der alte Krempel der Schwiegereltern wurde trotz der hartnäckigen Stimme in meinem Kopf – »Viel zu gut zum Wegwerfen, Schatz!« – restlos entsorgt. Als ganz besonderes Highlight empfand ich es, als sie die verhasste Holztreppe abmontierten. Wieland wollte das knarrende Ungetüm durch eine schicke Wendeltreppe aus Edelstahl ersetzen.

Weil er während der Bauarbeiten keine Bleibe hatte und ich nicht wollte, dass er seine Nächte in einem sterilen Hotel verbringen musste, richtete ich ihm Hannes' Zimmer als Gästezimmer her. Als Dankeschön dafür und weil er bei mir Vollpension gratis dazubekam, führte er mich so oft wie möglich aus. »So lern ich gleich meine zukünftige Heimat kennen«, sagte er.

Was er nicht wissen konnte: Auch ich lernte das Weinviertel von einer ganz anderen Seite kennen. Betrat Lokale, die ich nur aus der Zeitung kannte. Hans Helmut hatte es ja nur selten in die Gastronomie gezogen. »Frechheit, was die heute schon für ein Schnitzel verlangen, Schatz!« Mein Argument, dass man bei heimischen Betrieben nicht dieselbe Preislatte anlegen könne wie bei unseren nördlichen Nachbarn nach der Grenzöffnung, ließ er nicht gelten. »Wenn sie es in Möbelhäusern so billig hergeben können, dann muss das auch im Wirtshaus möglich sein.«

Ich hatte daher keine Ahnung, wie vielfältig und gut die heimische Restaurantküche sein konnte. Die Preise waren zwar ebenso jenseits meiner gewohnten Vorstellung, aber Wieland ließ eine finanzielle Beteiligung meinerseits ohnehin nicht zu. »Lass deine Börse stecken, Elli Grace, ich schreib das sowieso als Geschäftsessen ab.«

Natürlich protestierte ich, war aber gleichzeitig froh über seine Hartnäckigkeit. Mein weniges Erspartes ging ohnehin für ein passables Ausgehoutfit drauf, schließlich konnte ich Wieland nicht blamieren, wenn er mich schon in teure Lokale ausführte. Gottlob erreicht der Onlinehandel auch die hinterste Provinz. Ich hätte ja früher gar nicht gewusst, woher ich auf die Schnelle ein paar schicke Klamotten in meiner Größe hernehmen sollte.

Und doch brauchte ich anscheinend ein schmerzliches Schlüsselerlebnis, um zu begreifen, dass teure Fetzen allein meine echten Problemzonen nur dürftig verschleiern konnten. Dass sie quasi nur eine Symptombekämpfung darstellten und keine ursächliche Verbesserung meiner Makel brachten.

Wir hatten anlässlich der Wiedereröffnung der Praxis zu einem Tag der offenen Tür geladen. Selbstredend musste ich nicht selber backen, Wieland engagierte eine Cateringfirma. Das bedeutete, dass ich als Hausherrin völlig stressfrei die Gäste begrüßen konnte. Wie im Film winkte ich das geleaste Servierpersonal heran, das tablettweise Wein und Sekt sowie kleine Häppchen aus der Region herumreichte, während ich lächelnd Small Talk machte.

Wieland überzeugte alle mit seinem Charme. Der Gemeinderat samt Bürgermeister war geschlossen unserer Einladung gefolgt, um seine Wertschätzung zu zeigen, wie man betonte. Alle Herren, also achtzig Prozent der Abordnung, waren gekommen, um zu bleiben. Die einzige weibliche Vertreterin, unsere Vizebürgermeisterin und zuständige Kulturstadträtin, entschuldigte sich nach einem Glas Sekt und ein paar Brötchen, weil sie zu einer Vernissage musste. Die Herren zeigten sich besonders von Wielands Sportwagen, den er vor der Ordination geparkt hatte, fasziniert. Ein Koenigsegg Agera mit aufgesetzter Skibox, die angeblich schon allein zwanzigtausend Euro gekostet hatte. Abgesehen von der Bewunderung, die man diesem tollen Gefährt zollte, warnte man Wieland auch vor drohendem Diebstahl.

»So ungern ich das auch sage«, meinte der Herr Bürgermeister, »aber … Wissen Sie, Herr Doktor, in so einer Grenzregion, da treibt sich halt leider auch allerlei Gesindel herum. Gerade in letzter Zeit sind ein paar Weinkeller aufgebrochen worden. Ist zwar nichts groß gestohlen worden. Trotzdem. Ich würde so ein Auto auf keinen Fall über Nacht draußen stehen lassen.«

Selbstverständlich bot ich Wieland sofort an, meine Garage zu nutzen. Ich ärgerte mich, dass ich nicht selbst auf die Idee gekommen war.

Er winkte ab, das könne er nicht annehmen, mein Auto habe die älteren Rechte.

»Lieber Wieland«, sagte ich, als die Gäste abgezogen waren. »Was meinst du, welcher Dieb sich für einen alten Corsa interessiert, der nicht einmal eine Zentralverriegelung besitzt?« Das stimmte ihn letztlich um, und wir führten die Auto-Rochade noch am selben Abend durch.

»Dafür möchte ich mich aber revanchieren«, versprach er und tat sehr geheimnisvoll. Am Sonntag vor der Eröffnung kam er dann mit dieser Überraschung daher. Er hatte Tickets für die Wiener Oper ergattert, und davor wollte er mich in ein Haubenlokal in Wien ausführen. »Es ist schließlich unser letzter freier Tag zusammen.«

»Ach du meine Güte«, stammelte ich. »Ich weiß gar nicht, ob ich was Passendes zum Anziehen habe.«

Aber auch daran hatte er schon im Vorfeld gedacht. Er lächelte und drückte mir eine Einkaufstasche in die Hand, die schon ohne Inhalt eindrucksvoll war. Braunes Design mit dezent goldenem Rautenmuster. In ebenso goldenen Lettern das Firmenlogo auf der Vorderseite: Gucci. Firenze 1921.

»Ich habe mir erlaubt, etwas für dich zu besorgen. Betrachte es als Dankeschön für eine wunderbare Zeit der Vorbereitung und eine tolle Zusammenarbeit in der Zukunft.«

Meine Finger zitterten, als ich in die Tasche griff. Das Kleid, das dann zum Vorschein kam, war ein Traum in Rot. Die Farbe werde meine schönen dunklen Haare und Augen erst richtig zur Geltung bringen, meinte Wieland. Es war ärmellos, mit einem eleganten Volantdetail in der Mitte. Innen mit einem Mieder verstärkt, der Rock schmal mit einem langen Schlitz an der Vorderseite, der meine Beine hervorblitzen lassen würde. Wehmütig strich ich über das zart glänzende Material. Ich nahm an, dass es Seide war, aber natürlich konnte ich das unter seinem aufmerksamen Blick nicht nachprüfen.

»Das kann ich nicht annehmen, Wieland«, seufzte ich. »Das hat sicher ein Vermögen gekostet!«

»Natürlich kannst du. Ich bestehe darauf, dass du es sofort anprobierst!«

Ich trug das Teil ehrfürchtig ins Badezimmer und schlüpfte

hinein. Das heißt, ich wäre gerne geschlüpft. Drinnen war ich ja im Nu, immerhin hatte es einen langen Reißverschluss an der Rückseite. Den bekam ich allerdings nur bis zur Taille hoch, dann war Sense. Selbst wenn ich Wieland um Hilfe gebeten und er den Zipp mit Gewalt zubekommen hätte, hätte ich die Oper im Stehen verfolgen müssen. Ich war mir auch sicher, dass es in Haubenlokalen nicht üblich war, sein Mahl an der Bar lümmelnd einzunehmen.

Entsetzt betrachtete ich mein Spiegelbild. Der Vergleich mit einer Knackwurst wäre ja noch schmeichelhaft gewesen. Hier knackte einfach gar nichts mehr. Die hängenden Fettfalten der Elli Grace Moser – das kam schon eher hin. Aber mit Weltwunder hatte das nichts zu tun, eher mit Weltuntergangsstimmung.

Ich war froh, als ich mich unfallfrei aus dem Kleid geschält hatte. Wie durch ein Wunder war keine Naht geplatzt, und ich konnte es unversehrt dem edlen Spender zurückgeben.

»Es ist ein wunderbares Stück«, stammelte ich, zurück im Wohnzimmer, »viel zu schön für mich. Mehr was für den roten Teppich.« Ich musste mich von Wieland abwenden, während ich das Traumkleid vorsichtig faltete, damit er meine aufsteigenden Tränen nicht sehen konnte.

»Was redest du da?« Er packte mich an den Schultern und drehte mich zu sich, sodass ich seinem Blick nicht ausweichen konnte. »Es ist wie für dich gemacht, das weiß ich.« Plötzlich sah er mich prüfend an. »Was ist? Du bist ja ganz blass!«

»Mir geht es auch überhaupt nicht gut«, antwortete ich wahrheitsgemäß. »Ich glaube, ich habe mich erkältet.« Zur Unterstützung meiner Diagnose schnäuzte ich mich einmal lautstark. »Ich fürchte, du musst alleine fahren. Ich muss schauen, dass ich morgen wieder fit bin, wenn die ersten Patientinnen kommen«, stieß ich hervor. »Ich zieh mich dann lieber zurück.«

Mein Weltschmerz musste allerdings noch warten, denn im selben Moment läutete es an der Tür. Wieland öffnete für mich.

»Marion! Was für eine nette Überraschung!«

Ohne sich die Schuhe auszuziehen, segelte meine Mutter ins Wohnzimmer, warf ihre Sachen achtlos auf mein weißes Sofa und umarmte mich. »Morgen ist doch dein erster Wiederarbeitstag, Kind. Ich dachte, ich komme vorbei und unterstütze dich. Was ist denn das für ein geiles Teil?«

Sie hob das von mir sorgsam gefaltete Kleid vom Tisch und hielt es sich an den Körper. »Da hat aber jemand tief in die Tasche gegriffen!«, bemerkte sie.

»Nicht der Rede wert.« Wieland lächelte nonchalant. »Ich hab es für deine Tochter gekauft, wir wollten in die Oper.«

Anstatt festzustellen, dass sie da jetzt wohl ungelegen käme, blickte meine Mutter erst das Kleid an, dann skeptisch an mir herab und sagte: »Das passt dir?«

Damit löste sie nun endgültig eine Tränenflut bei mir aus, der ich leider nicht mehr Herr wurde.

Wieland nahm mich in seine Arme. »Wir gehen ein andermal, Elli Grace. Aufgeschoben ist nicht aufgehoben.« Zu meiner Mutter gewandt erklärte er, dass ich unpässlich sei und er den Opernbesuch wohl canceln müsse.

»Carmen?«, rief Mama. »Das kannst du doch nicht sausen lassen!«

Und so kam es, dass Mama stellvertretend für mich mit Wieland in die Oper fuhr. Aber nicht nur das. Sie borgte sich auch noch das Gucci-Kleid! Wie sie selbst richtig erkannte, wäre sie in ihrem wallenden Batikrock und dem ausgeblichenen T-Shirt für diesen Anlass deutlich underdressed gewesen.

»Normal zieh ich so was Bourgeoises ja nicht an«, sagte sie, »aber zur Not wird es schon gehen.« Gleich im Wohnzimmer ließ sie ihre Hüllen fallen und schlüpfte hinein. Kicherte, während Wieland ihr den Zipp hochzog. Wenigstens hatte sie ihm den Rücken zugewandt, denn wie immer trug sie keinen BH, den sie ja aus feministischen Gründen verweigerte.

Das Kleid schlotterte an manchen Stellen, und auch Mamas flache Schuhe reduzierten den Sex-Appeal deutlich, aber es brachte ihr hennarotes Haar zum Leuchten und machte sie um mindestens zehn Jahre jünger. Sie hätte gut und gerne als meine Schwester durchgehen können. Ich war mir nicht einmal sicher, wer von uns beiden für die Ältere gehalten worden wäre. Um

Wieland zu beeindrucken, lieh ich ihr auch noch meine Perlenkette – das einzige wertvolle Stück, das mir Hans Helmut je geschenkt hatte. Zur silbernen Hochzeit. »Die ist ja auch eine Wertanlage, Schatz. Das hast du dir verdient!«

Die ganze Vorbereitung, dieses Gute-Miene-zum-bösen-Spiel-Getue, kostete mich enorme Kraft. Ich war unvorstellbar froh, als ich die beiden bei der Tür draußen hatte, um mich meinem Schmerz endlich in vollen Zügen hingeben zu können.

Zuerst lief ich in mein Schlafzimmer, warf das Kissen gegen die Wand und dann mich aufs Bett. Als ich schließlich keine Flüssigkeit mehr zum Heulen mobilmachen konnte, schleppte ich mich wieder nach unten, kippte unkontrolliert ein paar Gläser Sherry in mich hinein und verputzte eine große Tafel Schokolade, während ich mir »Tatsächlich Liebe« reinzog. Ohne Zähneputzen legte ich mich ins Bett. War doch eh egal, ob ich nun auch noch zahnlückig mein Leben als fette Witwenhexe beschließen würde.

Wider Erwarten war ich dann doch eingedöst. Ich wachte erst wieder auf, als die beiden nach Hause kamen. Mama hielt es ja nicht für notwendig, wegen ihrer kranken Tochter die Stimme zu drosseln oder sich überhaupt irgendwie ruhig zu verhalten. Ich kannte die Geräusche in meinem Haus in- und auswendig, und es brauchte nicht viel Phantasie, um zu erkennen, dass sie sich im Wohnzimmer noch ein paar Drinks genehmigten. Mamas Lachen bohrte sich wie Voodoo-Nadeln in mein Herz. Ich sollte da unten sitzen und lachen, nicht sie!

Dann kam Wieland die Treppe herauf. Mittlerweile kannte ich auch seine Geräuschkulisse, der ich die letzten Abende wohlwollend gelauscht hatte. Durch seine männliche Anwesenheit war die Lücke, die Hans Helmut im Haus hinterlassen hatte, doch ein wenig geschrumpft. Auf Mamas zusätzliche Lautspenden hätte ich gerne verzichtet.

Ungeachtet der späten Nachtstunde, ließ sie sich ein Vollbad ein, im ganzen Obergeschoss duftete es alsbald nach Lavendel, meinem Lieblingsbadezusatz, den sie dem Anschein nach großzügig verwendet hatte. Ihr Herumgeplätscher machte mich nervös. Das viele Wasser, erst ein-, dann abgelassen, regte meine Nierenfunktion an, der Sherry drängte nach draußen. Leider hatte Hans Helmut seinerseits darauf gedrängt, Klo und Bidet gleich ins Bad zu integrieren. »Ist doch viel praktischer, und wir ersparen uns einen zweiten Raum mit allen Anschlüssen.« Keine Ahnung, was meine Mutter dadrinnen so lange zu tun hatte, aber es dauerte eine Ewigkeit, bis sie endlich das Feld räumte.

Der Dampf schlug mir entgegen wie in der Therme. Ich musste mich praktisch blind zum Klo durchtasten, alles war beschlagen. Die Lüftung wollte ich nicht aufdrehen, um Wieland nicht zu wecken. Also stieg ich auf den Badewannenrand und öffnete das Dachflächenfenster. Dass ich mich nicht im Spiegel sehen konnte, störte mich ja nicht, aber dass feine Wasserschlieren die Fliesen hinunterliefen und Kalkränder hinterließen, missfiel mir gewaltig. Meine Familie hatte ich verbissen darauf getrimmt, sofort nach dem Bad oder der Dusche zu lüften und die Wände abzuziehen. Trotz eines immer stärker werdenden Schädelbrummens übernahm ich das nun mitten in der Nacht für meine Mutter, wohl wissend, dass sie das Badezimmer vermutlich gleich am Morgen wieder versauen würde.

Ich hängte den Abzieher an seinen Haken, nahm das Gucci-Kleid, das sie achtlos auf den Badezimmerhocker geworfen hatte, und meine Perlenkette an mich, schloss das Fenster und schlich auf leisen Sohlen in mein Zimmer zurück. Gerade als ich die Tür schließen wollte, hörte ich ein Geräusch. Vorsichtig lugte ich hinaus und sah, wie meine Mutter in ihrem Nachthemdchen über den Gang huschte und in Wielands Zimmer verschwand.

Hemmschwelle übertreten

Ganze fünf Messingschilder prangen am Eingangsportal des Wiener Altbaus aus der Gründerzeit. Eine Rechtsanwaltskanzlei, ein Studio für minimalinvasive Schönheitsbehandlungen, eine Zahnarztpraxis, ein Steuerberater und eine Psychotherapeutin.

Unschlüssig studiert der Hartinger die Namensschilder an der Mauer.

Dr. Mauser, Psychologische Praxis
*Beratung * Coaching * Therapie*
Stock 3, Tür 15

Einmal holt er noch tief Luft, dann drückt er den Klingelknopf. Sofort ertönt der Summerton. Als ob sie schon auf ihn gewartet hätte.

Diese Altbauten haben den Hartinger schon immer eingeschüchtert. Es riecht nach Amtsschimmel. Das Stiegengeländer schlingt sich imposant nach oben. Richtig klein kommt er sich vor am Fuße der Treppe. Der Lift ist nachträglich eingebaut worden und verschandelt leider den Gesamteindruck.

Er verzichtet auf den Aufzug und nimmt lieber die Treppe. Oben angekommen, bemerkt er, dass seine Kondition auch schon einmal besser war. Dritter Stock bedeutet in diesen Häusern ja mindestens viereinhalbte Etage mit Hochparterre und Mezzanin noch vor dem ersten Stock.

Die Tür zur Praxis ist nur angelehnt. Er blickt sich um, als ob er nach einem Fluchtweg Ausschau hielte.

»Bitte, kommen Sie weiter«, ertönt eine Stimme von drinnen.

Er folgt ihr mit einem Seufzer.

»Herr Hartinger, wir können uns ein Vorstellungsgespräch ja ersparen«, sagt die Mauser. »Erlauben Sie mir trotzdem eine Frage, bevor wir beginnen: Wessen Idee war es, dass Sie hierherkommen sollten?«

»Na, Ihre. Oder hab ich das falsch verstanden?« Der Hartinger kratzt sich am Kopf.

»Nein, nein. Den Wink haben Sie schon richtig interpretiert. Ich wollte nur sichergehen, dass der Herr Staatsanwalt Sie nicht genötigt hat. Weil, wenn Sie nicht freiwillig hier sind, dann hat eine Therapie wenig Sinn.«

»Von dem Tr… Typen lass ich mir so was doch nicht vorschreiben!«

»Aber er würde es begrüßen, dass Sie hier sind – wenn er es wüsste?«

»Hören Sie. Wenn mein Besuch hier aktenkundig wird, dann verabschiede ich mich lieber gleich wieder.«

»Tut mir leid. Da haben Sie mich missverstanden. Ihr Chef wird nichts davon erfahren.«

»Sicher? Es ist nämlich so, dass er tatsächlich schon öfters versucht hat, mich zu Ihnen zu schicken. Das hab ich aber konsequent verweigert. Ich hab mir dienstlich nichts zuschulden kommen lassen. Er hat kein Recht, mich zu einer Therapie zu vergattern.«

»Hat er seinen Vorschlag Ihnen gegenüber auch begründet? Was sollte seiner Meinung nach bei mir mit Ihnen geschehen?«

»Er meint, ich hätte ein Frauenproblem. Oder schlimmer noch: Meiner Assistentin gegenüber hat er behauptet, ich würde Frauen hassen.«

»Haben Sie eine Ahnung, worauf er seine Vermutung stützt?«

»Meine Mutter. Es hängt alles mit meiner Mutter zusammen.« Der Hartinger wischt sich mit dem Ärmel über die Stirn.

»Herr Hartinger. Ich habe mir erlaubt, Ihre Personalakten durchzusehen, wenn ich schon einmal Zugriff darauf habe. Ihre Kindheit war ja wirklich nicht rosig. Hier steht, dass Ihr Vater bei einem Unfall ums Leben kam, als Sie acht Jahre alt waren, und die Mutter Sie daraufhin im Stich gelassen hat. Ist das so korrekt?«

»In gewisser Weise. Ja.«

»Warum nur in gewisser Weise? Wollen Sie mir das genauer erklären?«

»Steht da nicht mehr in den Akten? Über meine Mutter?«

»Über Ihre Mutter hab ich nichts weiter gefunden. Sie sind dann bei der Großmutter aufgewachsen und später bei unterschiedlichen Pflegeeltern. Von Ihrer Mutter ist nicht mehr die Rede.«

Der Hartinger kratzt sich erneut am Kopf. »Dann weiß der Kastner das gar nicht? Aber warum glaubt er dann, dass ich einen Mutterkomplex hab?«

»Hat er das so formuliert?«

»Ich glaub schon. Vielleicht hab ich es aber auch nur hineininterpretiert.«

»So ungewöhnlich ist das nicht, Herr Hartinger, dass ein Kind die Schuld auf sich nimmt, wenn ein Elternteil es verlässt. Wollen Sie mir erzählen, was der Dr. Kastner anscheinend nicht weiß? Noch einmal, Herr Hartinger – ich unterliege der Schweigepflicht. Nichts, was zwischen uns gesagt wird, verlässt diesen Raum.«

»Nach den Andeutungen vom Kastner hab ich gedacht, dass er vielleicht Recherchen zu meiner Mutter angestellt hat. Ist ja im Polizeicomputer nicht so schwer zu finden.«

»Verraten Sie mir, was ich finden würde – wenn ich Zugang zu den Daten hätte?«

»Sie … sie ist im Gefängnis gelandet. Weil … sie meinen Vater umgebracht hat. Es war kein Unfall.« Jetzt muss der Hartinger aufstehen. »Kann ich das Fenster …?«

Die Mauser nickt und bringt ihm ein Glas kaltes Wasser. Lässt ihn eine Weile dort stehen.

»Das ist allerdings starker Tobak, Herr Hartinger«, sagt sie, als er sich wieder an den Tisch setzt. »Hat man Ihnen – oder Ihrer Erziehungsberechtigten, also der Großmutter – damals eine Therapie für Sie angeboten?«

»Was heißt ›angeboten‹? Gleich danach hat man mich mehrere Male zu so Sitzungen geschickt.«

»Hm. Ich schätze, man hat Ihnen als Kind auch diese abgespeckte Lightversion aufgetischt, dass Ihre Mutter Sie verlassen hat. Oder kannten Sie die ganze Wahrheit?«

»Nein. Sie hat mir zu meinem achtzehnten Geburtstag einen

Brief geschrieben. Aber mit der Tatsache an sich bin ich schon früher konfrontiert worden. Mit vierzehn oder fünfzehn muss das gewesen sein. Ein netter Mitschüler hat das behauptet. Ich hab ihn daraufhin verprügelt.«

»Wo hatte er das denn her, der nette Mitschüler?«

»Frau Mauser. Wir leben auf dem Land. So was spricht sich eben herum. Getuschelt hat man oft genug in meiner Gegenwart. Nur hab ich das als Kind falsch interpretiert. ›Das ist der, dem die Mutter davon ist. Armes Kind.‹ So in der Art.«

»Und wegen dieses Traumas sind Sie therapiert worden?«

»Ja. Ich denke schon. Vielleicht wollte man auch nur herausfinden, ob ich es nicht doch wusste. Weil … Ich war ja im Haus, als es passiert ist. In der Nacht. Aber ich hab's nicht mitgekriegt. Ehrlich. Auch nicht verdrängt oder so. Ich hab gut geschlafen. Vielleicht hat sie mir vorsorglich was gegeben, damit ich nicht aufwach. Keine Ahnung. Wie gesagt, mit Sicherheit weiß ich es erst seit dem Brief. Zum Geburtstag. Tolles Geburtstagsgeschenk, was?«

»Herr Hartinger. Der Grund, warum Sie heute hier sind. Hat der damit zu tun?«

»Ja.«

»Dann erlauben Sie mir die Frage, warum Sie gerade jetzt kommen. Gibt es einen Anlass?«

»Ja. Das auch.«

»Wollen Sie mir das erläutern?«

»Na ja. Es ist so, dass sich in letzter Zeit diese Fälle häufen, wo ich den Verdacht hab – den begründeten Verdacht wohlgemerkt –, dass Frauen ihre Ehemänner umgebracht haben. Und ausgerechnet diese Fälle, die hab ich nicht gelöst.«

»Und was erwarten Sie jetzt von mir?«

»Ich muss wissen, ob es sich um einen Zufall handelt. Oder ob der Kastner doch recht hat mit seiner Vermutung. Wie weit die Tatsache, dass meine Mutter eine Mörderin ist, mich in meinen Ermittlungen behindert.« Der Hartinger wischt sich über die Stirn. Aber jetzt, wo er das so geradeheraus formuliert hat, ist ihm schon leichter.

»Gut, Herr Hartinger. Dann haben wir ja schon einen Ansatzpunkt.«

»Glauben Sie, dass Sie mir mit meinem Problem helfen können, Frau Mauser?«

»Helfen müssen Sie sich selbst, Herr Hartinger. Aber ich kann versuchen, Ihre Gedanken diesbezüglich zu steuern, dass Sie die richtigen Schlüsse ziehen und in Zukunft damit umgehen können. Machen wir einen Termin für nächste Woche?«

»Gerne.«

Eifersucht

Du sollst Vater und Mutter ehren. Du sollst nicht töten. Du sollst nicht ehebrechen. Du sollst nicht begehren … was auch immer dir angeblich nicht zusteht!

Der liebe Gott hatte gut reden. Er musste sich auch nicht mit einer moralbefreiten Mutter herumschlagen.

Mama hatte sich schon immer genommen, wonach ihr der Sinn gestanden hatte, ohne Rücksicht auf andere. Und ich? Was hinderte mich daran, es ihr gleich zu tun? Seit Wochen hätte mir der Weg in Wielands Schlafzimmer offen gestanden. Die erschütternde Erkenntnis: Ich war zu feige gewesen, ihn zu gehen. Aus Angst, er könnte mich zurückweisen. Im Grunde hatte ich es mir ja gar nicht eingestanden, dass ich ihn begehrte. Und nun war meine Mutter mir zuvorgekommen. Eine sechsundsechzigjährige Frau!

Ich war froh, dass sie noch schlief, als ich mich ein paar Stunden später aus dem Bett quälte. Ich hätte weder ihren Anblick noch ihr Geplapper ertragen.

Der Patientinnenandrang war groß und lenkte mich von meinem Kummer ab. Meine Sorge, dass viele Kundinnen abwandern würden, erwies sich als unbegründet. Ich hatte die Weinviertler Neugierde unterschätzt. Man wollte dem Neuen zumindest einmal auf den Zahn fühlen. Und wenn ich die lächelnden Gesichter richtig interpretierte, dann kam mein charmanter Chef bei den Damen gut an.

Ich verdrängte jeglichen eifersüchtigen Gedanken und konzentrierte mich auf meine Arbeit. Wenigstens diese Routine war mir nicht verloren gegangen.

Um zwölf Uhr lief ich ins Haus hinüber, um einen kleinen Imbiss für uns zu richten.

Mama hatte das Wohnzimmer für ihre Yogaübungen mit Beschlag belegt. In der Küche sah es aus wie nach einem Bombenangriff.

»Ich dachte, du wolltest mir helfen!«, fuhr ich sie an. »Stattdessen müllst du meine Küche zu und machst mir zusätzlich Arbeit?«

»Ich bin noch nicht zum Wegräumen gekommen. Es ist spät geworden gestern Abend«, murmelte sie, während sie weiter ihre Verrenkungen betrieb.

»Es war nicht zu überhören.« Ich fixierte sie mit strengem Blick.

Sie wurde nicht die Bohne nervös und streckte sich genüsslich einmal durch. »Yoga würde dir auch nicht schaden, mein Herz. Hält jung und beweglich.«

»Hast deine Beweglichkeit gut gebrauchen können gestern, was?«

»In der Oper? Ich war im Publikum und nicht im Ballett, Elli.«

Ich ließ Mama kommentarlos im Wohnzimmer zurück und räumte ihren Dreck in der Küche weg. Dann strich ich ein paar Brote, schnitt Gurken und Paprika und setzte einen Kaffee auf. Mehr war heute nicht drin.

Wieland bedankte sich dennoch überschwänglich, als er sich ein paar Minuten später zu uns an den Tisch setzte. »Es wird eine wundervolle Zusammenarbeit werden, Elli Grace. Das kann ich jetzt schon fühlen.«

»Hattest du nicht auch in Deutschland eine gut gehende Ordination, Wieli?«, fragte Mama.

Hatte sie ihn tatsächlich Wieli genannt?

»Die geht noch immer gut«, antwortete Wieland. »Ich hab einen Vertreter gefunden, der bezahlt mir Miete. Es ist eine Gemeinschaftspraxis von vier Gynäkologen, die teilweise auch in der Klinik angestellt sind.«

»Das heißt, du warst nur einer von vielen?«

»So würde ich das nicht sagen. Natürlich war ich der Boss und konnte mir die Patientinnen aussuchen.«

»Aha, die mit den dicken Börsen? Nicht gerade sozial, was?«, stänkerte Mama.

Wieland lachte. »Es ist eine Privatpraxis, Marion. Keine billige

Kassensache. Ich hab dort auch klein angefangen – unter Silkes Vater. Der war der Gründer und quasi mein Mentor.«

»Und da gehst du freiwillig in die österreichische Provinz? An den Arsch der Welt?«

»Erstens ist das Weinviertel nicht der Arsch der Welt, Marion. Ich finde es hier ausgesprochen idyllisch. Und es ist genau der richtige Ort für meine arme Frau. Hier wird sie die Ruhe finden, die sie braucht. Luft zum Atmen. Außerdem komm ich selber aus der Provinz.«

Mama musterte Wieland amüsiert. »Ist nicht wahr. Du ein Provinzler?«

»St. Pölten-Land. Da staunst du, was?«

»Und wie kommst du da nach Deutschland?«

»Durch das Studium. Reiner Zufall.«

»Mama, willst du Wieland nicht in Ruhe essen lassen?« Natürlich interessierte mich seine Vergangenheit auch, aber ich konnte in seinem Gesicht sehen, dass ihm Mamas Fragerei unangenehm war. Für so was hatte Mama noch nie Antennen gehabt.

»Trotzdem wundert es mich. Du bist einfach nicht der Typ, der eine lukrative Privatklinik gegen eine kleine Provinzpraxis tauscht. Aus reinem Altruismus? Du wirst hier mehr arbeiten müssen für einen Bruchteil des Einkommens, das du gewöhnt bist. Das ist dir schon klar, oder? Und Rennstrecken für dein Spielzeugauto gibt es hier auch keine.«

Wieland wetzte betreten auf seinem Stuhl hin und her.

Mama war eine Kanaille. Am Vorabend hatte sie sich ohne Skrupel von ihm ausführen lassen und die Vorzüge des Kapitalismus genossen. Und heute warf sie ihm das vor?

»Aus Liebe zu meiner Frau«, stammelte Wieland. Seine Stimme klang heiser.

Das schnürte auch mir den Hals zu.

»Was nützt mir all das Geld, wenn sie nicht wieder gesund wird?« Wieland erhob sich abrupt, räumte seinen Teller in die Geschirrspülmaschine und entschuldigte sich für den Rest der Mittagspause, er wolle sich drüben noch ein wenig entspannen und die Patientenkarten für den Nachmittag studieren.

»Das hast du ja wunderbar hingekriegt, Mama«, fuhr ich sie an.

»Was hast du? Nichts als die Wahrheit. Also zumindest von meiner Seite her.«

»Willst du ihm unterstellen, dass er lügt?«

Mama stand ihrerseits auf, ließ aber im Gegensatz zu Wieland ihr benütztes Geschirr am Tisch stehen. »Aus Liebe zu seiner Frau? Ha! Gestern in Jointlaune, da hat sich das ganz anders angehört. Nicht nur die Praxis gehört ihr. Er ist finanziell völlig abhängig von ihr. Lieber würde er sie heute als morgen verlassen, glaub mir das. Wenn du dich ins Zeug legst, Kind. Ein bisschen Yoga. Ein paar Speckröllchen weniger. Dann kriegst du ihn sicher rum.«

Ich stand mit offenem Mund da.

»Was ist? Glaubst du, mir ist entgangen, wie du ihn anschmachtest? Ist ja nichts dabei. Ab ins Bett mit ihm. Aber bilde dir ja nicht ein, dass du ihn länger an dich binden kannst. Solche Typen sind nichts für die Ewigkeit.«

Leichtfüßig sprang sie die Treppe hinauf und ließ mich völlig verdattert zurück.

»Ach ja, noch was«, rief sie von oben herab. »Ich hab ihn nicht vernascht, falls dich das abschrecken sollte. Wir haben bloß was geraucht.«

Erst schüttelte ich ihre Worte ab wie lästigen Unrat. Aber mein Bauch bohrte nach. Sie hat recht. Du kannst ihn haben. Nicht sie ist deine Konkurrenz. Es ist Silke. Aber die kommt frühestens in ein paar Wochen. Bis dahin passt du in das Kleid. Was hast du zu verlieren?

Mit neuer Energie schnappte ich mir mein Tablet und googelte, wie man so schnell wie möglich zehn Zentimeter Bauchumfang verlieren konnte.

Die Suchmaschine lieferte zweiunddreißig Millionen Seiten. Wie sollte ich da um Himmels willen auf die Schnelle ein für mich maßgeschneidertes Programm finden?

Andererseits. Low-Fat oder -Carb, Eiweiß, Paleo, Keto, schlank durch Blablabla, Brigitte oder Weight Watchers waren mir aus den Frauenmagazinen in der Ordination ohnehin bekannt. Sie alle würden wahrscheinlich auch rasch das gewünschte Ergebnis bringen, hatten aber einen Pferdefuß. Wieland sollte nicht bemerken, dass ich seinetwegen auf die Essbremse trat. Am ehesten passte mir daher das derzeit oft besprochene Konzept des Intervallfastens in den Kram, was allerdings keine Turboabnahme versprach. Ich beschloss, es zur Moser-Diät umzufunktionieren: Wenn Wieland anwesend war, würde ich völlig normal essen. Welche Lebensmittel auf dem Tisch landeten, hatte ich ja in der Hand. Die restliche Zeit würde ich fasten oder turnen. So einfach war das.

Ich klappte zufrieden mein Tablet zu, ohne auch nur eine einzige der Millionen Seiten angeklickt zu haben. Mit der entsprechenden Motivation würde es klappen. Und die hatte ich.

An sich arbeiten

»Was wollen Sie denn gerne erreichen mit unseren Gesprächen?« Die Therapeutin kommt gleich ohne Umschweife zum Kern der heutigen Sitzung.

»Was ich erreichen will? Ich will mir wieder selber über den Weg trauen können. Es kann doch nicht sein, dass der Trottel von Kastner recht behalten soll.« Allein der Gedanke daran macht den Hartinger ganz fuchtig.

»Warum wäre das denn so schlimm für Sie? Liegt es jetzt am Dr. Kastner persönlich, oder haben Sie grundsätzlich ein Problem damit, wenn Sie falschliegen?«

»Na ja. Wer hat schon gerne unrecht? Aber wenn ich schon kritisiert werde, dann lieber von einer richtigen Autorität oder zumindest von jemandem, der mir sympathisch ist. Nicht von so einem Würstel.«

»Drehen wir den Spieß einmal um, Herr Hartinger. Nehmen wir an, der Herr Dr. Kastner hätte Sie zu mir geschickt. Was müssten Sie tun, um ihm zu beweisen, dass unsere Gespräche Ihnen geholfen haben?«

Der Hartinger lacht böse. »Ich müsste eine Verdächtige laufen lassen.«

»Sind Sie sich sicher, dass er das will? Ein Staatsanwalt?«

»Okay. Sagen wir, dass ich gegen Witwen möglichst sensibel ermittle. Im Zweifelsfall für sie entscheide. Oder besser noch: einen Mann als Täter überführe, um die Witwe zu entlasten.«

»Gut. Nehmen wir an, Sie brächten das zuwege. Was würde dann in Ihrem Leben geschehen, was jetzt nicht geschieht?«

Der Hartinger sieht sie verblüfft an. »Dann …«, stottert er. »Dann würd er mich wahrscheinlich in Ruhe lassen.«

»Ist das alles? Würde es auch in Ihrem Privatleben eine positive Entwicklung geben?«

»Dann müsste ich mir nicht ständig Vorwürfe machen.«

»Was werfen Sie sich denn vor, Herr Hartinger?«

»Ich … Ich weiß nicht … Dass ich in letzter Zeit anscheinend nur Scheiße bau?«

»Gab es denn eine Zeit, in der Sie sich nichts vorwarfen?«

»Zumindest nicht bewusst. Die ersten Jahre bei der Kripo waren problemlos. Da hab ich mich anscheinend auch nie geirrt.«

»Was war an diesen früheren Fällen denn so anders?«

»Gar nichts. Außer dass ich da nur Männer eingekastelt hab.«

»Herr Hartinger. Diese letzten Fälle, die Sie da angesprochen haben. Mit den mordenden Gattinnen, wo Sie die Ermittlungen einstellen mussten. Setzt Ihnen das besonders zu, weil es Frauen sind, die Sie nicht überführen konnten? Oder hätten Sie sich genauso geärgert, wenn Ihnen Männer durch die Lappen gegangen wären?«

»Also bei dem ersten Fall, da war ich mir – bis jetzt – ziemlich sicher. Da hab ich mich ganz grundsätzlich geärgert, weil der Kastner den Fall einfach abgedreht hat, obwohl ich die schon noch drangekriegt hätte. Ich glaub, da hätt es mich genauso gewurmt, wenn es sich um Männer gehandelt hätte.«

»Aber der letzte Fall war anders?«

Der Hartinger weiß, jetzt geht es ans Eingemachte. Jetzt muss er sein Innerstes nach außen kehren. »Da war ich eigentlich schon drauf und dran, die Witwe laufen zu lassen«, keucht er. »Weil ich nicht gesehen hab, dass …«

»Ja?«

»Es ist mir gar nicht in den Sinn gekommen, dass sie ihren Mann auf dem Gewissen haben könnte.«

»Aber das widerspricht ja den Vorwürfen Ihres Vorgesetzten, oder sehe ich das falsch?«

»Nein. Stimmt eigentlich. Jetzt, wo Sie das sagen!«

»Was war an diesem Fall so anders? Warum hatten Sie die Witwe *nicht* im Verdacht?«

»Weil … Weil ich verliebt war in sie.« Endlich ist es heraus.

Die Mauser sieht ihn freundlich an. Kein Staunen oder Vorurteil ist in ihrem Blick zu erkennen. »Hab ich das richtig verstanden, Herr Hartinger? Sie waren in die Witwe verliebt und haben deshalb nicht erkannt, dass sie möglicherweise ihren Gatten ermordet hat?«

Der Hartinger nickt wie ein geprügeltes Kind.

»Sagen Sie … Keine Ahnung, ob das von Belang ist. Aber vielleicht doch. War das die, der Sie das Hündchen gebracht haben?«

»Ja.«

»Und dann haben Sie herausgefunden, dass sie ihren Mann umgebracht hat, und die notwendigen Schritte eingeleitet, um sie ihrer gerechten Strafe zuzuführen?«

Er nickt erneut. Zum Heulen ist ihm zumute.

»Aber Sie hätten es lieber gesehen, wenn sie unschuldig gewesen wäre?«

»Natürlich hätt ich das lieber gesehen. Glauben Sie, ich will die Frau, die ich liebe, ins Gefängnis bringen?«

»Ich weiß es nicht. Sagen Sie es mir.«

»Nein! Sicher nicht! Im Gegenteil. Ich hasse mich dafür. Vielleicht hab ich ihr ja tatsächlich unrecht getan, wie der Kastner es vermutet.«

»Und das wäre schlimmer für Sie, als wenn sie eine Mörderin wäre?«

»Ja, verdammt!«

»Also würden Sie in diesem Fall auch in Kauf nehmen, dass der Herr Staatsanwalt recht behielte?«

»Sag ich ja.«

»Dann liegt Ihr Problem aber woanders, Herr Hartinger. Sie sind ja ganz offensichtlich *nicht* obsessiv hinter Mörderinnen her. Anders gesagt: Sie wollen Frauen nicht stellvertretend für Ihre Mutter einsperren. Für mich hat es eher den Anschein, dass es sich um eine Verkettung ungünstiger Umstände handelt.«

»Meinen Sie?« Eine gewisse Erleichterung macht sich in ihm breit. Aber da ist noch etwas. Wenn er schon beim Seelenstrip ist, kann er das auch gleich loswerden. »Sagen Sie, Frau Mauser. Was mir nicht aus dem Sinn geht: Kann es sein, dass ich mich in Helene – also diese Witwe – nur wegen meiner Mutter verliebt habe? Weil auch sie eine Mörderin war? Ich meine … Sie kennen das doch. Diese Muster. Wenn Frauen sich Männer nehmen, die praktisch ein Ebenbild des schrecklichen Vaters sind. Säufer und Schläger. Klassiker halt.«

»Sie waren doch schon zweimal verheiratet, Herr Hartinger. Ich will einmal annehmen, dass die beiden Frauen keine Mörderinnen waren. Erinnerten Sie die beiden Frauen an Ihre Mutter?«

»Nein, überhaupt nicht, um ehrlich zu sein. Die Erinnerungen an meine Mutter sind ziemlich bald verblasst.«

»Und sie sind erst jetzt durch diese Liebe zu einer potenziellen Mörderin wieder aufgetaucht?«

»Ja. Und weil auch der Kastner dauernd darauf herumreitet.«

»Herr Hartinger. Können Sie denn den Zeitpunkt eingrenzen, wann Sie sich in die Frau verliebt haben?«

»Wie meinen Sie das?«

»Schauen Sie. Als Sie mich damals gefragt haben, ob Sie der Witwe ein Hunderl schenken sollten, um sie zu trösten. Da hatte ich schon den Eindruck, dass Sie die Frau sehr gerne mochten.«

»Stimmt schon. Aber zu dem Zeitpunkt war ich noch nicht verliebt. Ich meine, sie war mit meinem Freund verheiratet.«

»Und? Da kann man sich nicht verlieben? Ist ja nicht verboten, oder? Sie haben ihn ja nicht betrogen mit ihr.«

Der Hartinger kratzt sich hinterm Ohr. »Na ja. So ganz leicht, kann schon sein. Ich hab mich schon bei der Hochzeit gefragt, wie der Toni zu so einer Frau … Ist das wichtig?«

»Sehr sogar, Herr Hartinger. Damals konnten Sie ja noch nicht wissen, dass sie womöglich eine Mörderin sein könnte. Weil ihr Mann da ja noch quicklebendig war. Dann hätten Sie sich schlicht und einfach in eine attraktive Frau verliebt. Die halt ganz zufällig die Frau eines Freundes war. Aber nicht, weil sie – wie Ihre Mutter – ihren Mann umgebracht hat.«

Der Hartinger greift sich an die Brust. Der Kloß, der vorher auf seine Rippen gepresst hat, wandert weiter nach oben und drückt auf den Kehlkopf. Er schluckt. So viele Emotionen auf einmal!

»Ich glaube, für heute ist es genug, Herr Hartinger. Lassen Sie das mal sacken. Und überlegen Sie sich, was genau Sie sich eigentlich vorwerfen. Jetzt unabhängig von allen Staatsanwälten oder Fällen, die Sie je behandelt haben, in Ordnung? Machen Sie sich Notizen, wenn Ihnen etwas einfällt, und bringen Sie die das nächste Mal mit.«

»Ich werd's versuchen«, sagt der Hartinger. Er wischt sich die Hand in die Jeans, bevor er sie der Psychologin hinstreckt. Jetzt braucht er ein Bier.

Keine Sterne im Weinviertel

Was soll ich sagen? Die Moser-Diät klappte hervorragend. Schon nach wenigen Tagen bemerkte ich an meinem Hosenbund, dass die Fettpölsterchen schmolzen. Auch das Problem, wie ich Wieland erklären sollte, dass ich nur an einer Möhre knabberte, während ich ihm Toast mit Ei Benedict zum Frühstück vorsetzte, löste sich wie von selbst. Als seine Möbel geliefert wurden, zog er in sein Loft, wo er von nun an das Frühstück einnahm und die Mittagspause verbrachte.

Zum Abendessen speisten wir weiterhin bei mir. Oft kochten wir sogar zusammen. Wieland war zwar kein Meister des Kochlöffels, führte jedoch geschickt das Messer und wusste auch über verschiedenste Garmethoden und chemische Prozesse wie die Karamellisierung oder die Maillard-Reaktion Bescheid. Das waren für mich die schönsten Stunden des Tages. Besonders, wenn er danach noch etwas sitzen blieb und wir über Gott und die Welt plauderten. Wieland verfügte über ein breites Allgemeinwissen, gab Geschichten aus seiner Praxis in Deutschland zum Besten, aus der Welt der Reichen und Schönen. Er erzählte von tollen Theatervorstellungen oder empfahl mir Autoren, von denen ich noch nie etwas gehört hatte. Wenn er sich zurückzog, lud ich mir deren Bücher auf meinen E-Reader oder studierte zumindest Inhaltsangaben auf Wikipedia, um das nächste Mal mitreden zu können. Manchmal brachte er eine CD mit, meist klassische Musik, und schwärmte über sich wiederholende Themen in den verschiedenen Instrumentengruppen, virtuose Soli und begnadete Interpreten.

Mein Fernsehapparat blieb jedenfalls finster, wenn Wieland im Haus war – und mein Teller leer, wenn er nicht da war. Das war auch an den Wochenenden der Fall, wenn er nach Deutschland fuhr, um seine Frau im Sanatorium zu besuchen. Diese Zeit nutzte ich für längere Walkingtouren und schweißtreibende Work-outs, die ich mir aus dem Internet abschaute. Das sollte meinen Gewichtsverlust ankurbeln und die Muskeln straffen. Alles lief nach Plan.

Dennoch erlitt ich beinahe einen Herzinfarkt, als er mir eines Sonntagabends die Hiobsbotschaft brachte: »Elli Grace. Nächstes Wochenende kommt Silke mit mir mit.«

Im selben Moment rollte eine Depressionslawine mit breiter Wucht auf mich zu. Meine neu gewonnenen Energien schmolzen dahin wie die Fettpölsterchen auf meinen Hüften.

Ich hatte mich so aufs Abnehmen fixiert, dass ich alle weiteren Pläne, wie ich ihn an mich binden könnte, vernachlässigt hatte. In der festen Überzeugung, das würde sich automatisch ergeben, wenn ich erst schlank war. Und jetzt schubste mich Wieland nichtsahnend an den seelischen Abgrund. Anscheinend hatte ich noch immer nichts gelernt.

Doch! Die neue, selbstbewusste Elli in mir begehrte auf: Du wirst nicht in den Abgrund fallen, Elli Grace, und schon gar nicht selber springen! Du bist nicht Hans Helmut. Hürden sind da, um genommen zu werden. Wozu hast du dich in den letzten Wochen so kasteit? Es darf nicht umsonst gewesen sein! Worauf wartest du? Ran an den Feind, meine Liebe! Denk an die Worte deiner Mutter!

»Was meinst du, Wieland?« Ich straffte meinen Oberkörper. »Könnten wir unseren Opernabend nachholen, bevor deine Frau kommt? Danach wirst du ja vermutlich nicht mehr so viel Zeit haben.«

»Aber selbstverständlich, Elli Grace. Das wollte ich sowieso gerade vorschlagen.« Wieland schenkte mir ein Lächeln, das meine Körpersäfte wieder auf Touren brachte. »Ich werde mir für Freitagabend etwas einfallen lassen.«

Ich hatte also noch vier Tage Zeit, um mich auf Hochglanz zu bringen. Für Frisur, Maniküre und Pediküre griff ich tief in die Tasche. Keine Investition schien mir zu hoch. Gesichtsmaske und Hautpeeling machte ich mir selbst, weil ich so kurzfristig keinen Termin im Schönheitssalon bekam. Feste Nahrung führte ich meiner Verdauung nur noch in homöopathischen Dosen zu. Dafür verdreifachte ich meine tägliche Work-out-Zeit.

Am Freitagabend war der große Moment gekommen. Mit bangem Herzen schlüpfte ich ins rote Kleid. Der Zipp glitt trotz meiner zitternden Finger problemlos nach oben. Der Standspiegel warf mir ein Bild entgegen, das mir die Tränen in die Augen trieb. Diesmal war es aber nicht der Frust, sondern die namenlose Freude, die die Drüsen anwarf. Die Pumps, die ich für teures Geld erstanden hatte, ließen mich um ein paar Zentimeter größer und die Beine schlanker erscheinen. Mit welcher Einheit man Selbstbewusstsein misst, weiß ich nicht. Das meine wuchs mit jeder Sekunde.

Als Wieland dann auch noch sagte: »Du bist wunderschön, Elli Grace«, da war ich nahe daran, vor Freude zu schreien.

Den ganzen Abend über war ich mir meiner Sache sicher. Souverän klatschte ich an den richtigen Stellen im Konzert. Opernkarten hatte Wieland keine mehr bekommen, aber der Musikvereinssaal war stimmungsvoll genug. Bis dato hatte ich ihn nur von Aufnahmen des alljährlichen Neujahrskonzertes gekannt. Live war er natürlich noch viel imposanter und die Akustik sowieso eine Wucht.

Dinner in einem Haubenlokal, das war für Wieland genauso eine Selbstverständlichkeit, wie es für Hans Helmut eine Unmöglichkeit gewesen wäre. Ich kam mir vor wie im Film. Was die Speisen kosteten, blieb ein Geheimnis. Die Karte verriet es jedenfalls nicht. Die einzelnen Gänge waren dafür wahre Kunstwerke. Kompositionen, die der zuvor genossenen klassischen Musik um nichts nachstanden. Optisch genau genommen zu schön, um reinzubeißen. Geschmacklich waren allesamt – von auf der Zunge zergehendem Burrata auf karamellisierten Basilikumtomaten über knusprigen Oktopus mit weißen Bohnen und einem Hauch von Tintenmayonnaise bis zum süßen Abschluss, einem zauberhaften Maracujatiramisu – Poesie für den Gaumen.

Nach ein paar Gläsern Champagner getraute ich mir, nach Wielands Hand zu greifen.

»Wieland«, sagte ich und blickte ihm dabei tief in die Augen. »Ich möchte mich bei dir bedanken. Du hast mich gerettet. Ich war am Tiefpunkt meines Lebens, jetzt sehe ich wieder einen Sinn darin.«

»Ach, Elli Grace«, seufzte er. »Ich bin es, der zu danken hat. Du hast mir ein paar wunderschöne Wochen geschenkt. Mit deiner unprätentiösen, angenehmen Gesellschaft hast du meine Alltagssorgen beinahe zum Verschwinden gebracht.« Er winkte den Ober heran, um mein Glas nachzufüllen. »Ich möchte dir noch etwas sagen.«

Ich zog meine Hand zurück. Mein Blick blieb fest auf ihn geheftet. Jetzt ja keine Schwäche zeigen, Elli!

»Du musst wissen …«, fuhr er fort. »Silke. Sie ist nicht einfach. Ihre Krankheit, die hat auch Macht über ihre Gedanken.«

»Wie meinst du das? Halluziniert sie?«

»So krass ist es nicht, aber sie hält es nicht so mit der Wahrheit. Also was wir Normalbürger darunter verstehen zumindest. Sie vermischt Realitäten mit ihrer Phantasie. Behauptet Dinge, die sie sich in ihrem kranken Hirn zusammenspinnt. Um ihre eigenen Handlungen vor sich selbst zu rechtfertigen. Das ist Teil des Krankheitsbildes. Du darfst ihr das nicht übel nehmen. Sie kann nichts dafür.«

»Ich verstehe nicht ganz. Wie äußert sich das? Worauf muss ich mich gefasst machen?«

»Dass sie sehr fordernd ist beispielsweise. Zu hysterischen Ausbrüchen neigt. Außerdem …« Wieland stieß einen Seufzer aus. »Ich weiß ja nicht, wie gut es ihr derzeit geht. Die Ärzte sagen, sie habe große Fortschritte gemacht. Aber vor ihrer Einlieferung, da war sie ganz mies drauf. Hat behauptet, dass ich sie betrüge. Sie bestehle. Ihr Böses will. Es war die Hölle.«

»Das ist ja …!« Ich wäre beinahe aufgesprungen, besann mich aber schnell darauf, wo wir waren. Nur kein Aufsehen. »Wieland, wie hast du das nur ausgehalten?«, flüsterte ich.

»Hab ich ja nicht. Als ich einmal ausgerastet bin, da ist es dann passiert.«

Ich hielt den Atem an. Er hatte sie doch nicht …? Nein. Mein Wieland würde doch nicht die Hand gegen seine Frau erheben. Der Gedanke allein war unvorstellbar.

»Was ist passiert, Wieland?« Ich ergriff wieder aufmunternd seine Hand.

Seine Stimme kam gebrochen. »Wir hatten uns gegenseitig Gemeinheiten an den Kopf geworfen. Dann bin ich weggefahren. Hab mir in der Stadt ein Zimmer genommen, weil ich sie einfach nicht mehr sehen wollte.« Wieland wischte sich den Schweiß von der Stirn. »Sie hat sich die Pulsadern aufgeschnitten. Wenn mein Schwiegervater sie nicht gefunden hätte, dann hätte ich sie auf dem Gewissen, Elli Grace.«

»Das ist nicht wahr!«, rief ich. Mit aller Macht verdrängte ich Gedanken an ein baumelndes Seil.

Wieland riss eine Papierserviette in tausend Stückchen. Es fiel ihm nicht einmal auf. Ich fuhr ihm zärtlich über den Arm.

»Ich glaube, wir sollten nach Hause fahren«, murmelte er und strich sich eine wild gewordene Locke aus dem Gesicht. Am liebsten hätte ich ihn auf der Stelle geküsst.

Die Fahrt nach Hause verbrachten wir schweigend. Mein Herz hämmerte wie ein Dachdecker, ich zermarterte mir das Hirn, wie ich ihn nach diesem Geständnis wieder in Stimmung bringen konnte. Wie wäre es mit gegenseitigem Trostspenden als Strategie?, überlegte ich.

Vor der Haustüre kam Wieland mir mit der Einladung zuvor. »Kommst du noch auf einen Drink mit hinauf, Elli Grace?«, fragte er. Meine Chancen stiegen wieder enorm. Und mein Selbstbewusstsein.

Oben im Loft ließ ich erst langsam meinen Blick schweifen, um wieder zu Atem zu kommen. Das Treppensteigen ging zwar schon deutlich leichter als noch vor wenigen Wochen, aber mein Herzschlag folgte auch aus anderen Gründen einem schnelleren Rhythmus.

Ich war das erste Mal hier heroben, seit die Glaserei die Panzerwand installiert hatte. Wahnsinn, was man mit ein wenig Geld und Geschmack aus so einem Raum machen konnte. Die Billigsdorfer Einbauküche aus dem Baumarkt war einer Edelstahlstudioküche gewichen. Mit den modernsten Geräten, die man sich nur vorstellen kann. Saftpresse von Alessi. Siebträgerkaffeemaschine, die jeden Barista in Verzückung versetzt hätte. Dampfgargerät, keine Frage. Davor eine Ess-Bar mit stylishen Barhockern in hellem Holz und matt verchromtem Edelstahl.

Vor der Glaswand stand eine mintgrüne Sofalandschaft, garantiert auch vom Designer. An der Wand hingen moderne Bilder. Alles Originale aus der Galerie.

Wieland drückte mir ein Glas Whisky in die Hand. Ein edles Tröpfchen aus den schottischen Highlands, sechzehn Jahre im Fass gereift. Ich kippte es in einem Schluck hinunter. Heiß und kalt zog der Alkohol seine Spur durch die Kehle über das Blut bis in meinen Kopf. Auch Wieland war nervös. Er wollte es auch. Das fühlte ich ganz tief in mir drinnen. Jetzt oder nie!

Ich nahm ihm sein Glas aus der Hand und stellte es auf den Couchtisch.

Er lockerte seine Krawatte. »Du erlaubst?«, sagte er und legte sein Jackett auf das Ledersofa.

»Du erlaubst?«, wiederholte ich seine Worte. Meine Stimme klang fremd. Ich nahm ihm die Krawatte ab, warf sie achtlos auf sein Jackett und knöpfte mit zitternden Fingern sein Hemd auf.

Wieland stöhnte auf und riss mich an sich. Er fiel rücklings aufs Sofa. Ich auf ihn drauf. Ich schleuderte meine Schuhe elegant von mir, als hätte ich nie etwas anderes getan. Ich war so gut drauf, ein Filmteam hätte mitdrehen und die Szene eins zu eins, ohne jeden Schnitt verwenden können.

Wielands Hand glitt in meinen Ausschnitt. Ich zog sie wieder heraus, bevor meine Brustwarzen noch steifer wurden. Er sollte besser gleich den Reißverschluss hinunterziehen. Mir das Kleid vom Leib reißen. Nein: lieber ziehen. Es sollte ja nicht kaputt gehen.

Während ich das Kleid langsam nach unten gleiten ließ, stieß er mich plötzlich von sich. Sprang auf und wandte sich ab. Stopfte sein Hemd zurück in die Hose.

Verwirrt setzte ich mich auf. Hatte ich etwas falsch gemacht? Ich war mir sicher, dass ich sein erregtes Glied gespürt hatte. Was war bloß in ihn gefahren?

»Wieland! Was soll das?«

»Es tut mir leid, Elli Grace. Ich kann das nicht.«

Er sah so phantastisch aus in diesem Moment, dass ich auch ohne seine körperliche Mithilfe einem Orgasmus nahe kam. Der unglückliche Blick aus seinen tiefblauen Augen. Die zerstrubbelten blonden Locken. Das schief geknöpfte Hemd, das ihm noch halb aus der Hose hing, die sich an eindeutiger Stelle immer noch wölbte.

Mein BH war nach unten gerutscht. Meine nackten Brüste zeigten auf ihn.

Er zögerte. Dann drehte er sich abrupt wieder um und keuchte: »Du solltest lieber gehen, Elli Grace. Bitte vergiss, was gerade geschehen ist.«

»Aber …?« Ich blieb wie gelähmt sitzen. Ich konnte doch jetzt nicht aufgeben. So kurz vorm Ziel!

Wieland zog mich schließlich hoch, rückte meine Träger zurecht, sodass mein Busen wieder bedeckt war. Dann küsste er mich. Nicht leidenschaftlich. Eher wie ein kleines Kind zur Guten Nacht.

Jetzt stieß ich ihn von mir. Zorn kochte in mir hoch. Er wollte es doch auch. Schließlich war er ein Mann!

Silke kam morgen. Heute war der Tag der Elli Grace!

»Es liegt nicht an dir, Elli Grace«, sagte er sanft.

»So? Und woran liegt es dann?«

»Wenn sie es erfährt, dann …« Er blickte mich kummervoll an. »Ich würde es mir nie verzeihen, wenn sie sich etwas antut. Es tut mir leid, ich hätte mich nicht so gehen lassen dürfen. Verzeih mir, Elli Grace!« Wie unglücklich konnte ein Mensch eigentlich dreinschauen?

»Sie wird es nicht erfahren, Wieland«, flüsterte ich. In letzter Verzweiflung ließ ich meine Hüllen fallen.

Ich beobachtete seine erstaunte Reaktion, als ich vor ihm diesen Strip hinlegte. Mit einer Langsamkeit, die ich mir selbst nicht zugetraut hätte, spielte ich die Szene filmreif fertig. Der Zipp glitt nun endgültig nach unten, das Kleid folgte in kleinen Schritten, bis es wie ein roter Kreis zu meinen Füßen liegen blieb. Ich stieg hinaus wie die Venus aus ihrer Muschel. Meine rote Spitzenwäsche wollte ich nicht völlig umsonst gekauft haben.

Aber Wieland hatte sich entschieden. Wortlos öffnete er mir die Wohnungstür.

Das Kleid ließ ich ihm. Ich nahm nur meine hochhackigen Schuhe und die Tasche. Sie gehörten mir. Wahrscheinlich sah ich aus wie eine Nutte, als ich zur Tür hinausstelzte. Er musste das Klacken der Absätze auf der Edelstahltreppe hören, bis ich unten ankam. Halb nackig lief ich in mein Haus hinüber. Der Himmel war sternenlos, nur die neue LED-Straßenlampe der Gemeinde tauchte meinen Weg in diffuses Licht.

War sowieso alles egal. Die wahre Finsternis machte sich ganz woanders breit. Kein Stern der Welt hätte mein Herz erhellen können.

Die Prinzessin auf der Erbse

Ich hasste sie schon, bevor sie aus dem Auto stieg. Wieland tat das Seine dazu. Er hätte doch wissen müssen, dass ich die Szene von meinem Küchenfenster aus beobachtete. Galant hielt er ihr die Autotür auf. Vor dem Haus küsste er sie. Sperrte auf. Hob sie mühelos über die Schwelle. Kein Wunder, mehr als fünfundvierzig Kilo brachte dieses elfenartige Wesen sicherlich nicht auf die Waage. Mit dem Fuß drückte er die Türe hinter sich zu. Ob er sie wohl bis nach oben trug oder gleich im Vorzimmer vernaschte? In der Ordination?

Ich wandte mich abrupt ab und durchforstete meinen Kühlschrank. Nichts Brauchbares drinnen. Diätmargarine. Magerjoghurt. Putenschinken. Ein halbes Paket Topfen und eine Gurke. In der Brotdose ein paar Scheiben Dinkelvollkornbrot. Ich brauchte etwas Nahrhafteres, also rief ich den Pizzaservice an und orderte eine Salamipizza und ein Tiramisu. Eine Kalorienladung für mindestens drei Tage.

»Es wird ein wenig dauern«, entschuldigte sich der Typ am Telefon. »Wir haben den Ofen eben erst angeworfen. Aber Sie sind sicher die Erste, Frau Moser.«

Okay, es war elf Uhr vormittags. Ich überbrückte die Wartezeit mit ein paar Gläschen Sherry aus der Hausbar.

Die Pizza verdrückte ich in Rekordzeit. Nahm mir nicht einmal Zeit, sie aus der Schachtel zu heben, stopfte Zwickel für Zwickel direkt aus dem Karton in mich hinein. Wie diese Prolos in amerikanischen Roadmovies.

Das Tiramisu war mit einem Plastiklöffel geliefert worden. Passend stillos schaufelte ich es in mich hinein. Irgendwie zwängte es sich noch in die paar Zwischenräume im Magen, die mir die Pizza gelassen hatte. Der Sherry verteilte es zusätzlich. Ich fühlte mich um Tonnen schwerer, als ich mich erhob, um der Türglocke zu folgen. Wer wollte am Sonntag um diese Zeit etwas von mir?

Er hatte mich nicht vorgewarnt, wie schön sie war. Ihr silberblondes Haar fiel ihr locker fast bis zur Hüfte. Mit einer Haarspange hielt sie ihr ebenmäßiges Gesicht frei. Entweder war sie so professionell geschminkt oder von der Natur schamlos bevorzugt worden. Nicht einen einzigen Pickel oder eine Hautunreinheit konnte ich entdecken. Ihr hellblaues Spitzenkleidchen ließ dezente Einblicke zu, ohne ordinär zu wirken. Ein dunkelblaues Designerjäckchen in Kindergröße umspannte ihre Schultern. Und ich stand da: ungeschminkt und unfrisiert. Im ausgebeulten grauen Jogginganzug. Mit fettigen Fingern, die ich hinter meinem Rücken verbarg.

»Hallo, ich wollte kurz einen Antrittsbesuch machen.« Silkes Händchen flatterte in meine Richtung. Ich hatte es befürchtet. Verstohlen wischte ich meine ölige Pratze an der Hose ab, bevor ich damit Silkes Porzellanhand behutsam drückte. Ihre Finger waren kalt wie meine. Wenigstens konnten meine frisch lackierten Nägel mit ihren konkurrieren. Sie hatte falsche aufgeklebt. Vielleicht, um abgekaute Stellen zu kaschieren?

»Wir fahren essen. Möchtest du mitkommen, Elli Grace?« Auch Wieland hatte sich für den Anlass herausgeputzt. Seine blonden Locken leuchteten im herbstlichen Sonnenlicht. Der figurbetonende blaue Slim-Fit-Anzug musste neu sein, ich hatte ihn an ihm noch nie gesehen. Sein Hemdkragen war leicht geöffnet. Liebevoll legte er den Arm um seine Frau. Mit keiner Miene verriet er, was gestern zwischen uns vorgefallen war. Er hatte sich völlig unter Kontrolle. Im Gegensatz zu mir. Nicht nur meine Seele rebellierte, auch mein Bauch signalisierte großes Unbehagen.

»Das ist nett, danke«, stammelte ich. »Aber ich habe gerade eben ausgiebig gebruncht. Das hätte ich früher wissen müssen.« Mit Mühe hielt ich einen aufsteigenden Rülpser zurück.

»Schade«, hauchte Silke. »Dann ein anderes Mal.« Wie ein Eichkätzchen hüpfte sie die Einfahrt hinunter und in den Wagen.

Ich schloss die Tür und lehnte mich in einem Anfall von Schwäche mit dem Rücken dagegen. Alles um mich herum drehte sich, da half es nicht einmal, dass ich die Augen schloss. Mein Haus bewegte sich wie ein Hochseedampfer bei unruhigem Seegang. Das konnte nicht gut gehen. Ich rannte aufs Klo, wo ich elf Euro dreißig in Form von etwas eingesäuerter italienischer Nahrung entsorgte. Den Preis für den Sherry hatte ich nicht im Kopf. Dessen Folgeschäden leider schon.

Nach dieser Rosskur war zumindest meinem Magen leichter. Bedauerlicherweise half auch ein Zwischenaufenthalt im Bett meiner Psyche nicht auf die Beine, aber eine Dusche und ein kleiner Spaziergang im Garten richteten mich zumindest so weit auf, dass ich mich an den Tisch setzen konnte, um bei einer Schale Kaffee über meine Situation und die daraus resultierenden weiteren Pläne nachzudenken.

Fazit der mentalen Schwerarbeit: Meine Ziele hatten sich nicht geändert. Ich wollte Haus und Garten behalten. Und ich wollte Wieland. Mehr denn je.

Also musste Silke weg.

Aber wie?

Hatte Mama nicht gesagt, er wolle sie lieber früher als später loswerden? Dass er mich nicht genommen hatte, lag ja nur an seinem Pflichtbewusstsein ihr gegenüber, nicht daran, dass er mich grundsätzlich verschmähte. Ich musste ihn überzeugen, dass ich die bessere Wahl war. In jeder Hinsicht. In den nächsten Tagen und Wochen würde ich Silkes Schwächen analysieren und eine Strategie entwickeln, wie ich diese gegen sie verwenden konnte. Auf der anderen Seite musste ich meine Stärken hervorstreichen, um letztendlich als Siegerin aus diesem Wettkampf hervorzugehen.

Teil eins meines Planes war in der Tat einfach. Silkes Schwächen kristallisierten sich im Nu heraus. Während ich zunächst zumindest in der Ordination *»business as usual«* mimte und dort scheinbar emotionslos alles am Laufen hielt, ging es im Obergeschoss drunter und drüber. Schon nach wenigen Tagen kam Wieland zähneknirschend angekrochen.

»Elli Grace«, sagte er, zog sich einen Stuhl heran und setzte sich zu mir an den Küchentisch. »Es tut mir leid. Ich weiß, dass ich nach dem, wie ich mich benommen habe, kein Anrecht auf Wünsche habe. Aber so kann es nicht weitergehen!«

Ich brachte ihm zunächst einmal einen ordentlichen Espresso.

»Seit Tagen hab ich keinen so guten Kaffee bekommen!«, schwärmte Wieland entzückt. Dann lamentierte er über Silkes hausfraulichen Dilettantismus. »In Düsseldorf hatten wir natürlich eine Haushälterin. Und dass Silke an deine Kochkünste nicht herankommen würde, war mir schon klar. Aber ich schwöre dir: Das meiste lehnt sie sowieso ab, weil es angeblich ungesund ist. Kaffee zum Beispiel. Stattdessen muss ich literweise Kräutertee in mich hineinschütten. Und alles, was essensmäßig erlaubt wäre, das kann – oder will – sie nicht zubereiten. Zu viel Aufwand. Macht müde. Verstinkt die ganze Wohnung, und dann kann sie nicht schlafen. Wir ernähren uns seit Tagen von Reis. Dafür hat sie einen eigenen Kocher. Reis rein. Wasser rein. Deckel drauf. Schalter drücken. Würde jedem durchschnittlich begabten Primaten gelingen. Dazu gibt es geschmacksfreies dampfgegartes Gemüse oder Kompott aus dem Glas. Angeblich gibt es im örtlichen Supermarkt nichts zu kaufen, was Silkes Unverträglichkeiten berücksichtigt.«

Ich servierte ihm wortlos ein Schälchen frischen Blaubeerhummus und ein Stückchen selbst gebackenes Fladenbrot. Mit Genugtuung beobachtete ich, wie es ihm auf der Zunge zerging.

»Und wie kann ich da helfen? Soll ich mit Silke einkaufen fahren oder ihr einen Kochkurs anbieten?« Wieland sollte ruhig bemerken, dass ich noch immer gekränkt war.

Daraufhin schob er mir das leere Schälchen hin und legte mir die Hand auf den Unterarm. Er meinte wohl, dass ich durch seine körperliche Berührung wehrlos wurde. Natürlich hatte er vollkommen recht.

»Ach, Elli Grace«, seufzte er. »Ich vermisse deine Küche. Meinst du, du könntest das Kochen wieder übernehmen?«

Er lehnte sich zurück, um meine Reaktion abzuwarten. Ich nahm das Schälchen und räumte es in den Geschirrspüler. »Schön und gut. Wie hast du dir das konkret vorgestellt?«

»Schau. Der Josef.« Er beugte sich wieder in meine Richtung. »Den hast du wirklich schon gut abgerichtet.«

Josef war unser Azubi für die Praxis, den ich seit einiger Zeit unter meine Fittiche genommen hatte. Es war nicht leicht gewesen, einen männlichen Anwärter auf diese Ausbildungsstelle zu finden, aber Wieland hatte darauf gedrängt. Es würde ihm Silkes Eifersuchtsanfälle ersparen. Im Nachhinein war ich froh, dass wir uns für ihn entschieden hatten. Er war nicht nur verlässlich und geschickt, sondern auch äußerst beliebt bei den Damen.

»Ich denke, der könnte die Nachmittagsschicht durchaus alleine packen. Und wenn es Probleme gibt, bist du ja nicht weit vom Schuss«, ergänzte Wieland. »Du könntest mittags um zwölf Uhr in der Ordi Schluss machen. Wir kämen dann so um eins, wenn die letzten Vormittagspatientinnen draußen sind, auf einen Snack. Dann hättest du den ganzen Nachmittag frei, und wir könnten wie früher zusammen zu Abend essen.«

Ich schwieg. Musste nachdenken. Meinem Plan, mit Qualitäten zu punkten, an denen es Silke mangelte, kam die Idee ja entgegen. Andererseits fand ich es anmaßend, dass ich Wieland zusätzlich zum Job noch gratis die Haushälterin spielen sollte, während sich sein Weibchen im Designerloft die Nägel lackierte.

»Du sagst ja gar nichts.« Wieland räusperte sich ungeduldig. Er hatte meine Hartnäckigkeit unterschätzt. »Oh, natürlich, wie dumm von mir!«, rief er plötzlich. »Ich hab ganz vergessen zu erwähnen, dass ich dir natürlich das Gehalt weiterbezahle, also die gesamten vierzig Stunden Ordinationshilfe. Ich meine, einkaufen und kochen würdest du ja für dich selber auch. Und die Rechnungen für den Einkauf legst du mir vor. Du würdest quasi gratis mitessen. Eine Win-win-Situation für uns alle – oder etwa nicht?« Er blickte mir tief in die Augen.

Ich drehte den Kopf weg.

»Bitte!«, hauchte er.

Wer hätte da widerstehen können? Mein Herz hatte ohnehin schon entschieden. So würde ich ihn wieder öfter um mich haben, freilich mit dem kleinen, aber feinen Unterschied, dass von nun an auch diese Nymphe mit am Tisch sitzen würde. Aber auch das würde ich zu meinem Vorteil nutzen.

Ganz ging der Plan leider nicht auf. Silke machte nun nicht mehr Wieland, sondern mir das Leben zur Qual.

Fürs Einkaufen und Kochen brauchte ich locker dreimal so lange wie früher. Brot und Gebäck mussten aus vollem Korn und glutenfrei sein, Fleisch durfte nur von zu Tode gestreicheltem Getier stammen. Fisch ging unter strikt ökologischen Haltungs- und Fangkonditionen, Krustentiere hingegen waren vollkommen tabu wegen des Beifangs. Käse war sowieso ein No-Go wegen der Laktose. Selbst bei Obst und Gemüse, wo ich dachte, da könnte ich aus dem Vollen schöpfen, verlangte sie die Quadratur des Kreises. Kohlgemüse blähte zu sehr. Auf Tomaten reagierte sie genauso allergisch wie auf Erdbeeren oder exotische Früchte. Hülsenfrüchte gingen auch nicht wegen der Blähungen – oder war es wegen des Histamins oder irgendeiner Kreuzallergie?

Schließlich endete es damit, dass ich – nach ein paar Fehlkäufen, die für Silke in Magenkrämpfen endeten – Brot selbst backte. Abgepackte Lebensmittel bestellten wir nur noch online, nachdem Silke in stundenlanger Recherche das Für und Wider der Inhaltsstoffe abgewogen hatte. Prinzipiell kochte ich mehrere Speisen parallel in getrennten Töpfen und Pfannen. Gehobene Hausmannskost für Wieland, die abgespeckte Version beziehungsweise kalorienarme Gemüsebeilagen für mich und fades, möglichst ungesalzenes Tofuzeugs und Wurzelgemüse für Silke. Wenn es schnell gehen musste, durfte es auch mal eingemachtes Gemüse oder Obst ohne Zuckerzusatz sein, allerdings nur von ganz bestimmten Herstellern.

Eines Tages wollte ich ihr frecherweise ein Gläschen selbst gemachtes Ajvar servieren.

»Um Gottes willen kein selbst eingelegtes Gemüse!«, rief sie. »Willst du uns vergiften?«

»Na, hör mal«, wehrte ich mich. »Alles lecker bio. Kein Gluten, keine Nuss, keine Spuren von Sellerie und obendrauf bestes kalt gepresstes Raps- oder Olivenöl! Eine Omega-3-Überdosis quasi.« Mit Wehmut dachte ich an die hübschen Gläser in meiner Speisekammer. Getrocknete Tomaten, Zucchini, Melanzani und eingelegte Paprikaschoten in allen Farben harrten dort ihrem Verzehr – alles aus dem eigenen Garten.

Silke sah mich völlig ungläubig mit ihren großen Augen an. »Grace!« – Sie nannte mich gerne bei meinem zweiten Namen wegen »Amazing Grace« – »Grace!«, sagte sie also. »Liest du denn nicht die Berichte des Bundesinstituts für Risikobewertung?« Sofort fischte sie ihr Handy aus der Tasche, und mit ein paar Wischern hatte sie einen erschreckenden Artikel über Todesfälle durch Clostridium-botulinum-Vergiftungen parat.

Mein Argument, ich selbst sei trotz jahrelangen Konsums dieser Produkte noch am Leben, ging ins Leere.

Wieland schwieg zu all diesen hysterischen Anwandlungen seiner Frau bei Tisch und warf mir verstohlen resignierte Blicke zu. Ich stand natürlich über den Dingen und ließ mich auf keinerlei Streit ein. Ich hatte ja auch diplomatische Qualitäten und konnte meine Gefühle im Zaum halten, wie es sich eben für eine gute Ehefrau geziemt … hätte.

Trotz meiner kolossalen Rücksichtnahme lief Silke von Tag zu Tag unrunder.

»Was ist mit Silke los? Irgendetwas scheint sie zu bedrücken«, nagelte ich Wieland eines Tages in der Ordination fest. Vielleicht konnte ich mich ja wieder einmal unentbehrlich machen, um ihm ein weiteres Mal meine Überlegenheit zu demonstrieren.

»Ach, Elli Grace! Ich trau mich nicht, die Sache anzusprechen.«

»Mir kannst du es ja sagen. Ich bin deine Freundin, das weißt du doch«, ermunterte ich ihn.

»Diese Wohnung, sagt sie. Sie hält es dort oben nicht aus.«

»Aber warum denn das?«, fragte ich ehrlich entsetzt. Viel schöner und teurer hätte man das Loft gar nicht restaurieren können. Mit Designermöbeln. Klimaanlage. Neuem Badezimmer mit Jacuzzi. Was wollte sie noch?

»Zunächst ist da einmal die böse Klimaanlage beziehungsweise Heizung. Einmal ist es ihr zu kalt, dann wieder zu stickig.«

»Dann muss sie halt öfters lüften«, wandte ich ein.

»Ja. Das würde ich ja auch noch hinkriegen. Aber das andere. Da bin ich überfordert.«

»Das andere?«

»Die Wohnung ist nicht Feng-Shui.«

»Wie bitte?«

»Zu viel schlechte Energie und zu wenig Chi.«

»Was du nicht sagst. Und das kann man nicht ändern, irgendwie?«

»Meine Güte. Es hängen ja ohnehin schon überall Traumfänger und Windspiele, und Kerzen stehen rum und weiß der Kuckuck was noch. Die Möbel haben wir schon dreimal umgeschoben. Letztens hat sie verlangt, dass ich die Wände neu streiche, nach irgendeinem ayurvedischen Farbmuster. Da hab ich gestreikt. Daraufhin hat sie einen hysterischen Anfall gekriegt.« Wieland wurde rot im Gesicht. Wunderbar!

»Und dann …« Er schaute mich wieder mit diesem verzweifelten Blick an. »Neulich. Da ist sie an der Glaswand gestanden und hat auf den Teich hinuntergestarrt. ›*Der* ist Feng-Shui‹, hat sie gemurmelt. ›Dorthin zieht es mich magisch.‹«

Wir zitterten nun um die Wette. Wieland mit seiner Stimme, und bei mir waren es die Hände. Wir wussten beide, dass Silke die neue Panzerglaswand nicht überwinden konnte, nicht einmal mit einem Presslufthammer, aber das half nichts.

»Da hab ich so eine Angst gekriegt, sie könnte es deinem Mann nachmachen, Elli Grace«, flüsterte Wieland. »Dabei – und das ist das Skurrile – hab ich ihr gar nicht erzählt, wie dein Mann umgekommen ist. Ich glaube, sie kann das fühlen.«

»Ist nicht wahr!«, sagte ich und musste mich setzen.

»Ich weiß nicht, wie es weitergehen soll. Es sei denn …«

»Wieland, du weißt, ich würde alles tun, um – ähm – dir zu helfen. Schließlich hast du mich auch nicht hängen lassen, als mein Mann …«

»Silke meint … Also du kannst es natürlich ablehnen, Elli Grace. Ich würde es verstehen. Und du brauchst auch kein schlechtes Gewissen zu haben deswegen.«

Wieland pflügte mit der Hand durch seine Haarpracht. Dabei

fiel ihm eine aufmüpfige Locke ins Gesicht. Er sah aus wie ein unglücklicher Engel.

»Sag schon. Was meint Silke?«

»Na ja. Sie sagt, ich soll dir vorschlagen, dass wir die Wohnungen tauschen. Du bist ja ohnehin alleine. Und du hast ihr ja auch erzählt, dass ihr früher da oben gewohnt habt, du und Hans Helmut. Selbstverständlich könntest du den Garten weiter benutzen und alles. Und kochen tust du ja ohnedies in deiner Küche. Und die würde sie auch so lassen im Großen und Ganzen. Weil, Vollholz ist ja eh Feng-Shui und der Blick auf den Garten sowieso. Nur die Arbeitsflächen würde sie entrümpeln müssen, damit mehr Chi fließen kann. Und ein paar Sachen aufhängen vielleicht. Im Schlafzimmer müsste sie wahrscheinlich das Bett umstellen, damit … Nun gut.«

Wir schnappten beide – aus recht unterschiedlichen Gründen – nach Luft.

Wieland schien dies als Absage aufzufassen. Er hockte sich jetzt direkt vor mich und ergriff meine Hände, die ich in den Schoß gelegt hatte. »Weißt du, Elli Grace. Das mit dem Schlafzimmerwechsel … und dem Bett und so. Das könnte mitunter unsere Ehe retten. Weil, diese ständige Migräne am Abend. Ich bin schließlich auch nur ein Mann!« Er sprang auf und wandte sich peinlich berührt ab.

Ich war froh, dass ich schon saß. Konnte ich denn jetzt überhaupt noch Nein sagen? Ich hatte es Wieland doch quasi im Vorhinein versprochen, ihn nicht im Stich zu lassen. Allerdings würde das die Erfüllung meiner Pläne deutlich schwieriger machen. Wenn ein Umzug wirklich dazu führen würde, dass Silke ihn wieder an sich heranließ, was hatte ich dann überhaupt noch für Chancen? Außerdem, was würde diese Hyäne als Nächstes verlangen? Mir fiel das Märchen vom Fischer und seiner Frau ein. Wie war das noch mal ausgegangen?

»Dann soll es halt so sein«, hörte ich mich sagen. »Bevor sie sich etwas antut.« Dabei wäre genau das die Lösung gewesen. Scheißpanzerglas!

Feng-Shui

Ich dachte schon, ich hätte einen Tinnitus, als ich das Loft betrat. Überall klingelte es.

Dass mich gleich am Eingang ein Windspiel begrüßen würde, damit hatte ich ja gerechnet. Aber dass eine Unzahl von Regenbogenkristallen von den Dachbalken baumelte, irritierte mich enorm. Genauso wie der hässliche runde Teppich mit Yin-Yang-Symbol im Zentrum des Raumes. Die schicken Designermöbel hatte Silke an den Rand verbannt, das tat so richtig weh. Und erst, wie sie die moderne Nirosta-Küchenzeile versaut hatte, um die ich Wieland so beneidete. Überall Deckchen und Tücher!

»So etwas kann auch nur einem Mann einfallen, was?«, schimpfte Silke, die meinen entsetzten Blick falsch deutete. »Diese Kanten! Wie soll da das Chi fließen?«

»Ja, das frag ich mich auch«, murmelte ich. Mein Blick war allerdings bereits von der nächsten Attraktion gefangen genommen: Die Anrichte hatte sie mit einer grässlichen Lampe verschandelt, deren Standbein eine Aubergine darstellte. Daneben standen noch zwei zweckfreie Deko-Melanzani mit goldenen Blättern.

»Gemüse ist im Kochbereich unentbehrlich«, erklärte Silke. »Aber echtes Grünzeug verdirbt so schnell, und das macht erst recht ein schädliches Sha.«

»Was ist ein Sha, bitte?« Ich kannte es bislang nur als Katzenfuttermarke.

»Das schlechte Chi natürlich«, sagte sie. Dabei schenkte sie mir diesen Blick, der so viel wie »Du arme Unwissende« besagte, was meine gereizte Seele förmlich mit Sha einnebelte. Ich trat daher an die Glaswand und schaute ins wohltuend hügelige Weinviertel hinaus, wo das Chi anscheinend ungehindert dahinfließen durfte. Dann senkte ich den Blick leider auf meinen Goldfischteich. Der war zwar laut Silkes Expertise eins a Feng-Shui, aber die Erinnerungen, die er in mir weckte, hatten keinerlei harmonisierende Wirkung auf mich. Wie in Trance hob ich eines der Steinchen auf, die Silke entlang der Mauerbank aufgereiht hatte, auf dem die neue Glaswand ruhte. Gedankenverloren ließ ich es in meiner Hand kreisen.

»Spürst du die Energie?«, fragte Silke.

Ich nickte, um meine Ruhe zu haben. »Kommen die auch mit?«, fragte ich.

»Die lassen wir besser für dich liegen, Grace. Sie sollen verhindern, dass das Chi durchs Glas verpufft.«

»Na dann«, sagte ich und legte das Steinchen zurück. »Die Räucherstäbchen nimmst du aber mit.« Das war keine höfliche Bitte, sondern ein Befehl. Zwischen ihren Kieseln mit den chinesischen Zeichen darauf hatte sie jede Menge dieser glühenden Stäbchen stehen, es roch so richtig nach abgestandenen Weihnachten. Wer sollte hier nicht Kopfweh kriegen?

»Wie du willst«, sagte sie patzig. »Wenn du nichts für deine innere Harmonie tun willst, bitte schön.«

Ich begann damit, die Hölzchen auszudämpfen und die Deko einzuklauben. Silke hatte mich gebeten, ihr dabei zu helfen, die heiklen Sachen in Umzugsschachteln zu packen. Den Rest würde eine Firma übernehmen, aber sie misstraute den groben Arbeitern und fürchtete um ihre Schätze. Ich war, um ehrlich zu sein, geneigt, die Schachtel mit den Keramikauberginen unabsichtlich fallen zu lassen, unterließ dies jedoch aus Angst, sie könnte einen hysterischen Anfall kriegen.

»In Düsseldorf hatte ich ja eine persönliche Feng-Shui-Beraterin«, jammerte Silke, als wir mit ihrem Klumpert und einem Bagua – dem achteckigen Lebenslageplan der Feng-Shui-Lehre – vor meiner Haustüre standen. »Aber ich hab im ganzen Weinviertel keine gefunden.«

»Dann probier es doch selber«, ermunterte ich sie. »Ich bin überzeugt, du kriegst das hin.«

»Meinst du?« Sie strahlte. Dann schloss sie die Augen. »Du musst mir die Tür aufmachen, dann werde ich das Chi in den einzelnen Räumen aufnehmen, ohne durch optische Eindrücke abgelenkt zu werden.«

Der Eingangsbereich passte gottlob von der Anlage her wunderbar. »Ihr habt beim Hausbau intuitiv schon vieles richtig gemacht«, lobte sie. »Der Eintritt gehört genau hier her, ins Hilfreiche-Menschen-Bagua. Und das sollte am besten im Norden sein.« Sie deutete auf die entsprechende Stelle auf dem Raster.

Logisch hatten wir das Haus nach Süden ausgerichtet, Eingang im Norden, also Windfang und Vorzimmer, danach ein zentrales Wohnzimmer mit TV-Ecke und einem großen Esstisch an der gegenüberliegenden Seite. Die Küche im Südwesten mit Zugang zur Terrasse und zum Garten. Da brauchte man keine chinesischen Weisheiten, um das vernünftig hinzukriegen, sogar im Lagerhaus wusste man das.

Auch der Vorzimmerspiegel erntete Silkes Lob, er gebe dem Chi mehr Raum. Nur die Seite mit dem Schuhregal und dem Kleiderständer müsse korrigiert werden. Offen Herumhängendes oder -stehendes ginge gar nicht. Für die Jacken sollte ein Schrank her, und die Schuhe müssten in eine geschlossene Kommode, sie werde sich ihre koreanische aus Düsseldorf kommen lassen. Als Übergangslösung holte sie ein Beistelltischchen aus dem Wohnzimmer und platzierte zu meinem Entsetzen dieses abscheuliche Auberginentrio darauf. In der Küche würden wir das Gemüse nicht brauchen, weil ich ohnehin diesen schönen Blick auf den Garten hätte, meinte sie.

Wenigstens durfte das Truhenbänkchen bleiben, das einst für unsere Kinder zum praktischen Schuhe anziehen gedacht war und das ich mittlerweile auch selbst schätzte. Schließlich lassen sich Schuhe im Sitzen wesentlich müheloser zubinden als im Stehen. Zum Schluss setzte sie eine Marmorschildkröte neben den Schirmständer. »Die wird Glück ins Haus bringen«, erklärte sie strahlend.

Auch im Wohnzimmer mussten wir gehörig umrühren. Silkes Yin-Yang-Teppich kam selbstredend auch hier in die Mitte, ins Tai Chi. Der Esstisch wurde von der Küche weg an die Ostseite des Wohnzimmers geschoben. Verständlich, schließlich sollte hier der Bereich Familie und Gesundheit zu Hause sein. Die nunmehr wesentlich längeren Wege von der Küche an den Tisch würden sicher zu meiner Fitness – also meiner Gesundheit – beitragen.

Die Couch wanderte dafür an die andere Seite – in den Kinder- und Kreativitätswinkel. Das hatte zwar zur Folge, dass man beim Fernsehen gegen das Licht schauen musste, aber gegen dieses Problemchen würde Silke sicherlich genug hübsche Tücher finden.

An der Küche wäre das ganze Projekt beinahe gescheitert, weil Silke die komplette Küchenzeile vom »Unrat« zu befreien trachtete. Dazu gehörten ihrer Meinung nach sowohl Brotdose und Wasserkocher als auch Küchenmaschine, Messerblock und was man halt in einer funktionalen Küche so herumstehen hatte.

»Kommt überhaupt nicht in Frage!«, rief ich. »Wie soll ich dann hier kochen?«

»Aber bei dem Chaos kann doch kein Chi fließen«, meckerte sie.

»Was für ein Chaos? Das ist ein Arbeitsplatz. Und zwar ein wohl organisierter. Beinahe klinisch sauber noch dazu«, sagte ich beleidigt.

»So viele Kristalle kann ich gar nicht aufhängen, dass der Wirbel da wettgemacht wird!«, schrie sie.

»Mach, was du willst. Aber dann darfst du in Zukunft in dieser Küche selber kochen.« Ich knallte die Küchentüre zu und ging in den Garten, um wieder Luft zu kriegen. Auch hier würde sie kein einziges Steinchen versetzen, sonst würde ich die ganze Aktion abblasen.

Was soll ich sagen, das Selber-Koch-Argument griff. Silke motzte zwar, dass sie die Küche ab jetzt meiden würde, und hängte noch ein paar Kristalle mit roten Bändern auf, die genau siebenundzwanzig Zentimeter lang sein mussten. Der Tee, den ich ihr dann hinstellte, während ich mich mit einem großen Caffè Latte beruhigte, schien Feng-Shui genug, denn sie wollte anschließend im Obergeschoss weitermachen.

Wir fingen natürlich mit dem Wichtigsten an: dem Schlafzimmer.

Die hellen Kiefermöbel, die ich schon lange gerne gegen moderne ausgetauscht hätte, waren anscheinend okay. Wir mussten nur den Spiegel an der Schranktür verhängen, der bringe zu viel Unruhe ins Zimmer. Mein altes IKEA-Bett, das einzige Stück, das ich in die Ehe mitgebracht hatte, beäugte sie hingegen skeptisch.

»Schön ist es nicht, aber irgendwie retro«, meinte sie.

Da musste ich ihr durchaus recht geben.

»Hast du … Ich meine, habt ihr … Eure Kinder. Sind die hier gezeugt worden?«

Ich fand die Frage etwas intim, bejahte aber schließlich. »Alle beide, ja.«

Sie nickte zufrieden. Dann packte sie zwei Holzelefanten aus. Der kleinere – also eigentlich war es eine Sie – war hohl und trug ein Baby in sich. Den streichelte Silke liebevoll, bevor sie ihn auf ihrem Nachtkästchen platzierte. Der größere hatte einen enorm langen Rüssel, den bekam Wieland zugeteilt.

»Der Elefant ist seit jeher ein Sinnbild für männliche Potenz. Vielleicht hilft er ja.« Silke seufzte.

»Was meinst du damit?« Die Bemerkung fand ich jetzt echt geschmacklos. Da ließ sie Wieland wochenlang nicht an sich ran, weil sie angeblich Migräne hatte, und jetzt wollte sie andeuten, dass etwas mit seiner Potenz nicht stimmte? Wie fies war das denn? Und garantiert nicht wahr. Da hatte ich eine gänzlich andere Erinnerung, die mir das Blut bis in die äußersten Zellen meines Körpers trieb. Allein seine Moralvorstellungen hatten ihn daran gehindert, mit mir …

Silke setzte sich aufs Bett und sah mich mit ihren kindlichen Rehäuglein an. »Ach, Grace. Er rührt mich nicht an seit dieser Sache.«

»Welcher Sache denn, Silke?« Ich setzte mich zu ihr.

»Ich war schon einmal schwanger«, flüsterte sie. Dabei kullerte ihr eine Träne die Wange hinunter. Sosehr ich es mir auch einzureden versuchte, es gelang mir nicht, sie als schauspielerische Meisterleistung abzutun. Die Trauer war echt.

»Was ist passiert?« Ich drückte sanft ihr Händchen.

»Mir ging es in der Schwangerschaft nicht so gut. Du weißt schon. Übelkeit. Ständig war ich müde. Und ich hatte Angst.

Panische Angst.« Silkes Augen spiegelten die Furcht wider. »Du musst wissen: Meine Mutter ist bei meiner Geburt gestorben, und mein Vater … na ja, egal. Ich wollte ständig untersucht werden und so, das verstehst du doch, oder?«

Ich nickte. Ihr Argument konnte ich natürlich verstehen, mir aber gleichzeitig gut vorstellen, wie sie ihr Umfeld mit ihrer Hysterie tyrannisiert hatte.

»Und dann hab ich es verloren. Es ist einfach abgegangen. Wieland konnte nichts dagegen tun, obwohl er Gynäkologe ist. Ist das nicht zynisch?« Silke schnäuzte sich heftig. »Und danach hat es nicht mehr geklappt.«

Plötzlich packte Silke mich am Unterarm und fixierte mich. Ihr Blick war manisch. »Und in der Situation bin ich draufgekommen, dass er praktisch alle Assistentinnen in der Praxis gebumst hat. Und ein paar Patientinnen sicherlich auch. Das musst du dir mal vorstellen! Mein Papa war auch total wütend auf ihn, sie hatten einen Megastreit. Sie stritten ja ohnehin ständig. Meistens wegen Geld. Als ob das wichtig wäre! Und mich haben sie dabei völlig vergessen. Ich musste ihnen doch zeigen, um wen es hier ging, oder? Und dass sie beide es bereuen würden, wenn ich nicht mehr da wäre. Manchmal wünschte ich mir, es hätte geklappt.«

Sie schob ihren Pullover hoch und zeigte mir ihre Narben. Ihre Wangen glühten. Ich musste mich beherrschen, ihr nicht die Verantwortungslosigkeit ihres egoistischen Handelns an den Kopf zu werfen. Ich wusste nur zu gut, wie sich die Hinterbliebenen von Selbstmördern fühlten. Aber bei psychisch Kranken musste man ja höllisch aufpassen. Die Krankheitsbilder, die mir Wieland beschrieben hatte, traten anscheinend schon wieder auf. Dass Silke die Wahrheit verdrehte, um sich als Opfer darzustellen und ihr Handeln vor sich selbst zu rechtfertigen.

»Und ihr habt seitdem nicht mehr miteinander geschlafen?«, fragte ich mit zitternder Stimme. Dieser Punkt interessierte mich außerordentlich.

Silke schüttelte traurig den Kopf.

Na prima!

»Wir hatten auch kaum Gelegenheit dazu«, räumte sie ein. »Ich war ja meistens stationär. Und zuerst weigerte ich mich ja wirklich, weil er mich betrogen hatte. Aber seit wir hier sind … Er sagt, ich wäre zu schwach.«

»Wir haben ein Stück Zucker aufs Fensterbrett gelegt, damit der Storch kommt«, scherzte ich, um die depressive Stimmung etwas aufzulockern.

»Echt? Und das hat geholfen?«

»Ja, sicher«, sagte ich. »Im Weinviertel klappt das.« Dann beugte ich mich verschwörerisch zu ihr. »Und wenn es ein Mädchen werden soll, dann musst du die Socken anbehalten beim Geschlechtsverkehr.«

Silke kicherte. »Mach ich sowieso meistens, weil mir kalt ist an den Füßen.«

Ich suchte ihr noch ein Paar hässliche Stricksocken aus dem Fundus meiner Schwiegermutter heraus. Die hatte sie mir seinerzeit unter den Christbaum gelegt. Ich nehme mal an, sie hatte keine Unsummen für echte Wolle ausgeben wollen, denn selbst die Motten verschmähten die Dinger.

Silke freute sich wie ein kleines Kind, und ich dachte, dass diese Liebestöter wohl jeden Mann in die Flucht schlagen würden.

Wir waren beide schon erschöpft, als wir uns ans Badezimmer machten. Vielleicht ging es deshalb auch halbwegs schnell mit dem Energieausgleich, denn ideal war es keineswegs. Erstens hatten wir das Klo im Bad. Dass das nicht perfekt war, wusste ich schon seit Jahren. Besonders, als die Kinder stundenlang das Badezimmer blockiert hatten. Immerhin konnten wir das energetische Problem recht flott und sauber lösen, indem wir einfach den Deckel zuklappten, damit uns der Reichtum nicht flöten ging. Ähnliches bewirkten Plastikstöpsel für das Bidet, die Badewanne und die Duschtasse. Wenn Hans Helmut gewusst hätte, dass wir wegen dieser Nachlässigkeit all die Jahre unseren Wohlstand praktisch verhindert und die nötige Energie in den Abfluss gespült hatten, er hätte sich im Grabe umgedreht.

Silke hätte sicherlich das böse Sha in der Dachwohnung dafür verantwortlich gemacht, dass meine Energien in negative Bahnen gelenkt wurden und ich in der Folge einige fatale Entscheidungen traf. Ich persönlich fand meine Eingebungen zu diesem Zeitpunkt eigentlich glorreich.

Die erste dieser Ideen kam mir beim Einräumen des Kühlschranks. Ich hatte den großen Eisschrank im Wohnhaus noch ratzfatz ausgeräumt, dort sollten nur noch frische, von Wieland bezahlte und Silke-approbierte Lebensmittel Platz finden. Und so schlichtete ich gerade diverse offene Marmeladen- und Senfgläser, Essiggurkerl und die lebensgefährlichen Tomaten in Olivenöl in den kleinen Kühlschrank im Loft, als mir die Schachtel mit den Botoxampullen für die Scheidenkrampfpatientin in die Hände fiel. Dass ich die in meinem privaten Kühlschrank deponiert hatte, war mir in all der Aufregung der letzten Wochen völlig entfallen. Das Medikament war zwar noch nicht abgelaufen, aber die Patientin hatte ihre Operation sicherlich schon bei einem anderen Arzt hinter sich gebracht und keinerlei Interesse mehr daran. Schade um das teure Mittel, das nun keine Verwendung mehr finden würde.

Ob es mit Silkes hysterischem Gehabe bezüglich meiner hausgemachten Gemüsekonserven zu tun hatte, dass mich diese Entdeckung zu einem – zugegebenermaßen nicht ganz harmlosen – Gedankenspiel verleitete? Was würde wohl passieren, wenn ich ein wenig davon in eines ihrer heiß geliebten Kompotte spritzen würde? So kleine böse Gedanken kamen mir in der letzten Zeit öfter. Ich googelte, nur so aus Interesse, ob man mit dem Zeug tatsächlich jemanden vergiften konnte.

»Botulinumtoxin zählt zu den stärksten in der Natur vorkommenden Giften und bewirkt schwere Nervenstörungen, die zum Tod führen können«, las ich da. Puh! Silke hatte in gewisser Weise sogar recht gehabt. Die meisten Fälle von Botulismus gingen auf den Verzehr verdorbener Lebensmittel, wie zum Beispiel aus unzureichend sterilisierten Konserven, zurück. Allerdings verwendete man für die Schönheitsbehandlung derart geringe Dosen, dass eine Vergiftungsgefahr ausgeschlossen werden konnte, zumal diese Präparate auch die Magenschranke nicht überwinden konnten. Schade eigentlich!

Ich wollte mein Tablet schon wieder schließen, da poppte eine Werbung auf.

> *Tag der offenen Tür mit »Shape Your Body«-Event in einem renommierten Institut in der Wiener Innenstadt. Dazu Gratis-Fancy-Drinks und Fingerfood plus umfassende Information zu allen Bereichen der minimalinvasiven Schönheitsoptimierung.*

Was für ein Triggerwort! Das Internet wusste wie so oft schon vor mir Bescheid, wonach ich suchte! In letzter Zeit war mir – besonders angesichts Silkes' makellosem Teint – unangenehm aufgefallen, dass im selben Tempo, wie meine Kilos dahinpurzelten, meine Falten tiefer wurden. War das ein Wink des Schicksals? Noch dazu hatten wir die Ordination wegen des Umzugs ein paar Tage geschlossen, also hinderte mich nichts und niemand daran, diese einmalige Gelegenheit beim Schopf zu packen. Spontan schickte ich Silke eine WhatsApp-Nachricht, dass sie morgen auf mich verzichten müsse und ich ihr viel Erfolg für den Feng-Shui-Feinschliff wünsche, für den sie mich ohnehin nicht brauche.

Schon beim Eintritt in die hehren Hallen der Schönheit packte mich die Ehrfurcht. Hatten Wielands Designermöbel mir schon meine Provinzialität vor Augen geführt, so wirkte die großzügige Leere des Salons mit den wenigen farbigen Akzenten so einschüchternd auf mich wie sonst nur große Kirchen, wo man sich entsprechend leise und unauffällig verhielt. Ich stellte mich schüchtern an einen freien Stehtisch, wo ein Tablett mit Canapés und ein Schälchen Erdnüsse auf die Besucher warteten. Eine junge, sehr schöne Frau reichte mir ein Glas Sekt.

Ich knabberte verschämt ein paar Nüsschen und scannte die Räumlichkeiten.

Eine gut sanierte Altbauwohnung mit edlen Parkettböden. So etwas hatte schon nackig das gewisse Flair. Wenn dann auch noch ein Fiaker draußen über die Pflastersteine trabte wie gerade eben, wähnte man sich beinahe im vorigen Jahrhundert. Klimt, Freud, Schnitzler. Kaffeehauskultur.

Innen jedoch bot diese Schönheitspraxis alles andere als K.-u.-k.-Atmosphäre. Der Stil der Sitzmöbel war nüchtern, klare Konturen, ein leicht geschwungenes Sofa zentral im Raum, die Farben in angenehmen Lila-Grau-Tönen gehalten. Die Wanddeko minimalistisch. Ein paar große Bildtafeln mit grauen, schwarzen und dunkelroten Streifen an den weißen Wänden, viel Glas und Licht. Vereinzelt waren Grünpflanzen platziert. Ganz wenige beruhigende Farbtupfer, Funktionalität und Ästhetik in harmonischem Einklang. Hier konnte sich das Chi austoben, wie es wollte. Ohne scheußliches Gebimmel oder goldene Rüsseltiere.

»Darf ich?«, riss mich eine angenehme Stimme aus meinen Gedanken. Sie gehörte einer rundlichen Dame in meinem Alter und meiner (früheren) Konfektionsgröße. Sie nahm sich ein Lachsbrötchen vom Teller. »Die schind hervorragend, aber drüben schind schie schon ausch. Dasch erschte Mal bei der Schönheit?«

Ich nickte und nahm auch eines der hochgepriesenen Brötchen.

»Wenn die unsere Gesichter nur annähernd so schön hinbringen wie die Einrichtung, dann steht bald die Vogue vor unserer Tür«, raunte ich meinem Gegenüber zu.

»Kenn ich nicht. Eine französische Schauspielerin? Ich bin übrigens die Helga«, sagte sie.

Helga las wohl ein anderes Frauenmagazin. Ich hatte aber nicht mehr die Zeit, sie aufzuklären, denn nun ging es ans Eingemachte. Eine etwas ältere Frau Doktor mit weißem Kittel und sehr strammem Gesichtsausdruck war zu unserer kleinen Gesellschaft getreten. Sie sprach zunächst über diverse ästhetische Behandlungen wie zum Beispiel das Fadenlifting, wo Polymilchsäurefäden unter die Gesichtshaut gezogen werden, die sich später selbstständig auflösen, was dann zu einer langfristigen Straffung führe.

Aha.

War allerdings eher etwas für jüngere Semester, deren Haut sich noch halbwegs glatt über den Muskel spannte. Interessanter hörte sich für mich das Vampirlifting an, schon dem Namen nach. Das war quasi die Ökoversion einer Botoxbehandlung, weil man dabei das eigene Blutplasma gespritzt bekam und keine Nebenwirkungen zu befürchten hatte. So weit, so gut.

Allerdings folterte man die Patientinnen anschließend mit einem sogenannten Dermaroller, dessen Name krass verharmlosend klang. Es handelte sich hierbei nämlich um ein mit kleinen Nadeln besetztes Instrument, mit dem der Haut absichtlich kleine Stichverletzungen zugefügt wurden. Quasi Gesichtsmassage für Fakire. Eine Dame wäre beinahe umgekippt, als uns die Frau Doktor Bilder von Opfern dieser Tortur zeigte.

»Es *muss* bluten«, betonte sie, »sonst können die Stoffe nicht einziehen und sind somit wirkungslos. Aber es tut nur ganz kurz weh, und Kim Kardashian schwört darauf.«

Helga stieß mich an. »Die badet ja auch in CBD. Hast du das gewusst?«

Ich musste verneinen, nahm mir aber vor, Helga nach ihrem Frauenmagazin zu fragen. Im Moment getraute ich mich nicht, da die Frau Doktor hüstelte.

»Bevor wir zum Höhepunkt der heutigen Veranstaltung – unserer Botoxvorführung – kommen …«, schnarrte sie, und ihr tadelnder Blick auf uns tratschendes Weibsvolk straffte meine Gesichtshaut ganz ohne teure Behandlung, »darf ich Ihnen allen ein kleines Präsent überreichen.«

Gut, dass eine lächelnde Assistentin die Arbeit übernahm und allen, auch uns ungezogenen Schwätzerinnen, eine weiße Tasche, garantiert einhundert Prozent recycelbar, in die Hand drückte. Darin fanden wir ein paar wertvolle Kosmetikproben, ein Döschen mit Lippenpflege, einen Taschenspiegel und eine

Werbebroschüre des Hauses mit beigelegter aktueller Preisliste (Änderungen vorbehalten).

Während die anderen erfreut in ihren Beuteln kramten, studierte ich heimlich die Tarife. Und erblasste. Das Fadenlifting am Hals, das eine absolut natürliche Straffung und eine sichtbare Reduktion des Doppelkinns versprach, war ab tausendneunhundertneunzig Euro zu haben. Ab!

Auch das Vampirlifting war nicht gerade ein Schnäppchen. Vierhundertfünfundneunzig Euro pro gewählter Körperpartie (Gesicht, Dekolleté und/oder Hände) musste man hier berappen, und das mindestens viermal innerhalb von sechs Wochen. Dagegen erschien mir eine klassische Botoxbehandlung à dreihundert Euro für einen Bereich direkt nachgeworfen.

Verstohlen studierte ich mein Gesicht in dem goldenen Handspiegelchen aus dem Säckchen. Ich würde nicht umhinkönnen, mich in allen möglichen Regionen behandeln zu lassen, wenn ich denn ein gleichmäßig verjüngtes Äußeres anstrebte. Seufzend faltete ich die Liste zusammen. Der Traum von einem Silke-ähnlichen Teint drohte zu zerbröseln.

»Auf einer Botoxparty kriegen wir das zu zweit für dreihundert Euro«, sagte Helga, die meinen Blick korrekt deutete.

»Botoxparty?«

»Sch!«, zischte sie und zog mich zur Seite. »Die sind nicht ganz legal, glaub ich. Zumindest hört man das Wort hier sicher nicht gerne. Billigkonkurrenz!« Sie schaute sich besorgt um, aber niemand schien Notiz von uns zu nehmen. Dann flüsterte sie: »Eine Freundin von meiner Nachbarin ihrer Cousine, die macht das regelmäßig. Fährt zweimal im Jahr nach Znaim zu so einer Party. Dort kriegen sie dazu noch Gratissekt und Brötchen und alles für hundertfünfzig Euro pro Person.«

»Weil die Damen hier gerade Botoxpartys angesprochen haben, meine Herrschaften. Davon muss ich Ihnen ganz dringend abraten«, sagte eine scharfe Stimme hinter mir. Die Frau Doktor hatte sich wohl absichtlich an die bösen Mädchen herangepirscht.

Helga und ich schrumpften mental auf Zwergengröße. Alle Augen waren auf uns gerichtet.

»Natürlich hört sich das Angebot preislich sehr verlockend an«, fuhr sie fort. Ihr Gesichtsausdruck verriet deutlich, dass sie uns zum minderbemittelten Pöbel zählte. »Aber allein wenn Sie überlegen, wie lange ein Arzt studieren muss, angefangen bei Anatomie, Anästhesie bis hin zu Dermatologie et cetera, dann können Sie sich ja vorstellen, dass eine ganz normale Kosmetikerin das nicht in derselben Qualität bringen kann. Abgesehen davon ist es diesem Berufsstand strengstens verboten, verschreibungspflichtige Medikamente zu benutzen. Und dazu gehört Botox nun mal.« Frau Doktor rang sich ein gequältes Lächeln ab. Dann öffnete sie einen Kühlschrank und nahm eine kleine Ampulle heraus. »Das hier reicht für circa drei Zornesfalten. Es ist ein Pulver, wie Sie sehen. Wir lösen es in einer Kochsalzemulsion auf, dann kann es gespritzt werden. Und die Nadeln dieser Spritzen sind extrakurz, überzeugen Sie sich selbst.« Sie ließ eine in Plastik verpackte Spritze herumgehen.

»Damit kann man praktisch gar nicht danebenfahren«, sagte sie, als die Spritze wieder bei ihr angekommen war. »Apropos danebenfahren. Um noch einmal auf diese Botoxparty zurückzukommen ...« Frau Doktor sandte uns erneut einen abschätzigen Blick. »Für so eine Ampulle bezahle ich im Einkauf knapp zweihundert Euro. Da können Sie sich ja vorstellen, wie viel das Zeug wert ist, das Sie bei so einer Party gespritzt bekommen. Und woher es kommt, das können wir auch nur mutmaßen. Aus Indien aller Wahrscheinlichkeit nach oder China! Dort werden die meisten gefälschten Medikamente produziert. Unter horrenden hygienischen Bedingungen. Man hat schon Rattenkot in beschlagnahmten Viagra-Pillen gefunden.«

Am Hals der Frau Doktor machten sich hässliche rote Flecken breit. Da nutzte ihr die ganze Schönheitsmedizin nichts. Es schien geradezu, als ob diese Diskonterkonkurrenz quasi ihre Existenz gefährdete. Ihre hysterischen Versuche, Botoxpartys schlecht zu machen, erinnerten mich an die vielen Gerüchte, die seinerzeit über tschechisches Benzin verbreitet worden waren. Die Spritpreise waren dort nach der Grenzöffnung im Vergleich zu unseren so niedrig gewesen, dass sich ein richtiger Tanktourismus entwickelt hatte. Da hatte man dann vor der miserablen Qualität gewarnt, die dort aus den Zapfsäulen quoll. Sogar von Motorschäden hatte man gehört. Bis die OMV einige dieser Tankstellen übernahm und ihr Benzin um denselben Preis verscherbelte. »Hab ich dir das nicht gleich gesagt, Schatz? Alles nur Angstmache von den Monopolisten!«

Helga musste mir unbedingt ihren Kontakt für so eine Party verraten. Hundertfünfzig Euro konnte ich mir gerade noch leisten.

Aber im Moment wurde es anderweitig spannend, denn jetzt schritten wir zur eigentlichen Attraktion des heutigen Nachmittags: der Live-Vorführung einer Botoxbehandlung. So etwas Exklusives gebe es nur bei ihnen, betonte die Frau Doktor.

Die Klientin, es war eine jüngere Ärztin aus der Gemeinschaftspraxis, saß bereits auf dem Behandlungssessel, der große Ähnlichkeit mit einem Zahnarztstuhl hatte. Instinktiv fuhr meine Zunge an ein kleines Löchlein im Backenzahnbereich. Aber hier wurde natürlich nicht gebohrt, sondern gepikst.

Anhand von Bildern aus einem dicken medizinischen Anatomieatlas erklärte uns die Frau Doktor, wo die Muskeln, die sie behandeln wollte, genau verliefen und wie das Botox auf sie wirken würde. Dann zeichnete sie die entsprechenden Stellen an der Probandin an und desinfizierte sie, bevor sie zustach. Ganz wie bei einer Impfung. Es sah absolut ungefährlich aus, die Patientin zuckte nicht einmal zusammen, als sie um die Augenpartie gepikst wurde. Ich konnte mir durchaus vorstellen, dass eine geübte Kosmetikerin das tadellos hinbekam.

»Es ist wichtig«, sagte die Frau Doktor, »dass der Arzt vorsichtig sticht und nicht den Knochen erwischt, denn das tut höllisch weh, und es können garstige Blutergüsse entstehen. Die vergehen zwar wieder, aber wer will schon mit einem blauen Auge herumrennen, nicht wahr?«

»Gibt es denn noch andere Nebenwirkungen?«, fragte eine interessierte Dame in Rosa.

»Wenn Sie professionell behandelt werden, praktisch keine.

Allergien müssen natürlich zuvor abgeklärt werden, aber die Gefahr ist minimal.«

»Aber man kennt doch diese Bilder aus dem Internet. Wenn sich Stars zu viel davon spritzen lassen.«

»Wir arbeiten hier nur minimalinvasiv. Sie werden Ihren natürlichen Look behalten, wir zementieren Ihr Gesicht nicht ein, keine Angst«, beruhigte die Frau Doktor. »Natürlich, wenn Sie sich von einem Amateur behandeln lassen ...«

Ich blickte interessiert in mein Geschenksäckchen.

»Wenn ich der Patientin zum Beispiel auf einer Seite mehr spritze als auf der anderen, dann wird sie asymmetrisch. Oder bei den Zornesfalten. Wenn die Dosis zu hoch ist, kommt es schon mal zum bekannten Mr.-Spock-Effekt. Sie kennen das sicher. Wenn die Augenbraue hochgezogen bleibt. Und das über mehrere Monate hinweg.«

»Ist es eigentlich üblich unter Kollegen, sich gegenseitig zu behandeln? So wie die Friseurinnen, die sich untereinander die Haare färben?«

»Unter uns Damen ist das eine durchaus gängige Praxis.« Der Frau Doktor entkam tatsächlich ein Lächeln. »Die Herren, hab ich mir sagen lassen, legen lieber selbst Hand an sich.«

Helga kicherte. »Wie immer, was?«

»Die Prozedur kann man an sich selbst durchführen?« Die Dame in Rosa konnte es offenbar nicht glauben.

»Warum denn nicht? Wenn Sie einen großen Spiegel haben. Aber jetzt lassen Sie uns nach draußen gehen. Die Fancy Drinks warten schon auf uns.«

Dieser letzte Hinweis, man könne sich theoretisch selbst straffen, brachte mich auf einen Gedanken. Ich ließ mich etwas zurückfallen. Einen Fancy Drink wollte ich sowieso nicht, der hatte sicherlich viele Kalorien, und schließlich musste ich noch Auto fahren.

Und so fand ich mich plötzlich schicksalhaft alleine im Behandlungszimmer. Gleich neben dem Kühlschrank. Ich öffnete ihn einen Spalt. Es lagen noch jede Menge dieser Ampullen darin. Vorsichtig blickte ich mich um. Keiner da. Keine Überwachungskameras. Behutsam schob ich die kleinen Glasbehälter in meine weiße Tasche. Im Vorbeigehen ließ ich noch den Bildatlas der ästhetischen Botulinumtoxin-Therapie und ein paar dieser kurzen Einwegspritzen dazugleiten.

Im Vorraum wurde schon fröhlich geplaudert. Ich hielt mein Handy ans Ohr und gab vor, zu telefonieren. »Jaja. Ich komm ja schon!«, rief ich ins Telefon. Winkte Helga zu – die Adresse für die Botoxparty brauchte ich ja nun nicht mehr – und zog die Tür hinter mir zu.

Draußen atmete ich einmal kurz durch. Meine erste bewusst kriminelle Handlung! Ungläubig schaute ich in meinen »Geschenkbeutel« und staunte über die Schätze, die er barg. Aus den Augenwinkeln bemerkte ich, wie gegenüber eine Tür aufging. Ich hob den Kopf.

Und erstarrte wie Frau Lot zur Salzsäule.

Das Gesicht, in das ich glotzte, war mir so verhasst wie die Umstände, an die es mich erinnerte. Es gehörte diesem grantigen Polizisten. Chefinspektor Hartinger.

Mein Herz ratterte in meine Stiefel. Hatte ich doch einen Polizeialarm ausgelöst?

Ich drückte die weiße Tasche mit dem Diebesgut an meine Brust, machte eine Kehrtwendung und hastete die Treppen hinunter. Bezahlte mit zitternden Fingern meinen Parkschein und raste im Eilzugstempo aus der Parkgarage. Erst als ich auf die Nordautobahn auffuhr, sank mein Puls in weniger besorgniserregende Gefilde. Wiederholte Blicke in meinen Rückspiegel bestätigten mir, dass ich nicht verfolgt wurde.

Dennoch beunruhigte mich diese Begegnung. Was wollte der Mensch dort? Hatte er mich womöglich beschattet? Warum?

Ertappt

Das darf doch nicht wahr sein! Da fährt er extra nach Wien hinein, der Hartinger, damit ihn bei der Seelenklempnerin kein Bekannter erwischt. Und was ist? Steht er da Aug in Aug mit der Moser. Ausgerechnet! Wo die akkurat so einen ungelösten Todesfall repräsentiert, bei dem er die Witwe im Verdacht hat, beweismäßig aber versagt hat. Wie zum Hohn wirft ihm das Schicksal diese Frau vor die Füße, just in dem Moment, als er von der Beichte kommt.

Dabei hatte er gerade heute das Gefühl, kurz vor dem Durchbruch zu stehen. Die Hausaufgabe, die ihm die Mauser das letzte Mal aufgetragen hat, hat er nämlich durchaus ernst genommen und über die Vorwürfe, die er sich selbst macht, nachgegrübelt. Unterm Strich kommt alles aufs Gleiche hinaus: Er hat seiner Mutter keine Chance zur Rechtfertigung gegeben. Alle Gedanken daran sofort blockiert.

Die Mauser hat ihm das auch bestätigt. »Warum haben Sie sie denn nie aufgesucht, um die Wahrheit auch von ihrer Seite zu erfahren?«, hat sie gefragt.

»Sie hat es zugegeben. Das hat mir genügt. Was soll ich da noch lange nachbohren, warum sie es getan hat? Das macht die Tat ja nicht ungeschehen.«

»Das nicht. Aber Sie könnten sie vielleicht besser verstehen.«

»Wozu?«

»Herr Hartinger. Es wundert mich, das aus Ihrem Mund zu hören. Das Motiv ist doch auch ein entscheidender Punkt in Ihren polizeilichen Ermittlungen, oder? Wissen Sie, was ich glaube? Sie haben Angst, dass Sie ihr unrecht getan haben könnten.«

»Blödsinn. Sie hat sich mehrfach schuldig gemacht. Sie hat nicht nur meinen Vater getötet, sie hat damit auch ihr Kind aufgegeben. Auf eine gemeine und egoistische Weise. Sie musste doch wissen, was für Konsequenzen ihre Tat auch für mich haben würde.«

»Musste sie das? Was wissen Sie denn genau über den Fall – oder über Ihren Vater? Hat er Ihre Mutter ordentlich behandelt?«

»Von Misshandlungen weiß ich nichts, wenn Sie darauf hinauswollen. Das hätte ich auch als Achtjähriger mitbekommen. Er war vielleicht etwas gefühlskalt. Der Job war ihm wichtiger als die Familie, das schon. Aber Tyrannenmord war es sicher keiner.«

»Was macht Sie da so sicher? Es gibt ja auch seelische Gewalt.«

Darauf hat er nichts mehr zu erwidern gewusst.

Und sie hat ihm eine neue Aufgabe gestellt: »Finden Sie heraus, warum Ihre Mutter es getan hat. Wenn Sie in der Therapie weiterkommen wollen, dann ist das unerlässlich.«

Und plötzlich steht da die Moser vor ihm und benimmt sich aber so was von verdächtig! Da stimmt doch was nicht mit der, und zwar hochgradig.

Der Kastner hat den Fall zwar abgeschlossen, aber vielleicht sollte er der guten Frau trotzdem noch einmal auf den Zahn fühlen? Sich zum Beispiel ein bisschen im Ort umhören, was die arme Witwe so treibt? Ob sie das Haus verkauft hat. Solche Sachen halt. Vielleicht hat sich ja doch eine unbekannte Geldquelle aufgetan, und sie ist gar nicht so arm, wie der Bankbeamte meint? Schwarzgeld vielleicht?

Bei einem gemütlichen Heurigen mit den ansässigen Leuten ein wenig ins Plaudern zu kommen wäre ja schon mal ein Anfang.

Der Hartinger überlegt nicht lange und fährt direkt zum Heurigen. Hunger und Durst hat er eh immer nach so einer Sitzung. Er geht durchs Lokal hinaus in den Gastgarten. Und dort kriegt er beinahe einen Herzkasperl. Was hat das Schicksal heute gegen ihn? Zum zweiten Mal innerhalb weniger Stunden so ein Trigger ohne Warnung!

Wie ein Engel sitzt sie da. Die Abendsonne verpasst ihrem blonden Haar einen kupfernen Ton, die Wangen sind leicht gerötet vom Wein. Sie lächelt den Mann im Rollstuhl an ihrer Seite an. Unschuldig wie ein Kind. Eine Decke hängt sie ihm fürsorglich um. Ist ja auch schon herbstlich frisch.

Ist es tatsächlich Helene? Oder ein Trugbild?

Er will es gar nicht rausfinden. Da dreht er lieber gleich um, der Hartinger, und fährt nach Hause. Geht ohne Umschweife an die Hausbar und schenkt sich einen Whisky ein. Vergessen ist die Moser. Vergessen der Wille, seine Vergangenheit fundamental aufzuarbeiten. Vergessen der Vorsatz, mit der Sauferei aufzuhören. Und das alles wegen einer flüchtigen Begegnung. Wo er sich nicht einmal sicher sein kann, dass es wirklich Helene gewesen ist.

Mut zur Veränderung

Zu Hause hatte ich mich wieder einigermaßen im Griff. Es war reiner Zufall gewesen, dass ich diesem Typen über den Weg gelaufen war. So etwas kam vor. Mein Schock war auf die Aufregung wegen meines Diebstahls zurückzuführen, da konnte einem die Phantasie schon mal ein Schnippchen schlagen. Was sich der Polizist über meinen überstürzten Abgang zusammengereimt haben mochte, stand auf einem anderen Blatt, aber er war mir nicht auf den Fersen. Kompletter Blödsinn. Ich musste mich wieder auf mein Vorhaben konzentrieren, das hatte höhere Priorität.

Um auf andere Gedanken zu kommen, machte ich mich sofort über das Fachbuch her, das ich geklaut hatte. Mit großer Freude stellte ich fest, dass meine medizinischen Kenntnisse immer noch tadellos waren. Natürlich hätte ich jetzt kein Rigorosum über ästhetische Heilkunde ablegen können, aber ich verstand die Skizzen und Beschreibungen einwandfrei. Lateinische Ausdrücke waren für mich kein Fachchinesisch wie für einen Laien, ich hatte die Sprache der Ärzte zumindest passiv ausreichend in Erinnerung behalten. Dementsprechend war ich überzeugt, dass ich mich gefahrlos selbst behandeln konnte.

Ein letzter Check im Internet bestätigte mir dies. Es gab sogar Videos, in denen man einem Arzt dabei zusehen konnte, wie er sich selbst spritzte! Warum sollte die ästhetische Selbstspritzung eine männliche Domäne bleiben?

Sicherheitshalber informierte ich mich auch ganz grundsätzlich über den Einsatz von Botulinumtoxin. Dass der Name Botox offiziell nur für Medikamente benutzt wurde, die in der Medizin zum Einsatz kamen, wusste ich schon von der Frau Doktor. Das Schönheitspräparat, das ich in meiner Tasche hatte, hieß auch Vistabel, nicht Botox. Dieses wurde vor allem in der Neurologie, aber auch in der Gynäkologie eingesetzt, las ich weiter.

Das Scheidenkrampfmedikament! Ein kurzer Blick auf den Beipacktext bestätigte mir, dass es sich inhaltlich nicht vom Schönheitsprodukt unterschied. Mensch! Hätte ich das vorher gewusst, hätte ich gar nicht kriminell werden müssen!

Sei's drum, sagte ich mir. So würde ich auch für eine Auffrischung in einem halben Jahr genug Material zu Hause haben, und die dämliche Frau Doktor hatte es nicht anders verdient. Hätte sie mich doch zur Botoxparty gehen lassen.

Kurzfristig bröckelte mein Selbstbewusstsein, als ich über einen Artikel stolperte, der von achtundzwanzig Todesfällen nach Botoxbehandlungen berichtete. Ein Experte gab darin aber sogleich Entwarnung, dass es sich dabei nicht um kosmetische Eingriffe gehandelt habe, sondern um ärztliche Einsätze bei schweren neurologischen Erkrankungen, bei denen die Dosis um ein Vielfaches höher sei als in der Schönheitsbranche. Außerdem konnte ein direkter Zusammenhang zwischen dem Exitus der Patienten und dem Botulinumtoxin-Präparat laut seinen Angaben nicht bewiesen werden. Es sei überhaupt nur ein einziger Todesfall dokumentiert, der mit Botox in Verbindung gebracht werde. Bei einem britischen Patienten mit dem Krankheitsbild Schiefhals war es in den Halsdrehermuskel injiziert und nicht richtig platziert worden, so der Toxikologe. Daraufhin sei das Nervengift in den Halsbereich gelaufen und habe die Schluckmuskulatur beeinträchtigt.

Das beruhigte mich wieder. Ich war anatomisch geschult genug, um diesen Fehler nicht zu begehen. Trotzdem würde ich natürlich am Hals besonders vorsichtig sein müssen.

Ich war jedenfalls wieder hoch motiviert und wollte jetzt keine Zeit mehr verlieren. Aus der Ordination besorgte ich mir ausreichend Desinfektionsmittel und Tupfer, natürlich auch Handschuhe. Dann konnte es losgehen.

Mit meinem Augenbrauenstift und mit Hilfe des geklauten Atlas zeichnete ich mir die Punkte an, die ich behandeln wollte. Genau wie die Frau Doktor es an ihrer Kollegin vorgemacht hatte. Dann bereitete ich die Spritzen vor und begann die Prozedur. Es war keine Hexerei. Abtupfen. Einstich. Es prickelte leicht und machte ein seltsames Knackgeräusch, als die Substanz sich unter der Haut breitmachte – ein bisschen so wie diese kleinen Luftpolster in Verpackungsfolien, die ich so gerne mit den Fingern aufplatzen ließ. Aber es tat nicht weh. Bei der Zornesfalte zitterte meine Hand noch etwas, aber bei den Merkelfalten war ich schon ganz Profi. Deshalb traute ich mich dann auch über die Augen und schließlich an den Hals. Ganz vorsichtig fuhr die Nadel in die angezeichneten Stellen. Ich wagte kaum, zu atmen. Aber alles ging gut. Noch einmal abtupfen. Kurz drücken, damit kein Bluterguss entstand. Ärztliche Routine.

Als Patientin musste ich nach dem Abschluss der Behandlung Grimassen schneiden, damit sich die Substanz besser verteilen konnte, und die nächsten drei Stunden sollte ich mich dann so wenig wie möglich bewegen. Damit hatte ich überhaupt kein Problem. Aufrecht sitzend, verbrachte ich den Rest des Tages vor dem Fernseher, und sicherheitshalber wollte ich auch die Nacht in Sitzposition verbringen. In Wielands tollem Designerbett war das auch kein Thema. Die Matratze konnte automatisch in jede gewünschte Position hochgefahren werden.

Und der arme Mann lag nun in meinem alten IKEA-Bett, auf einer ausgebeulten, billigen Schaumstoffmatratze! Hoffentlich in Morpheus' und nicht in Silkes Armen.

Ach, Wieland!

Familienzusammenführung

Es war der 2. November, Allerseelen. Wieland begleitete mich nach dem Mittagessen auf den Friedhof. »Da sollst du heute nicht alleine hingehen, liebe Elli Grace. Wenn du nichts dagegen hast, komme ich mit.«

Natürlich hatte ich nichts dagegen. Noch besser fühlte ich mich, weil Silke nicht mitwollte.

»Das Wetter ist so grässlich, und ich hab heute sowieso schon den ganzen Tag Kopfweh.«

Ich nickte zufrieden. Um ganz ehrlich zu sein: Dieses Kopfweh, das sie in letzter Zeit öfters überfiel, rührte nicht ausschließlich vom Wetter her. Immer wenn sie mich besonders nervte, wanderte ein Schäufelchen Weizen in ihr glutenfreies Buchweizenmehl, fand eine Prise Glutamat ihren Weg in ihr Steviadöschen, oder ein Tröpfchen Kuhmilch mischte ihre Sojamilch auf. War ja für einen guten Zweck. Nämlich den, Wielands Sehnsucht nach meiner Umarmung zu fördern.

Das Grab hatte ich bereits winterfest gemacht. Wir setzten ein üppiges Gesteck auf die Granitplatte und zündeten zusammen eine Grablaterne an. Wieland drückte mich tröstend an sich, als ich gegen ein Tränenbächlein ankämpfte.

»Lass es raus, Elli Grace. Du bist so tapfer.« Er schmatzte mir sogar ein Küsschen auf die Wange. Irgendwie fiel es mir leichter, zu trauern, seit mein Groll auf Hans Helmut langsam verflog. Immerhin war ich mit Hilfe seines Freundes hier zu einem vielversprechenden Neuanfang gekommen.

Zu Hause braute ich uns einen guten Kaffee, um die frostklammen Glieder zu wärmen. Silke bekam grünen Tee. Seit ich gelesen hatte, dass dieses Gesöff besonders viel Glutamat enthielt – ein Mittel, das im Verdacht stand, Migräne auszulösen –, ermutigte ich sie sehr zu dessen Genuss. Dazu gab es frisch gebackenen Allerheiligenstriezel aus Dinkelvollkornmehl (mit ein ganz klein wenig Weizen versetzt) mit Butter und hausgemachter Marmelade.

Ich wollte gerade den Tisch abräumen, als es klingelte. Wieland winkte ab, als ich öffnen wollte, und ging selbst zur Tür.

»Das ist aber nett! Kommt doch rein. Da wird sich Elli Grace aber freuen!«

Ich freute mich in der Tat, meinen Sohn wiederzusehen. Seit der Testamentseröffnung hatten wir nur sporadisch telefonischen Kontakt gehabt. Doris und Fippsi waren nur notwendiges Beiwerk, denn ich konnte Hannes leider nicht ohne sie haben.

»Wir waren am Friedhof, Mama«, sagte Hannes. »Schönes Grab.« Dann versagte ihm die Stimme. Im Gegensatz zu seiner Frau.

»Hallo. Alles neu hier?«, kommentierte sie die neue Wohnzimmeranordnung. Sie fasste an ein Windspiel.

»Nicht angreifen!«, rief Silke. »Das bringt Unglück!« Sie stellte sich unter das Mobile, faltete die Hände und murmelte dreimal: *»Om mani padme hum.«*

»Oh, entschuldige!«, wisperte Doris betreten. »Was Tibetanisches?«

»Feng-Shui stammt aus China«, erklärte Silke.

Wieland stellte seine Frau vor, während ich um zwei weitere Gedecke in die Küche ging.

»Wir haben gestern urviele Striezel gewonnen«, plapperte Doris und packte ganze sieben Stück aus.

»Du meine Güte!«, rief Silke. »Wer soll denn das essen?«

»Wenn du willst, können wir zusammen Striezel paschen!« Doris erklärte Silke den alten Weinviertler Brauch. »Und wer die meisten Punkte hat, gewinnt den Striezel.«

Silke war begeistert. Nicht nur wegen der Aussicht auf Abwechslung, sondern auch wegen Fippsi. »Gott, ist der süß! Was ist er denn für eine Rasse?«, rief sie aus, als er ihr schwanzwedelnd das Gesicht abschleckte.

»Ein Pekinese. Zumindest zu großen Anteilen«, sagte Doris stolz. »Und vielleicht noch was anderes Kleines. Meine Trainerin vermutet, ein Shih Tzu.«

»Ach, wie schön. Dann ist er auch noch Feng-Shui!«, rief

Silke. »Wieland. Ich möchte auch so einen kleinen Chinesen. Oder am besten gleich zwei!«

Mir gefror das Blut in den Adern. Zwei grabende Ungeheuer in meinem Garten? Das musste ich verhindern!

Doris und Silke waren jedenfalls ein Herz und eine Seele. Das war insofern sehr praktisch, als ich mich so eine Weile ungestört mit den beiden Männern unterhalten konnte. Leider hielt der Friede nur für kurze Zeit, denn bevor wir zum Striezelpaschen schreiten konnten, schnellte meine Besucherquote abermals in die Höhe.

Auch Lisbeth und Marion wollten mich an diesem Todesgedenktag nicht allein lassen.

»Was soll denn der ganze Firlefanz da?«, fragte Mama mit Blick auf Silkes hübsche Dekostücke. Als sie allerdings den Teppich im Tai Chi erblickte, stieß sie einen freudigen Pfiff aus und pflanzte sich sofort im Lotussitz darauf nieder. »Macht wer mit?«

Fippsi nahm als Einziger die Einladung an und zog bellend einen Kreis um sie herum.

»Warum zerstörst du deinen Energiefluss?« Silke starrte entsetzt auf Lisbeths Nasenpiercing.

»Hä?« Lisbeth umarmte mich herzlich. »Hallo, Mama. Was ist denn mit der Braut los?«

»Feng-Shui«, flüsterte ich.

»Dein Piercing ist horizontal«, sagte Silke. »Hast du da nicht dauernd Kopfweh?«

»Äh. Nein. Sollte ich das?«

»Na ja. Weil horizontale Piercings den Energiefluss im Körper stören. Aber vielleicht ist es da oben weit genug von deiner inneren Mitte entfernt. Hast du auch welche im Körper? Ich meine, in der Brust oder im Nabel?«

»Sorry«, meinte Lisbeth. »Ist das nicht ein wenig privat?«

»Ich hab eins«, sagte Mama. Sie stand gelenkig aus ihrer kompliziert aussehenden Yogaposition auf und lüftete ihren Pullover.

»Das geht«, sagte Silke zu ihr. »Senkrecht ist besser. Aber ich würde mir an deiner Stelle überlegen, ob du es wirklich brauchst. Ich meine, immerhin ist es doch ein Metall. Zusätzlich zu dem ganzen Elektrosmog. Das verhindert ja noch mehr, dass deine DNA sich selbst repariert. Und in deinem Alter braucht man das schließlich schon.«

Mama schaute irritiert drein. Ich konnte mir ein Grinsen nicht verkneifen.

Lisbeth klopfte ihrer Großmutter auf die Schulter. »Du wirst es überleben, Marion.«

Wieland hatte in der Zwischenzeit weitere Gedecke und einen Klappstuhl aus der Küche geholt.

»Haben wir keinen gleichen Stuhl mehr?«, fragte Silke bedrückt.

»Ich brauch eh keinen«, sagte ich schnell, um nur ja keinen Streit aufkommen zu lassen. »Ich muss sowieso in die Küche, schauen, was ich uns zum Abendessen zaubern kann.«

Eigentlich hatte ich Coq au Vin geplant, aber das Biohühnchen würde nur für drei reichen. Außerdem war Lisbeth ja Veganerin. Tiefkühlware durfte ich wiederum Silke nicht vorsetzen, weil sie keine Energie mehr enthielt.

In der Speisekammer kam mir dann eine Idee. Ich stellte einen riesigen Topf Erdäpfel auf, rührte zwei Packerl Topfen mit frischen Kräutern an und kochte ein paar Eier hart. Für die Tier-und-Sonstiges-Verweigerer gab es ersatzweise Seidentofucreme. Als Vitaminlieferant diente ein großer gemischter Salat. Voilà. Zufrieden betrachtete ich mein Werk. In kürzester Zeit ein Abendessen für sieben schwierige Esser gezaubert. Die meiste Arbeit war das Kartoffelschälen gewesen.

Im Wohnzimmer wurde gerade um den letzten Striezel gewürfelt. Günstigerweise hatte jeder einen abbekommen, der letzte ging auch noch an Silke, also nur zufriedene Gesichter. Schnell war der Tisch abgeräumt und fürs Essen gedeckt.

»Was gibt es denn Gutes?«, fragte Marion, die meine Kochkünste immer schon geschätzt hatte.

»Erdäpfel mit Topfen!«, rief Hannes erfreut. »Das ist ja wie früher.«

»Pellkartoffeln mit Kräuterquark? Ich soll doch keine Milchprodukte …«, motzte Silke.

Triumphierend stellte ich ihr das Schälchen mit der Tofucreme hin und bat Lisbeth, sich neben Silke zu setzen, damit sie sich die Creme teilen konnten.

Wieland zog sich den Klappstuhl heran. »Wie zu Hause. Das hatten wir mindestens dreimal die Woche.«

»In St. Pölten-Land?« Mama hatte sich tatsächlich gemerkt, wo Wieland seine Kindheit verbracht hatte.

»In einem Fünfzig-Häuser-Dorf in der Nähe von St. Pölten, ja«, sagte Wieland. »Meine Eltern waren recht einfache Leute. Aber ich hatte eine sehr schöne und unbeschwerte Kindheit.«

»Warum bist du dann weggezogen, wenn es dort so schön war?«, fragte Lisbeth, während sie genüsslich einen Erdapfel mit der Gabel zerdrückte und reichlich Margarine darauf verteilte.

»Keine Perspektiven«, sagte Wieland. »Damals war ja St. Pölten auch noch ein ziemliches Kaff. Wurde ja erst später zur Hauptstadt Niederösterreichs gemacht. Seitdem ist es dort sicher besser geworden. Schuldichte und so.«

»Hast du jemals daran gedacht, dorthin zurückzugehen?«

»Nicht ins Dorf«, antwortete Wieland. »Aber im Einzugsbereich von St. Pölten hab ich mich nach einer Praxis umgesehen. Ich wollte Silke aus der Großstadt rausholen. Wegen der Luft. Aber dann hat sich das hier zufällig ergeben …« Er lächelte mich an, dass mir warm ums Herz wurde.

Silke fixierte mich. Beinahe hatte ich den Eindruck, dass sie eifersüchtig war. »Du hast dich irgendwie verändert, Grace«, sagte sie plötzlich.

»Du hast abgenommen, stimmt's?«, fragte Doris.

Mama stimmte ihr zu.

»Du siehst wirklich extrem jung aus«, ergänzte Wieland.

Langsam staute sich Blut in meinem erstrafften Gesicht.

»Das ist sicherlich das phantastische Chi«, sagte Lisbeth.

»Meinst du? Ich hätte eher geglaubt, sie hat sich …«

»Noch jemand Salat?«, rief ich in die Runde und teilte die Reste auf alle auf.

»Euer Vater«, wandte Wieland sich an Hannes und Lisbeth. »Er hat mir einmal von seinem Keller vorgeschwärmt. Wisst ihr davon?«

Ich war zwar froh, dass er das Thema wechselte, aber Wielands Kellermanie ging mir langsam auf die Nerven. Zig Male hatte er mich deswegen gelöchert, mir wiederholt Fotos gezeigt, die er auf seinen Radtouren durchs Weinviertel in diversen Kellergassen geschossen hatte, ob mir nicht einer bekannt vorkäme. Mich interessierten Keller nicht, und ich wusste auch nichts von einem Familienerbe.

»Wieland«, fiel ich ihm ins Wort. »Ich hab dir schon so oft gesagt, Hans Helmut hatte keinen Keller. Sein Vater muss wohl mal einen besessen haben, aber den hat er offensichtlich schon vor meiner Zeit hergegeben.«

»Doch, Mama«, sagte Lisbeth. »Den Keller gibt es noch. Draußen bei den Linden. Weißt schon. Parallel zur Brünnerstraße.«

»Was? Dort haben wir einen Keller? Direkt an der Promillestraße?«, fragte Hannes erstaunt.

»Jep. Ganz am Ende der Kellergasse. Eigentlich schon ein Stückchen abseits«, sagte Lisbeth.

»Wusste ich's doch!«, rief Wieland triumphierend und klatschte mit der Hand auf den Tisch.

»Aber in der Erbmasse war kein Keller«, sagte ich patzig.

»Er gehört ja auch mir«, sagte Lisbeth.

»Aha? Und wieso hat der Hannes keinen?« Doris war auf einmal ganz hellhörig.

Hannes ignorierte seine Gattin. »Und wie kommst du an diesen Keller?«, fragte er.

»Der Opa hat ihn mir geschenkt, weil ihn der Papa wegreißen wollte. Das Herrichten hätte ihn zu viel gekostet. Sie sind ziemlich laut geworden damals, der Papa und der Opa. Wir waren im Pflegeheim auf Besuch. Und ich hab natürlich zum Opa gehalten. Ich solle mich da nicht einmischen, hat mich der Papa angefahren. Und da hat der Opa gesagt, dass er ihn auf mich überschreiben lassen wird, weil ich die einzige Vernünftige in der Familie wäre.« Lisbeth grinste. »Das hat er dem Papa zufleiß getan. Der hat nur gemeint, dass wir beide einen Vogel hätten und er keinen Cent für das Projekt lockermachen werde. Das war's.«

»Du musst mir beschreiben, wo genau der Keller ist«, sagte Wieland begeistert. »Den muss ich unbedingt genauer unter die Lupe nehmen. Vielleicht schaffe ich es sogar noch diese Woche. Warte mal!«, rief er und zückte sein Smartphone.

Lisbeth scrollte durch alle seine Kellerfotos, bis sie tatsächlich das Objekt der Begierde gefunden hatte.

»Wie romantisch!«, rief Wieland entzückt.

»Zeig mal her!«, sagte Silke, der schon langweilig wurde. »Was? Das soll romantisch sein, Wieland? Das ist ja eine Bruchbude! Alles schief und kaputt.« Sie schüttelte entsetzt den Kopf.

Ein Blick auf das Foto bestätigte mir Silkes Eindruck. Ich konnte Wielands Auffassung von Romantik in dieser Hinsicht auch nicht teilen. Dass Hans Helmut keinen Cent in die Renovierung dieses Lochs hatte stecken wollen, war nachvollziehbar.

Lisbeth beschrieb Wieland jedenfalls bereitwillig den Weg dorthin. »Aber erwarte dir nicht zu viel. Ganz unrecht hatte mein Vater nicht, dass sich eine Restaurierung da wohl kaum lohnt. Als Teenager sieht man so was halt mit anderen Augen. Trotzhaltung eben.«

»Dafür hab ich ein volleres Portemonnaie als ein Pubertier«, sagte Wieland und verzog seinen Mund zu einem Lächeln. »Ich bin einfach verliebt in eure Keller hier. Bei uns im Dorf gab's ja auch welche, aber die waren nicht so besonders. Wie der Wein auch. War ja vor dem Weinskandal, da wurde noch viel gepanscht.«

Hannes fachsimpelte daraufhin mit Wieland über die Qualität der Weine aus verschiedenen Regionen Österreichs. Die Gelegenheit nahm ich wahr, um das Geschirr wegzuräumen. Lisbeth half mir und spülte die Teller vor, damit ich sie in die Spülmaschine schlichten konnte.

»Du siehst wirklich toll aus, Mama. Die Witwenschaft tut dir anscheinend gut.«

»Ich hab viel zu tun. Das lenkt ab.«

»Dieser Wieland. Der ist irgendwie seltsam«, sagte Lisbeth plötzlich.

Ich richtete mich aus meiner gebeugten Haltung auf. »Du meinst wohl seine Frau, oder?«

»Silke? Na ja. Die auch. Die ist ein verwöhntes Weibchen. Aber menschlich ist sie in Ordnung. Mit ihm, da stimmt was nicht. Der ist mir irgendwie zu glatt.«

»Weil er sich für deinen maroden Keller interessiert?« Ich war richtig fremdbeleidigt. Lisbeth kannte ihn ja überhaupt nicht. Seine fürsorgliche Seite. Sein aufmunterndes Lächeln. Und seine Patientinnen vergötterten ihn schließlich auch.

»Das ist es nicht. Ich mein, für alte Keller interessieren sich viele Leute. Sind ja auch Kulturgut. Es ist etwas anderes. Nicht so richtig greifbar.«

»Nicht Feng-Shui vielleicht?«

Lisbeth lachte. »Wenn du so willst. Aber egal. Hauptsache, dir geht es gut.«

»Eben. Und jetzt lass uns wieder ins Wohnzimmer gehen, okay?«

Auch dort hatte sich die Stimmung etwas eingetrübt. Silke hatte sich aufs Sofa geworfen, Mama hatte Wieland in Beschlag genommen, und Doris und Hannes stritten über irgendetwas im Flüsterton. Fippsi knurrte.

»Ach, Grace«, seufzte Silke. »Könntest du deinen Gästen sagen, dass sie heimfahren sollen? Ich glaub, ich krieg eine Migräne.«

Alle verstummten und sahen mich fragend an.

»Ich wollte euch gerade Kaffee anbieten«, stammelte ich. »Aber den können wir auch drüben im Atelier zu uns nehmen, wenn es Silke nicht so gut geht.«

»Warum gehst *du* denn nicht einfach hinüber und legst dich schlafen, Silke?«, fragte Mama.

»Weil ich *hier* liegen will. In *meinem* Wohnzimmer.«

»Es ist nicht *dein* Wohnzimmer, Silke«, schalt Wieland. Er sah unglücklich drein.

»Aber wir haben doch getauscht«, sagte Silke mit weinerlicher Stimme. »Also *ist* es mein Wohnzimmer!«

»Kommt. Wir gehen!«, sagte ich zu meiner Familie.

»Es tut mir leid, Elli Grace«, sagte Wieland an der Türe. »Es war so ein schöner Nachmittag.«

Familiengeheimnisse

Ich sperrte schweigend das alte Haus auf und geleitete meine Familie nach oben.

»Die Treppe ist aber cool«, sagte Lisbeth.

»Aber nicht Feng-Shui«, konnte ich nicht umhin zu erwähnen. »Das Chi weiß gar nicht wohin vor lauter Drehungen.«

Die anderen schwiegen zunächst über den Vorfall. Immerhin wurde die Renovierung des Lofts bewundert, und ich durfte Kaffee zubereiten.

Doch dann fielen sie alle gleichzeitig über mich her.

»Weißt du, Mutti, das muss ich dir jetzt schon sagen«, schnaubte Doris. »Wir. Deine Kinder. Für uns hättest du das nicht gemacht. Das Haus geräumt, mein ich. Aber für diese wildfremden Leute ...«

»Erstens geht dich das nichts an, liebe Doris. Und zweitens sind es keine Wildfremden.«

»Doch. Ich mein, im Vergleich zu uns sind diese dahergelaufenen Piefke schon Fremde.«

»Wieland ist kein Piefke! Und wenn schon, was stört dich daran?«

»Na, weil es einfach ungerecht ist, und ... und ... und die haben nicht einmal einen Hund!«

»Die Situation ist jetzt auch eine ganz andere, Doris«, lenkte ich ein. »Finanziell gesehen.«

»Darum geht's aber nicht.«

»Worum sonst, liebe Schwiegertochter?«

»Ums Prinzip«, motzte sie.

»Natürlich geht's ums Geld«, fuhr ich sie an. »Wenn Wieland die Praxis nicht übernommen hätte, dann hätte ich weder das Wohnhaus noch die Ordination halten können.«

»Entschuldige, Mama, wenn ich dich korrigiere. Aber Doris hat schon irgendwie recht. Darum geht's zwar auch, aber nicht ausschließlich.«

Ich sah Lisbeth verdattert an. Gerade von ihr hatte ich nicht erwartet, dass sie sich auf Doris' Seite schlagen würde.

»Das mit der Praxis mag schon stimmen«, fuhr sie fort. »Aber merkst du denn nicht, wie die zwei dich ausnutzen?«

»Hör zu. Wieland hat mir aus der Patsche geholfen, und ich habe ihm geholfen. Die Umstände möchte ich nicht weiter erklären. Das ist Wielands Privatsache.«

»Du meinst den Wohnungstausch, oder? Das finde ich ja gar nicht das Ärgste. Aber du führst ihnen ja offensichtlich auch den Haushalt. Wer hat denn das Abendessen gekocht, ha? Das Geschirr weggeräumt? Oder seh ich das falsch?«

»Es ist ein Arrangement, Lisbeth. Und ich mach das quasi während der Arbeitszeit.«

»Mama, bitte! Heute ist zum Beispiel Samstag. Das Arrangement, wie du es nennst, ist eine Frechheit. Das ist praktisch wie früher, schnallst du das nicht? Wie du einfach alles gemacht hast. Dem Papa die Ordi organisiert, dann für alle schnell, schnell gekocht, geputzt, Hausübungen kontrolliert. Ich mein, was hat sich da groß geändert?«

Hannes stöhnte, was ihm einen fragenden Blick seiner Frau einbrachte. Ich lächelte in Erinnerung an die fürchterlichen Kämpfe, die wir beide zu seinen Volksschulzeiten beim Üben ausgetragen hatten.

Lisbeth blieb ernst. »Damals hast du nicht gelacht, Mama.«

»Geh«, brummte ich. »So schlimm war es nun auch wieder nicht.«

»Weil du es verdrängt hast. Du siehst die Vergangenheit völlig verklärt. Genau wie bei Papa. Jetzt, wo er weg ist, ist er ein Heiliger. Was er nicht war.«

Ich schaute sie erstaunt an. »Sorry, Lisbeth. Das stimmt nun wirklich nicht. Ich habe deinen Vater immer sehr realistisch gesehen. Auch jetzt noch. *Du* bist es, die ihn zu jemandem degradiert, der er nicht war. Er war ein Mensch mit Fehlern, aber er war kein Unmensch.«

»Genau!«, sagte Doris. »Das sagt der Hannes auch.«

Dieser zuckte bei Erwähnung seines Namens zusammen.

»Was ist?«, herrschte Doris ihn an. »Das hast du doch gesagt. Dass sie übertreibt, nur wegen einer Watschen.«

»Halt einfach deine Klappe, Doris. Die Watschen waren ja auch nicht das Schlimmste.« Lisbeth verdrehte die Augen.

Erschrocken drehte ich mich zu ihr. Es war nicht ihr aggressiver Ton, der mich ängstigte. Es war die Tatsache, dass es offensichtlich nicht Hans Helmuts Ausraster war, der sie aus dem Haus getrieben hatte. »Wenn es nicht wegen der Prügel war, Lisbeth, weshalb dann? Warum …«

»Ach, Mama. Die Schläge waren vielleicht der Auslöser, aber er …« Lisbeth fuhr sich mit der Zunge über das Piercing.

»Pack ruhig aus, Lisbeth«, ertönte Mamas Stimme aus dem Hintergrund. »Ich hab dir ja gesagt, sie weiß es wirklich nicht. Und ihn kann sie ja jetzt nicht mehr fragen.«

Ich schüttelte Lisbeth an den Schultern. »Was hat er dir angetan, Kind? Er hat dich doch nicht …? Ich meine, das hätte ich doch bemerkt!« Zitternd ließ ich mich in meinen Fernsehstuhl fallen.

Jetzt lachte Lisbeth heiser. »Du meinst, ob er mich missbraucht hat? Nein, da kann ich dich beruhigen. Er hat mich doch nicht mal in die Arme genommen.« Ihre Augen waren feucht geworden. Das übertrug sich auf mich. Dann auf Hannes. Es war wie ein Virus.

Trotzdem. Sosehr ich mit Lisbeth auch litt, weil sie von ihrem Vater zu wenig Zuneigung bekommen hatte, war ich doch immens erleichtert, dass er ihr wenigstens kein sexuelles Trauma angehängt hatte, von dem ich nichts wusste.

»Sagst du uns jetzt, was Sache ist, Lis?« Hannes schnäuzte sich und baute sich vor seiner Schwester auf, als ob er verhindern wollte, dass sie davonlief. Anscheinend hatte auch er keine Ahnung, worum es ging.

»Er war nicht grundsätzlich brutal, das stimmt schon. Die körperliche Züchtigung war auch ein Ausrutscher. Und – das weiß ich jetzt – sie war Ausdruck seiner Hilflosigkeit. Er konnte es vor sich selbst nicht zugeben, dass ich im Recht war.«

»Was? Jetzt einmal ehrlich. Du hast aus seiner Kassa geklaut, und jetzt bist du die Heilige?« Doris schnaubte wieder verächtlich.

»Doris, halt dich da raus!«, schrie Hannes.

Ihr Mund stand offen, aber es kam wenigstens nichts Dummes mehr heraus. Sie schnappte erst nach Luft, dann ihr Schoßhündchen und warf sich beleidigt aufs Sofa.

»Ich hab schon einmal gesagt, dass mir das Geld zustand. Viel mehr noch«, sagte Lisbeth. »Dieses Haus hier, in dem wir uns jetzt so nett versammelt haben, das gehört eigentlich mir. Oder hätte vielmehr mir gehören sollen.«

»Geh, bitte. Was soll denn das jetzt?« Doris hatte offenbar wieder genug Luft, um aufzuspringen.

»Vielleicht lässt du sie mal ausreden, Dosis?« Mama drückte ihre Schwiegerenkelin zurück aufs Sofa.

»Hannes! Mach was!«, rief Doris.

Doch der zuckte nicht einmal mit der Wimper. Seine Aufmerksamkeit richtete sich eindeutig nicht auf die schmollende Gattin, sondern auf seine Schwester.

»Der Opa wollte, dass es mir gehört. Er hat mir unter vier Augen angedeutet, dass er seinem Sohn nicht über den Weg traut. Papa würde mich nicht studieren lassen, weil ich ja in der Schule nicht so entsprochen hab. Er hielt es für eine Fehlinvestition. Und wenn mir das Haus gehören würde, hätte ich ihn in der Hand gehabt. Uni gegen Ordi.«

»Und Papa hat das gewusst?«

»Dass der Opa mir das Haus als Druckmittel schenken wollte, das nicht. Aber von der Schenkung prinzipiell hat er natürlich gewusst. Sie sollte mit Opas Ableben in Kraft treten. Er hat es ja eigenhändig unterschrieben. Im Heim. In Anwesenheit zweier Pflegerinnen als Zeuginnen.«

»Und warum hast du das Haus dann nicht geerbt?«

»Weil unser Vater, lieber Hannes, dieses Testament vernichtet hat.«

»Also das ist ja … Die Zeuginnen …«

»Ich hab damals alles versucht. Bin sogar zu so einem Ombudsmann bei Gericht. Aber der hat mir erklärt: Ohne Testament kann ich mich brausen gehen. So ein Letzter Wille kann ja jederzeit widerrufen oder geändert werden. Und wenn kein offizielles Dokument da ist – was bei mir der Fall war –, dann wird halt gesetzeskonform aufgeteilt und damit basta. Ich hätte den Wisch innerhalb einer sehr kurzen Zeit beschaffen müssen. Aber da war kein Testament mehr, dafür hatte der Papa schon gesorgt.«

»Aber das … Ich hatte ja keine Ahnung«, stammelte ich. »Warum hast du mir nichts gesagt?«

»Sorry, Mama. Ich dachte, dass ihr da gemeinsame Sache gemacht habt, du und der Papa. Erzieherische Maßnahme hat er es mir gegenüber genannt.«

Wir blickten einander fassungslos an. So viele Missverständnisse, die wir mit wenigen Worten hätten klären können.

»Ich hab's ihr immer wieder gesagt, dass du da nicht mitgemacht hättest, Elli, aber die Kleine war einfach so stur. Die hat da oben völlig dichtgemacht.«

Jetzt brannten bei mir endgültig die Sicherungen durch. »Mama! Sag bloß, Lisbeth war bei dir, als wir sie verzweifelt gesucht haben. Du hast damals abgestritten, dass du sie versteckt hältst. Ich hätte wissen müssen, dass du mich belügst!«

»Jetzt halt mal die Luft an, Elli. Ich war keine gute Mutter, okay. Aber ich hab dich nie belogen. Also nicht so richtig. Höchstens ein bisschen die Wahrheit verdreht. Lisbeth war nicht bei mir. Nicht, als du angerufen hast zumindest.«

»Hört auf zu streiten, bitte!« Lisbeth hatte sich ein Glas Wasser geholt. »Ich war ein paar Wochen in diesem Keller. Der Knacksi hat mir damals geholfen, ihn so halbwegs wohnlich herzurichten.«

»Wer ist jetzt wieder der Knacksi?« Doris hatte sich von ihrem Schock erholt.

»Ein Freund«, sagte Lisbeth knapp.

Ich erinnerte mich gut an diesen »Freund«. Ein ziemlich grobschlächtiger Bursche mit einer alten Bikerjacke. Wir hatten ihn beide nicht leiden können. Nicht gerade der Umgang, den man sich für seine Tochter wünscht. Hans Helmut hatte ihn dann auch eigenhändig hinausgeworfen, als er ihn und Lisbeth bei angeblich unzüchtigen Handlungen erwischt hatte. Ich hatte nicht viel nachgefragt, war froh gewesen, dass er nicht wiederkam.

»Da hätte Papa aber auch draufkommen können, dass du dich dort versteckt hältst«, warf Hannes ein. »Ich mein, er hat ja gewusst, dass dir das Loch gehört.«

»Ja, sicher. Nicht nur können, Hannes. Er stand in Wirklichkeit schon wenige Stunden nach meinem Abgang vor der Tür und wollte mich notfalls mit Gewalt mitnehmen, wie er sich ausdrückte. Aber der Knacksi hat sich vor ihm aufgebaut, und da ist er dann abgezogen.«

»Willst du damit sagen, dein Vater hat gewusst, wo du dich aufhältst? Ich hab vor Kummer kein Auge zugemacht. Wollte unbedingt zur Polizei.«

»Ich dachte, du wüsstest es auch.« Lisbeth kratzte sich verlegen am Kopf. »Der Hannes«, erzählte sie weiter, »der hat mich dann erwischt, wie ich noch einmal im Haus war, ein paar Sachen holen. Ich hab ihn fast anketten müssen, dass er nicht gleich in die Ordi rüberläuft.« Lisbeth grinste ihren Bruder an.

»Ach, wäre ich nur«, seufzte er. »Damit hätte ich Mama viel Kummer erspart.« Er strich mir liebevoll über den Arm.

»Dich trifft keine Schuld, Hannes«, sagte ich traurig. »Das geht allein auf meine Kappe. Ich hätte nicht auf Papa hören dürfen. Wenn ich zur Polizei gefahren wäre, hätte Papa Farbe bekennen müssen.«

»Aber es hätte nichts geändert«, schloss Lisbeth die Debatte. »Ich wäre nicht nach Hause zurück. Unter gar keinen Umständen.«

Das tröstete mich nicht im Mindesten. Im Gegenteil. Es fiel mir schwer, meine Scham zu verbergen. Wie musste sich das arme Kind gefühlt haben, dass ich nicht einmal versucht hatte, sie zur Heimkehr zu bewegen? Stattdessen hatte sie geglaubt, ich hätte sie absichtlich in so einem verfallenen Keller zurückgelassen. Als Strafe, weil sie in die Ordi-Kassa gegriffen hatte. War ich so eine Rabenmutter gewesen, dass sie mir das zugetraut hatte?

»Wir waren ganz schöne Idioten, was?«, sagte Lisbeth schließlich. »Kommunikation und Konfliktbewältigung waren wohl nie eine Familienstärke.«

»Wie lange hast du denn dort gehaust?«, fragte Hannes.

»Einige Wochen. Aber dann ist es richtig ungemütlich geworden in dem feuchten, zugigen Loch, und ich hab mich schrecklich erkältet. Der Knacksi wollte mich unbedingt nach Hause bringen. Aber ich hab ihn gebeten, dass er mich stattdessen zu meiner Großmutter nach Wien bringt.«

»Das hat er dann auch getan. Netter Junge übrigens. – Hast du hier auch noch was anderes als Kaffee zu bieten? Und ich mein jetzt nicht Kräutertee.« Mama hatte offenbar genug von Konfliktbewältigung.

Ich holte eine Flasche Grünen Veltliner aus dem Kühlschrank und verteilte Wielands teure Riedel-Gläser.

»Ich nicht, danke«, sagte Lisbeth. »Ich trinke keinen Alkohol.«

»Mir kannst du gerne ein Gläschen einschenken«, sagte Hannes sichtlich erfreut.

»Aber Hasi. Wer soll dann fahren?«

»Du natürlich! Oder willst du Fippsi ans Steuer lassen?« Mein Sohn, ich konnte es kaum glauben, warf seiner Frau den Autoschlüssel hin und nahm gelassen das volle Glas zur Hand. Schwenkte es, steckte die Nase hinein und nahm genüsslich einen Schluck. »Perfekte Säure. Leichtes Pfefferl, wie es sich für einen ordentlichen Grünen gehört. Schöner Abgang!«

Lisbeth hatte sich einen Apfelsaft eingeschenkt und drückte auch der verdutzten Doris ein Glas in die Hand. Ich stellte noch ein Schüsselchen Erdnüsse auf den Tisch (ein paar davon hatte ich erst kürzlich heimlich in ein Gemüsecurry gerieben), und so wurde es doch noch ein versöhnlicher Abend.

Selber schuld?

Lisbeths Geschichte war mir in der Nacht lange im Magen gelegen, genau wie die Erdnüsse und der Wein. So was gehört erst mal verdaut. Deshalb zog ich es vor, den Sonntag ohne Gesellschaft zu verbringen. Vom Fenster aus beobachtete ich, wie Wieland und Silke zum Mittagessen wegfuhren. Klar, ohne mich blieb der Tisch ja leer.

Lisbeths Beobachtung war nicht ganz aus der Luft gegriffen. Ja. Silke nutzte mich schamlos aus, aber ich tat es doch Wieland zuliebe. Und weil ich ihm dadurch näher sein konnte. Den ganzen Sonntag, den ich hauptsächlich auf der Couch verbrachte, fehlte er mir. Sein Lächeln. Sein Duft. Seine geschmeidigen Bewegungen.

Ich war selig, als er am nächsten Morgen wieder frisch-fröhlich in der Ordination erschien.

»Ach, Elli Grace. Ich beneide dich um deine Familie«, sagte er, noch bevor die erste Patientin auf seinem Stuhl Platz nahm. Er beugte sich zu mir in meine Koje, sodass ich sein wunderbares Parfum riechen konnte. »Ich hätte so gerne Kinder gehabt. Aber Silke. Sie kann keine …«

»Wegen der Medikamente, oder was?«, flüsterte ich ergriffen zurück.

»Auch. Aber … Na ja. Das ist eine längere Geschichte. Du, was ganz anderes, Elli Grace. Ich hab Silke eigentlich versprochen, sie heute Nachmittag mit nach Wien zu nehmen. Sie braucht was zum Anziehen für ihren ersten Weinviertler Winter, hat sie gesagt. Aber es geht ihr heute nicht so blendend. Ich finde, sie sollte lieber ruhen.«

»Ja?« Für einen kurzen Augenblick hatte ich gehofft, er wollte mich statt ihrer nach Wien mitnehmen. Natürlich völliger Blödsinn.

»Wenn du dich ein wenig um sie kümmern könntest, dann würde ich am Nachmittag zuerst diesen Keller genauer unter die Lupe nehmen, bevor ich nach Wien fahre. Vielleicht lohnt eine Restaurierung ja doch. Am Geld würd's nicht scheitern.«

Er strahlte mich an wie ein kleiner Bub unterm Christbaum. Wer würde bei so einem Blick nicht schwach werden? Mein Vorsatz, in Zukunft öfters Nein zu sagen, verpuffte wie Kerzenrauch. Ich hatte ja ohnehin nichts Besseres vor, konnte mich also getrost auch an meinem freien Nachmittag mit einer labilen Silke herumschlagen.

»Na gut«, seufzte ich. »Wir sollten sowieso den Speiseplan für die nächste Woche machen.«

Der Vormittag zog sich endlos dahin. Kleinkinder plärrten. Draußen war es finster, herinnen stickig. Mein Kopf tat mir weh, als wir uns an den Mittagstisch setzten.

Silke war wirklich richtig mies drauf. »Die Striezel von deiner Schwiegertochter. Die haben so verlockend gerochen, und ich *musste* einfach ein Stück kosten. Aber der Weizen!«, stöhnte sie. »Ständig musste ich aufs Klo in der Nacht.«

Na, wenigstens hattest du dann keine anderen Gelüste, dachte ich so bei mir, was kurzfristig meine Laune hob. Auch Wieland schien gut drauf zu sein.

»Zum Abendessen braucht ihr nicht mit mir zu rechnen. Könnte später werden«, sagte er, drückte Silke einen Kuss auf den Mund und verschwand fröhlich pfeifend, während ich den Tisch abräumte und die Nymphe, erschöpft vom Essen, das Sofa ansteuerte.

»Deine Tochter, Grace, wenn ich ehrlich bin …«, vermeldete sie aus ihrem Kissentempel. »Die richtet sich her! Echt hässlich. Dabei wäre die sicher hübsch ohne diese Metalldinger überall.«

Mit meinem kurzfristigen Stimmungshoch war augenblicklich Sense. »Geschmäcker sind eben verschieden, Silke. Ich finde, das geht dich nichts an«, blaffte ich zurück.

»Ich sag ja nur. Warum bist du denn gleich so eingeschnappt? Dir gefällt es doch auch nicht, oder?«

»Hör mal«, sagte ich und knallte unser Wochenplanheft vor ihr auf den Couchtisch. »Wollten wir nicht den Speiseplan für nächste Woche machen?«

Silke quälte sich demonstrativ leidend aus ihrer Liegeposition. Plötzlich starrte sie mich an. »Grace. Du hast nicht einmal mehr eine Zornesfalte. Wieland hat recht. Du schaust um zehn Jahre jünger aus. Wo hast du dir das machen lassen?«

»Wo hab ich was machen lassen?«

»Na, das Lifting. Botox? Hyaluronsäure?«

»Ich hab mir nichts machen lassen.«

»Geh, bitte. Erzähl das wem anders. Ich kenn das. Meine Freundinnen in Düsseldorf, die haben sich alle botoxen lassen.« Sie rollte besserwisserisch mit den Augen.

»Okay. Es ist Botox«, gab ich zu. »Aber ich hab es mir nicht machen lassen. Ich hab's mir selber gespritzt.«

»Nein! Das kannst du?«

»Offensichtlich. War keine große Sache. Ich komm ja aus der Medizin.«

»Und woher hast du das Zeug? Ich mein … Im Internet? Da würd ich so was sicher nicht kaufen. Wer weiß, was die dir da schicken.«

»Hab ich ja auch nicht. Ich hab's … ähm … hatte es zufällig zu Hause. Also wir, Hans Helmut und ich, wir hatten ein Medikament bestellt für eine Scheidenbehandlung.«

»Igitt! Du hast dir das Zeug für die Schamlippen ins Gesicht gespritzt?«

»Es ist nicht für Schamlippen, aber egal. Es war ja vorher nicht dort. Und die Substanz ist exakt dieselbe. Heißt nur anders.«

»Ehrlich?«

»Ja, ehrlich. Glaubst du, ich hau mir was Grausliches unter die Haut?«

Silke kratzte sich hinterm Ohr. »Hast du noch was davon?«

»Von dem Botox? Ja. Warum?«

»Für mich!« Sie strahlte mich an. Ihre Migräne schien wie weggeblasen.

»Das ist dasselbe Gift wie in meinen eingelegten Tomaten, Silke«, sagte ich. »So was willst du doch sicher nicht unter deine sensible Haut gespritzt bekommen, oder? Und Feng-Shui ist es garantiert auch nicht.« Ich konnte mir ein Schmunzeln nicht verkneifen.

Sie schaute mich eine Weile betrübt an. »Na ja«, sagte sie gedehnt. »Ich ess es ja nicht. Und … wenn meine Züge wieder ganz ebenmäßig sind, dann ist das bestimmt Yin Yang, oder?« Plötzlich verdüsterte sich ihr Gesichtsausdruck. Wie in Panik packte sie meine Hand. »Du *musst* es mir sogar spritzen, Grace. Bitte! Wenn ich alt ausseh, dann nimmt er sich eine Jüngere.«

»Geh, hör auf. Du hast ja noch nicht mal Falten!«

»Da! Da!« Silkes Nase fuhr mir fast ins Auge. Mit dem Finger tippte sie sich erst an den Hals, dann an die Stirn. »Alles runzlig!«

Ich schob sie von mir weg und musterte sie aus gebotener Distanz. Ihr Gesicht war makellos. Symmetrisch, harmonisch. Praktisch faltenlos. Keine Hautunreinheiten.

Ihr Finger klebte immer noch an der Nasenwurzel.

Und wieder einmal spülte mein Unterbewusstsein etwas in die Höhe, was ich nicht kontrollieren konnte. Mr. Spock, sagte es. Faszinierend!

Mit einem Mal wurde mir bewusst, dass ich mein Gesicht zwar niemals so ebenmäßig und jung hinbekommen würde wie Silkes, aber es lag sehr wohl in meiner Macht, in die entgegengesetzte Richtung zu arbeiten. Ich konnte ihr Lächeln einzementieren. Ihre Lippen aufblasen. Ihre Augenbrauen in die Höhe ziehen und sie zu einer Mrs. Spock machen. Sie ganz generell asymmetrisch erscheinen lassen.

»Okay. Ich mach's.« Meine Hand fuhr zum Mund. Hatte ich das wirklich gesagt?

»Grace, du bist die Beste!« Silke fiel mir um den Hals.

»Aber Wieland. Was wird Wieland dazu sagen?«, stotterte ich. Wenn er meine Absicht durchschaute, dann konnte ich mein ambitioniertes Projekt »Gatte ausspannen« gleich zu Grabe tragen.

»Der kommt heut eh spät heim. Er wird es nicht mitbekommen.«

»Was? Jetzt gleich?«

»Wieso nicht?«

Ja, wieso nicht? Zeit hatten wir genug. Nur, mit dem Nichtmitbekommen, da war sie auf dem Holzweg. Er sollte es sogar merken, das war ja der Sinn der Sache. Sie würde Blutergüsse haben, und spätestens in einer Woche würde sich ihr Gesicht zu einer schiefen Fratze verzogen haben. Die Schuld dafür durfte Wieland jedoch nicht bei mir suchen. Scheiße! Wie kam ich da wieder raus?

»Ach, Silke. Ich glaub, es geht doch nicht. Schau. Es ist zwar sehr unwahrscheinlich, aber es kann dabei natürlich auch was danebengehen. Deine Haut ist ja so sensibel. Was, wenn du beim Auge zum Beispiel einen kleinen Bluterguss davonträgst? Das kommt in den besten Häusern vor.«

»Stimmt!«, seufzte sie. »Die Klara. Also das ist eine Bekannte von mir in Düsseldorf. Die hat ausgeschaut, als ob ihr Heiner sie geprügelt hätte. Das Blaue war aber in ein paar Tagen wieder weg.«

»Ich weiß. Ist keine große Sache. Aber was sagen wir Wieland in so einem … äußerst unwahrscheinlichen Fall? Ehrlich, ich möchte das nicht verantworten müssen.«

»Du hast es mir gerade versprochen!« Silkes Teint rötete sich gefährlich.

Das kannte ich schon. Ein Zornesausbruch dräute.

»Wir sagen halt, dass es in einem Schönheitssalon passiert ist«, meinte sie patzig.

Ich schüttelte den Kopf. »Dann wird er den Salon verklagen wollen, das geht nicht«, bedauerte ich. Gleichzeitig begann es beim Gedanken an einen Schönheitssalon, in meinem Hirn zu rattern. Was soll ich sagen? Meine dunkle Seite hatte im Nu eine traumhafte Lösung parat. »Botoxparty! Du warst auf einer Botoxparty in Znaim!«, rief ich erleichtert. Ich war so stolz auf meinen Einfall. Mein Unterbewusstsein hatte wieder einmal hervorragende Arbeit geleistet.

»Ich hab geglaubt, *du* machst mir das. Jetzt kenn ich mich gar nicht mehr aus!« Silke zog eine Schnute wie ein trotziges Kind.

»Ja, eh. Das ist nur für den Fall, dass du eine Notlüge brauchst.

Weil, falls man von der Behandlung wirklich was sieht, dann sagst du Wieland, dass du bei einer Botoxparty in Znaim warst.«

»Jetzt versteh ich! Das ist genial, Grace.« Silkes Gluten- und Wutzustände hatten sich angesichts der hübschen Aussichten nun vollends gelegt. »Mach schon! Hol das Zeug rüber!«

Schönheit muss sterben

Ich schickte Silke ins Badezimmer zum Abschminken, außerdem sollte sie sich etwas Bequemes anziehen. Währenddessen lief ich in meine Wohnung hinüber und packte alles Notwendige in ein Köfferchen. Aus der Ordination stibitzte ich mir Desinfektionsmittel, OP-Handschuhe und ein paar Einwegspritzen. Die Nadeln waren zwar etwas länger als die für Schönheitsinjektionen, aber ich war ja ein Profi. Abgesehen davon würden Ausrutscher nicht nur harmlos, sondern nachgerade erwünscht sein. Ich grinste schadenfroh in mich hinein, als ich die Gartentüre hinter mir zudrückte. Umso heftiger erschrak ich, als sich Wielands Sportschlitten neben mir einbremste.

Er ließ sein Fenster hinunter. »Willst du verreisen?«, fragte er mit Blick auf das Köfferchen.

»Ach, du bist's«, stammelte ich. »Äh … Ah … Altkleidersammlung. Ich bring noch ein paar alte Klamotten weg. Apropos Klamotten. Silke geht's wieder besser, sie will doch noch Einkaufen fahren.« Es konnte ja nicht schaden, schon etwas für die Ausrede vorzubauen.

»Nicht mit mir!«, rief Wieland entsetzt.

»Nein, nein. So war das nicht gemeint«, beruhigte ich ihn. »Wir fahren in die Excalibur City. Ins Outletcenter. Hinter der Grenze.«

»Ach so. Macht das nur.« Wieland stieg aus dem Wagen und strich sich mit gespreizten Fingern eine Locke aus dem Gesicht.

»Und? Wie ist er so, der Keller?«, fragte ich, um von meinem Köfferchen abzulenken.

»Puh. Der ist doch schlimmer beisammen, als ich gedacht hab«, sagte er. »Obwohl. Das Innenleben ist nicht mal so schlecht.« Er grinste. »Schauen wir mal.«

»Fährst du denn heute nicht mehr nach Wien?«, fragte ich, als er sich in Richtung Ordination bewegte. Mein Antischönheitsprogramm hing wieder an einem dünnen Faden. Wenn der jetzt dablieb, musste ich womöglich wirklich mit einer übel gelaunten Silke auf Shoppingtour fahren.

»Doch, doch«, murmelte er. »Ich muss noch ein wenig Papierkram erledigen, danach fahr ich nach Wien. Viel Spaß beim Shoppen!«

Silke kauerte bereits abgeschminkt im Fernsehsessel, blass wie ein Vampir, der flauschige Jogger um mindestens zwei Nummern zu groß. »Zerbrechlich« war das Wort, das mir spontan dazu einfiel. Das war es, was den Beschützerinstinkt in ihrem Mann auslöste. Diesen Mechanismus galt es zu knacken. In wenigen Tagen würde er begreifen, dass Schönheit mehr war als bloßes Weibchengetue. Wenn Silke ihn mit einer grotesken Fratze anstarren würde, anstatt ihr Kindchenschema auszuspielen, was blieb dann Positives von ihr übrig? Ha! Silke würde sich ihre Minimalfältchen noch zurückwünschen!

»Und du bist dir ganz sicher, dass du das machen willst?« Ich legte die Spritzen auf den Tisch.

»Ja. Ich will ein glattes Gesicht, Grace. Wieland soll mich ansehen und denken: Gott, sieht meine Frau jung aus. Und nicht: Mensch, die wird immer älter und faltiger«, sagte sie weinerlich.

»Du weißt, dass Fehler passieren können?«

»Ja, Grace, ich hab's verstanden. Können wir jetzt endlich anfangen?« Silke zwirbelte ungeduldig eine ihrer goldenen Haarlocken.

»Gleich. Wie schmerzempfindlich bist du denn, Silke? Es ist unabdingbar, dass du bei der Prozedur komplett ruhig bleibst, weil, wenn du dich ruckartig bewegst oder zusammenzuckst, dann könnte ich danebenstechen. Und das wollen wir ja nicht, oder?«

»Tut es denn sehr weh?«

»Wie eine Spritze halt wehtut. Wie verträgst du denn Impfungen im Allgemeinen?«

»Schlecht«, hauchte sie und wurde noch blasser um die zusammengepressten Lippen.

»Möchtest du ein Beruhigungsmittel nehmen?« Jetzt war ich diejenige, die die Sache nicht mehr abblasen wollte.

»Oh ja, bitte!«

»Was hast du denn im Haus?«

»Meinst du jetzt Schlaftabletten oder Psychopharmaka?«

»Gib mir mal deine Hausapotheke.« Ich wusste, dass Silke eine Menge Zeug vorrätig hatte. Irgendwas Passendes würde ich schon finden.

»Ach«, jammerte sie. »Ich sitz schon so gut. Das Medikamentenkörbchen ist oben im Badezimmer. Im Alibert gleich rechts. Würdest du so lieb sein und es holen?« Sie klimperte kokett mit ihren Wimpern.

»Aber natürlich«, sagte ich lächelnd. Bald wirst du nicht mehr klimpern können, schönes Kind!

Ich bemühte mich also nach oben. Im Badezimmer kriegte ich beinahe einen Schreikrampf. Schrecklich, wie es hier aussah! Ein Badetuch lag achtlos vor der Dusche. Sollte das etwa Feng-Shui sein? Das arme Chi! In der Wanne war deutlich ein Schmutzrand zu erkennen, und es sah aus, als ob gerade ein Langhaardackel darin geduscht hätte. Meine wunderschönen Mintfliesen waren mit Kalkflecken versaut.

Ich wandte mich mit Grauen ab und dem Waschbecken zu. Am Beckenrand lagen noch die schmutzigen Wattepads vom Abschminken. Zeit, dass hier wieder die rechtmäßige Hausfrau das Zepter übernahm!

Seufzend versuchte ich, die Hundertschaften von Fingerabdrücken, die die Spiegeltüren des Aliberts verunzierten, zu ignorieren. Die hatten seit meinem Auszug keinen Putzlappen mehr gesehen. Am liebsten hätte ich sofort zu einem solchen gegriffen. Stattdessen zog ich mit zwei Fingern die Türe auf. Es duftete nach Wielands Aftershave! Mit zitternden Fingern nahm ich das Arzneimittelkörbchen an mich und trug es ins Wohnzimmer.

»Wogegen nimmst du denn Oxycodon?« Soweit ich wusste, war das eines der stärksten Schmerzmittel, das derzeit im Umlauf war.

»Das gibt mir Wieland, wenn ich sehr verspannt bin und meine Rückenschmerzen zu arg werden. Das würde ich lieber nicht nehmen, Grace. Da hab ich nachher immer so starke Kopfschmerzen und kann tagelang nicht aufs Klo.«

»Das kommt eh nicht in Frage. Da müssten wir ja mindestens eine Stunde warten, bis es wirkt. Das hier ist perfekt.« Ich nahm eine Schachtel Valium aus dem Korb.

»Ah, die sind super und gut verträglich. Wie viele soll ich nehmen?« Silke hatte anscheinend keinerlei Skrupel, ihren sonst so fragilen, unverträglichkeitsgeplagten Körper mit süchtig machenden Benzodiazepinen zuzumüllen.

»Wie viele nimmst du denn üblicherweise zum Einschlafen?«

»Eine.«

»Und das wirkt wie schnell?«

»Keine Ahnung. Danach schaue ich selten auf die Uhr.«

»Also recht flott. Das ist gut.« Ich studierte kurz den Beipackzettel.

»Man kann bis zu zwei auf einmal nehmen, steht hier. Das wird dich in einen tiefen Schlaf versetzen.«

»Und wenn ich aufwache, bin ich schön!«, seufzte Silke. Routiniert schluckte sie die beiden Pillen hinunter und spülte mit Wasser nach.

Ich überzog den Fernsehsessel mit einer Papiermatte aus Ordi-Beständen, dann durfte Silke wieder Platz nehmen und die Rückenlehne in Liegeposition hieven.

Zur Sicherheit wollte ich noch die Haustüre absperren, damit wir auch garantiert nicht gestört würden. Zeugen meines bösen Spiels konnte ich wirklich nicht gebrauchen. Ich warf einen prüfenden Blick nach draußen. Wielands Agera stand noch auf der Straße. Da fiel mir ein, dass ich ihm ja vorgelogen hatte, wir würden nach Tschechien fahren.

»Hör mal«, sagte ich zu Silke. »Bevor wir beginnen, fahr ich lieber noch das Auto in eine Seitengasse. Damit Wieland glaubt, wir wären schon weg.«

Silke nickte huldvoll. »Wenn du meinst«, sagte sie und gähnte.

Als ich von meiner Alibiaktion zurück war, empfingen mich esoterische Klänge aus den Lautsprecherboxen. »Was ist denn das für ein Gewinsel?«, stöhnte ich.

»Ich hab mir was Beruhigendes aufgelegt«, erklärte Silke beleidigt.

Sie zeigte sich aber sofort wieder versöhnt, als ich mit einem Brauenstift die Punkte in ihrem Gesicht anzeichnete, wo ich angeblich stechen würde. Dann zeigte ich ihr das Ergebnis meiner Malkünste im Handspiegel. Wie beim Friseur. Anhand meines Botoxatlas erklärte ich, was danach in ihrem Gesicht passieren würde. Zumindest so ungefähr. Es interessierte sie sowieso nicht die Bohne, aber mein Gelabere wirkte mindestens genauso einschläfernd auf sie wie das Klangschalengedudel. Als die Kombi von technischem Geschwafel, Harfenklängen und Valium Silkes Lider schließlich zu Fall gebracht hatte, zog ich meine Handschuhe über und richtete die Spritzen her. Derweilen war draußen ein Sturm aufgekommen. Die ersten Regentropfen klatschten ans Fenster. Ich lächelte. Wie in einem Frankenstein-Film!

»Dann wollen wir mal!«, sprach ich mir Mut zu. Es donnerte.

Von Silke kam keine Reaktion mehr.

Ich fing wie geplant mit den Zornesfalten an. Schon die ersten Quaddeln setzte ich wild durcheinander in ihre Stirn. Statt mit dem Wattepad die Einstiche zu kühlen, wischte ich die gemalten Punkte weg, von denen ich keinen einzigen getroffen hatte. Mit großem Genuss setzte ich noch zwei riesige Quaddeln oberhalb der Augenbrauen. Das würde einen phantastischen Mr.-Spock-Effekt ergeben. Darauf freute ich mich schon ganz besonders.

Silke döste unwissend vor sich hin, während ich ihre Krähenfüße seitlich der Augen drangsalierte. Völlig asymmetrisch und mit forschem Impuls, Blutergüsse waren vorprogrammiert. Sie würde sich ein paar Tage hinter einer großen Sonnenbrille verstecken müssen. Die erste Ampulle war damit verbraucht. Sie hätte auf einer Botoxparty locker für vier Damen gereicht.

Ich zog erneut eine Spritze auf und zupfte Silkes Halsmuskeln zurecht, dann machte ich mit dem Brauenstift ein paar Striche, um zu markieren, wohin ich treffen sollte. In diesem Falle ja wirklich. Abgesehen davon, dass die Asymmetrie am Hals kaum zur Geltung käme, war mir schon klar, dass ich mich so weit wie möglich von den Schluckmuskeln fernhalten musste. Der Schiefhals saß mir noch im Nacken, und ich wollte Silke ja schließlich nicht umbringen.

Die linke Seite hatte ich in Kürze mit Bravour gemeistert. Was war an mir doch für eine Ärztin verloren gegangen! Ich setzte entsprechend frohgemut die Spritze auf der rechten an – bald würde ich mein Meisterwerk vollendet haben –, als plötzlich ein Schatten über meine Patientin fiel. Erstaunt hob ich den Kopf – und blickte direkt in die Fratze eines Monsters.

Ich schrie auf. Die Kreatur starrte mich mit großen Augen an und drosch mit ihren riesigen Pratzen gegen das Fenster. Gleich würde sie die Scheiben einschlagen. Selbst Silke fuhr aus ihrer Trance hoch, wandte ihren Kopf ebenfalls in Richtung Fenster. Für einen kurzen Moment tauchte ein Blitz die Fratze in grelles Licht. Und da passierte es.

Silke schlug die Hände vors Gesicht und riss ihren Kopf in meine Richtung, wodurch ich ihr die Spritze tief in den Hals rammte. Ich zog sie wieder heraus, ohne jedoch meinen Blick vom Fenster zu lösen. In der Zwischenzeit war das Monster nämlich etwas zurückgetreten. Dadurch spiegelte das Glas nicht mehr so stark, und ich konnte ein menschliches Gesicht erkennen. Eines, das mir bekannt war. Eine Tatsache, die keineswegs zu meiner Beruhigung beitrug: Es gehörte diesem großen, tätowierten Chinesen, der am Tag von Hans Helmuts Tod vor meiner Türe gestanden hatte. Der kleine reichte wohl nicht bis zum Fenstersims hinauf. Der große winkte noch einmal heftig, dann verschwand er von der Bildfläche. Ich starrte immer noch zum Fenster, außer Regenschlieren war nichts mehr zu erkennen.

Silke neben mir schnaufte und hyperventilierte. Auch mich überfiel die Panik. Ich rannte in die Küche und suchte nach einem Papiersack, um Silkes Schnappatmung zu beenden. In der Hektik konnte ich keinen finden, deshalb trennte ich als Ersatz einen Müllsack von der Rolle. Kaum hatte ich wieder einen Fuß ins Wohnzimmer gesetzt, ereilte mich der nächste Schock, und ich war drauf und dran, selbst in den Sack zu hecheln. War ich jetzt auch schon hysterisch?

Aber ich bildete es mir nicht ein. Ich hatte Geräusche aus

dem Vorzimmer vernommen. Ich drückte Silke den Müllbeutel in die Hand, damit sie ihre Atmung selbst in den Griff bekam. Ich musste nachschauen gehen. Da war eindeutig ein Kratzen an der Tür. Es knackte im Schloss. Der Türknauf drehte sich!

Ich sprang zurück, stürmte, ohne mich weiter umzublicken, durchs Wohnzimmer in die Küche und verschanzte mich in der Speisekammer. Mein Herz raste. Das Blut schoss an meinen Gehörgängen vorbei wie ein tosender Wasserfall. Es war so laut, dass ich zunächst nichts anderes mehr hören konnte. Sehen konnte ich sowieso nichts in der Kammer. Nur durch einen kleinen Spalt unter der Tür fiel ein wenig Licht herein.

Als meine Augen sich langsam an die Dunkelheit gewöhnt hatten, beruhigte sich auch mein Herzschlag, und es drangen endlich wieder Geräusche von draußen an mein Ohr.

Ich hatte keine Ahnung, wie lange ich da gestanden hatte. Waren es Sekunden oder Minuten gewesen? Ich zitterte am ganzen Körper, als ich es wagte, mein Ohr an die Türe zu legen. Silkes Schnaufen war noch da. Es trug jedoch ebenso wenig zu meiner Beruhigung bei wie dieses esoterische Harfengezupfe im Hintergrund. Am liebsten wäre ich ins Wohnzimmer gelaufen und hätte den Arm vom Plattenspieler gerissen. Allein dazu fehlte mir der Mut!

Und dann schallte dieser markerschütternde Hilfeschrei durchs Haus. Ich werde ihn in meinem Leben nie vergessen.

»HILFE! Er …«

Irgendetwas schepperte. Mein Gott! Was machten die Kerle mit ihr? Mein Blutstrom wurde wieder lauter. Ich atmete in den Bauch. Jetzt nur keine Panikattacke!

Verzweifelt tastete ich nach einem Schild oder einer Waffe, mit der ich mich verteidigen konnte. Gut, dass Silke wenigstens hier in der Speisekammer meine praktische Ordnung beibehalten hatte. So war alles an seinem Platz. Der Fünf-Liter-Frittieröl-Kanister würde vielleicht die eine oder andere Kugel abfangen können. Ich schob ihn mit dem Fuß an die Tür. Den Wok könnte ich vor meine Brust halten oder zur Not aufsetzen. Ich musste mich auf die Zehenspitzen stellen und mich nach oben recken, um an ihn heranzukommen. Leider stieß ich dabei den Putzkübel um, der wiederum an den Ölkanister knallte. Den Wok, der sich dabei vom Regal löste, konnte ich gerade noch auffangen, aber das Atemanhalten hätte ich mir sparen können. Der Krach war zu hören gewesen. Scheiße! Jetzt war ich dran!

Aber nichts passierte.

Ich hielt den Atem dennoch automatisch weiter an wie ein Apnoetaucher. Keine Schritte oder andere Geräusche des Herannahens. Schließlich holte ich vorsichtig Luft. Es nützte ja nichts, wenn ich hier herinnen erstickte, während draußen die Verbrecher ihr Unheil trieben.

Behutsam tastete ich nach dem Nudelwalker in Greifhöhe. Der könnte im Nahkampf hilfreich sein, und er fiel mir gottlob nicht aus der Hand! Wonach suchten die Kerle überhaupt? War es das, hinter dem sie schon damals in der Ordination her gewesen waren? Hatte Hans Helmut am Ende doch nicht Selbstmord begangen, sondern durch fremde Hand sein Leben lassen müssen?

Aus dem Wohnzimmer war mittlerweile kaum noch ein Geräusch zu vernehmen, selbst die Harfenklänge waren verstummt. Nur der Regen prasselte leise an die Fensterscheiben.

Warum bloß war es so still? Was hatten die Kerle Silke angetan?

Von einem Moment auf den anderen schlug meine ganze Abneigung gegen Silke in Mitleid um. Ich bereute bitterlich, was ich gerade zuvor in ihrem Gesicht angestellt hatte. Schließlich hielt ich es in meinem Versteck nicht mehr aus. Ich musste nach dem Rechten sehen, das war ich Silke schuldig. Überhaupt. Was würde Wieland von mir denken, wenn ich seine Frau in der Not hängen ließ?

Vorsichtig steckte ich den Kopf durch die Tür. Kurzfristig vergaß ich Silke vor lauter Zorn wegen dieser schrecklichen Unordnung, die sich mir im Wohnzimmer bot. Wie nach einem Wirbelsturm. Verdammte Einbrecher! Auch der Safe stand offen.

Dann entsann ich mich wieder meiner eigentlichen Mission, Silke beizustehen.

Sie saß auffallend ruhig im Stuhl. Ihr Kopf war leicht nach vorne gebeugt.

»Silke?« Ich lief zu ihr und drehte den Stuhl zu mir. Ihr Gesicht war blau angelaufen.

Nein! Das durfte nicht sein!

Ich zerrte sie vom Sessel und legte sie auf den Boden. Begann mit Beatmung und Herzmassage. Ich pumpte und blies. Pumpte und blies. Die Anstrengung setzte mir zu. Selbst bis dreißig zu zählen fiel mir schwer. Irgendwann streikte mein Körper. Ich richtete mich auf und schaute Silke minutenlang an. Sie sah trotz ihrer blauen Haut so friedlich aus. Keine äußeren Verletzungen waren zu sehen. Ich versuchte, die Erkenntnis, die mein Hirn mir aufdrängte, zu ignorieren. Ohne Erfolg. Die Wahrheit lag offen vor mir. Die Einbrecher hatten ihr nichts getan. Sie war schlicht und einfach erstickt.

Erschöpft legte ich mich neben die Tote. Tränen liefen mir übers Gesicht. Denn eines war mir nun völlig klar geworden: Auch wenn mir die Chinesen den Schrecken eingejagt hatten, der letztlich zu diesem unglücklichen Stich geführt hatte, auch wenn sie Silke hätten retten können, während ich mich feige in der Speisekammer versteckt gehalten hatte – sie waren nicht ursächlich an Silkes Ableben schuld. Ich war es gewesen, die Silke das Botox gespritzt hatte.

Sie hatte nicht hyperventiliert, wie ich fälschlicherweise angenommen hatte. Sie hatte nach Luft gerungen, weil das Botox ihren Schluckmuskel gelähmt hatte. Ich hätte die Spritze mit der langen Nadel nicht verwenden dürfen. Nicht umsonst bevorzugten sie in der Schönheitsbehandlung die extrakurze Version. Selbst wenn ein Stich danebengeriet, würde er keinen großen Schaden anrichten. Anders hier und heute. Silke würde als erste dokumentierte Botoxleiche in die Geschichte der ästhetischen Medizin eingehen. Die erste Märtyrerin, die für die Schönheit ihr Leben lassen musste. Und ich hatte sie auf dem Gewissen.

Reue

Reue ist eine Einsicht, die immer zu spät kommt, auch wenn die Religion etwas anderes behauptet. Niemand, wirklich niemand, würde mir je Absolution erteilen können. Es half auch nicht, dass ich Silke nicht vorsätzlich umgebracht hatte – ich hatte fahrlässig und böswillig gehandelt. Ich verdiente den jahrelangen Knast, den man mir unter Garantie aufbrummen würde. Erschüttert betrachtete ich mein Werk, das Häuflein Elend, das hier am Boden lag. Wie würde Wieland auf Silkes Tod reagieren?

Beim Gedanken an den geliebten Mann krampfte sich mein Magen zusammen. Mein Gott, was hatte ich ihm angetan? Meinem Retter! Er war für mich da gewesen, als ich ihn gebraucht hatte. Hatte mir Trost zugesprochen, mir Hoffnung gegeben, als ich am Boden gewesen war. Zum Dank hatte ich ihm nun denselben unter den Füßen weggezogen. Geschah mir recht, wenn er in Zukunft kein Wort mehr mit mir sprechen würde.

Die Blaufärbung in Silkes Gesicht ging langsam zurück. Bald würde sie wie ein friedlich entschlummerter Engel aussehen. Auch meine Botoxbehandlung würde keine Wirkung mehr zeigen. Immerhin. Sie würde eine schöne Leiche abgeben.

Seufzend rappelte ich mich hoch. Zeit, die Polizei zu rufen. Dann würde der Horror ein Ende haben.

Der Klang der Türglocke ließ mich zusammenfahren. War die Polizei schon da? Unsinn. Woher hätten sie wissen sollen, dass hier soeben ein Verbrechen geschehen war? Waren womöglich die Chinesen zurückgekommen? Aber auch das war unwahrscheinlich. Die hatten sich das höfliche Klopfen doch schon lange abgewöhnt. Trotzdem ergriff ich zur Sicherheit eine dieser hässlichen Melanzani vom Vorzimmertischchen, bevor ich die Tür öffnete.

»Was willst du denn mit diesem grässlichen Gemüse?«, fragte Mama.

»Ich … Ach. Du bist's!«, rief ich erleichtert.

»Du könntest auch mal an dein Handy gehen!« Mit einem vorwurfsvollen Blick schüttelte sie ihren Schirm aus, dass das Wasser nur so spritzte. »Du hättest mich vom Bahnhof abholen können. Und ich hätte nicht stundenlang vor deiner Wohnung im Regen warten müssen.«

»Silke und ich. Wir hatten was … Wir wollten heute zusammen …«

»Willst du nun mit mir rüberkommen oder mich wenigstens reinlassen? Ich bin patschnass!« Mama drängte mich ungeduldig zur Seite. »Deine Silke wird schon nichts dagegen haben, wenn ich euch Gesellschaft leiste. Vielleicht spendiert sie mir sogar eine Tasse Tee?«

»Lass ihn bitte draußen«, sagte ich mit Blick auf den Schirm, ohne auf Mamas Frage einzugehen. Wie ein Roboter nahm ich ihr den Knirps ab, spannte ihn wieder auf und stellte ihn neben die Türe zum Abtropfen. Mama hatte bereits ihre Jacke an den Ständer gehängt. Wortlos streckte ich ihr zwei Hausschlapfen hin.

»Das ist dir wichtig: Hausschuhe!«

»Dann lass es eben. Ich hab im Moment andere Sorgen, Mama.« Meine Anspannung wich einem Zittern.

»So schaust du auch aus«, sagte sie, während sie ihre Schuhe nun doch abstreifte und in die Pantoffeln schlüpfte. Ihr forschender Blick wurde erst milder, dann vermeinte ich sogar, Sorge darin zu entdecken. »Was ist los?«

Ich brachte keinen Laut hervor. Deutete einfach in Richtung Wohnzimmer.

Selbst meiner abgebrühten Mutter entfuhr ein Schrei. »Was ist passiert, um Gottes willen? Ist sie … Ist sie tot?«

Ich nickte.

»Einbrecher?«

»Das auch.«

»Was soll das heißen?«

Verzweifelt packte ich Mama an den Schultern und schüttelte sie. »Ich war's. Ich hab sie umgebracht.«

»Willst du mir erzählen, was passiert ist?« Sie steuerte auf das Sofa zu. Ich grapschte ihr T-Shirt und hielt sie zurück. »Ich weiß nicht, ob wir nicht lieber hierbleiben sollten«, stammelte ich. »Die Spurenlage. Die Polizei. Sie werden mit uns schimpfen, wenn wir die Beweise verwischen.«

»Wie du meinst.« Mama trat zurück ins Vorhaus und ließ sich auf der Sitztruhe nieder. Sie deutete neben sich.

Ich kam ihrer Aufforderung nach und setzte mich zu ihr. So brauchte ich ihr während meiner Erzählung wenigstens nicht in die Augen zu schauen.

Es war nicht einfach, meiner Mutter alle Details verständlich zu unterbreiten. Schließlich musste ich ihr nicht nur erzählen, was heute passiert war, sondern auch diesen Chinesenbesuch am Tag von Hans Helmuts Tod erläutern.

»Warum hast du denn damals nichts gesagt?«, fragte sie völlig entgeistert. »Die waren doch hochgradig verdächtig.«

»Das weiß ich jetzt auch«, versuchte ich mich zu verteidigen. »Zuerst war ich unter Schock und hab schlichtweg darauf vergessen. Während der Befragung am nächsten Tag hat es sich einfach nicht ergeben. Und überhaupt hat mich dieser besserwisserische Inspektor genervt mit seinen Verdächtigungen, da hab ich mir gedacht, soll er es doch selber rausfinden, der Herr Oberg'scheit. Und dann hab ich sowieso Hans Helmuts Abschiedsbrief gefunden. Damit war die Sache für mich erledigt. Es gab keinen Kriminalfall.«

Mama seufzte. »Und du hast ehrlich keinen Zusammenhang gesehen? Hast du dich denn niemals gefragt, warum er sich umgebracht hat?«

»Nein. Also zumindest nicht, was den Zusammenhang betrifft. Und über Hans Helmuts Abgang wollte ich erst gar nicht nachdenken. Außerdem. Beim Begräbnis. Da hat Wieland mir ja von seinen Schulden erzählt. Damit war für mich offenkundig, dass das sein Motiv war. Stand ja auch irgendwie so in seiner E-Mail.« Ich schluckte. »Ich hatte keine Ahnung, was die Chinesen von Hans Helmut gewollt haben könnten. Ich ... Ich hab's verdrängt. Vielleicht hatte er ja auch bei ihnen Schulden?« Ich sackte immer mehr in mich zusammen.

»Hast du diesen Inspektor eigentlich schon angerufen, Liebes?«

»Nein. Das wollte ich gerade tun, als du angeläutet hast.«

»Das ist gut!«, sagte Mama.

»Wie meinst du das?«

»Ich hätte da so eine Idee.«

»Geht das auch konkreter?«

Mama war aufgesprungen. »Hör mal«, sagte sie aufgeregt. »Wenn ich das richtig verstanden hab, dann wolltet ihr beide heute offiziell in die Excalibur City fahren, um euch schön machen zu lassen?«

»Also offiziell wollten wir shoppen. Wir wollten uns dann für eine Stunde oder so trennen. Silke würde später gestehen, dass sie auf einer Botoxparty war.«

»Gut. Das können wir lassen«, murmelte sie.

Ich sah sie fragend an.

»Dann seid ihr nach Hause gefahren, weil Silke sich nach der Tortur nicht wohlgefühlt hat. Sie hat sich in den Fernsehsessel gesetzt und ein Valium genommen. Du bist rüber in deine Wohnung und hast ... Was weiß ich. Ferngeschaut, gelesen, Essen gekocht. Und dann bin ich auf Besuch gekommen.«

»Du meinst, dass ich den Einbruch gar nicht mitbekommen hab?« Langsam kapierte ich, worauf sie hinauswollte.

»Genau!« Mama strahlte. »Die Einbrecher fanden Silke schlafend in ihrem Sessel vor, und als sie schreien wollte – wupps –, haben sie sie mundtot beziehungsweise ganz mausetot gemacht.«

Mein Herz klopfte. Der Plan war nicht schlecht. Irgendwelche Spuren würden die Chinesen schon hinterlassen haben. Die Sauerei im Wohnzimmer war ja echt.

Mama zog eine Lade der koreanischen Kommode auf und zog sich ein Paar Handschuhe aus Silkes Fundus über. »Ein wenig knapp«, bedauerte sie, »aber es wird gehen.« Kommentarlos hielt sie auch mir welche hin.

Ich schüttelte den Kopf. »Ich hab eh meine Ärztehandschuhe drinnen am Tisch liegen.«

Dann deutete Mama grinsend auf ihre Füße. »Das ist das erste Mal, dass ich Hausschlapfen praktisch finde.«

Im Wohnzimmer klaubte ich zunächst das ganze Botoxequipment zurück in meinen Koffer und wischte die Tischplatte sauber. Dann warf Mama Silkes Wasserglas um, damit der Tisch nicht zu steril aussah.

»Was ist denn das für ein komisches Geräusch?«, fragte Mama plötzlich. Skeptisch hob sie ihren Kopf.

»Ach!«, rief ich erleichtert. Es war der Plattenspieler. Die Klangschalen-Harfen-Platte war lange fertig abgespielt, aber die Nadel kratzte noch arbeitslos ums Zentrum herum. Ich wollte den Tonarm abheben, aber Mama befahl mir, ihn zu lassen.

»Es wirkt doch viel natürlicher, wenn der Plattenspieler noch läuft. Die Einbrecher haben sich eben nicht die Mühe gemacht, ihn abzudrehen.«

Das leuchtete ein. Die Polizei würde daraus schließen, dass sich Silke – müde vom Einkauf – eine beruhigende Musik aufgelegt und friedlich vor sich hingeschlummert hatte, als die Typen sich am Safe zu schaffen gemacht hatten. Leider war sie dann doch aufgewacht, und das hatte sie das Leben gekostet. Die Chinesen waren ausgeflippt und hatten die Zeugin getötet. Ende der Sache. Aus Einbruch war Raubmord geworden, und ich war aus dem Schneider. Musste nicht ins Gefängnis und konnte Wieland trösten.

Wir hoben Silke vorsichtig wieder in ihren Sessel zurück und streiften die Spuren im Teppich auseinander. Silke war zwar extrem leicht, aber selbst sie hatte Abdrücke im weichen Hochflor hinterlassen.

»Ich glaub, wir sind hier fertig«, sagte ich nach einer Weile. Konzentriert ließ ich meinen Kennerblick durch den Raum schweifen. Es war gottlob völlig egal, dass meine Fingerabdrücke hier im Wohnzimmer und in der Küche massenhaft verteilt waren. Ich ging hier täglich ein und aus. Es wäre im Gegenteil verdächtig, wenn keine Spuren von mir identifiziert werden konnten.

»Irgendwie wirkt Silke ein wenig zu friedlich«, meinte Mama. »Wie haben die Chinesen sie denn erstickt?«

»Na ja, der größere von ihnen, der hat so riesige Klodeckelhände. Die hat er ihr vor den Mund gehalten, bis sie keine Luft mehr gekriegt hat.«

»Dann müssten aber Spuren von seinen Händen an ihrer Mundpartie sein. Und unter ihren Fingernägeln Hautschuppen«, sagte sie souverän.

»Dann hat er eben ein Kissen genommen«, erwiderte ich ungeduldig. Ich wollte endlich weg hier.

»Du schaust wohl keine Krimis«, sagte Mama. »Dann würdest du wissen, dass in diesem Falle Faserspuren von dem Kissen in ihrem Mund zu finden sein müssten.«

»Dann drück ihr halt schnell noch eins von diesen hässlichen Plüschdingern da drüben auf die Nase!« Ich war am Ende mit den Nerven.

»Sorry, Kind!« Mama gab noch immer keine Ruhe. »Das muss brutaler aussehen. Ich meine … Wenn diese Chinesen von der Mafia sind, dann sind das auch Killer. Die faxen da nicht lange mit Plüschpolstern rum, glaub mir das.«

»Was schlägst du vor?« Ich resignierte. Ich kannte Mama. Wenn die sich etwas in den Kopf gesetzt hatte, dann würde nichts und niemand sie davon abbringen können.

»Sie muss erschlagen werden. Das passt viel besser ins Einbrecherbild.«

»Nein, bitte nicht, Mama!«

»Doch.«

»Und womit?«

»Bring mir doch eine von diesen hübschen Melanzani rüber, um die ist es nicht schade. Du hättest zuvor ja auch nicht gezögert, mir das Ding an den Kopf zu klatschen, oder?«

Ich brachte ihr zähneknirschend so ein Unding. »Aber ich kann es nicht tun«, flüsterte ich.

»Sie ist doch eh schon tot. Die spürt nichts mehr.«

Ich schloss die Augen und wandte mich angewidert ab, als Mama sich die Aubergine schnappte und sie auf Silkes Schädel zerbersten ließ.

»Scheiße!«, rief sie enttäuscht.

Ich öffnete die Augen und inspizierte die Szene, um zu sehen, woher ihre Enttäuschung rührte. Die Gemüsedeko war zu Bruch gegangen, und an Silkes Kopf klaffte ein Loch.

»Was passt dir jetzt wieder nicht?«

»Zu wenig Blut«, seufzte Mama. »Das sieht gar nicht echt aus.«

»Wir sind Idioten«, sagte ich, wobei ich eigentlich nur Mama meinte. Sie hatte diese Schnapsidee gehabt, nicht ich. Silkes Blutkreislauf war ja schon zum Erliegen gekommen. Das Herz pumpte den Lebenssaft nicht mehr durch ihre Gefäße.

»Könnte man das nicht kurzfristig wieder in Gang bekommen? Den Blutkreislauf, meine ich.« Mama sah mich fragend an.

»Nein, Mama. Bitte nicht auch das noch!«

»Doch. Jetzt muss es sein. Tut mir leid. Wir können ihr kein fremdes Blut oder Ketchup raufpappen. Das ist nicht Fernsehen. Die von der Gerichtsmedizin werden das erkennen.«

»Ich weiß, Mama!«

»Na dann? Worauf wartest du? Du willst nicht ins Gefängnis, Elli. Glaub mir das!«

Schweren Herzens brachten wir Silke also noch einmal zu Boden. Ein paar Herzmassagen später war genug Blut aus der Wunde gequollen.

»Brutal genug?«

Mama nickte. Zusammen hievten wir die arme Leiche wieder in ihren Sessel zurück.

»So. Und jetzt pack deine Jacke und die Schuhe. Wir gehen durch die Garage.«

Mama war von meinem »Geheimgang« entzückt. »Da hätte der Liebhaber doch völlig unbeobachtet bei dir ein und aus gehen können, oder?« Sie zwinkerte mir zu.

Mir war angesichts der vergangenen Stunden ganz und gar nicht nach heimlichem Tête-à-Tête zumute. Andererseits. Womöglich würde sich die Heimlichtuerei bald gänzlich erübrigen. Ich seufzte. Der Gedanke sollte mir Kraft und Mut für die nächsten Stunden und Tage geben.

»Was wolltet ihr in der Excalibur City eigentlich shoppen, falls dich der Inspektor fragen sollte?«

Ich lag auf dem Sofa im Atelier und hatte die Augen geschlossen. Neben mir dampfte eine Schale Lavendeltee. Einerseits war ich ja froh, dass ich in dieser Stunde nicht allein sein musste, andererseits nervte Mamas Sprechdurchfall enorm.

»Nichts Spezielles. Was im Designeroutlet oder vom Dutyfree«, murmelte ich.

»Du solltest was vorweisen können, meine ich.«

Mama hatte recht, aber die Excalibur City war eine ganze Autostunde entfernt. Es war bereits achtzehn Uhr, und ich hatte nicht den Nerv, mir diese Shoppingtortur mit Mama anzutun.

»Das dauert zu lange, Mama. Wenn wir nicht zurück sind, bevor Wieland Silke findet, dann können wir die Ausrede gar nicht mehr verwenden.«

»Dann fahren wir eben schnell nach Laa oder Drasenhofen in den Duty-free-Shop. In einer halben Stunde wären wir wieder zurück. Die verkaufen sowieso überall dasselbe.«

Unwillig setzte ich mich auf und nippte an meinem Tee. »Ja, das schon, Mama. Aber eigentlich will ich nicht mehr weg. Ich möchte einfach nur hier liegen und mein Kopfweh bekämpfen.« Ich stellte die Tasse ab und ließ mich wieder in mein Kissen fallen.

»Dann fahr ich eben ohne dich. Du nimmst eine Parkemed, und ich besorg dir was Steuerfreies.«

»Ich könnte ja auch einfach behaupten, ich hätte mir nichts gekauft«, protestierte ich zaghaft. Erwartungsgemäß umsonst, denn Mama war schon aufgesprungen und dabei, sich ihre Schuhe anzuziehen.

»Papperlapapp«, lachte sie. »Es geht nichts über eine gut fundierte Lüge!«

Sie musste es ja wissen.

Schweren Herzens händigte ich ihr meinen Autoschlüssel aus. Wohl war mir nicht bei dem Gedanken, dass sie allein durch die Gegend kutschieren würde. Ihre Fahrpraxis war dürftig. Sie brauchte in Wien kein Auto. Keine Ahnung, wann sie das letzte

Mal selber einen Wagen gelenkt hatte. Außerdem hatte sie weder Führerschein noch Reisepass bei sich.

Mama lachte meine Bedenken weg. »Ich werde dein tolles Auto nicht zu Schrott fahren, Elli.«

Ich erklärte ihr seufzend, in welcher der Nebenstraßen sie den Wagen finden würde, und bekreuzigte mich innerlich. Viel schlimmer konnte es ja ohnehin nicht kommen, oder?

Die Stunde der Ruhe musste ich nutzen. Ich schaltete den Fernseher an und zappte mich bis zu einer Tierdoku durch. Es gibt kein besseres Schlafmittel. Ist mir ein Rätsel, wo die Filmemacher diese langweiligen Sprecher auftreiben. Ob sie wohl Castings für die einschläferndste Stimme abhalten? Dazu meist noch der unterlegte englische Originalton als monotoner Einheitsbrei. Wenn die Pharmaindustrie jemals dahinterkommen sollte, was für eine Konkurrenz zu Schlaftabletten diese Dokus sind, die würden glatt Schadenersatz einklagen.

Für mich war eine Doku im Moment jedenfalls ideal. Rezeptfrei, keine drohenden Nebenwirkungen oder Wechselwirkungen mit anderen Medikamenten. Innerhalb weniger Minuten war mein Geist in Morpheus' Armen gelandet, und mein Körper sackte ihm hinterher.

Ich war etwas benommen, als mich die Haustürglocke aus dem Schlaf holte. Ich hatte Mama doch auch den Hausschlüssel mitgegeben, damit sie unten reinkonnte. Hoffentlich hatte sie ihn nicht verschusselt.

Aber es war nicht Mama. Es war Wieland. Mein Kreislauf bootete sich vom Schlummermodus in höchste Alarmbereitschaft.

»Ach, Elli Grace«, sagte er durch die Gegensprechanlage. »Bin ich froh, dass du da bist. Kannst du mich reinlassen? Ich kann meinen Schlüssel nicht finden.«

Ich drückte den Buzzer, machte schnell mein Haar zurecht, das vom Liegen unansehnlich zerdrückt war, und lief nach unten.

»Verdammt. Da ist er auch nicht!«, schimpfte Wieland gerade. »Weiß der Himmel, wo ich den wieder liegen gelassen habe!«

Verärgert drückte er das Schlüsselkästchen zu. »Könntest du mir deinen Hausschlüssel leihen, Elli Grace, Liebe? Ich hab drüben schon geläutet. Silke hat nicht aufgemacht. Ich hab schon befürchtet, dass ihr noch unterwegs seid, weil dein Auto ja auch nicht vor der Tür steht.«

»Ach das. Damit ist Mama gerade unterwegs«, sagte ich wahrheitsgemäß. »Wir sind schon eine Weile wieder zurück.«

»Und warum macht Silke dann nicht auf?« Wieland klang ehrlich besorgt.

Mein Herz machte einen Satz. Oh mein Gott! Wie würde er die tragische Tatsache aufnehmen?

»Silke war ziemlich erschöpft vom Einkaufen«, sagte ich. »Sie wollte sich hinlegen. Sie wird wohl eingeschlafen sein. Mach dir keine Sorgen.«

Wie konnte ich ihm nur Hoffnung machen, wo ich doch wusste, dass sie in Kürze zerschmettert werden würde? Ich kam mir so was von schäbig vor.

Wie ferngesteuert mühte ich mich noch einmal die Stiege zu meiner Wohnung hoch, um den Schlüssel zu holen. Wusste nicht, ob ich mich beeilen sollte, um es schneller hinter mich zu bringen. Oder sollte ich das Ereignis doch lieber so lange wie möglich hinauszögern?

Verdammt! Mein Schlüssel hing nicht am Brett! Natürlich. Konnte er ja auch nicht. Ich hatte ihn ja Mama mitgegeben. Ein Blick auf die Uhr ließ mich erneut erschaudern. Sie war jetzt schon über zwei Stunden weg. Meine Güte! Hörte denn die Aufregung nie auf? Wenigstens hatte ich noch einen Ersatzschlüssel, den ich Wieland jetzt in die Hand drückte.

»Sei so lieb und wirf ihn mir nachher in den Postkasten, okay?«

»Ach, Elli Grace. Würde es dir was ausmachen, wenn du kurz mit hinüberkämst? Ich hab so ein ungutes Gefühl. Es ist wie damals. Als Silke sich … Du weißt schon. Bevor sie ins Sanatorium musste.«

Er konnte es immer noch nicht aussprechen, dass seine Frau versucht hatte, sich das Leben zu nehmen. Das war ja dann dank seines Schwiegervaters gerade noch glimpflich ausgegangen. Und nun musste ich ihn begleiten und hilflos zusehen, wie er seine tote Frau finden und um sie trauern würde. Mein Herz zerriss bereits beim Gedanken daran. Hatte er tatsächlich einen parapsychologischen Draht zu seiner Frau? So was las man ja immer wieder, dass Menschen, die einander sehr nahestanden, es spürten, wenn der oder die Geliebte in Gefahr schwebte.

Wortlos trabten wir zum Haus hinüber. Der Regen war in feuchten Nebel übergegangen. Die neue LED-Straßenlampe warf ihr grässlich kaltes Licht in die Auffahrt.

Der Bewegungsmelder ging an, wie es sein Job war. Ich wäre lieber im Dunkeln geblieben, wenn ich ehrlich bin.

»Ich dachte ja erst, sie hat Besuch«, sagte Wieland und deutete dabei auf den aufgespannten Schirm, der an der Hauswand lehnte.

Verdammt! Wir hatten Mamas Knirps total vergessen, als wir uns durch die Garage rausgeschlichen hatten!

Jeder Mörder macht Fehler, sagt ein Sprichwort. Ich konnte nur hoffen, dass das mein einziger gewesen war.

»Ach, das ist meiner«, sagte ich so gelassen wie möglich. »Es hat gerade zu regnen begonnen, als wir heimgekommen sind. Und den hab ich immer im Auto für solche Fälle. Also hab ich ihn Silke geliehen, damit sie trocken bis zur Haustüre kommt.«

»Danke, Elli Grace. Du denkst wirklich an alles!«

Ich musste meinen Blick senken, weil ich den seinen nicht mehr ertragen konnte. Ungeschickt fummelte ich am Schloss herum, bis der Schlüssel endlich steckte und die Tür aufsprang.

Wieland deutete mir, voranzugehen. Am liebsten wäre ich sofort aufs Klo abgebogen, um mich zu erleichtern. Das ging natürlich nicht. Davor musste ich leider das Szenario auf mich wirken lassen, damit ein schockgesteuerter Brechdurchfall danach plausibel erschien.

»Was ist denn da los?«

Ich trat zur Seite und ließ Wieland vorbei. Der blieb abrupt stehen. Dann rannte er zu Silke hinüber und riss sie hoch. Schüttelte sie. Setzte ihr links und rechts Ohrfeigen. Er ließ sie in den Sessel zurückgleiten und warf mir exakt den Blick zu, den ich befürchtet hatte. Alles, was er jemals für Silke empfunden hatte, alles, was er im Moment fühlte, bündelte sich in diesem entsetzten Ausdruck. Wie ein verfolgtes Tier hetzte er durchs Zimmer und schrie in einem fort: »Das ist nicht wahr! Das ist nicht wahr!«

Eine Weile beobachtete ich ihn wie gelähmt. Dann zückte ich mein Handy und wählte die Notrufnummer.

Hoffnung

Die nächste Stunde durchlebte ich wie in Trance. Rettung und Polizei trafen praktisch gleichzeitig ein. Ich hielt es drinnen nicht mehr aus, Wieland ließ sich nicht von mir beruhigen. Im Gegenteil, er machte eher den Eindruck, dass ich ihm lästig war. Da wartete ich lieber im Nebel vor der Haustüre.

Das Blaulicht tauchte die ganze Siedlung in grelles Blitzlichtgewitter. Türen und Fenster gingen auf. Unerwiderte Rufe prallten an den Hauswänden ab.

»Kommen Sie lieber mit rein«, sagte Frau Kleine. »Es ist ungemütlich hier draußen.«

Ich hatte keine Ahnung, ob sie den Nebel oder die Blicke der Nachbarn meinte. Mechanisch ließ ich mich von ihr nach drinnen ziehen.

»In der Küche werden wir niemandem im Weg stehen.«

»Dass Sie auch immer zufällig zugegen sind, wenn es bei Frau Moser eine Leiche gibt«, sagte Hartinger gerade zu Wieland. Sein arroganter Ton hatte sich nicht verändert seit seiner letzten Amtshandlung hier im Haus.

»Das ist kein Zufall. Ich wohne hier«, gab Wieland zurück. »Und das ist nicht *eine* Leiche, das ist … war … meine Frau!« Er schlug die Hände vors Gesicht. Ein Schluchzen beutelte seinen Körper.

Frau Kleine schaute bekümmert.

Ich erklärte dem Chefinspektor in gekürzter Version, wie es dazu gekommen war, dass Wieland erst die Praxis und später das Haus übernommen hatte. Und dass ich in die Dachwohnung über der Ordination gezogen war.

»Zufälle gibt's«, sagte er, »die gibt's gar nicht.«

»Was deuten Sie da an, Herr Hartinger?« Wieland schien kurz vorm Ausrasten.

»Ich deute gar nichts an. Sagen Sie: Wer von Ihnen hat denn nun die Leiche gefunden?«

»Ich«, sagten wir gleichzeitig.

»Also wir«, flüsterte ich.

»Sie sind also zusammen hierher?« Hartinger sah erst Wieland, dann mich scharf an.

»Ja. Also nein«, stotterte ich.

»Ja oder nein, das ist hier die Frage«, sagte er und wiegte zweifelnd den Kopf. »Wissen Sie was? Gehen Sie in Ihre Wohnung hinüber, Frau Moser. Wir kommen zu Ihnen, wenn wir hier fertig sind.«

Ein Beamter in Schutzkleidung sah zur Tür herein. »Der Safe ist leer. Es sind keine Spuren von Gewalt zu finden. Keine Fingerabdrücke. Praktisch keimfrei. Die müssen den Code gewusst haben.«

»Der Safe. Ist das nun Ihrer oder der von Frau Moser?« Hartinger fuhr den armen Wieland an, als ob er was dafürkonnte, dass der offen stand.

»Der Inhalt ist von mir – oder *war* von mir vielmehr. Papiere, Sparbücher, ein paar Goldmünzen. Der wertvollere Schmuck meiner Frau«, sagte Wieland mit einem tiefen Seufzer. »Der Safe selber gehört natürlich meiner Vermieterin.«

»Wer kannte den Code?«

»Meine Frau und ich natürlich«, sagte Wieland. »Und Elli. Frau Moser.«

»Aber Wieland. Ich hab doch keine Ahnung, was für einen Code du …«

»Ach, Elli Grace. Ich hab mich nicht veranlasst gesehen, den zu ändern. Ich mein, du hättest doch nicht …«

»Wissen Sie ihn denn auswendig?«

»Puh!«, sagte Wieland. »Mit Zahlen bin ich nicht so firm. Da müsste ich jetzt nachschauen gehen.«

»1, 6, 0, 5«, warf ich automatisch ein. »Das Geburtsdatum meiner Schwiegermutter.«

»Sehr originell«, sagte Hartinger. »Probieren Sie mal«, wies er den Beamten der Spurensicherung an.

Kurz darauf meldete der, dass der Code nicht stimme, er habe es dreimal probiert.

»Scheiße«, sagte Wieland. »Dann muss Silke die Ziffernfolge doch geändert haben.«

»Das ist ja interessant«, sagte Hartinger. »Ohne Sie einzuweihen? Das lässt aber nicht unbedingt auf eheliches Vertrauen schließen.«

»Hören Sie, was wollen Sie mir da schon wieder unterstellen? Ich habe meine Frau geliebt!« Wieland packte Hartinger am Sakko.

Der blieb völlig ungerührt stehen, aber seine große Assistentin trat nervös neben ihn.

»Herr Martin«, sagte sie mit ihrer sanften Stimme. »Wir müssen so unangenehme Fragen stellen.«

»Das sind keine Fragen. Das sind perfide, völlig haltlose Anschuldigungen!« Immerhin ließ Wieland Hartinger los und trat einen Schritt zurück.

Ich hatte schon gehofft, dass der Inspektor mich in der Zwischenzeit vergessen hätte. Leider nein.

»Bevor Sie gehen, Frau Moser. Sie haben also noch einen Schlüssel für das Haus?«

»Ja. Ich bin die Hausbesitzerin. Und die Martins haben mir vertraut. So etwas soll es ja geben unter Nachbarn. Hat zu Ihrer Wohnung niemand einen Schlüssel außer Ihnen?«

»Gott bewahre!«, stieß Hartinger hervor.

»Und was machen Sie, wenn Sie Ihren Schlüssel verlegt haben? Wer gießt Ihre Pflanzen, wenn Sie auf Urlaub sind?«

»Ich würde sagen, wir lassen das Private, Frau Moser. Sie können jetzt rübergehen. Wir holen uns Ihre Aussage ein wenig später. Bis dann!«

Das war ja wieder mega danebengegangen. Der arme Wieland. Nicht genug, dass er seine Frau verloren hatte, jetzt rückte ihm auch noch dieser schreckliche Inspektor auf die Pelle. Ich wusste nur zu gut, wie man sich fühlte, wenn man neben dem Verlustschmerz auch noch verdächtigt wurde, beim Ableben des geliebten Menschen seine Hand im Spiel gehabt zu haben. Beim Gedanken an Hans Helmuts Abgang wurde mir gleich wieder heiß.

Ärgerlich klatschte ich mir die Hand an die Stirn. Ich Idiotin! Schon wieder hatte ich eine Gelegenheit verpasst, die Polizei auf die Spur der Chinesen zu lenken. Diesmal würde ich den entscheidenden Hinweis nicht zurückhalten! Gleich, wenn der Inspektor meine Aussage aufnahm, musste ich ihn aufklären.

Ich konnte jetzt schon sein Gezeter hören, wenn ich damit rausrückte. Warum ich denn damals nichts erwähnt habe. Behinderung der Ermittlungen. Vorenthalten wichtiger Beweismittel. Es würde unangenehm werden, ja. Aber ich würde damit nicht nur mich des Verdachts auf Mord entlasten, sondern auch Wieland. Es war ohnehin bescheiden, was ich jetzt für ihn tun konnte.

Wenigstens mein Corsa stand wieder in der Einfahrt, ohne merkliche Kratzer. Mama war also heil zurück. Allerdings hatte sie es anscheinend eilig gehabt, denn der Wagen stand völlig schräg eingeparkt, und auch die Haustüre war offen.

Umso erstaunter war ich, dass die Wohnungstüre abgesperrt war.

»Wer ist da?«, rief sie, als ich den Schlüssel ins Schloss steckte.

»Ich bin's. Wer denn sonst?«, schimpfte ich verärgert.

Wir rissen praktisch gleichzeitig die Tür auf und standen auf Tuchfühlung.

Mama lugte vorsichtig die Wendeltreppe hinunter. »Bist du allein?«

Ich nickte. »Was soll das? Was ist los?«

Sie zog mich in die Wohnung und sperrte hinter sich ab. Ich schlüpfte automatisch aus meinen Schuhen. Irgendetwas Fremdes lag in der Luft. Ich schnupperte. Es roch nach Knoblauch und Ingwer.

Mama lief geschäftig voraus. Irritiert folgte ich ihr.

»Setz dich zu uns. Hast du Hunger?«

Meine Hand fuhr zum Mund, um einen Schrei zu unterdrücken. Ein heftiges Schwindelgefühl überkam mich. Es blieb mir nichts anderes übrig, als an den Tisch zu treten, um mich an einer Stuhllehne abzustützen. Eine Ohnmacht war das Letzte, was ich jetzt gebrauchen konnte.

An der Stirnseite des Tisches, mir genau gegenüber, saß der monströse Chinese. Vor ihm standen ein paar Aluschalen vom örtlichen Chinarestaurant. Er hatte mein ärmelloses XL-Sleepshirt an – das mit dem kuscheligen Schaf Shaun vorne drauf. Sein Bizeps war mindestens so dick wie meine Oberschenkel. Der tätowierte Drache auf seinem rechten Oberarm blähte sich auf und fauchte mich an, während sein Besitzer mich fixierte. Vorsichtig zog er sich zwei Stäbchen aus dem Mund, malmte aber ungerührt weiter. Seine vollen Backen bewegten sich wie bei einem Hamster.

In meinem Gehirn ratterte es wie in einer Teppichfabrik. Mein erster Gedanke war, dass der Typ Mama in seine Gewalt gebracht hatte. Vielleicht hatte er sie vor dem Haus abgepasst und sie gezwungen, ihn zu verstecken und ihm etwas zum Verkleiden rauszusuchen? Danach hatte er sie genötigt, ihm Essen zu bestellen.

Aber weder schien Mama in irgendeiner Form beunruhigt, noch konnte ich eine Waffe entdecken. Okay, der Mensch war ein Hüne, der konnte einen ja mit bloßen Händen ... Ich erschauderte allein bei der Vorstellung! Aber zumindest ein Messer oder einen Schlagring hätte ich doch vermutet. Abgesehen davon schien auch er Angst zu haben. Dieser Blick. Das Klappern der Stäbchen in seiner riesigen Hand.

Meine wanderte vom Mund in die Hosentasche. Vorsichtig nestelte ich mein Handy heraus, ohne den Blick vom Chinesen zu wenden.

»Mach keinen Unsinn«, sagte Mama und nahm mir das Telefon weg.

Ich fuhr herum. »Gib das sofort wieder her!«

»Setz dich«, sagte sie und drückte mich auf den Stuhl. Mein Handy legte sie vor mich auf den Tisch.

»Aber ...«, stotterte ich. »Der Mann. Er ist der Einbrecher!«

»Kannst du das beschwören? Hast du ihn gesehen?«

»Ja. Nein. Er war am Fenster. Und gehört hab ich ...«

»Was hast du gehört? Dass jemand im Wohnzimmer war?«

»Ja. Lärm. Den Einbruch.«

»Das, mein liebes Kind, ist deine Interpretation. Es war dein guter Wieland höchstpersönlich, wenn wir Dang hier Glauben schenken dürfen. Und ich tu's zumindest.«

Ich sprang auf. »Hast du sie noch alle? Warum sollte Wieland in sein – also mein – Haus einbrechen, bitte?«

»Ich sag ja auch gar nicht, dass er eingebrochen ist. Auch das bildest du dir ein.«

Ich erinnerte mich an meine Panik, als jemand an der Tür gekratzt, den Knauf gedreht hatte. Sicher. Es musste nicht notwendig ein Dietrich gewesen sein. Auch ein regulärer Schlüssel machte Geräusche. Aber Wieland hatte doch seinen Schlüssel verlegt!

Dang schlürfte Suppe aus einem Schälchen und grunzte.

»Wie kommt der Mensch eigentlich hier herein? Und warum hat er mein T-Shirt an?«, flüsterte ich.

»Ich hab ihn reingelassen«, sagte Mama.

»Freiwillig? Ich hab dir doch von den beiden Chinesen erzählt. Wie konntest du nur?«

»Der Mann brauchte Hilfe. Er war voller Blut.«

»Und warum rufst du dann nicht die Rettung?«

»Weil er mich angefleht hat, es nicht zu tun.« Mama lächelte Dang aufmunternd zu.

Ich hatte keine Ahnung, ob er uns verstand.

»Er hat nach Dr. Moser gefragt, Elli. ›Dr. Moser ist tot‹, sag ich darauf«, fuhr Mama fort. »Da fängt der riesige Kerl an zu zittern. Kauert sich neben die Tür und schlägt die Hände vors Gesicht. ›Was ist?‹, frag ich ihn. ›Der Dai Lo‹, schluchzt er. ›Er ist tot. Der andere Doktor hat ihn erschossen.‹«

»Der andere Doktor? Das soll dann wohl auch Wieland sein, was?«

»Ja, klar. Ich hab eine Weile gebraucht, bis ich das kapiert hab. Dangs Deutsch ist ein bisschen mühsam. Wie gesagt hab ich ihn mit hinaufgenommen, verarztet und in die Dusche gesteckt. Ich musste ihm etwas von deinen Sachen raussuchen. Das Shirt war das einzige, das er überhaupt überziehen konnte.« Mama kicherte. Ihr Humor in allen Ehren, aber mir war im Moment ganz und gar nicht nach Lachen zumute.

»Und der Tote? Wo ist der abgeblieben? Doch nicht etwa auch im Badezimmer?«

»Der Dai Lo?«

»Wer ist bitte Dai Lo?«

»*Der* Dai Lo. Das ist sein direkter Chef, gewissermaßen. Es bedeutet so viel wie ›Großer Bruder‹. Das darfst du dir aber nur symbolisch vorstellen, weil, er muss in Wirklichkeit ein sehr kleiner Mann gewesen sein. Mit einer großen Aufgabe für die Firma allerdings.«

»Welche Firma, Mama? Du sprichst in Rätseln.«

»Gleich, Elli. Nur noch zur Leiche. Die liegt angeblich in diesem Weinkeller. Du weißt schon, Lisbeths Erbkeller, von dem wir kürzlich gesprochen haben. Für den Wieland sich so auffällig interessiert hat.«

Die Sache wurde immer mysteriöser. Andererseits stupste mich mein Unterbewusstsein an. Es ist möglich, dass sie recht hat, verdammt, wisperte es.

»Gesetzt den Fall, es gibt diesen Toten wirklich. Wer sagt denn, dass Dang es nicht selbst war, der ihn erschossen hat? Ich meine … Wieland. Das ist ja so was von absurd!«, versuchte ich mich selbst zu überzeugen.

»Erstens hat Dang keine Waffe. Und zweitens, warum wäre er dann freiwillig hierher zurück und hätte bei Hans Helmut Hilfe gesucht? So schwer war die Verletzung auch wieder nicht. Ich musste ihm ja keine Kugel rauspulen.«

»Mama!«

»Überleg einmal, Elli. Dang wusste ganz offensichtlich nicht, dass dein Mann schon seit Monaten tot ist, sonst hätte er nicht nach ihm gefragt. Du wirst sehen, wenn du erst mal seine Geschichte kennst, dann wird dir nichts mehr absurd vorkommen.« Mama fischte sich mit den Fingern ein Teigtascherl aus einem Aluschälchen und dippte es in eine Soße. »Dim Sum. Heißt so viel wie ›kleine Leckerbissen, die das Herz berühren‹. Solltest du auch probieren«, sagte sie.

»Danke. Mein Verlangen nach chinesischem Essen ist zurzeit gering. Klär mich lieber weiter auf, bitte.«

»Wenn es dir recht ist, Dang«, sagte Mama, »dann werde ich ihr deine Geschichte erzählen. Du kannst gerne weiteressen.«

Dang nickte dankbar und schaufelte sich gierig eine Ration Nudeln in den Mund.

»Er war total ausgehungert, ist den ganzen Nachmittag in seinem Versteck gesessen«, erklärte Mama. »Aber jetzt von vorne: Der arme Dang hat viele Jahre lang als Wanderarbeiter in Peking gearbeitet. Vor einem Jahr circa, praktisch über Nacht, hat er seine Bleibe verloren. Stadtgürtelbegrünung. Anordnung der Regierung. Die Polizei kommt, sagt, sie müssen innerhalb von drei Stunden ihre Buden räumen. Dahinter wartet schon eine Armee Bagger. In der Situation ist Dang einem Schlepper auf den Leim gegangen, der ihm ein sorgenfreies Leben in Europa versprochen hat. Gelandet ist er zunächst in Budapest. Dann in Wien. Wo man ihn mehr oder weniger versklavt hat.«

»Geh, Mama. Übertreib's jetzt nicht, bitte. Sklaverei gibt's nicht bei uns.«

»Bist du so naiv, Kind, oder tust du nur so? Natürlich hat man ihn nicht in Ketten gelegt, und er musste auch nicht mit nacktem Oberkörper eine Galeere rudern. Aber sein ganzes Geld hat ihm schon der Schlepper in China abgenommen. In Wien haben sie auch noch seine Papiere kassiert. Wo ist da jetzt der Unterschied? Er ist von diesen Leuten abhängig. Er muss tun, was sie ihm anschaffen.«

»Und was schaffen sie ihm an, diese Leute?«

»Ursprünglich hat man ihn in eine Altbauwohnung gesteckt, wo er zusammen mit drei anderen Leidensgenossen Teigtascherl herstellen sollte. Aber er war zu ungeschickt mit seinen riesigen Händen.«

Verstohlen warf ich einen Blick in Dangs Richtung. Er schaufelte noch immer in Windeseile Nudeln in seinen Mund. Die Stäbchen, die er nur zum Nachschieben verwendete, verschwanden förmlich in seiner Hand. Feinmotorik sah anders aus.

»Also hat man ihn dem Dai Lo zugeordnet.«

»Dem Großen Bruder!«

»Genau.«

»Und wer sind *die*?«
»Mafia«, flüsterte Mama.
Kaum hatte sie das Wort ausgesprochen, zuckten wir alle zusammen. Die Haustürglocke schrillte.

Die üblichen Verdächtigen

»Hab ich's Ihnen nicht von Anfang an gesagt, Frau Kleine, dass die Moser nicht so unschuldig ist, wie sie tut?« Der Hartinger ist sehr zufrieden mit sich selbst. Also was seinen ursprünglichen Riecher betrifft zumindest.

Wegen der anderen Sache. Dass er angesichts dieser unsäglichen Begegnung beim Heurigen keine weiteren Nachforschungen betrieben hat, dazu gratuliert er sich eher weniger. Nur weil dort eine Frau gesessen hat, die ausgeschaut hat wie die Helene, hat er gleich wieder den Hut draufgehaut.

Jemand, der zarter besaitet ist als der Hartinger, würde sich bitterliche Vorwürfe machen, fatales Versäumnis quasi. Weil, hätte er der Moser schon früher das Handwerk gelegt, dann gäb's jetzt eine Leiche weniger.

Aber erstens ist es ja noch gar nicht sicher, dass sie mit dem Ableben der Frau Martin ursächlich was zu tun hat, und zweitens ist der andere Fall abgeschlossen. Und das wiederum kann man dem Hartinger nicht vorwerfen. Schon gar nicht der Kastner.

Wie auch immer. Die Aussagen von dem Martin, wie die Moser dann weg war, die waren in vielerlei Hinsicht bemerkenswert.

Zuerst hat ihn der Hartinger ja nur aus der Reserve locken wollen mit seinen Andeutungen, sein Verhältnis zur Frau Moser sei womöglich über das zu einer Vermieterin hinausgegangen. So ein Schuss vor den Bug funktioniert normalerweise tadellos. An der Reaktion des Betroffenen kann man sofort erkennen, wie der Hase läuft. Sicher, vielleicht ein bisserl hart bei jemandem, der wirklich trauert, weil er gerade einen lieben Menschen verloren hat. Aber wenn dem Befragten der Mensch gar nicht so lieb war, wie er einen glauben machen will, dann rechtfertigt das ein solches Vorgehen allemal. Weil, dieser Typ Mordfall klärt sich dann in der Regel innerhalb von wenigen Tagen auf. Da kann die Kleine dreinschauen, wie sie will.

Ein bisserl sehr mitfühlend für eine Kriminalbeamtin ist sie ja schon, seine Assistentin, das hat sich der Hartinger schon öfters gedacht. Aber dafür funktioniert *»Good cop, bad cop«* auch ohne vorherige Absprache hervorragend.

Wie er dem Martin unterstellt, dass sie unter einer Decke stecken, er und die Moser, dass sie erst den unliebsamen Gatten entsorgt hätten und jetzt noch die störende Ehefrau, da packt ihn der James Bond doch erneut beim Krawattl. Die Kleine muss wieder dazwischengehen. Mit viel Geduld und Diplomatie schafft sie es, ihn zur Räson zu bringen.

»Schauen Sie, Herr Martin«, sagt sie mit ihrer ruhigen Stimme, »wir müssen so viele Fakten wie möglich zusammentragen und dann auf ihre Verwertbarkeit untersuchen. Und das möglichst schnell. Wir setzen da vielfach auch auf ein Ausschließungsverfahren. Wenn wir eine Spur als Sackgasse erkennen können, umso besser. Also wenn Sie uns aus Ihrer Sicht Ihr Verhältnis zur Frau Moser beschreiben würden, dann wäre uns sehr geholfen. Und seien Sie gewiss, das Wort ›Verhältnis‹ spreche ich jetzt vollkommen wertfrei und ohne Interpretation aus.«

Daraufhin gibt der Martin zu, dass die Frau Moser ihm gegenüber eventuell romantische Gefühle hegen könnte.

»Aber ist das denn ein Wunder?«, sagt er. »Schließlich hab ich sie ja wirklich mehr oder weniger gerettet nach dem Selbstmord des Gatten. Ohne mich wäre sie jetzt am Sand, sowohl finanziell als auch moralisch. Sie brauchte dringend Geld, einen Arbeitgeber und Trost. All das habe ich ihr gegeben.« Und dann fängt er plötzlich zu flennen an wie ein kleines Kind. »Mein Gott! Wenn ich da womöglich Hoffnungen in ihr geweckt haben sollte und sie jetzt aus Eifersucht ... Das wäre ja schrecklich! Glauben Sie, dass sie Silke deswegen ... umgebracht hat?«

Gar nicht mehr halten kann er sich jetzt, der arme Martin. Wieland Martin. Wimmert wie ein verlassener Welpe. Wenn das gespielt ist, dann ziemlich gut. Burgtheaterreif. Das gibt auch die Kleine später unumwunden zu.

Allerdings zerbröselt ihre aufkeimende Zuneigung für ihn wie ein Butterkeks, als er diesen Namen erwähnt, der offensichtlich keine günstigen Assoziationen in ihr hervorruft. Und das *»Good cop, bad cop«*-Spiel dreht sich erstaunlich schnell um.

Weil, wie der Hartinger ihn fragt, wie weit der Trost denn gegangen sei, den er der Frau Moser hat angedeihen lassen, da fängt er gleich wieder an zu schreien: »Das glauben Sie doch selbst nicht, Herr Hartinger, dass ich mit so einer Frau etwas anfange!« Er fuchtelt so wild mit den Händen, dass die Kleine gleich in Deckung geht. »Dazu fällt mir höchstens die Aussage von diesem Odin Wiesinger ein«, zischt er zwischen den Zähnen hervor und wischt sich mit dem Handrücken den Mund ab.

Daraufhin faucht ihn die Kleine an. Ja, sie faucht wie eine Katze, die ihre Jungen verteidigt. »Das nehmen Sie auf der Stelle zurück, Herr Martin!«

Da muss dem Hartinger etwas entgangen sein in der heimischen Berichterstattung, er hat keine Ahnung, worüber die Kleine sich so echauffiert. Und leider ausgerechnet in der Situation tritt sein Hang zum Fettnäpfchen wieder auf. Weil, statt jetzt lieber den Mund zu halten, wo eh schon alle so angespannt sind, will er natürlich wissen, was dieser komische Germane denn gesagt hat.

»Germanisch ist nur der Name – und die Gesinnung«, sagt die Kleine mit einem Ton in der Stimme, der den zähesten Rindsbraten durchschneiden würde wie Butter. »›Selten ein so hässliches und dummes Stück Fleisch gesehen‹, hat dieser angebliche Künstler über eine renommierte Wissenschaftlerin gesagt. Geh ich recht in der Annahme, dass es das ist, was Sie andeuten wollten, Herr Martin?« Man sieht der Kleine an, dass sie dem Arschloch am liebsten gleich die Handschellen anlegen würde.

Maulschellen wären vielleicht auch eine Option, denkt sich der Hartinger. Weil, auch wenn es nur ein Zitat ist, das verrät schon eine ganze Menge über den Wortspender, mehr als über die verunglimpfte Frau in jedem Fall. Und dass die Aussage nicht nur übers Ziel hinausgeschossen, sondern schlichtweg ein Disqualifizierungsgrund ist, das schnallt sogar er, der Frauennichtversteher. Einfach widerwärtig.

»Entschuldigen Sie. Ich war jetzt wohl etwas außer mir«,

versucht der Martin die Kleine zu beschwichtigen. »Ihr Chef provoziert mich aber auch bis zum Äußersten. Was ich damit andeuten wollte, ist, dass ich einen Seitensprung mit einer vergleichsweise unattraktiven Person nicht nötig habe, wo mir doch die hübscheste Frau auf Gottes Erdboden gegeben ist. War!«

Diesmal greift sie nicht tröstend ein, die Frau Kleine, als sich der Martin erneut die Hände vors Gesicht schlägt. »Elli ... Frau Moser hat abgenommen in letzter Zeit«, flüstert er fassungslos, als er wieder seiner Stimme mächtig ist. »Das hat sie sicher für mich gemacht. Sie haben recht, Herr Chefinspektor. Sie haben recht! Sie hat meine Silke auf dem Gewissen. Und ich hätte es verhindern können. Wenn ich bloß die Zeichen richtig gedeutet hätte! Aber ich habe mich gefreut, dass sie sich so nett um meine Frau gekümmert hat. Ihre Nähe geradezu gesucht hat. Mein Gott! Dabei hat sie nur ihr Vertrauen erschlichen, um zum richtigen Zeitpunkt zuzuschlagen.«

»Halten Sie es denn für möglich, dass die Frau Moser auch ihren Mann umgebracht hat?«, fragt der Hartinger, bevor der Martin sich wieder dem Trauerschmerz hingibt.

»Ich halte mittlerweile alles für möglich. Ich kannte diese Frau zuvor ja gar nicht. Und ich kenne sie offenbar bis heute nicht.«

»Gut, Herr Martin«, sagt der Hartinger dann. »Wir müssen natürlich das Haus versiegeln. Ist es Ihnen möglich, vorübergehend irgendwo anders zu nächtigen?«

»Ich werde heute in der Ordination schlafen und mir morgen ein Hotel suchen. Kann ich mir wenigstens noch ein paar Sachen zusammenpacken?«

»Selbstverständlich. Ein Beamter wird mit Ihnen nach oben gehen.«

»Zugegeben. Aus dem Rennen ist der James Bond natürlich noch lange nicht als Verdächtiger, immerhin ist er der Ehemann der Ermordeten«, räumt der Hartinger gegenüber der Kleine ein, während der Martin sich seine Sachen aus dem Schlafzimmer holt. »Aber seine Geschichte erscheint mir trotz aller Arroganz, mit der er sie erzählt hat, glaubwürdig. Was meinen Sie?«

»Ich trau ihm nicht über den Weg. Er ist ein Narzisst. Diese Menschen lügen sich ihre Welt so lange schön, bis sie alle, inklusive sich selbst, überzeugt haben. Schauen Sie sich doch diesen Trump an. Der glaubt ja auch seinen eigenen Schwachsinn, den er täglich verzapft.« Die Kleine schnauft noch immer.

»Freifach Psychologie inskribiert, was? Oder mögen Sie ihn einfach nicht, den eitlen Schnösel? Weil er diesen garstigen Künstler zitiert hat? Sie dürfen so etwas nicht mit den Fakten vermischen, auch wenn es schwerfällt.«

»Und Sie mögen Frau Moser nicht, stimmt's? Warum eigentlich? Erinnert sie Sie an jemanden? Oder finden Sie auch, dass sie ein hässliches Stück Fleisch ist?«

Ups! Da hat ihn seine Assistentin auf dem falschen Fuß erwischt.

»Frau Kleine. Fangen Sie jetzt nicht auch noch mit meinem Frauenproblem an, bitte!«, bellt er.

Sie zuckt nur mit den Schultern und grinst. Freche Göre!

»Wissen Sie, was?«, sagt er, um vom Thema abzulenken und ihr einen Gefallen zu tun. »Rufen S' am besten noch einmal bei den Kollegen in Deutschland an und lassen Sie sich die Kontaktdaten von diesem Randalierer geben. Sie wissen schon. Dem Alten vom Begräbnis des Schwiegervaters. Vielleicht finden S' auf diese Weise doch noch was über den Martin heraus, was wir übersehen haben. Aber jetzt hören wir uns erst einmal an, was die Frau Moser zu sagen hat, und dann entscheiden wir – ganz objektiv –, wer da lügt.«

Aussage gegen Aussage

Dang sprang auf und stieß den Stuhl zurück, sodass er auf den Boden krachte. Stäbchen und Schale ließ er fallen. Ein paar Soßenspritzer landeten auf Shaun, dem Schaf. »Bitte!«, flehte er. »Die schießen mich tot!«

Mama reagierte blitzschnell. Sie schob ihn in mein Schlafzimmer und schloss die Tür hinter ihm zu.

Ich hatte in der Zwischenzeit den Summer der Gegensprechanlage gedrückt.

»Entwarnung. Keine Mafia. Es ist nur die Polizei. Sie wollen meine Aussage.« Ich ging ins Vorhaus zurück, um Hartinger an der Wohnungstür zu empfangen.

Mama rannte mir nach und schüttelte mich. »Kein Wort über den Chinesen, Elli. Der hat nichts getan. Glaub mir das. Bitte!« Dann lief sie ins Wohnzimmer zurück.

Als ich mit den beiden Polizisten zurückkam, saß sie bereits auf Dangs Stuhl und wickelte genüsslich ein paar Nudeln auf ihre oder besser gesagt Dangs Stäbchen. Sie schluckte tapfer hinunter, stand auf und begrüßte den Inspektor, als wäre sie die Hausfrau.

»Bist du fertig?«, fragte sie mich. Keine Idee, was sie meinte.

Da ich ihr die Antwort schuldig blieb, räumte sie einfach alle Schälchen auf die Anrichte und wischte den Tisch ab. Ich konnte mich nicht erinnern, wann ich sie das letzte Mal so viel Hausarbeit auf einmal erledigen gesehen hatte.

»Soll ich das Feld räumen?«, erbot sie sich.

Kleine warf ihrem Chef einen fragenden Blick zu.

Der schüttelte den Kopf. »Sie müssen sich nur ruhig verhalten, bitte«, sagte er.

Und dann begann das Gelöchere. Hartinger betonte, dass es kein Verhör sei, aber es würde die Sache vereinfachen, wenn ich ihm gleich vor Ort ein paar Fragen beantworten könne. Wenn ich das nicht wolle, könne ich natürlich auch morgen im Revier meine Aussage machen, gerne auch mit Anwalt.

Ich erzählte ihm also freiwillig und ohne Anwalt – ich kannte ja sowieso keinen – von unserem angeblichen Ausflug in die Excalibur City, das Vergnügungs- und Outletcenter an der österreichisch-tschechischen Grenze. Dass wir uns eine Weile getrennt hätten, log ich, und Silke danach ziemlich ermattet zurückgekommen sei. Daher seien wir dann, ohne viel zu shoppen, nach Hause gefahren.

»Du vergisst den Schnaps«, sagte Mama. Sie ging zur Anrichte hinüber, nahm eine Flasche aus einem Duty-free-Sackerl und schenkte sich ein Stamperl ein. »Noch jemand?«

Die Polizisten mussten natürlich ablehnen, aber ich konnte gut was vertragen.

Hätte ich besser auch Nein gesagt! Mama kam mit der Flasche an den Tisch. Cannabiswodka! Ich wäre am liebsten im Boden versunken.

Hartinger grinste. »Wenn schon, denn schon, was?«

Mama schenkte mir einen Doppelten ein und verzog sich wieder an die Küchenzeile, wo sie munter anfing, den Geschirrspüler auszuräumen. Das hatte sie noch nie getan. Und sie verteilte das Geschirr völlig willkürlich in irgendwelchen Schränken. Da würde ich nachher stundenlang herumsuchen müssen, wo was gelandet war. Am liebsten wäre ich aufgehüpft, hätte ihr das Geschirrtuch aus der Hand gerissen und selber eingeräumt.

Indes ging die Ausquetscherei munter weiter.

»Sie sind also nach Hause gefahren. Irgendwo unterwegs stehen geblieben? Kreditkarte verwendet? Getankt?«

Ich verneinte. »Auch keine Zeugen, fürchte ich. Ich hab Silke aussteigen lassen und das Auto abgestellt. Bin dann in die Wohnung herauf. Bald darauf ist ja auch meine Mutter aufgetaucht.«

»Frau … äh?«

»Sargnagel. Marion Sargnagel, wenn Sie es fürs Protokoll brauchen. Ich kann nichts dafür«, sagte Mama. Sie hatte ihre Arbeit beendet und lehnte sich über die Anrichte, wobei sie ihren großzügigen Ausschnitt präsentierte.

»Tja. Namen kann man sich nicht aussuchen.« Hartinger schmunzelte sichtlich amüsiert.

Frau Kleine warf ihm einen bösen Blick zu.

»Die Bemerkung war außer Protokoll«, meinte er trocken. »Frau Sargnagel. Wann ungefähr sind Sie hier aufgetaucht?«

Ich schickte ein Stoßgebet zum Himmel, dass Mama gut kopfrechnen konnte.

Es musste so um vier, halb fünf herum gewesen sein, als sie mit ihrem Regenschirm vor der Tür gestanden hatte. Bis dahin konnten Silke und ich nach meinen Angaben offiziell garantiert noch nicht zurück gewesen sein.

Meine Angst war unbegründet. Mama war im Gegensatz zu mir geübt im Flunkern.

»Warten Sie«, sagte sie, zückte ihr Handy und wischte gekonnt darauf herum. »Nach Fahrplan ist die Schnellbahn um sechs Uhr vier angekommen. Bis ich zu Fuß da war, das waren dann nochmals circa fünfzehn Minuten.«

Ich hätte Mama umarmen können. Mit keiner Miene verriet sie, dass sie gestresst war, angestrengt nachdachte oder gar log. Sie war eben ein Profi.

»Ihre Tochter war da schon zu Hause?«

»War ich«, warf ich ein. »Das sagte ich ja bereits. Dass bald darauf meine Mutter vor der Tür stand.«

»War das abgemacht?«

Ich schluckte. »Was meinen Sie mit ›abgemacht‹?«

»Ob Sie wussten, dass Ihre Mutter auf Besuch kommen würde. Was dachten Sie denn?«

»Nein. Ich bin mehr ein spontaner Typ«, meldete sich Mama aus dem Hintergrund. »Normalerweise ist Elli ja eh immer zu Hause.«

»Es wäre mir recht, wenn jede der Damen die ihr gestellten Fragen selbst beantworten könnte«, sagte Hartinger. Er klang etwas genervt.

»Soll ich doch verschwinden?« Mama lächelte unschuldig wie ein Lamm. »Ich könnte ja ins Schlafzimmer gehen zum Beispiel. Oder unten warten?«

Kooperativ. Auch eine Eigenschaft, die ich meiner Mutter ad hoc nicht zugeschrieben hätte.

»Wenn Sie das tun würden? Frau Kleine. Begleiten Sie Frau Sargnagel doch nach unten. Wartezimmer ist offen?«

Die Frage galt mir. Ich nickte.

Mulmig war mir jetzt schon mit dem strengen Inspektor alleine – und einem tätowierten Chinesen, der möglicherweise doch ein Schwerverbrecher war, im angrenzenden Schlafzimmer. Mamas Stressmanagement hätte mir jetzt gut angestanden, ich durfte mich ja ganz generell nicht verplappern.

»Gut, Frau Moser«, sagte Hartinger. »Wie ist es weitergegangen? Wieso sind Sie denn nochmals rüber ins Haus?«

»Herr Martin hat mich gebeten, ihm meinen Schlüssel zu borgen, weil seine Frau nicht aufgemacht hat – und er seinen nicht finden konnte.«

»Sie hätten ihm den Schlüssel ja auch aushändigen können. Warum sind Sie denn mit hinüber?«

»Es schien mir einfacher. Sonst hätte ihn Wieland wieder zurückbringen müssen«, sagte ich knapp. Über Wielands böse Vorahnungen wollte ich mich besser nicht äußern.

»Für ihn war es bequemer, da haben Sie recht«, stellte Hartinger fest. »Wenn Sie mir nun noch schildern, was dann drüben passiert ist? Möglichst genau, wenn es geht. Schritt für Schritt. Sie kennen das ja schon.«

Das war mir ein Leichtes, die Kür gewissermaßen, wo ich doch bei der Wahrheit bleiben konnte. Hartinger hatte auch nichts auszusetzen oder hinzuzufügen.

»Bloß noch eine Kleinigkeit«, sagte er. »Das Verhältnis …« Umständlich steckte er seinen Kuli in die Sakkotasche.

Ich wischte mir heimlich die Hände an der Hose ab.

»Das Verhältnis des Herrn Martin …« Er nahm den Kuli wieder heraus und klickte ihn zu. Steckte ihn wieder ein. Dann blickte er mir in die Augen.

Der Mensch hatte so was von einem stechenden Blick!

»Wie war denn das Verhältnis der Eheleute?«

»Was wollen Sie hören, Herr Chefinspektor? Ich kannte Silke ja noch nicht lang. Er war sehr liebevoll im Umgang mit ihr.«

»Das hört sich aber irgendwie nach Pflege an, nicht nach Ehe.«

»Es war wohl beides«, gab ich zu. Mir war das Thema peinlich. Ich wusste nicht, was das die Polizei jetzt noch anging. »Sie war krank, deswegen hat er sie ja auch erst vor Kurzem aus Deutschland geholt. Wegen der guten Luft hier.«

»Das ist mir neu, dass das Weinviertel dafür so berühmt ist. Da hätte ich an seiner Stelle doch eher eine waldige Gegend gewählt.«

»Das hat sich halt so ergeben durch den Tod meines Mannes. Die Ordination war frei. Das Schicksal hat es so gewollt.«

Hartinger hob die Augenbrauen. »Die Polizei glaubt nicht an Schicksal, aber gut. Wie lange sind die beiden denn schon hier im Luftkurland Weinviertel?«

Mein Puls stieg kontinuierlich, als ob ich am Heimtrainer säße. Aber ich hatte durch meine Work-outs auch gelernt, ihn im Zaum zu halten. So schnell würde mich der Inspektor nicht aus der Fassung bringen können.

»Wieland ist schon seit August hier – mit kurzen Unterbrechungen«, sagte ich ruhig und gelassen. »Die Praxis haben wir im September wiederaufgesperrt. Und Silke ist im Oktober zu uns gestoßen.«

»Und die Wohnung getauscht haben Sie …«

»… bald nach Silkes Einzug.«

»Das setzt schon viel Dankbarkeit voraus, sein Haus gegen eine Wohnung zu tauschen, kommt mir vor.«

Der Mensch konnte die einfachsten Tatsachen so verdächtig ausschauen lassen!

»Das waren rein finanzielle Überlegungen, Herr Chefinspektor. Mein Mann hat mir einen Haufen Schulden hinterlassen.«

»Wussten Sie das eigentlich, Frau Moser?«

»Wusste ich was?«

»Das mit den Schulden Ihres Mannes. So was muss einer Ehefrau doch auffallen. Wo Sie noch dazu für ihn gearbeitet haben.«

»Nein. Ich wusste es nicht.« Jetzt zog mein Puls dank des Adrenalins wieder kräftig an. »Was hat das jetzt mit Silkes Tod zu tun?«

»Sie haben recht. Lassen Sie uns über den Tod Ihrer Freundin reden. Sie war doch Ihre Freundin?«

»Ach Gott, Freundin. Sie kannte ja niemanden hier. Ich hab mich halt ein wenig um sie gekümmert.«

Hartinger brummte. Es hörte sich an wie »rührend«. Vielleicht auch »gebührend«. Ich ignorierte ihn besser, um meinen Blutdruck zu schonen.

»Die Wunde am Kopf ist dem Opfer mit so einer Zierfrucht, einer Melanzani, zugefügt worden. Gehen wir einmal davon aus, dass es die Tatwaffe war – die Obduktionsergebnisse stehen ja noch aus. Ist Ihnen dieser Gegenstand bekannt?«

»Sie meinen, die Scherben waren von einer Porzellanaubergine? Die kenne ich natürlich. Silke hatte da ein Arrangement von drei Früchten im Vorzimmer stehen. Eine dient als Lampe, die anderen sind Zierde. Geschmäcker sind verschieden, Herr Chefinspektor.« Ich musste unbedingt klarlegen, dass die Stücke nicht aus meinem Haushalt stammten.

»Das hatten wir auch schon vermutet. Neben der besagten Lampe stand ja noch so ein hübsches Exemplar.« Hartinger verzog den Mund. Plötzlich fixierte er mich wieder mit diesem Falkenblick. »Wissen Sie, was ich mich gefragt habe? Der Einbrecher. Er schließt gekonnt die Türe auf. Mit einem Dietrich zum Beispiel. Ein Profi also. Dann sieht er im Wohnzimmer Ihre Freundin sitzen. Ich nehme einmal an, sie schlief, denn sonst wäre er vermutlich getürmt. Der Einbrecher läuft also zurück ins Vorzimmer, schnappt sich so einen Ziergegenstand, läuft wieder zurück und schlägt damit der Frau Martin den Schädel ein. Danach öffnet er den Safe. Nein, halt! Zuerst musste ihm sein Opfer ja noch den Code verraten. Das heißt, er bedroht Frau Martin mit der Melanzani. Sie verrät ihm den Code. Dann erschlägt er sie. Glück gehabt, dass sie ihm den richtigen Code genannt hat vor ihrem Abgang. Diese Vorgehensweise deutet wiederum nicht unbedingt auf einen Profi hin, meinen Sie nicht auch?«

»Vielleicht hat er ja schon im Vorzimmer gehört, dass er sich nicht alleine in der Wohnung befindet, und sich sicherheitshalber gleich diese Waffe mitgenommen?«

»Glauben Sie denn, dass noch jemand Drittes anwesend war?«

Meine Hormondrüsen arbeiteten auf Hochtouren. Wie kam ich aus dem Wirbel wieder heraus, in den ich mich da gerade hineinredete?

»Damit hab ich natürlich Silke gemeint. Mit ›nicht alleine‹«, sagte ich.

»Frau Martin hat doch geschlafen, die hätte er vom Vorzimmer aus nicht gehört – es sei denn, sie hätte geschnarcht. Aber so eine junge Person?« Hartinger grinste.

Und ich schwitzte.

»Aber nein! Die Musik! Sie hatte doch den Plattenspieler laufen.« Das war mir im sprichwörtlich letzten Moment eingefallen. Meine Körpertemperatur sank wieder, sodass ich den Inspektor auch gleich noch auf die richtige Fährte lenken wollte. »Wo Sie die Anzahl der anwesenden Personen schon ansprechen. Was, wenn der Einbrecher nicht allein war? Dann bedroht einer Silke mit der Melanzani, der oder die anderen probieren den Code aus.«

Hartinger nickte. »Das wird die Spurensicherung garantiert feststellen können, wie viele es waren. Aber wie eine Profisache schaut es mir trotzdem nicht aus. Die hätten ihre eigenen Waffen mitgebracht, glauben Sie mir.«

»Das müssen Sie wissen«, sagte ich knapp. »Ich bin sicher kein Profi.« Hatte ich das jetzt wirklich gesagt, verdammt?

Hartinger hob seine Augenbraue. »Gut. Dann war's das fürs Erste«, sagte er schließlich und stand abrupt auf. »Wir sehen uns dann morgen auf dem Präsidium. Ich brauch noch ihre Unterschrift fürs Protokoll. Und bringen Sie Ihre Mutter mit.«

Kaum dass er draußen war, riss ich ein Dachflächenfenster auf. Es war höllisch heiß geworden hier im Loft, und es stank nach chinesischem Essen. Von wegen Leckerbissen, die das Herz berühren.

Hartinger erteilt einen Auftrag

»Die Moser lügt jedenfalls schlechter als der Martin«, sagt der Hartinger. »Haben Sie registriert, wie nervös die war?«

»Das stimmt schon«, gibt die Kleine zu. »Sie hat auch kein gutes Alibi für die Tatzeit. Der Mord wäre sich zeitlich locker ausgegangen bis zum Eintreffen der Mutter.«

»So ist es. Die zwei Frauen kommen von ihrer Tour zurück. Die Moser geht entgegen ihrer Behauptung mit der Freundin mit, schnappt sich beim Eingang diese Mörderfrucht und drischt sie ihr an die Birne, sobald die Martin sich gesetzt hat.«

»Glaub ich nicht«, sagt die Kleine.

»Warum nicht?«

»Die Frau Martin. Haben Sie sich die näher angesehen? Die war im Jogginganzug. Die ist nicht der Typ Frau, der im Schlabberlook Einkaufen fährt.«

»Vielleicht hat sie sich vorher umgezogen. Oder die Damen haben noch einen Kaffee getrunken. Kann sein, dass die Moser sich auch umziehen gegangen und wieder zurück ins Haus ist. Schlüssel hat sie ja. Und da nimmt sie dann das Gemüse ...«

»Ja, so wäre es möglich gewesen. Anschließend lässt sie das Ganze aussehen wie einen Raubmord. Motiv: Eifersucht.« Die Kleine seufzt.

»Und dass die beiden unter einer Decke stecken, die Moser und der Martin? Die arme Frau weiß ja nicht, was sie sich da für ein Arschloch einhandelt. Liebe macht bekanntlich blind.«

»Stimmt, Chef. Und jetzt, wo es brenzlig wird, lässt er sie fallen wie eine heiße Kartoffel.« Richtig wütend ist sie wieder auf den James Bond. »Dann müssten wir aber auch das Motiv für den Herrn Martin genauer untersuchen. Liebe ist es in seinem Fall garantiert nicht.«

Der Hartinger lacht. »Da können Sie Gift drauf nehmen.«

»Und?«, fragt die Kleine. »Was machen wir als Nächstes?«

»Wir lassen das Haus über Nacht observieren. Ich sag Ihnen:

Wer da als Erster rauskommt, ist unser Mörder. Es gibt ja auch Diebesgut, das vielleicht außer Haus gebracht werden muss. Denn eines ist klar: Um eine Hausdurchsuchung werden wir nicht herumkommen. Und das weiß vermutlich auch der Dieb oder die Diebin.«

Die Kleine ist zuerst enttäuscht, weil der Hartinger zwei andere Kollegen aus dem Team mit der Überwachung beauftragt. Aber dass sie sich ganz alleine und verantwortungsvoll mit den Kollegen aus Deutschland kurzschließen darf, ist ja auch ein Vertrauensbeweis. Immerhin geht es um die Motivsuche für einen Hauptverdächtigen.

Dangs Geschichte

Mama und ich warteten am Fenster, bis die Polizisten wegfuhren, erst dann ließen wir Dang wieder aus seinem Versteck. Ich bestand allerdings zuvor darauf, dass wir uns bewaffnen sollten. Was, wenn Mama sich doch geirrt hatte?

Sie rollte mit den Augen und klatschte mir ihr Pfefferspray auf den Tisch. Das brachte mich auf die Idee, zusätzlich noch den Feuerlöscher in Reichweite zu halten. Mit dem konnte ich ihm notfalls nicht nur ins Gesicht sprühen – wenn es sein musste, würde ich ihm das Ding auch an den Kopf schleudern.

Dang sah allerdings alles andere als bedrohlich aus, wie er da so mit hängenden Schultern in meinem Nachthemd aus dem Schlafzimmer geschlurft kam. Beinahe hatte ich ein schlechtes Gewissen ihm gegenüber. Und dennoch. Für mich war er immer noch ein Einbrecher, wobei, das muss ich zugeben, ich nicht verstand, warum er dann zurückgekehrt war. Den Safe hatte er ja bereits ausgeräumt. Wonach suchten die Kerle? Das war eine Schlüsselfrage.

»Wo waren wir stehen geblieben?«, fragte Mama. Sie gab noch eine Runde von dem grausigen Hanfschnaps aus.

»Bei der Mafia.«

Dang zuckte zusammen.

»Und diesem Großen Bruder. Also dem kleinen Chinesen, von dem ich annehme, dass es derselbe war, mit dem Dang damals die Ladung bei deinem Mann abgeliefert hat.«

»Welche Ladung, bitte? Die paar Teigtascherln, die er im Kühlschrank hatte, und diese Butter?«

»Dwogen«, sagte Dang.

»Was?«

»Lauschgift.«

Ich schloss die Augen. Hans Helmut hatte sich also wirklich mit Drogenhändlern eingelassen. Erst Spielschulden, dann Drogendeals?

»Der kleine Chinese war offiziell so was wie ein Magazineur in einem großen Asiamarkt in Wien«, erklärte Mama. »Und Dang wurde ihm wegen seiner Größe und Stärke als Lagerarbeiter zugeteilt. Er hat dort hauptsächlich Kisten geschleppt. Und weggeschaut. Das hat Dang in den Augen des Großen Bruders vertrauenswürdig gemacht, und er hat ihn zu seinem persönlichen Adjutanten ernannt. Eine weitere lukrative Aufgabe des Dai Lo war nämlich, von den chinesischen Restaurantbesitzern Schutzgeld einzukassieren. Und Dang nahm er sich quasi als Bodyguard mit.«

»Und warum kommen diese Typen jetzt ins Weinviertel?«

»Wegen die Teigtaschelaffä'e«, sagte Dang.

»Die was?« Dangs Gebrabbel war echt schwierig zu verstehen.

»Die Sache mit den illegalen Teigtascherlfabriken ist doch sicher auch bis zu euch in die Provinz vorgedrungen, oder?«, ätzte Mama.

»Die Nachrichten sind bundesweit dieselben, Mama. Und ich lese auch ab und zu eine Tageszeitung, stell dir vor. Ich hab Dang schlicht und einfach akustisch nicht verstanden.« Mamas beleidigende Äußerungen gegen das Landvolk waren nun wirklich nicht angebracht. »Die letzte grindige Produktionsstätte haben sie erst vor ein paar Wochen ausgehoben«, sagte ich, um meinen guten Informationsstand zu unterstreichen. »Die elfte seit Juli, wenn ich mich nicht irre.«

»Richtig«, sagte Mama. »Seit Juli. Und weil die Polizei damals plötzlich anfing, in den chinesischen Läden herumzuschnüffeln, haben die Betreiber von diesem Asiamarkt kalte Füße bekommen. Aber nicht nur wegen der illegalen Teigtascherl. Die vielen Bananenschachteln beherbergten auch Endprodukte anderer Früchte, wenn du weißt, was ich meine.«

»Und wieso bringen sie die ausgerechnet zu Hans Helmut? Was hatte er mit den Leuten zu schaffen?«

»Dokto' Mose' manchmal Kulie' fü' Filma«, sagte Dang. »Hat Wale zwischen Budapest und Wien ode' Blünn gefahlen. Und andele Dokto', Goldlocke …« Dang bekam einen ängstlichen

Gesichtsausdruck. »Mölde' von Dai Lo …«, flüsterte er. »Auch Kulie'. Von Wien nach Düsseldo'f.«

»Das heißt, Hans Helmut und Wieland waren beide Drogenkuriere für diese Asiaten?«

»Genau. Und die Firma, um bei dem Namen zu bleiben, musste die Sachen wegen der befürchteten Razzien so schnell wie möglich an einer neutralen Stelle zwischenlagern. Dein Mann hat das irgendwie mitgekriegt, vielleicht, weil er gerade mit einer Lieferung aus Ungarn kam, so genau konnte ich Dang nicht verstehen. Ist ja auch egal. Jedenfalls hat er seinen Keller – oder vielmehr Lisbeths, wie wir ja nunmehr wissen – zur Verfügung gestellt. Und an dem Tag, du weißt schon, welchem, da haben sie das Zeug gebracht.«

»Und Wieland?«

»Warum der genau am selben Tag bei Hans Helmut auftaucht? Was damals vorgefallen ist? Das weiß niemand außer Wieland selbst. Aber es geht jetzt um Dang und den Großen Bruder«, fuhr Mama fort. »Die beiden sollten die Drogen heute wieder abholen. Staunten nicht schlecht, dass es nicht Hans Helmut war, der ihnen drüben öffnete, sondern Wieland. Er behauptete, er wisse von der Sache, und weil sie ihn ja auch kennen von der Firma, vertrauten sie ihm. Er fährt also mit ihnen zum Keller. Während Dang sich hinunterbückt und die Stecker der Tiefkühltruhen aus der Dose zieht, schreit Wieland plötzlich: ›Hände hoch!‹«

Ich fuhr zusammen, als Dang mit einer für so einen Hünen überraschend geschmeidigen Bewegung aufsprang. Seine Augen waren groß wie die eines Koboldmaki.

»Dai Lo ist zu weit weg, kann ich nicht schützen. Ich muss schlagen Pistole aus Hand von Goldlocke.« Er machte einen Satz wie ein Kung-Fu-Krieger.

Ich hatte schon Angst, er würde mir seinen Fuß ins Gesicht stechen. Aber er griff sich mit schmerzverzerrtem Blick an die Schulter.

»Dang nicht sehen, dass Dai Lo zieht Messe' aus Hemd und schleude't auf Dokto' Goldlocke.« Er imitierte seinen kleinen Chef und zog ein virtuelles Messer aus Shaun, dem Schaf. »Selbe

Moment, wie Dang splingt zu Gloße Blude', Messe' steckt in Dang Schulte'. Nächste Moment fällt Schuss. Und Kugel von Dokto' tlifft Gloße Blude' mitten in He'z!« Erschöpft ließ Dang sich in seinen Stuhl fallen und bedeutete Mama, dass sie mit der Erzählung fortfahren sollte.

»Wieland ist anscheinend selber erschrocken, und diese Chance kann Dang nutzen. Er rennt hinaus, springt ins Auto und fährt hierher. Den Wagen parkt er klugerweise hinter dem Haus. Dann klopft er an dein Fenster. Das deckt sich doch mit deinen Erzählungen, oder?«

Bevor ich noch einen Einwand machen konnte, fuhr Dang aufgeregt fort. »Dang suchen Dokto' Mose'. Vielleicht kann helfen. Abe' Goldlocke kommt schon mit Spoltwagen. Dang wilft auf Boden hinte' Haus.«

»Tja. So muss es gewesen sein, Elli. Wieland läuft ins Haus. Vielleicht wollte er sich umziehen oder was holen. Da sieht er Silke dort im Fernsehsessel, wie sie um Luft ringt. Muss für ihn sicher auch ein Schock gewesen sein, er dachte ja, dass ihr unterwegs seid. Warum er ihr nicht hilft und stattdessen den Safe ausräumt, das müssen wir ihn schon selber fragen. Oder besser: Die Polizei fragt ihn das.«

»Du hältst es also tatsächlich für möglich, dass Wieland ein Mörder ist?«

»Tut mir leid, Elli. Ich glaube nicht, dass Dang so eine Geschichte erfinden könnte. Wo noch dazu die Details super zusammenpassen. Oder siehst du irgendwelche Widersprüche?«

Ich stand auf und zog eine Runde durch das Loft. An der Glaswand machte ich halt. Draußen war es stockfinster, nur in der Ferne blinkten ein paar Windräder. Ich griff nach einem von Silkes Steinen und ließ ihn in meiner Hand kreisen. Mir brummte der Schädel. Ich wollte es einfach nicht wahrhaben. Wie konnte ich mich so in einem Menschen irren?

Und doch … Selbst meinen Mann, von dem ich geglaubt hatte, ihn in- und auswendig zu kennen, hatte ich völlig verkannt. Weder, dass er sein Geld in ein Casino trägt, noch, dass er dafür ins Kriminelle abdriftet, hätte ich ihm je zugetraut.

In diesem neuen Licht betrachtet, machte auch sein Abschiedsbrief einen Sinn. Diese Sache, in die er da geraten war. Oh mein Gott! Und jetzt auch noch Wieland? Mein Retter?

Und plötzlich fiel bei mir der Groschen. Hans Helmut musste ihm von den Drogen erzählt haben. Das war der Grund, warum er ständig nach diesem Keller gesucht hatte. Weil dort die wertvolle Ladung versteckt war!

Ich drehte mich zu den beiden um. Hängte wortlos den Feuerlöscher wieder an seinen Platz. »Was machen wir jetzt, Mama?«

Die Antwort musste vertagt werden, denn es klopfte an der Tür.

»Elli Grace. Darf ich reinkommen?«

Dang hastete ins Schlafzimmer. Ich warf Mama einen verzweifelten Blick zu. Sie zuckte nur mit den Schultern.

Wieland fiel mir um den Hals und schluchzte.

»Komm rein«, sagte ich. Meine Knie zitterten. »Setz dich zu uns.«

Er lehnte einen Seesack an die Küchenzeile und trat in den Wohnbereich. »Ach, deine Mutter ist hier?«, sagte er enttäuscht.

»Mein Beileid«, sagte Mama. Ohne ihn zu fragen, schenkte sie ihm ein Stamperl Cannabisschnaps ein und schob es ihm hin. »Ist die Polizei drüben fertig?«

»Ja, Gott sei Dank!« Er ergriff dankbar den Schnaps und stürzte ihn hinunter. »Sie haben alles versiegelt«, sagte er. »Darum wollte ich dich eigentlich bitten, Elli Grace, ob ich diese Nacht hier … Aber wenn Marion … Egal. Ich werde mein Lager unten in der Ordination aufschlagen und mir morgen ein Hotelzimmer nehmen. Ist ja sowieso alles schrecklich.«

Ich strich ihm tröstend über den Arm. Ich konnte gar nicht anders. Jetzt, wo er hier vor mir saß. Mit diesem trüben Blick. Es war völlig bizarr. Der Mann war doch kein Mörder!

»Was schaust du so?«, fragte er plötzlich. Seine Stimme hatte etwas Aggressives, das ich von ihm nicht kannte.

»Es tut mir leid«, stammelte ich. »Ich kann es einfach nicht fassen, was da passiert ist.«

»Glaubst du etwa auch, was die Polizei denkt?«

»Was denkt denn die Polizei?«, warf Mama ein.

»Die glauben, dass *ich* meine Frau umgebracht habe. Wegen *dir*, Elli Grace!«

Meine Hand fuhr instinktiv an den Hals. »Wegen mir?«

»Ja! Ist das nicht grotesk?«

Wäre der Hals, den ich gerade gepackt hatte, seiner gewesen, ich hätte glatt zugedrückt. Warum sollte das grotesk sein? Ich hätte … Ich *hatte* seine Frau ja auch umgebracht. Wegen ihm!

Ich schluckte meinen Zorn tapfer hinunter. »Es tut mir leid, Wieland. Das habe ich nicht gewollt.« Plötzlich wurde mir bewusst, was ich da von mir gab. Ich schnappte nach seinem Arm. »Ich meine … Ich wünschte … Also du wirst schon sehen. Der Polizist. Erst mal alle verdächtigen und schauen, was sich tut, das ist seine Masche. Bei mir war der doch auch so unangenehm, kannst du dich nicht erinnern? Ich hätte Hans Helmut geschubst, hat er damals behauptet.«

Wieland erhob sich schwerfällig. Er verbarg sein Gesicht in den schön manikürten Händen. Sein Kopf wanderte wie ein Pendel hin und her.

»Hör mal, Wieli«, sagte Mama. »Bei Silkes Tod ist die Beweislage doch eh eindeutig, oder? Es müssen diese Einbrecher gewesen sein. Die Spurensicherung wird das beweisen.«

Wieland atmete einmal kräftig durch. Eine Locke fiel ihm attraktiv über die rechte Augenbraue. »Das hab ich auch versucht, denen klarzumachen. Er müsse die Obduktion abwarten, sagt dieser Hartinger. Wie es aussieht, ist Silke ja erschlagen worden, aber es gäbe noch ein paar Ungereimtheiten.«

»Na ja. Mehr dürfen die ja auch nicht verraten. Laufende Ermittlungen, Zeugenbeeinflussung und so.« Mama war wirklich eine Kriminalexpertin. »Außerdem, Wieli«, sagte sie. »Wenn du unschuldig bist, hast du in Österreich nichts zu befürchten. Das Gesetz ist auf unserer Seite.«

»Was meinst du mit ›unserer Seite‹, Marion?« Wieland fixierte Mama. Die räumte stoisch die leeren Schnapsgläser in den Geschirrspüler.

»Auf der Seite des braven Volkes. Und jetzt, glaube ich, sollten wir alle zu Bett gehen und über die ganze Sache schlafen. Morgen sieht die Welt schon wieder ganz anders aus.« Mit einem lauten Knall schlug sie die Tür der Geschirrspülmaschine zu.

»Gute Idee«, sagte ich. Meine Stimme brach fast. »Wenn du was zum Einschlafen brauchst, in der Hausapotheke findest du sicher was.«

»Danke«, sagte er. »Dann geh ich mal.«

Ich sperrte sorgsam hinter ihm ab. Sicher war sicher. Da sprang mir dieser Seesack ins Auge, der noch an der Anrichte lehnte. Ich schnappte ihn und öffnete die Tür erneut einen Spalt. »Wieland!«, rief ich ihm nach. »Du hast deinen Seesack vergessen!«

Ich folgte meinem Impuls, kurz einen Blick in den Beutel zu werfen. Neben den erwarteten Kleidungsstücken und Utensilien für die Nacht sprangen mir zwei Dokumentenmappen, ein paar Kuverts, eine Schatulle und ein zusammengeknüllter Müllbeutel ins Auge. Ich zog den Sack wieder zu, denn Wieland war schon am Fuß der Wendeltreppe.

»Ich werd auch immer vergesslicher. Das macht der Stress«, sagte er und nahm mir den Beutel aus der Hand. »Ich muss wirklich Valium nehmen, damit ich gut schlafen kann.«

»Mach das«, murmelte ich und zog die Tür wieder zu. Diesmal sperrte ich sie nicht nur ab, sondern hängte auch die Kette vor. »Mama, du hast recht. Er war's. Er hat den Safe ausgeräumt.«

»Sag ich ja, Kind. Was macht dich plötzlich so sicher?«

Ich beschrieb ihr den Inhalt des Seesacks.

Mama nickte und schlug die Stirn in Falten. »Weißt du, was ich mich gerade frage?«, sagte sie. »Warum nimmt er das Diebesgut mit zu dir? Er sollte es doch besser verstecken, bevor die Polizei es bei ihm findet, oder?«

»Scheiße. Das hieße ja …«

»Genau. Er wollte es dir unterjubeln, Elli. Schätze, er hat spitzgekriegt, dass du in der Küche versteckt warst, während er sich über den Safe hergemacht hat.«

Verdammte Scheiße! Der Lärm des umgefallenen Putzkübels in der Speisekammer. Die Erinnerung daran machte mir sofort wieder einen heißen Kopf.

»Wie kann man nur so skrupellos sein? Und so kaltblütig! Räumt in aller Seelenruhe den Safe aus, während seine Frau neben ihm verreckt und ich mir in der Speisekammer die Hosen vollmache. Und dann täuscht er einen Einbruch vor.«

»Den er jetzt dir anhängen will.«

»Wir müssen zur Polizei, Mama, endlich die Karten auf den Tisch legen.«

»Nein!«, riefen Mama und Dang gleichzeitig.

Der Plan

Dang zitterte. »Bitte nicht Polizei. Dann ich muss zulück nach China. Mach ich liebe' Teigtaschel.«

»Aber wir müssen den Mord an deinem Dai Lo anzeigen, Dang. Wieland muss dafür ins Gefängnis. Du bist Zeuge.« Meine doofe Verliebtheit, für die ich mich mindestens genauso schämte wie für Silkes Tod, war großer Verachtung gewichen. Dieser Mensch durfte seiner gerechten Strafe nicht entgehen.

Für mich war klar: Ich würde gestehen, Silke unabsichtlich zu Tode gebracht zu haben, aber dafür würde man Wieland zusätzlich auch wegen unterlassener Hilfeleistung anklagen, was das Strafausmaß hoffentlich deutlich erhöhen würde. Und ich könnte endlich wieder ohne Schuldgefühle in den Spiegel schauen. Leider wollten die beiden dabei nicht mitspielen.

»Man wird Dang nicht glauben, Elli«, warf Mama ein. »Wieland wird alles leugnen. Die Waffe hat er sicher schon entsorgt oder zumindest gut versteckt. Du weißt doch selbst, wie er Menschen manipulieren kann. Er hat ein gewinnendes Wesen und lügt wie ein Politiker. Wie viel wird Dangs Wort dagegen wert sein? Die Aussage eines illegalen Chinesen, der Schutzgeld eintreibt und Drogen durch die Gegend kutschiert? Wohl nicht sehr viel, da sind wir uns doch einig, oder?«

Ich schaute Dang an. Das »Monster«, das mir einen solchen Schrecken eingejagt hatte. Er sah so bizarr aus in meinem Sleepshirt und mit dem Drachentattoo auf seinem mächtigen Oberarm. Und gleichzeitig so bedauernswert mit diesem panischen Gesichtsausdruck eines Kindes, das sich vor dem Krampus fürchtet.

Mama hatte recht. Dangs Aussage allein war nicht genug. Ohne schlagkräftige Beweise würde Wieland womöglich ungeschoren davonkommen. Dangs Best-Case-Szenario wäre eine Abschiebung nach China. Für ihn mindestens genauso schlimm wie das Gefängnis für mich.

Aber was tun?

Nach einigem Hin und Her konnten wir uns auf einen Plan einigen. Oberste Priorität hatte Dangs Sicherheit. Wir mussten ihn verstecken und am besten auch noch außer Landes bringen.

»Das lass meine Sorge sein. Ich hab so meine Connections«, sagte Mama stolz. Was genau sie mit ihm vorhatte, gab sie nicht preis. »Je weniger du weißt, desto besser«, sagte sie. »Die Polizei wird dich in die Mangel nehmen, Elli, nicht mich. Und du würdest dich vermutlich verplappern.«

»Danke für dein großes Vertrauen«, murrte ich, aber Mama hörte mir gar nicht mehr zu.

»Ich denke«, sagte sie, »wir könnten Dang fürs Erste bei Lisbeth unterbringen. Die hat ein Kabinett mit Couch, wo schon so manch ein Sozialfall eine kurze Bleibe gefunden hat. Dort wird ihn niemand suchen.«

Ich protestierte heftig. »Wir können Lisbeth nicht in die Sache mit hineinziehen, Mama. Das ist nicht fair.«

Doch Mama hatte sie schon an der Strippe. »Schatz. Wir brauchen einen Schlafplatz für einen Menschen in Not. Soziale Randgruppe«, sagte sie.

»Aber natürlich«, hörte ich Lisbeths Stimme. »Männlich, weiblich? Drogen, Hautfarbe, Gewaltprävention, obdachlos?«

»Männlich. Im Prinzip alles vom Rest. Er wird verfolgt. Hinaus dürfte er nicht.«

»Alles klar. Für wie lange, Marion?«

»Ach, höchstens ein paar Tage, je nachdem.«

»Bring ihn her. Du wirst mir die Umstände ja sicher erklären, oder?«

Damit war die Sache also geritzt. Das nächste Problem war weit schwieriger zu lösen. Was sollten wir mit den Drogen und der Leiche des Dai Lo machen?

»Die Drogen nehme ich mit nach Wien«, schlug Mama generös vor.

»Damit du die Chinesenmafia am Hals hast? Mama, bist du verrückt? Die pusten dich über den Haufen, so schnell kannst du gar nicht schauen.«

»Ist wi'klich gefäh'lich«, sagte Dang. »Und Ladung ziemlich gloß.«

»Was sollen wir uns unter ›groß‹ vorstellen?«

»Gloß wie zwei Geflieh'tluhen.«

»Und die sind voll mit Drogen? Der Straßenwert für harte Drogen geht bis zu achtzig Euro. Das Gramm, wohlgemerkt!«, rief Mama voll der Bewunderung.

»Das wären ja dann für ein Kilogramm achtzigtausend Euro!«, flüsterte ich. »Wie viel ist es denn, Dang?«

»Kann nicht sagen. Nicht meine Aufgabe, schauen. Aufpassen auf Dai Lo und schleppen Kisten. Das mein Job.«

»Siehst du?«, triumphierte Mama. »Was ich nicht weiß ...«

»... macht mich nicht heiß. Jaja, ich hab's verstanden. Abgesehen davon, wie willst du zwei Gefriertruhen transportieren? Mit der Schnellbahn oder im Corsa?«

Mama verdrehte die Augen. »In Dangs Kastenwagen natürlich, der ist doch dafür vorgesehen, nicht?«

An den hatte ich freilich nicht gedacht. »Trotzdem, Mama. Du kannst doch nicht mit einer Ladung Drogen im Wert von Hunderttausenden Euro durch die Gegend kutschieren. Wenn dich ein Polizist aufhält? Du einen Unfall hast? Dafür kriegst du Jahre aufgebrummt.«

»Fällt dir was Besseres ein, Elli? Wieland wird sich das Zeug holen, sobald er hier weg kann. Dann ist er damit über alle Berge. Die Leiche und die Scherereien lässt er dir zurück. Und du gehst hinter Gitter, Elli. Und wenn du wieder draußen bist, warten die Chinesen vor deiner Tür.«

Mein Darm trieb mich aufs Klo, wo ich am liebsten sitzen geblieben wäre. Leider würde das keines meiner Probleme lösen. Also drückte ich doch die Spülung und setzte mich wieder zu den beiden an den Tisch.

Mama tätschelte meine Hand. »Gemeinsam schaffen wir das, Kind. Wir wurschteln uns da raus, wirst sehen.«

Ich wischte mir eine Träne aus dem Gesicht. »Und wie konkret, bitte?«

»Wir müssen uns zuerst noch einmal in Wielands Lage versetzen, bevor wir entscheiden«, schlug Mama vor. »Du kennst Wieland am besten. Was, glaubst du, wird er jetzt tun?«

»Ich würde an Wielands Stelle denken, dass Dang mit dem leeren Van nach Wien zurückgefahren ist. Und dass er mit Leuten von dieser Firma wiederkommen wird, um sich sowohl die Ware als auch den Mörder des kleinen Chinesen zu holen«, meinte ich.

Mama nickte. »Das bedeutet, dass Wieland es eilig hat. Sehr eilig! Wir müssen ihm zuvorkommen.«

»Und die Leiche?«, wisperte ich. »Die können wir wohl auch nicht dort lassen, oder?«

Mama schüttelte den Kopf. »Wenn man die in deinem Keller findet, dann hast du im besseren Fall die Polizei am Hals, im schlimmeren die Mafia. Oder noch schlimmer: Sie bedrohen Lisbeth. Weil es ja ihr Keller ist.«

Ich schluckte. Das war ein schlagendes Argument. Meine Tochter sollte nicht für die Blödheiten ihrer Mutter büßen.

»Dang. Was denkt denn deine Firma, wo ihr beide sein könntet, du und der Dai Lo?«, fragte ich matt. »Und wissen diese Leute eigentlich, wo der Keller ist?«

Laut Dang kannten nur der Dai Lo und er selbst den genauen Standort des Kellers, was aber nebensächlich war, denn Hans Helmuts Adresse war ihnen geläufig.

»Sie werden als Erstes bei mir anklopfen«, begriff ich mit Schrecken. »Sie wissen ja nicht, dass Hans Helmut tot ist.« Allein bei dem Gedanken, wen mir die Chinesenmafia wohl ins Haus schicken würde, zitterten mir die Knie. Ich schlich zum Fenster und checkte die Umgebung. Alles ruhig draußen.

»Genauso wenig wissen sie allerdings, dass der Dai Lo tot ist«, ergänzte Mama. »Das verschafft uns vielleicht ein wenig Zeit, denn sie könnten schließlich auch hinter ihm her sein. Keine Ahnung, wie weit hergeholt die Vermutung ist, dass sich die beiden, also Dang und der Dai Lo, mit dem Zeug aus dem Staub gemacht, den Coup quasi von langer Hand geplant haben könnten.«

Jetzt war es Dang, der heftig zu zittern begann. »Sie blingen alle um!«, keuchte er.

»Sie werden dich nicht finden, Dang«, versuchten wir ihn zu beruhigen.

»Abe' Fleunde in Wohnung! Suchen Dang zue'st do't. In Wohnung mit Teigtaschelfablik.«

»Zu wievielt wart ihr denn in dieser Wohnung?«

Dang streckte vier Finger seiner riesigen Hand.

Mama zückte erneut ihr Handy und erklärte Lisbeth, dass es doch insgesamt vier Menschen sein würden, die sich für eine Weile ihr Kabinett teilen mussten. »Und jetzt sollten wir keine Zeit mehr verlieren, Elli. Es ist fünf vor zwölf!«

Aufräumen

Die Kirchturmuhr schlug tatsächlich Mitternacht, als wir uns auf den Weg machten. Ohne das Licht anzuschalten, tasteten wir uns nach unten. Ich vorneweg, gefolgt von Dang, Mama zum Schluss. Durch das Gangfenster fiel genug Licht herein, und die coole Wendeltreppe ermöglichte uns einen lautlosen Abstieg. Wenn ich bedachte, dass uns dies noch vor wenigen Monaten die vermaledeite Holztreppe unmöglich gemacht hätte! Nun gut, warf meine Erinnerung ein, da hättest du ja auch keinen Grund gehabt, dich heimlich aus dem Haus zu schleichen. Auch wieder wahr!

Aus der Ordination drang kein Licht auf den Gang. Wieland schlief also schon. Das sollte auch so bleiben, daher schlichen wir uns lieber durch den Garten ins Freie. Erste Etappe geschafft!

Dang hatte den Van versteckt in einem Windschutzgürtel abgestellt, einem kleinen Gehölz, das wir zu Fuß in einer Viertelstunde erreichten. Die Nacht war klar und kalt. Wir mussten sogar die Scheiben freikratzen. Meine Finger waren schon ganz klamm, als wir beim Weinkeller ankamen.

Die Türe war abgesperrt. Sie ohne Schlüssel aufzubringen war aber gar kein Problem, wir hatten ja Dang dabei. Mit seiner intakten Schulter warf er sich ein paarmal dagegen, bis sie schließlich nachgab. War ja auch schon ein verzogenes altes Ding und halb morsch. Während Dang den Wagen rücklings zur Tür einparkte, wobei Mama ihn gekonnt einwies, blickte ich mich im Presshaus um.

An der rechten Mauer, direkt unter einem kleinen Fenster, standen zwei große Gefriertruhen. Mit ein paar losen Holzbrettern und Maurerziegeln hatte man sie notdürftig in die Waagrechte gebracht. Daneben eine alte Bauernkredenz, die ebenso mit Ziegeln begradigt worden war. Der Boden im Presshaus hätte Friedensreich Hundertwasser gefallen. Keine zwei Lehmziegel waren gleich hoch. An der hinteren Wand waren achtlos ein paar alte Möbel hingeworfen worden. Sie verdeckten einen Großteil der Türe, die in die Kellerröhre führte. An der gegenüberliegenden, fensterlosen Wand stand die hölzerne Weinpresse. Davor lag der Dai Lo in seiner Blutlache.

Dang schlug die Hände vors Gesicht, als er ihn erblickte. Dann ging er hinüber und wollte sich über ihn knien.

Mama gebot ihm Einhalt. »Du willst deine Fingerabdrücke nicht auf der Leiche haben, oder?«

»Und wie wollen wir ihn wegschaffen, ohne ihn anzugreifen?« Ich hatte zuvor schon wegen der Kälte mit mir gehadert, dass ich keine Handschuhe mitgebracht hatte, jetzt erwies sich dieser Fehler als doppelt schwer.

»Tata!«, sagte Mama und zog triumphierend ein Paar Wollhandschuhe aus ihrer Jacke. Dang und ich mussten uns anderweitig behelfen. In der alten Kredenz fand Mama schließlich ein paar Topfhandschuhe, die auch für Dangs Hände groß genug waren. Besser als gar nichts.

Ich hätte ja am liebsten sofort die Leiche entfernt, aber Mama bestand darauf, zuerst die Truhen einer genaueren Inspektion zu unterziehen.

Beide waren gleich bestückt. Obenauf hingen Körbe, in denen etliche Säcke mit Teigtascherln und mehrere Ziegel Ganjabutter geschichtet waren. Mama bekam ganz glänzende Augen. Ich sah sie böse an, was sie nicht sonderlich beeindruckte.

Dang hob die Körbe vorsichtig heraus. Darunter, am Boden der Truhen, lagerte der eigentliche Schatz. Abgedeckt mit einer falschen Bodenplatte, lag jeweils eine Reihe brauner Plastikpäckchen versteckt. Sie ähnelten den Lehmziegeln des Fußbodens im Keller.

»Heloin!«, flüsterte Dang. »Ungestleckt! Hat Dai Lo gesagt.«

Im Schätzen bin ich keine große Nummer, aber nach Anzahl und Größe der Päckchen kamen wir auf einen Marktwert von einer Million Euro pro Truhe. Natürlich konnte es genauso gut die Hälfte sein, die Größenordnung stimmte aber wohl. Dafür brachte man also Menschen um?

»Ist in den Teigtascherln eigentlich auch etwas Verbotenes drinnen?«, fragte Mama.

Dang zuckte mit den Schultern. »Kann sein. Vielleicht auch nu' Ta'nung?«

»Wir werden es wohl nie erfahren«, sagte ich scharf. »Es sei denn, die Polizei meldet den Fund der Presse. Alle anderen Möglichkeiten, dies herauszufinden, sind tabu. Hast du verstanden?«

Mama sah mich mit diesem Blick an, der nichts anderes als »Du hast mir gar nichts zu sagen« bedeutete. Als ob wir nicht schon genug Probleme am Hals hätten!

»Diskutieren können wir auch später, Kind. Wir sollten schauen, dass wir das Zeug ins Auto schaffen und schleunigst von hier wegkommen«, sagte Mama. Auch wenn es nur ein Ablenkungsmanöver ihrerseits war, dagegen gab es kein schlüssiges Argument.

»Die Leiche zuerst oder die Truhen?«

Dang hatte bereits begonnen, eine Truhe wieder einzuräumen, als Mama »Moment!« rief.

Sie war halt doch die Kreativste von uns dreien. Nach anfänglicher Skepsis konnte sie auch mich überzeugen, dass der Dai Lo unter den Teigtäschchen sehr gut aufgehoben wäre. Wir mussten allerdings die blinde Bodenplatte aus einer Truhe entfernen und auch die darunterliegenden Heroinpäckchen, weil wir ansonsten die Körbe nicht mehr hätten einhängen können. Dafür bekam die andere Truhe nicht nur eine zweite Reihe Heroin, sondern auch noch einen weiteren doppelten Boden verpasst. Das ging sich mit den Körben schön aus.

Die Truhe mit dem Dai Lo wuchteten wir mit vereinten Kräften als Erstes in den Van. Die millionenschwere, aber letztlich doch auf den ersten Blick unauffälligere kam davor. Wir bildeten uns ein, dass wir bei einer oberflächlichen Kontrolle durch die Behörde so bessere Chancen hatten, als bloße Teigtascherllieferanten durchzugehen. Bei genauerem polizeilichen Hingucken würden wir ohnehin schnurstracks ins Gefängnis wandern.

Meine diesbezüglichen Befürchtungen schob Mama mit einer

Handbewegung beiseite. »Du kommst sowieso nicht mit, Elli. Allein dein ängstlicher Blick würde uns verraten. Wir werden dich heimfahren, damit du dich um Wieland kümmern kannst, wenn der wieder munter wird.«

»Aber wir müssen hier im Presshaus noch Ordnung schaffen«, seufzte ich. »Der Blutfleck muss weg, und dass hier vor Kurzem noch zwei Truhen oder größere Kästen gestanden sind, sieht man auch sofort. Schau dir die zwei großen staubfreien Rechtecke auf dem Fußboden an.«

Mama verdrehte die Augen. »Du mit deinem Putzfimmel!« Aber sie musste zugeben, dass wir hier weder Spuren für Polizei noch für die Drogenmafia hinterlassen durften. »Es muss wie ein ganz gewöhnliches altes Presshaus wirken, in das die Besitzer im Sommer ab und zu auf ein Achterl herausfahren. Unverdächtig eben.«

Schließlich ließen sich die beiden überreden, mir das Saubermachen zu überlassen. Ich würde zu Fuß heimmarschieren. In einer guten Stunde wäre ich zu Hause. In der Zwischenzeit wären sie längst in Wien und – hoffentlich – in Sicherheit.

Dang schloss den Laderaum des Wagens und sprang in die Fahrerkabine. »Fah'en wi', Malion?«

Mama umarmte mich. »Mach dir keine Sorgen, Kind«, sagte sie. »Wir checken das. Vergiss nicht: Am Ende wird alles gut …«

»… und wenn es nicht gut ist, ist es nicht das Ende«, schloss ich den Satz. Ich lachte. Wie ich diesen tausendmal gehörten Spruch in meiner Jugend gehasst hatte! Heute verlieh er mir tatsächlich etwas Hoffnung.

Mama stieg zu Dang in den Van und winkte mir zu. Dann waren sie weg.

Ich schloss die Kellertür hinter mir und lehnte mich kurz dagegen. Mein Bauch erklärte mir, dass er das alles nicht guthieß. Ich konnte ihm auch nicht helfen. Seufzend machte ich mich an die Arbeit.

Zunächst untersuchte ich das alte Mobiliar, das Hans Helmut oder die Chinesen achtlos in die hinterste Ecke des Raumes geworfen hatten, um Platz für die Truhen zu machen. Ein kleiner Campingtisch kam zum Vorschein, drei wackelige Holzstühle, vermutlich vom Sperrmüll, ein Klappbett und ein Wäscheständer, an dem zwei Drähte fehlten, folgten. Tisch und Stühle schob ich vor das Fenster, wo zuvor die Truhen gestanden hatten. Das Klappzeug lehnte ich vorsichtig an die Mauer. Der Staub sollte, wenn möglich, an den Sachen bleiben. Danach machte ich mich auf die Suche nach tauglichen Putzutensilien.

Im Unterschrank der Kredenz, neben einer Mausefalle und ein paar alten braunen Emailletöpfen, fand ich eine Reibbürste und eine Dose mit Gallseife. Im Aufsatz darüber stapelten sich größtenteils angeschlagene Kaffeetassen und Gläser und ein paar Steingutteller. In den Läden lagen schwarz angelaufenes Tafelbesteck und ein paar alte Holzkochlöffel. Also nichts Brauchbares für meinen Zweck.

Auf der Anrichte stand eine verkrustete elektrische Doppelkochplatte, deren Kabelstecker schon leicht blank war. Dahinter eine Reihe Keramikdosen. Große für Mehl, Salz und Grieß und ein paar kleinere für die gängigen Gewürze. An der Wand neben der Kredenz befand sich auf der einen Seite die Steckdose mit Verteilerkabel, die auch die Tiefkühltruhen mit dem notwendigen Strom versorgt hatte. An der anderen Seite, in Kniehöhe etwa, ragte ein Wasserhahn aus der Mauer. Darunter ein Kübel, über dessen Rand ein fleckiger Putzlappen drapiert war. Eine rostige Mistschaufel lehnte am Eimer. Das musste wohl genügen.

Putzen hatte für mich normalerweise ja etwas Befriedigendes, diesmal machte es mir keine große Freude. Da war zunächst dieser garstige Blutfleck. Nach einigem Schrubben brachte ich die Stelle auch sauber, aber dadurch hob sich der Fleck optisch klar von seiner restlichen Umgebung ab. Schließlich klebte der Dreck, von den jüngeren Fußabdrücken abgesehen, schon jahrelang hier.

Also musste ich auch die saubere Fläche wieder auf alt und verlassen trimmen. Ebenso die kahlen Stellen, die die Kühltruhen hinterlassen hatten, damit sich ein einheitliches Bild ergab.

Aber woher so viel Staub nehmen, der sonst nirgendwo optisch abging?

Ich drückte die morsche Tür zur Kellerröhre auf, wo sich meiner Vermutung nach am ehesten genug Jahrhundertstaub gesammelt hatte.

Das Erste, was mir ins Gesicht blies, war kalte, stickige Luft. Mit der Handytaschenlampe leuchtete ich in den schmalen Tunnel. Weiß wie Schnee belegte der Schimmel den Boden. Von der gewölbten Ziegeldecke hingen Spinnweben. Dort war der Moder überwiegend schwarz. Ein paar alte Fässer, lose Holzbretter und staubbedeckte Flaschen konnte ich noch ausnehmen. All das zeugte davon, dass in dieses Kellerloch schon lange niemand mehr seinen Fuß gesetzt hatte. Also würde ich hier weder Leichen noch Drogen finden. Aber einen Kübel voll Dreck spendete der Platz allemal. Den verteilte ich über den sauberen Flecken. Voilà.

Von draußen warf ich noch einen letzten prüfenden Blick auf mein Werk. Genauer hinsehen durfte man natürlich nicht, aber von Weitem sah es recht natürlich aus, wie ich fand. Fast wohnlich, nur halt ziemlich Substandard fürs 21. Jahrhundert.

So hatte also mein armes Kind damals gehaust, stellte ich mit Schrecken fest. Und diese Bleibe dem gemütlichen Kinderzimmer vorgezogen. Das erschütterte mich zutiefst. Ich konnte meine Tränen kaum zurückhalten. War ich eigentlich all die Jahre blind durchs Leben gelaufen? Ich hatte mich doch um die Familie gekümmert. Und dennoch hatte ich ihre Ängste und Probleme übersehen. Erst Lisbeths. Dann Hans Helmuts. Wer wusste, was ich bei Hannes alles falsch gemacht hatte?

Du hast die jeweilige Sachlage nicht nur gekonnt ignoriert, Elli Grace Moser, du *wolltest* den Tatsachen nicht ins Auge sehen. Weil es bequemer für dich war. Konflikte sind eben anstrengend und erfordern Zugeständnisse. Opfer. Mühen. Mein Gewissen warf es mir klar und deutlich an den Kopf, es hatte keinerlei Erbarmen mit mir. Und ich? Ich hörte zu und ließ es ausnahmsweise einmal ausreden.

Die Kellertüre zog ich mit beiden Händen zu. Es gelang mir

sogar, dass die Falle ins Schloss sprang und die Türe von außen wie versperrt wirkte.

Knapp vor fünf Uhr war ich wieder zu Hause. *Mission accomplished.* Die Topfhandschuhe hatte ich unterwegs schweren Herzens in eine Mülltonne geworfen. Sie hatten mir nicht nur beim Vertuschen von Fingerabdrücken und beim Putzen gute Dienste geleistet, sondern auch meine Hände halbwegs warm gehalten. Aber ich konnte nicht wissen, ob nicht doch klitzekleine Blutspuren daran klebten, und wollte nicht riskieren, dass man sie bei mir finden würde.

Aus der Ordination drang leises Schnarchen. Ich schlich mich gekonnt über die Treppe hoch. Oben angekommen, machte ich mir einen heißen Tee, an dem ich erst meine Finger wärmte, um ihn anschließend noch im Stehen hinunterzukippen. Dann fiel ich erschöpft aufs Sofa, wo ich in voller Montur augenblicklich einschlief.

Es war sicher schon zehn Uhr, als Wieland mich aus dem Schlaf klopfte, trotzdem war ich noch ziemlich erschlagen. Mein Kreuz schmerzte, ich rieb mir das Genick. Steif wie ein Brett! So schick dieses Designersofa auch sein mochte, für älteres Gebein war es nicht geschaffen. Etwas gebeugt öffnete ich ihm die Tür.

»Kannst du mir einen Kaffee machen, bitte?«, flehte Wieland. »Ich will anschließend gleich zur Polizei, meine Aussage unterschreiben. Davor brauch ich ein Aufputschmittel. Hab fast die ganze Nacht nicht geschlafen.« Er wirkte wie gerädert.

»Klar. Hab ja selbst kaum ein Auge zugetan«, gab ich wahrheitsgemäß zu.

Ich stellte ihm einen Mocca hin, setzte mich aber nicht zu ihm, sondern machte mich an der Küchenzeile zu schaffen.

»Wollen wir zusammen zum LKA?«, schlug er vor.

»Och, ich weiß nicht«, sagte ich. »Ich schätze, wir werden am Nachmittag fahren. Mama schläft noch.« Ich ging auf Zehenspitzen zum Schlafzimmer, öffnete die Tür einen klitzekleinen Spalt und schloss sie wieder. »Wie ein Murmeltier«, sagte ich.

»Dabei musst du wissen – ihr verdanke ich eigentlich diese kurze Nacht. Stell dir vor, sie knirscht mit den Zähnen!«

»Jetzt hört man aber nichts«, sagte Wieland. Er hielt demonstrativ inne, schob seine leere Tasse zur Seite, legte den Kaffeelöffel auf die Untertasse und lauschte.

»Wem sagst du das? Kaum bin ich aus dem Bett, dreht sie sich zur Seite und schläft ruhig wie ein Baby. Diesen gesegneten Schlaf möchte ich auch haben, wenn ich einmal so alt bin!«

Ich stand auf und bückte mich zum Geschirrspüler, damit Wieland mein Schmunzeln nicht sehen konnte. Ich wurde immer mehr zur Tochter meiner Mutter. Das Flunkern kam mir schon recht locker über die Lippen. Scheinbar geistesabwesend hantierte ich mit allerlei Zeug herum. Riss ein Kalenderblatt ab. Wischte den Wasserhahn sauber. Hauchte noch einmal darauf, um das Chromteil mit meinem Ärmel auf Hochglanz zu polieren. Eine völlig verzerrte Elli-Fratze starrte mich daraus an. Schnell wandte ich mein Gesicht ab.

»Na, dann wollen wir mal«, seufzte Wieland und erhob sich, nachdem unsere Konversation zum Erliegen gekommen war. Wir hatten uns anscheinend nichts mehr zu sagen – oder keiner wollte sich verplappern.

An der Tür wandte er sich noch einmal um. »Ach, Elli Grace. Eine Bitte hätte ich noch.« Er pflügte mit der flachen Hand durch seine Locken.

»Ja?«

»Also eigentlich zwei.«

»Dann fangen wir am besten mit der ersten Bitte an.« Ich warf ihm einen richtigen Flirtblick hin. Warum war ich früher nicht so souverän gewesen? War doch gar nicht so schwer.

Wieland lächelte zurück. Beinahe wurde mir wieder warm ums Herz. Aber nur aus nostalgischen Gründen natürlich.

»Könntest du mir deinen Corsa leihen? Wenn ihr sowieso erst am Nachmittag fahren wollt. Also falls du ihn nicht vorher brauchst selbstverständlich.«

Mit meiner Coolness war es schlagartig zu Ende. Warum wollte er mein Auto? Diese Rostschüssel. In die wäre er doch früher niemals freiwillig gestiegen. Da steckte definitiv ein perfider Plan dahinter, weil abhauen wollte er sicher nicht damit. Oder doch?

Ich zwang mich erneut zu einem Lächeln. »Ist was mit deinem Agera?«

»Ach, mein Gott«, sagte Wieland und verdrehte die Augen. »Dieser Inspektor. Der hat mich so gelöchert wegen meiner finanziellen Situation und so.« Wie unabsichtlich streifte er meinen Oberarm. »Ich dachte einfach, wenn ich jetzt mit diesem teuren Gefährt auftauche … Wer weiß, was der sich gleich wieder denkt. Dann muss ich mich wieder verteidigen, dass der Wagen eh übertragen ist und ich sicherlich keine Million Euro für ein Auto ausgeben würde. Aber du weißt schon. Sich bei der Polizei rechtfertigen zu müssen, das ist immer irgendwie …«

»Kein Problem«, sagte ich und streckte ihm den Autoschlüssel hin. Ich schaffte es sogar, dass meine Finger nicht zitterten. »Papiere sind im Handschuhfach.« Nur keine Zweifel über meine Loyalität aufkommen lassen!

»Du bist ein Schatz, Elli Grace!« Wieland drückte mich an sich. Sein Parfum streichelte meine Nasenschleimhäute. Wie konnte ein so schlechter Mensch so gut riechen? Doch als ich ein weiteres Mal seinen Duft einsog, fiel mir auch eine andere Note auf. Ein leichter Schweißgeruch mischte sich mit dem edlen Duft. Klar, er hatte dort unten in der Ordination keine Dusche gehabt. Aber das war es nicht. War es Angst? Stress?

Ich schob ihn sanft von mir weg. »Nummer zwei?«

»Was meinst du?«

»Du sagtest, du hättest zwei Bitten, Wieland.«

»Ach ja, richtig.« Er massierte seine Nasenwurzel mit Daumen und Zeigefinger. »Falls mich dieser schreckliche Polizist … Also. Sollte er mich dortbehalten, auf der Wache … Dann sei so lieb und besorg mir einen guten Anwalt. Geld spielt keine Rolle.« Seine Stimme brach. Er umarmte mich erneut, diesmal ziemlich ruppig. Mit einem letzten verzweifelten Blick ließ er von mir ab und verschwand.

»Leb wohl, Wieland«, wisperte ich tonlos. Vom Fenster aus

beobachtete ich, wie er in den Corsa stieg und davonknatterte. Ob er wohl direkt ins LKA fahren oder zuerst den Abstecher in den Keller machen würde? Wie würde er reagieren, wenn er dort den frisch geschrubbten Presshausboden anstelle des erwarteten Fundaments für seinen zukünftigen Reichtum vorfand?

Polizeiarbeit

»Eins zu null für Sie, Frau Kleine«, sagt der Hartinger, als sie am Morgen im Büro erscheint. »Der James Bond hat das Haus in der Nacht als Erster verlassen.«

»Und?« Die Kleine strahlt wie ein Christbaum. »Wen Interessanten getroffen oder so?«

»Leider nein«, dämpft der Chef ihre Freude. »Laut Protokoll der Kollegen ist er am Ende einer Kellergasse kurz einmal stehen geblieben und hat gegen einen Baum gepinkelt. Dann ist er nach Nikolsburg ins Casino und hat dort bis in der Früh gespielt. Um halb vier ist er heim. Also nicht sehr ergiebig.«

»Aber die Gegend, wo Herr Martin laut Kollegen seine Notdurft verrichtet hat, die sollten wir uns schon noch anschauen, oder?«

»Sie sind hartnäckig, Frau Kleine. Das gefällt mir«, sagt er. »Recherchieren Sie aber erst über den Hintergrund vom Herrn Martin und schauen S', ob Sie diesen Freund von seinem Schwiegervater an die Strippe bekommen.«

»Mach ich, Chef«, sagt die Kleine. »Ich würde mich auch gern im Geburtsort von Herrn Martin umhören. Ist das zeitlich drinnen?«

»St. Pölten-Land? Kein Problem, da sind Sie bis zur Hausdurchsuchung locker zurück. Und die Protokollführung bei den Zeugenbefragungen kann auch ein anderer Polizist vom Dienst übernehmen. Aber zuvor fahren wir noch zusammen zum Berger in die Gerichtsmedizin. Das liegt auf dem Weg. Er hat mich gerade angerufen und so kryptische Andeutungen gemacht, dass die Leiche sehr interessant wäre. Kommen S', Frau Kleine.«

Beweismaterial

Ich hatte ja keine Ahnung, was genau Wieland vorhatte, doch eines wusste ich mit Gewissheit: Wir brauchten handfeste Beweise gegen ihn, wenn wir Dang aus der Sache heraushalten wollten. Ich durfte nicht untätig herumsitzen und Däumchen drehen. Die Zeit, die er weg war, musste ich nutzen. Am besten, ich sah mich gleich ein wenig in der Ordination um.

Sein Bett hatte Wieland auf der Behandlungsliege aufgeschlagen. Der Pyjama lag ordentlich gefaltet am Fußende, die Rot-Kreuz-Decke aus dem Praxisbestand daneben. Am Waschbeckenrand hatte er einen kleinen Kulturbeutel stehen, darüber ein Handtuch. Keinerlei Auffälligkeiten. Der Medikamentenschrank: voll wie immer.

Den Computer wollte ich lieber nicht anrühren, das behielt ich dann doch der Polizei vor. Meine Fingerabdrücke auf Wielands Gerät könnten für mich fatale Folgen haben, so weit hatte ich die Kriminalistik mittlerweile kapiert.

Ich wollte mich schon unverrichteter Dinge zurückziehen, da fiel mir auf, dass die Tür zu meinem Garderobenschrank nur angelehnt war. Vorsichtig zog ich sie auf.

Wielands Seesack fiel mir entgegen. Er war wohl um ein Spürchen zu groß für meinen Kasten. Erschüttert stand ich vor meinem Fund, sprachlos vor Zorn.

»Du elender Sack!«, stieß ich aus, als ich endlich die Sprache wiedergefunden hatte. Und damit meinte ich nicht die Reisetasche.

Flugs zog ich mir ein Paar Ärztehandschuhe über. Das war genau der Beweis, den ich suchte, aber er musste raus aus meinem Schrank, sonst würde der Schuss nach hinten losgehen. Doch wohin damit so schnell? Der beste Platz dafür war wohl in Wielands Schlafzimmer. Der Gang dorthin musste – wie alle meine illegalen Umgehungen polizeilich versiegelter Türen – über die Garage erfolgen.

Bei Tageslicht war der Kellerabgang noch grausiger als in der Nacht. Ich achtete sorgfältig darauf, dass sich keine Spinnweben in meinem Haar verfingen.

In der Garage überlegte ich kurz, ob nicht Wielands protziger Schlitten ein besseres Versteck für den Seesack wäre, dann würde ich mir auch ein erneutes widerrechtliches Eindringen in mein Haus ersparen.

Leider war das Auto abgesperrt. In einem Film würde die Heldin jetzt mühelos mit einem Draht die Seitentür des Wagens aufbrechen, sagte meine kreative Stimme. Halt die Klappe, retournierte mein Intellekt. Ich war weder Heldin noch in einem Film. Hatte außerdem keinen Draht und auch keine Lust, mir mein eigenes Grab zu schaufeln. Dieses Auto hatte mit Sicherheit eine Alarmanlage. Was es nicht hatte, war ein Kofferraum. Und der Dachsarg war für mich mit meinen ein Meter sechsundfünfzig unerreichbar, auch wenn Wielands Coupé niedriger war als mein Corsa.

Also doch das Schlafzimmer.

Im Vorhaus schlüpfte ich automatisch aus den Schuhen. Macht der Gewohnheit. Bei näherer Betrachtung aber auch spurentechnisch sicher eine gute Entscheidung. Meine Socken würden kaum Abdrücke hinterlassen.

Wo würde Wieland den Sack verstecken? Das fragte ich mich, als ich in der Mitte des Schlafzimmers stand. Unter dem Bett wäre genug Stauraum gewesen. Silke hatte ja darauf bestanden, dass ich die Bettladen entfernte, damit das Chi ungehindert durchbrausen konnte. Dass das böse Sha des Seesacks hier Unruhe hineinbringen würde, war nicht ausschlaggebend dafür, warum ich mich dagegen entschied. Es war einfach kein Versteck. Man würde die Tasche sofort sehen. Also doch der Kasten? Auch wenn das nicht besonders originell war?

Erster Versuch: Fehlschlag. Der Seesack war einfach zu unförmig, man konnte ihn nicht einmal im Schrank unauffällig verschwinden lassen. Ich musste die Sachen einzeln verstecken. Die Dokumente schichtete ich unter die Shirts, die Schmuckschatulle kam unter Wielands Socken. Der Rest zu Silkes Wäsche. Den

Müllbeutel ließ ich im Seesack, der dann doch unterm Bett seinen Platz fand. War ja nichts mehr von Wert darin.

Ich zog die Ärztehandschuhe aus und steckte sie ein, um sie später in der Ordination zu entsorgen. Dann blickte ich kurz auf die Uhr. Eigentlich sollte Mama langsam aus Wien zurück sein. Sie wollte die erstbeste Schnellbahn nehmen. Beim Gedanken an ihre Mission wurde mir gleich wieder mulmig. Hoffentlich war alles gut gegangen, Dang in Sicherheit und die Mafia nicht auf ihrer Spur. Ich betete, dass Mama Vernunft walten ließ und die Drogen nicht antastete.

Als ich die Holztreppe nach unten stieg und am Absatz innehielt, musste ich an Silkes Worte denken, dass sich das Chi hier wunderbar sammeln könne. Wo wohl ihre Energie hingekommen war? Ich fragte mich, ob ich jemals wieder durch dieses Haus gehen könnte, ohne an meine verheerende Tat zu denken. Traurig strich ich über das Sofa und den Fernsehstuhl. Der Blick auf den Teppich war besonders schlimm. Überall hatte die Polizei kleine Kärtchen mit Nummern aufgestellt, die ich vorsichtig umschiffte. Gedankenverloren ging ich ins Vorhaus und bückte mich hinunter, um mir die Schuhe anzuziehen. Ich hätte es riechen müssen!

Die Leiche spricht

»So eine gründlich ermordete Leiche ist noch selten auf meinem Tisch gelandet«, sagt der Gerichtsmediziner zum Hartinger, während er die Tote freimacht. »Ich möcht dir noch ein paar Dinge zeigen, bevor die Studenten kommen und ich zur Säge greife.«

Die Kleine wird schon bei der Erwähnung dieses lautstarken Instruments blass.

»Du wirst uns sicher gleich erklären, was du damit meinst, Berger? Das Loch im Schädel sieht mir doch groß genug aus. Und die passende Mordwaffe haben die Techniker ja auch schon zusammengepickt.«

»Jaja, Hartinger. Nicht jedes Gemüse ist gesund. So ein Schlag, man sollte meinen, dass der genügt. Aber die Frau könnte genauso gut erstickt, vielleicht sogar vergiftet worden sein.«

»Na, geh!«, ruft der Hartinger. »Wer macht denn so was?«

Nach außen ist er ja ein Hartgesottener, der Herr Chefinspektor, aber wenn die Mörder ihre Opfer auch noch so unnötig malträtieren, das verträgt er gar nicht. Wenn einer hinhaut im Affekt. Oder aus Rache dem Widersacher ein Messer in den Bauch rammt. Dann ist das natürlich genauso wenig zu tolerieren, aber zumindest nachvollziehbar. Aber warum vergiftet, erstickt und erschlägt man eine Person? Noch dazu so eine hübsche?

»Schauen wir uns zuerst die Schädelverletzung an. Stumpfe Gewalt. Klassische Riss-Quetsch-Wunde am Kopf. Der oder die Täterin hat von vorne zugeschlagen. Leichte Ruptur, Schädel-Hirn-Trauma, vermutlich mittelschwer. Neurologisch testen kann ich die Leiche ja leider nicht. Aber es ist keine Gehirnquetschung sichtbar, daher schätze ich, dass es da höchstens eine kleine Einblutung gibt. Schwer zu sagen, ob die Schädelverletzung letal gewesen wäre. Kann ich erst nach der Öffnung hundertprozentig sagen.«

»Also zu den anderen Tötungsvarianten.«

»Gleich, Hartinger. Zu der Kopfwunde noch was. Mit dem Schlag stimmt meines Erachtens irgendwas nicht. Das Blut. Völlig atypisch. Die Frau wurde doch in ihrem Sessel sitzend gefunden. Das Blut hätte viel weiter hinunterlaufen müssen.«

»Chef«, sagt die Kleine und zückt ihr Smartphone. »Der Bericht von der Spurensicherung. Die haben doch Blutpartikel auf dem Teppich gefunden. Kann das sein, dass der Schlag erfolgt ist, während sie auf dem Boden gelegen ist? Weil sie ohnmächtig geworden ist, zum Beispiel? Und dann hat man sie im Nachhinein in den Stuhl gesetzt – warum auch immer.«

»Gut mitgedacht, Frau Kollegin«, lobt der Mediziner. »Dagegen sprechen allerdings die Totenflecken. Gestorben müsste sie im Sessel sein. Und – das ist jetzt wie gesagt vor der Öffnung ohne Gewähr – ich vermute, sie ist erstickt.« Berger tritt an das Kopfende der Leiche und deutet auf die Augen der Toten.

»Kommen S' ein bisserl näher, Frau Kollegin«, sagt er zur Kleine, die sich etwas im Abseits hält. Nicht dass ihr wieder schlecht wird, so wie beim Moser. »Sehen Sie die Petechien?«

Die Kleine beugt sich vorsichtig über das blasse Gesicht der Leiche und überlegt, ob sie jetzt besser durch den Mund oder die Nase atmen soll. Sie entscheidet sich für Letzteres. Tief in den Bauch hinein.

»Wissen S' denn überhaupt, was Petechien sind?«, fragt der Mediziner.

»Diese reisförmigen Pünktchen hier an den Lidern. Und in den Augen, oder?«, flüstert sie. Als ob sie die Tote nicht aufwecken wollte.

»Auf der Bindehaut, konkret. Punktförmige Blutungen, hervorgerufen durch geplatzte Äderchen«, korrigiert der Experte. Ein bisschen Fachjargon muss sein. Die junge Polizistin soll ja was lernen. »Rein theoretisch könnten die auch von dem Schlag herrühren. Aber normalerweise deuten sie auf einen Erstickungstod hin.«

»Das heißt, der Täter …«, setzt der Hartinger an.

»Oder die Täterin«, unterbricht ihn seine korrekte Assistentin.

»Ja, ich weiß, Frau Kleine, das ist nicht gegendert, aber es geht schneller. Also, der Täter schlägt zu, aber weil er sich nicht sicher ist, ob sie tot ist, erwürgt er sie auch noch?«

»Chef«, sagt die Kleine und unterdrückt tapfer ihren Würgereiz. »Wieso schlägt der oder die Täterin dann nicht lieber ein zweites Mal zu?«

»Berechtigte Frage«, antwortet der Berger für den Hartinger, der gerade intensiv die Brust der Toten anstarrt. »Weil das Mordinstrument schon kaputt ist, zum Beispiel? Aber zurück zum Ersticken. Erwürgt worden ist sie mit Sicherheit nicht.«

Das interessiert den Hartinger anscheinend gar nicht. Er fixiert immer noch den zarten Busen. Typisch Mann, könnte man meinen. Aber nein, da ist ein dunkler Fleck unterhalb der linken Brust, der es ihm angetan hat.

»Hörst du mir überhaupt zu, Hartinger?« Das mag der Berger gar nicht, wenn man seinen Ausführungen nicht genügend Aufmerksamkeit schenkt.

»Jaja. Nicht erwürgt. Hat ja keine Würgemale am Hals. Sag mir lieber, was das da ist.« Mit dem bloßen Finger zeigt er auf die Stelle.

»Greif ja nicht hin! Da hast du Handschuhe, bitte!«, bellt der Mediziner.

»Brauch ich nicht.« Der Hartinger zieht seinen Finger zurück. »Also was ist das?«

»Simples Hämatom. Auch stumpf. Interessante Stelle übrigens, oder?«

»Ich hätte gesagt, hier hat jemand eine Herzmassage durchgeführt. Was meinst, Berger?«

»Bravo, Hartinger. Muss ich um meinen Job fürchten?«

»Du nicht«, murmelt der Hartinger und kratzt sich am Kopf. »Aber vielleicht kannst mir auch noch sagen, warum der Täter die Frau umbringt und dann wiederbelebt. Wobei …« Während er die Frage stellt, braut sich schon eine Antwort im Hirn vom Hartinger zusammen. »Und ja«, sagt er zu seiner Assistentin, »Sie haben recht, Frau Kleine. Wir dürfen eine weibliche Delinquentin nicht ausschließen.«

»Kommen wir zu Mordmöglichkeit Nummer drei«, unterbricht der Mediziner das Gender-Scharmützel der Kollegen. »Die Frau hatte Unmengen von Oxycodonhydrochlorid im Blut plus ein wenig Diazepam. Das Erste ist ein hocheffizientes Schmerzmittel, Zweiteres steckt zum Beispiel in Valium. Die Dosis von dem Oxycodon hätte uns übrigens alle drei zusammen ins Grab bringen können. Allerdings wirkt dieses Mittel recht spät. Könnte also sein, dass der Mörder – oder die Mörderin – ihr deshalb noch den Schlag versetzt hat.«

»Und die Reihenfolge der unterschiedlichen Tötungen – kannst du dich da wenigstens festlegen?«

»Jein. Fest steht: Das Oxycodon muss sie vorher eingenommen haben, ob freiwillig oder gezwungen, kann ich nicht beurteilen, aber anscheinend ohne Gewalteinwirkung.«

»Könnte es sein, dass sie sich damit umbringen wollte?«, fragt die Kleine. »Die Einbrecher überraschen sie, sie ist noch nicht ganz hinüber. Also schlagen sie ihr den Schädel ein, damit sie nicht schreit.«

Der Mediziner nickt. »Die Selbstmordtheorie ist sicher nicht von der Hand zu weisen. Schauen S' einmal her, Frau Kollegin.« Er zeigt ihr die Narben an den Handgelenken. »Sie hat es offensichtlich schon einmal versucht. Das ist aber schon eine Zeit her. Vielleicht zwei Jahre, würde ich sagen. Das Mittel muss sie aus einem ganz einfachen Grund vor dem Schlag eingenommen haben. Weil, wenn sie schon das Bewusstsein verloren hat, dann kann sie es nicht mehr schlucken.«

Hartinger nickt abwesend. »Hätte man ihr das Oxy-Zeug auch spritzen können?«, fragt er den Experten.

»Theoretisch ja. Dann wäre auch die Retardierung unwirksam geworden.«

»Deutsch, Berger. Deutsch, bitte!«

»Das Mittel in den Tabletten, das eine Verzögerung der Aufnahme bewirkt. Man gibt starken Beruhigungsmitteln so was bei, als Schutzmaßnahme. Das soll Unfälle verhindern. Wenn ein Patient zu viel davon erwischt hat, absichtlich oder unabsichtlich, dann kann man noch rettende Gegenmaßnahmen einleiten.«

»In dem Fall hätte sich der Täter aber den Rest ersparen können, meinst nicht? Ersticken, erschlagen et cetera. Da wäre sie auch so recht schnell ex gegangen.«

»Ganz genau. Und im Blut hätte sich das dann noch anstandslos verteilt, wenn sie nur bewusstlos gewesen wäre«, erklärt der Berger.

»Was meinst mit ›nur bewusstlos‹?«

»Na ja. Wenn sie schon tot gewesen wäre, hätte das nicht funktioniert. Weil, wenn die Pumpe nicht mehr arbeitet, kann das Gift auch nicht mehr in den Kreislauf gelangen. So einen Fall hatte ich tatsächlich schon einmal. Da wollte ein Ehegatte den Freitod der Gattin vortäuschen, aber mich konnte er natürlich nicht an der Nase herumführen.«

Der Hartinger kratzt sich am Kopf. Das tut er meistens, wenn er sinniert. »Hast vielleicht eine Einstichstelle von einer Spritze gefunden, Berger?«

»Was heißt ›eine‹?« Er lacht. »Darauf wollte ich sowieso noch zu sprechen kommen. Stell dir vor, die Frau hatte noch kurz vor ihrem Tod …«

»Geschlechtsverkehr?«

»Nein, Hartinger. Was du gleich wieder denkst. Eine Schönheitsbehandlung. Botox. Da, schauts her.« Berger nimmt einen Markierstift und zeichnet ein paar Pünktchen ins Gesicht der Toten. »Lauter kleine Einstichstellen. Subkutane Ablagerungen von Botoxgel. Fällt euch etwas auf?«

»Sie hat keine Falten.« Hartinger grinst. »Aber so wie ich das einschätzen kann, hatte sie die auch vor ihrem Abgang nicht. Wie alt war denn die Frau Martin? Frau Kleine?«

»Äh.« Die Kleine wischt hektisch auf ihrem Handy herum. »Vierunddreißig, Chef.«

»Da lässt man sich schon botoxen?«, fragt der Hartinger erstaunt.

»Geh, Hartinger, was glaubst? Da gibt es Kinder, die sich das machen lassen. Vorbeugend. Verrückte Welt, was? Aber das mein ich nicht. Schauts euch doch das Muster der Punkte einmal genau an. Völlig willkürlich im Gesicht verteilt. Wo bleibt die Symmetrie? Da war kein Profi am Werk, die hätte fürchterlich ausgesehen, wenn das Botox zu wirken begonnen hätte.«

»Das hätte wie lange gedauert?«

»Mindestens eine Woche. Wie gesagt, sie hat es kurz vor ihrem Tod verabreicht bekommen, sonst hätte ich es nicht mehr gefunden.«

»Chef«, sagt die Kleine wieder. »Die hat sich das in diesem Center über der Grenze machen lassen, jede Wette. Das würde sich mit der Aussage von Frau Moser decken. Die hat doch angegeben, dass sich die beiden für eine Stunde getrennt haben. Wie lange, Herr Doktor, dauert denn so eine Behandlung?«

»Ich bin natürlich kein Experte. Aber länger als eine halbe Stunde bestimmt nicht.«

Hartinger nickt. »Ginge sich aus. Trotzdem. Mysteriös das Ganze. Wie ist sie denn nun eigentlich erstickt – falls diese Theorie stimmt? Hast du da was gefunden?«

»Indizien. Aber noch keine Beweise. Also zum einen kann es natürlich eine Folgewirkung des Oxycodons gewesen sein. Wir haben aber auch ein paar winzige Plastikfasern in ihrem Rachen gefunden, obwohl sie die wiederum auch sonst wie eingeatmet haben kann.«

»Handschuhe?«

»Unwahrscheinlich. Die Nase hat man ihr nicht zugedrückt, da hätten wir Abdrücke gefunden.«

»Also Sackerl?«

»Schon eher. Obwohl. Die Plastiktüte ist ja eigentlich berühmt für lebensgefährliche Sexspielchen. Das können wir definitiv ausschließen. Aber gewehrt hat sie sich nicht. Was natürlich auch wieder von dem Sedativum herrühren könnte.«

»Und um welche Art Sackerl es sich handeln könnte, können Sie das womöglich auch noch sagen?« Die Kleine ist voll der Bewunderung, was der Herr Doktor alles herausgefunden hat.

»Vermutlich ein ordinärer Müllsack. So wie es sie zu Tausenden im Drogeriemarkt zu kaufen gibt. Also ermittlungstechnisch kaum verwertbar. Es sei denn, ihr habts den Originalsack. Ich werde das auf jeden Fall im Labor genauer überprüfen lassen. Ich geb euch das Ergebnis durch, sobald es da ist.«

»Wenn ich das kurz zusammenfassen darf, Berger. Zuerst hat sie das Betäubungsmittel genommen – oder man hat es ihr irgendwie verpasst, wie auch immer. Dann erstickt man sie – vermutlich mit einem Plastiksack –, und zuletzt haut ihr der Täter noch den Schädel ein?«

»Nicht zu vergessen die Herzmassage.«

»Und der Schlag war ganz sicher nach dem Ersticken?«

»Sicher ist gar nichts. Ich kann nur sagen, dass der Tod mit hoher Wahrscheinlichkeit schon vor dem Schlag eingetreten ist. Anhaltspunkt: die Petechien …«

»Die Wut der Hölle ist nichts gegen die einer verschmähten Frau«, murmelt der Hartinger.

»Was meinst?«

»Nix. Mir ist eben ein Zitat eingefallen. Englischer Dramatiker.«

»So gebildet heute, Hartinger?« Der Berger schaut ihn verwundert an.

Der Hartinger sagt jetzt lieber nicht, dass ihm die Birgit öfters solche Stellen vorgelesen hat, sonst muss er der Kleine noch über seine Ehen berichten. Und danach hat er wirklich kein Verlangen.

»Wollts bei der inneren Beschau auch dabei sein?«, fragt der Berger mit Blick auf die Uhr. »Die Studenten werden gleich kommen.«

Die Kleine wird wieder blass und schaut den Hartinger ängstlich an.

»Kein Bedarf«, sagt der Hartinger. »Sonst findest mir noch drei Mordmethoden, bevor ich über die anderen nachgedacht hab.«

»Sonst noch Fragen, Wünsche, Beschwerden, Hartinger?«

»Sonst noch Überraschungen oder Rätsel, Berger?«

»Im Moment nicht. Aber wie gesagt. Ich melde mich, wenn ich noch etwas Lustiges finden sollte.«

Geständnisse

»Mir brauchst du das grauenhafte Ding nicht an den Kopf zu schlagen. Ich bin ja noch nicht tot«, sagte Wieland. Das darauf folgende Lachen hätte Jack Nicholson zum Erzittern gebracht. So muss sich der Steinzeitmensch angesichts eines Säbelzahntigers gefühlt haben. Stress pur! Flucht oder Angriff?

Ich hatte keine Wahl. Mit Fluchtwegen sah es nicht gerade rosig aus, daher hatte ich instinktiv nach der Aubergine gegriffen, dem einzigen für mich erreichbaren Ding in dieser Feng-Shui-Diele, das man als Waffe verwenden konnte. Aber Wieland war schneller gewesen und hatte mich am Handgelenk gepackt.

»Ich hab mich lange gefragt, warum du das getan hast, Elli Grace. Warum schlägst du ihr den Schädel ein, wo sie doch schon tot ist?«

»Und zu welchem Schluss bist du gekommen?«

Wieland ließ mich los. Ich rieb meinen Rist.

»Für mich gibt es rückblickend nur eine Erklärung.« Er grinste selbstgefällig. »Du hast es für mich getan. Weil du mich liebst, Elli Grace. Du wusstest, dass ich es war. Und auch du hast ihren Tod gewollt. Nun war ich frei für dich! Deshalb hast du es wie einen Raubmord aussehen lassen. Das fand ich wirklich süß von dir, ehrlich. Aber es wäre gar nicht notwendig gewesen. Es hätte sowieso wie ein Selbstmord ausgesehen. Sie hatte eine Überdosis Oxycodon intus.«

»Hatte sie nicht! Zwei Tabletten Valium hat sie genommen, mehr nicht.«

»Doch, doch. Aber sie hat es nicht freiwillig geschluckt. Da hast du recht.«

Ich schüttelte ungläubig den Kopf. Was war geschehen, während ich in der Speisekammer gezittert hatte? Was deutete Wieland da an? »Erklärst du mir, was passiert ist?«

»Warum nicht«, sagte Wieland. »Die Geschichte wird diesen

Raum nicht verlassen.« Er zog eine Pistole aus der Jackentasche. »Setz dich«, befahl er und deutete auf das Bänkchen.

Ich war erstaunlich ruhig. Die Aussicht auf Klärung überwog meine Furcht.

Mit der linken Hand nestelte er ungeschickt an seinem Krawattenknoten. Endlich gelang es ihm, ihn zu lockern.

»Ich hatte es eilig«, begann er. »Warum, ist jetzt nicht von Belang. Ich renn also ins Wohnzimmer und stoß einen Schrei aus, als ich Silke dort sitzen seh. Ich dachte ja, ihr wärt zum Shoppen gefahren. Aber sie erschrickt noch viel heftiger. Rastet völlig aus. Glotzt mich an und keucht hysterisch. Wie ich diese Situation gehasst habe! Jedes Mal, wenn wir Streit hatten. Immer dasselbe Theater. Hyperventilieren! Ich glaub, sie hat das heimlich trainiert. Wie auch immer. Ich versuche, sie zu ignorieren. Bald werd ich über alle Berge sein, und sie ist mich ohnehin los. Ich muss nur noch zum Safe, mir nehmen, was mir zusteht. Wenigstens den Schmuck könnte ich schnell zu Geld machen. Da schreit dieses Biest um Hilfe!« Wielands Adamsapfel hüpfte hektisch auf und ab. »Ich bin zu ihr hinüber«, keuchte er, als würde er die ganze Szene noch einmal durchleben. »Sie hat in diesen Müllbeutel gehechelt. Da hab ich nicht widerstehen können. Die Gelegenheit war einfach zu schön, um wahr zu sein.« Wieland schaute an mir vorbei. »Sie hat mich völlig ungläubig angeglotzt mit ihren großen Augen. Dann hat sie sie zugemacht. Sie hat sich nicht gewehrt.«

Vorsichtig legte Wieland die Pistole neben sich ab, wobei er mich nicht aus den Augen ließ. Dann riss er sich mit der Rechten die Krawatte herunter. Steckte sie in die Jackentasche und griff anschließend wieder zur Waffe.

»Während Silke langsam blau wird, scanne ich den Tisch ab. Da seh ich die Schachtel mit dem Oxycodon und denk mir sofort: Suizid! Rein mit dem Zeug, solange der Blutkreislauf noch nicht ganz zum Erliegen gekommen ist. Ich zerdrück ein paar Tabletten zwischen meinen Fingern und rühr sie im Wasserglas auf. Das Einflößen ist mühsam. Etliches rinnt daneben. Ich such was zum Abwischen. Schnapp mir ein Taschentuch vom Tisch.

Was fängt mein Blick da als Nächstes? Eine Spritze! Und ein gynäkologisches Botoxpräparat. Was habt ihr eigentlich aufgeführt, ihr beiden?«

»Ich hab ihr – auf ihren Wunsch – Botox gespritzt«, gestand ich.

Wieland lachte laut auf. »Ins Gesicht? Und deshalb hast du dich vor mir versteckt? Ihr wolltet es vor mir geheim halten. Alles klar.«

Ich nickte ergeben, aber er war sowieso nicht an meiner Antwort interessiert.

»Egal«, sagte er. »Die Spritze war wie ein Geschenk. Ab in die Vene mit der Mischung und fertig. Ich war mir sicher, die Gerichtsmedizin würde einen Selbstmord feststellen. Es war in ihrem Schlund, im Magen und im Blut.« Er blickte mich an. »War ja nicht das erste Mal, dass sie sich das Leben nehmen wollte. Den Müllbeutel ließ ich noch eine Weile drauf, zog ihn dann vorsichtig ab. Er würde kaum Spuren hinterlassen. Ich war äußerst zufrieden mit dem Ergebnis. Ich musste einzig darauf achten, dass man ihre Leiche erst nach ein paar Stunden finden würde, wenn die Blaufärbung im Gesicht nachgelassen hatte. Und dann hab ich ein Geräusch aus der Küche gehört. Da war mir klar, dass nur du das sein konntest. Und ich dachte, bevor du jetzt hereinrauschst und mich erwischst, mach ich lieber ein wenig Lärm und lass es für dich wie einen Einbruch aussehen. Und dann ab durch die Mitte.« Er wischte sich mit dem Ellbogen den Schweiß von der Stirn. »Woran hast du eigentlich trotzdem erkannt, dass ich es war – oder hast du mich gar beobachtet?«

»Ja«, stammelte ich. »Der Schrei – ich wollte ihr zu Hilfe eilen …« Sollte er ruhig glauben, dass ich Zeuge seines Verbrechens geworden war.

Meine Gefühlswelt befand sich in absolutem Aufruhr. Zum einen überflutete mich ein wundersames Glücksgefühl. Ich hätte tanzen können vor Freude. Ich hatte Silke nicht umgebracht. Ich war keine Mörderin! Sie hatte gekeucht. Tatsächlich hyperventiliert. Genau, wie ich anfänglich ja selbst vermutet hatte. Es war nicht die Spritze gewesen. Keine Schluckmuskellähmung, nur schiere Panik. Und dann hatte er sie erstickt. Beinhart ihren üblen Zustand genutzt. Wieland hatte Silke nicht nur krepieren lassen, er hatte aktiv ihren Tod herbeigeführt. Er war ihr Mörder, nicht ich.

Zum anderen brauten sich alle möglichen negativen Emotionen in mir zusammen. Wut. Angst. Sorge. Hilflosigkeit. Der Müllbeutel, den ich so achtlos im Seesack liegen lassen hatte. Da waren auch meine Fingerabdrücke drauf. Ich saß also nach wie vor mächtig in der Patsche, egal, wo man ihn finden würde.

»Die Aubergine«, sagte Wieland und unterbrach mein Gedankenkarussell. »Die geht auf deine Kappe, Elli Grace, darum darfst du das auch selber ausbaden. Lass dir etwas einfallen für die Forensiker.«

»Warum sollte *ich* mir etwas überlegen, Wieland? Ich hab Silke nicht auf dem Gewissen.« Meine Freude über die Absolution verwandelte sich in Kraft. Ich war unschuldig! Und ich würde dafür kämpfen, dass der wahre Täter bestraft werden würde.

»Das werden wir noch sehen«, sagte Wieland.

Sein Ton missfiel mir. Was hatte er vor? Mein Hirn arbeitete auf Hochtouren. Auch mein Bauch überlegte sich ein Rettungskonzept. Hinhalten, sagte der Verstand. Vielleicht kommt Mama und sucht dich.

»Erklärst du mir noch, warum du meinen Mann umgebracht hast?« Es war ein Schuss ins Blaue, den mein Bauch mir empfohlen hatte. Er erwies sich als goldrichtig.

»Das weißt du also auch?«

»Ist ja nicht so weit hergeholt, nach dem, was so passiert ist«, sagte ich.

Wieland lachte. »Warum du diesen Trottel geheiratet hast, versteh ich sowieso nicht.«

Ich schluckte. Was bildete sich dieser Laffe eigentlich ein? Ich biss mir auf die Zunge, nur nicht seinen Redefluss unterbrechen.

»Ich hab ihn in Wien kennengelernt, auf so einem Symposium über Vaginismus. Aber das weißt du ja bereits. Er hat sich dann überreden lassen, mit mir ins Casino zu gehen. Hat ziemlich hoch gewonnen und war euphorisch. Bloß das nächste Mal, da waren wir zusammen in München unterwegs, da hat er dann massiv verloren. Nicht das erste Mal, wie er mir gestand. Seit er in Wien so viel gewonnen hatte, war er immer wieder nach Tschechien ins Casino gefahren, mit wenig Erfolg. Ob ich denn immer gewinnen würde, wollte er wissen. Und wieso ich mir so einen tollen Schlitten leisten könne. Da hab ich ihm von meinen lukrativen Zuverdiensten erzählt. Ist ja auch schon egal, ob du das weißt. Ich hab für eine Bande Chinesen Ware über die Grenze gefahren. Hauptsächlich gefälschte Medikamente, ab und zu auch härteres Zeug. Dein Mann war sofort Feuer und Flamme. Und die Chinesen haben sowieso jemanden gesucht für die Ost-Connection. Hans Helmut war der ideale Kurier. Unauffällig und naiv. Er hat die Aufträge ausgeführt, ohne viel zu fragen, und er war verlässlich.«

»Bist du eigentlich auch spielsüchtig, Wieland?« Diese Frage konnte ich mir nicht verkneifen. Warum tat ein Mann seines Standes so etwas? Er führte eine gut gehende Praxis für Oberschichtdamen. Hatte offensichtlich keinerlei Existenzsorgen. Was trieb ihn an?

»Ach Gott, süchtig. Man umgibt sich halt gerne mit Geld. Ich wusste schon als Kind, dass ich zu Höherem bestimmt war. Aber mein Schwiegervater, dieser Geizkragen … Der meinte, ich wäre verschwendungssüchtig. Eigentlich ist er schuld an der ganzen Misere.«

»Das musst du mir erklären.«

»Das gesamte Vermögen. Die Gemeinschaftspraxis. Seine Villa. Aktien im Wert von … Keine Ahnung, wie viel die inzwischen wert sind. Ein paar Millionen auf jeden Fall. Nichts davon sollte ich bekommen. Ich war völlig abhängig von Silkes Gnaden. Kannst du dir vorstellen, wie das ist? Wenn du wegen jedes Cents zu deiner Frau betteln gehen musst? Erniedrigend ist das. Ich bin doch kein Mündel! Da hätte ich mir gleich eine eigene Praxis aufbauen können.« Wieland raste durchs Vorzimmer. Hin. Zurück. Hin. Zurück.

Ich hielt den Atem an. Wenn ich jetzt etwas Falsches sagen würde, würde er mir sofort eine Kugel in den Kopf jagen, davon war ich überzeugt.

Langsam beruhigte er sich wieder. »Daher also der Nebenjob, wenn du so willst«, sagte er schließlich. »Geld, das ich für meine Zwecke verwenden konnte, ohne mich rechtfertigen zu müssen wie ein Teenager, der sich Alkohol von seinem Taschengeld kauft.« Mit der linken Hand fuhr er sich durch die schweißnassen Locken, bevor er weitererzählte. »Wir waren eigentlich in Wien verabredet, Hans Helmut und ich, weil ich eine Lieferung gefälschter Viagra-Pillen abholen sollte. Da hab ich ihn meistens angerufen, und wir trafen uns dann auf ein Spielchen. Manchmal in Wien. Manchmal auch in Nikolsburg, wenn er nicht so viel Zeit hatte. Oder wenn er sich vor der Gattin fürchtete.« Er musterte mich von oben bis unten. Sein Mund verzog sich.

Ich blieb scheinbar stoisch, obwohl es in mir kochte. Jetzt war nicht der Zeitpunkt, beleidigt zu reagieren.

»Jedenfalls sagte mir dein Mann am Telefon, dass er nicht kommen könne«, fuhr Wieland fort. »Er warte selbst auf eine größere Lieferung, die er für einige Wochen versteckt halten solle. Ich bin dann statt ins Casino raus zu ihm und hab versucht, ihn zu überreden, mit mir abzuhauen. Nach dem, was er schilderte, lagerte Heroin mit einem siebenstelligen Marktwert in seinem Keller.«

»Und Hans Helmut wollte nicht?«

»Doch. Zunächst schon. Das heißt, zuerst nein. Erstens, weil er einfach Schiss hatte vor den Chinesen. Und zweitens, weil er dich und die Familie nicht einfach so im Elend zurücklassen wollte. Meine Güte! So ein Weichei! Aber ich hab ihn überredet und gesagt, dass er dich ja nachkommen lassen könne. Nach Brasilien oder in die Karibik. Ich hatte ihn dann so weit, dass er einen Selbstmord vortäuschen wollte.«

»Mit einem Strick? Wie sollte er bitte damit etwas vortäuschen?«

»Ach das. Den hab ich erst im Nachhinein aufgehängt, damit

man gleich einmal an Selbstmord denkt, wenn man da raufkommt – und nicht an Mord. Da war er schon tot.«

Jetzt kamen wir der Sache schon näher. Mein Herz schmerzte. Ich versuchte, ruhig zu atmen. In den Bauch, Elli. In den Bauch!

»Und welche Art Selbstmord hätte er vortäuschen sollen?« Meine Stimme klang ruhig und gefasst. Ich wunderte mich über mich selbst.

»Erst hab ich ihn in die Ordination geschickt, damit er einen Abschiedsbrief formuliert«, erklärte Wieland. »Dass er ins Wasser gehen wolle oder sich irgendwo runterstürzen. Und dass du ihn nicht suchen sollst. Ich hab uns einstweilen oben im Loft einen Drink gemacht. So einen Drink könnte ich jetzt übrigens gut vertragen«, sagte er und fuhr sich erneut mit dem Finger in den Kragen.

Er folgte mir mit der Pistole im Anschlag ins Wohnzimmer an die Bar, und ich schenkte uns beiden einen Whisky ein. Den teuren schottischen, den er mir schon einmal kredenzt hatte. Unter ganz anderen Umständen allerdings. Es trieb mir die Schamesröte ins Gesicht, als ich an meine plumpen Avancen dachte! Ich trank den Whisky auf ex. Wenigstens sollte mein letzter Drink etwas Edles sein.

»Was ist dann schiefgelaufen, Wieland?«

Wielands Whisky zitterte im Glas. »Er kommt rauf von der Ordination. Kippt den Cognac, den ich ihm eingeschenkt hab, in einem Zug runter. Sagt, er könne das nicht. Es sei ein reizvoller Gedanke, aber er sehe sich nicht in Brasilien oder in der Karibik, sondern im Weinviertel. Das sei sein Sehnsuchtsort. ›Und deine Schulden?‹, frag ich ihn zornig. Er werde mit dir reden, sobald die Chinesen die Ware wieder abholen. Du würdest sicher einen Ausweg wissen. Und du würdest ihm verzeihen. Er sei ja nicht der Erste, der Konkurs anmelden müsse.«

Ich schluckte. Mein armer Hans Helmut. Er war also doch kein schlechter Mensch gewesen. Ich war total gerührt. Aber Wieland vergönnte mir keine Pause, um dieses Gefühl auszukosten.

»Und wie er da so steht und in sein geliebtes Weinviertel

hinausschaut ...« Wielands Stimme knarrte zynisch. »Da überkommt mich so eine Wut! Dieser Trottel! Da liegen Millionen in seinem Keller, und er will im Weinviertel bleiben! Ich stoß ihn von hinten in Richtung Sehnsuchtsort. ›Dann bleib in deinem verdammten Weinviertelkaff, aber rück wenigstens die Ware raus!‹, schrei ich.« Wieland stürzte seinen Whisky hinunter. Sein Blick war in die Ferne gerichtet. »Woher hätte ich wissen sollen, dass die Glaswand zerbricht? So was gibt's doch gar nicht, denk ich mir. Jetzt liegt der da unten! Ich will schon türmen, da fallen mir wieder die Drogen ein. Und auf einmal ist die Sache noch viel attraktiver für mich. Ich brauch das Zeug nicht zu teilen und noch besser: Die Chinesen werden mich nicht mit seinem Verschwinden in Verbindung bringen.« Er hielt mir sein Glas zur Wiederbefüllung hin. »Ich renn raus in den Garten«, fuhr er fort. »Wahrscheinlich war er ohnehin schon tot. Sicherheitshalber hab ich mit dem Fuß noch diese hässliche Pagode losgetreten, damit sie auf ihn drauffällt. Das Dach hat seinen Schädel tuschiert. Damit war die Gefahr, dass er mich verpetzen könnte, endgültig vom Tisch.«

Wieland stieß einen Seufzer der Erleichterung aus, während sich meine Hand um das Whiskyglas krampfte. Leider war es keine Pagode, sonst hätte ich es ihm an sein grausames Hirn gedonnert. Ich verdrängte meine Mordgedanken. Musste ihn zum Weitererzählen bringen.

»Und dann bist du in den Keller hinunter, aber da waren keine Drogen«, sagte ich.

»Genau. Zuerst hab ich noch das Abschleppseil aus dem Auto geholt und an den Balken gehängt. Und dann bin ich, wie du sagst, in den Keller hinunter. Und der ist leer! Verfluchte Scheiße, denk ich. Hat der Typ nur angegeben? Wenn ja, geschieht es ihm recht! Aber dann durchfährt es mich, dass ich Trouble kriegen könnte, wenn mich jemand hier findet. Also Abgang. So schnell wie möglich. Da hör ich deinen Schrei. Ich haste die Kellerstiege rauf. Die Tür nach draußen steht zwar offen, aber wenn mich jetzt jemand rauskommen sieht, dann bin ich geliefert. Also bin ich eben nach oben.«

»Und hast mich gerettet.«

»*Du* hast *mich* gerettet«, rief Wieland lachend. »Was Besseres hätte mir gar nicht passieren können. So hab ich meine Spuren in aller Ruhe quasi legalisiert. Die beiden Gläser mit den Drinks zum Beispiel. Meine Fußabdrücke im ganzen Raum. Alle Laden in der Küchenzeile hab ich angegriffen, weil ich angeblich was zum Verarzten gesucht hab für dich. Einfach perfekt.«

Ich schüttelte den Kopf. Und ich hatte immer nur meinen Retter in ihm gesehen! Wie konnte es einem Menschen gelingen, sich in solch einer Stresssituation so zu verstellen? Dafür musste man schon extrem kaltblütig sein.

»Und du hast auch die Praxis nur übernommen, um an die Drogen zu kommen, nicht wahr?«

»Was sonst? Wegen dir vielleicht?« Wieland schenkte mir einen abschätzigen Blick.

Ich hätte ihn am liebsten verprügelt. Wie hatte ich jemals etwas für diesen Mann empfinden können? Es war mir unbegreiflich. Nur wegen seiner hübschen Locken? Wie ein Teenager! Ich verachtete mich im Nachhinein dafür.

»Eigentlich wollte ich die Drogen schon aufgeben, Elli Grace. Aber als du dann angerufen hast wegen der Praxiseinrichtung, da ist mir die Idee gar nicht so dumm vorgekommen. In der Zwischenzeit war ich natürlich selber draufgekommen, dass Hans Helmut von einem Weinkeller gesprochen haben könnte. Ist ja nicht so abwegig im Weinviertel. Den galt es zu finden. Außerdem wollte ich sowieso eine Weile aus Düsseldorf verschwinden. Aber das ist eine andere Geschichte.«

Ich schenkte Wieland einen weiteren Whisky ein. Vielleicht konnte ich ihn ja so betrunken machen, dass ich doch eine Fluchtchance hatte? »Diese Geschichte, die du mir beim Begräbnis erzählt hast, dass er seine Geräte verkaufen wollte, das war also auch erfunden?«

»Natürlich. Was sollte ich auch mit so einem alten Plunder?«

Alter Plunder! So ein affektierter Kerl. Die Geräte waren so gut wie neu!

Wieland stierte in sein Glas und schwieg.

Was ging in diesem kranken Kopf vor? Langsam gingen mir die Fragen aus, aber von Mama war weit und breit nichts zu sehen oder hören. Schnell überlegte ich, wo ich noch anknüpfen konnte. Der Seesack vielleicht? »Warum bist du eigentlich nicht geflohen, nachdem du den Safe ausgeräumt hattest, Wieland? Du wolltest doch weg, oder? Der Seesack.«

»Ja, natürlich. Ich war auch schon auf dem Weg zum Flughafen, aber auf der Fahrt sind mir mehrere Gedanken gekommen. Der erste war, dass ich Silkes Vermögen erben würde. In der Eile hatte ich das gar nicht kapiert. Plötzlich reich! Unabhängig! Vorausgesetzt natürlich, niemand würde mir die Schuld an ihrem Tod nachweisen können. Mich ins Ausland abzusetzen machte also keinen Sinn. Und dann hab ich hart gebremst, weil, da ist mir die rettende Idee gekommen. Du warst es! Du hast sie erstickt. Ein Eifersuchtsmord. Das war die Kehrtwende. Da bin ich nach Wien abgeschwenkt und hab erst mal ordentlich gespeist. Mit der Kreditkarte bezahlt, damit ich nachweislich in Wien war – wie ich euch ja angekündigt hatte. Dann wieder zurück.« Er trank den Rest Whisky und stand auf. »Und jetzt, meine Liebe …«, sagte er und stellte sein Glas ab. »Jetzt werden wir zusammen zur Polizei fahren, und du wirst ein Geständnis ablegen.«

»Du spinnst wohl, Wieland. Was sollte ich gestehen?«

»Dass du Silke umgebracht und den Safe ausgeräumt hast, damit es wie ein Einbruch aussieht. Du kannst dir aussuchen, ob du den Plastiksack erwähnst oder ob dir die Oxycodonvergiftung sympathischer ist. Den Schädel hast du ihr eben aus Rache zertrümmert, weil sie so viel schöner war als du. Weil du sie gehasst hast. Du wolltest mich so sehr, daher musste sie weg.« Er packte mich und drückte mir einen Kuss auf die Lippen.

Ich stieß ihn angewidert von mir. Keine Ahnung, woher ich plötzlich die Kraft nahm. »Das werde ich niemals tun, Wieland! Du kannst mich gerne erschießen, aber dann bist du selber dran. Du wirst nicht weit kommen, glaub mir das. Hau ab! Ich lass dir sogar einen Vorsprung. Aber ich werde dich ganz gewiss nicht decken.« Ich bebte vor Zorn.

»Meine Liebe«, sagte Wieland. Er war so ruhig, wie ich ihn aus der Ordination kannte. Alles im Griff. »Du hast keine Wahl, fürchte ich. Ich hab da nämlich etwas, was du sicherlich gerne wiederhaben möchtest.«

»Was …?«

»Nicht *was*, genau genommen, Elli Grace. *Wen!*«

Kleine ermittelt

Auf der Fahrt nach St. Pölten telefoniert die Kleine über ihre Freisprechanlage mit Dr. Marvin Barsch, dem Freund und Weggefährten von Silkes Vater und ihr Patenonkel, wie sich herausstellt.

»Herr Barsch. Danke, dass Sie sich die Zeit nehmen, mir ein paar Fragen über Dr. Martin zu beantworten.«

»Hat er denn etwas ausgefressen, dieser Unhold? Würde mich freuen, wenn Sie ihn endlich drankriegen.«

»Was soll ich sagen, Herr Barsch? Seine Frau ist tot.«

»Mein Gott! Hat er sie … oder sie sich selbst?«

»Das herauszufinden ist unsere Aufgabe. Was glauben Sie denn? So ad hoc?«

»Sehen Sie, Frau Kleine, beides kann ich mir vorstellen. Aber eigentlich ist es egal, ob Silke sich selber das Leben genommen hat oder ob er ihr etwas angetan hat. Er hat sie auf dem Gewissen, glauben Sie mir!«

»Können Sie mir das begründen?«

»Nach dem, was mir Herwig damals so von Freund zu Freund anvertraut hat, kann ich gar nicht anders urteilen.«

»Könnten Sie mir die Sachlage aus Ihrer Sicht noch einmal kurz zusammenfassen, damit ich mir ein Bild machen kann? Die Akte hab ich gelesen, aber die befasst sich im Prinzip nur mit diesem Vorkommnis während des Begräbnisses Ihres Freundes. Das ist eine schwere Anschuldigung, die Sie da gegen Herrn Martin erhoben haben.«

»Wenn ich Ihnen jetzt die ganze Geschichte erzähle und meine Meinung kundtue … kann er mich dann wieder wegen Verleumdung belangen? Dann können Sie es nämlich vergessen. Das mache ich kein zweites Mal mit.«

»Keine Angst, Herr Barsch. Dieses Gespräch wird zwar aufgezeichnet, aber es bleibt vertraulich. Mir geht es hauptsächlich darum, die Glaubwürdigkeit des Herrn Dr. Martin richtig einzuschätzen. Wir werden ihn zu diesem Zwischenfall natürlich auch noch einmal befragen. Da wäre es halt gut, wenn man seine Aussagen mit anderen Perspektiven abgleichen könnte.«

»Na gut. Dann fang ich einmal ganz von vorne an, wenn Sie erlauben. Nämlich bei Silkes Geburt. Da hat das Drama seinen Anfang genommen, weil ihre Mutter dabei gestorben ist. Für Herwig ist damals eine Welt zusammengebrochen, das können Sie sich vorstellen. Stirbt ihm, einem Gynäkologen, die Frau bei der Geburt weg. Und er hat die Schuld dafür allein bei sich gesucht. Völlig irrational. Es gibt Fälle, da ist auch die Medizin machtlos. Aber davon wollte er nichts hören. Sogar seinen Beruf wollte er an den Nagel hängen. Ich konnte ihn schließlich zu einer Gemeinschaftspraxis überreden, wo er in heiklen Fällen den Rat eines Kollegen einholen konnte. – Warum erzähle ich Ihnen das? Weil es das Verhältnis zu seiner Tochter erklärt. Er hat sie abgöttisch geliebt, verwöhnt nach Strich und Faden. Seine beschützende Hand über sie gehalten, wann immer es ging. Über die Gebühr auf jeden Fall, mehr als ihr guttat wahrscheinlich.«

Er schwieg, dachte nach. »Und jetzt betritt dieser junge Mann die Bühne. Herwig hat die Praxis zwar weiterbetrieben, sich aber mehr und mehr auf die Forschung konzentriert. Schließlich nahm er einen Lehrstuhl an der Universität an, wo ihm dieser ehrgeizige Student aus Österreich auffiel, zu dessen Förderer er sich in der Folge machte. Es kam, wie es kommen musste: Der Student bekam eine Praxisstelle in seiner Ordination. Lernte Silke kennen. Die beiden verliebten sich ineinander. Und Herwig war glücklich! Die hübschen jungen Leute schienen ihm das ideale Paar zu sein. Der Schwiegersohn würde eines Tages die Praxis übernehmen. Die Zukunft der Tochter war gesichert. Dachte er.«

Nach einer weiteren kurzen Pause fuhr er fort. »Dann die erste Ohrfeige für Herwig, weil das junge Paar nicht in seiner Villa wohnen bleiben wollte, sondern sich eine riesige Wohnung im Stadtzentrum leistete. Beste Wohnlage versteht sich. Und teuer. Auch dieser Twist zwischen den beiden Männern war vorprogrammiert. Herwig warf seinem Schwiegersohn Verschwendungssucht vor, er lebe über seine Verhältnisse. Immer öfters stritten sich die beiden wegen des Geldes. Bis Herwig beschloss, sein Vermögen zu hundert Prozent an seine Tochter zu binden. Ihr Mann musste wie alle anderen Kollegen – in der Zwischenzeit waren es vier geworden – Miete für die Ordinationsräume bezahlen.«

»Klingt hart. Finden Sie nicht auch, Herr Barsch?«

»Ja und nein, Frau Kleine. Herwig wollte seine Tochter schützen. Dieser Martin war ja ein sehr charmanter Ehemann, aber der ganze Luxus, der kam vermutlich nicht nur seiner eigenen Frau zugute. Silke war sich sicher, dass er sie laufend betrog.«

»Ohne ihn überführen zu können, nehm ich an?«

»Natürlich. Der Bursche war geschickt. Viel unterwegs auf Seminaren und so weiter. Doch dann wurde Silke schwanger. Das hätte die Ehe und das vertrackte Verhältnis zum Schwiegervater vielleicht retten können. Aber sie hat das Kind verloren. Nach einer Untersuchung durch den Ehemann, die unter Narkose stattgefunden hatte. Und Herwig war davon überzeugt, dass Wieland ihr das Kind weggemacht hatte. Das eigene Kind! Stellen Sie sich das einmal vor!«

»Das ist allerdings wirklich eine schwere Anschuldigung. Gab es dafür denn Beweise?«

»Beweise nicht. Aber starke Anhaltspunkte. Herwig hatte Silke – ohne das Wissen ihres Mannes – auch in der Universitätsklinik untersuchen lassen. Nach dem, was mit ihrer Mutter damals passiert war, habe er eben auf Nummer sicher gehen wollen. Und da war alles in bester Ordnung gewesen. Zwei Tage später der Abortus. Das ist doch seltsam, oder?«

»Wollte Dr. Martin denn keine Kinder?«

»Genau das ist der Punkt. Er muss einem Kollegen einmal angedeutet haben, dass ihm seine Karriere wichtiger sei. Und Herwig war das zu Ohren gekommen. Für ihn war das der Beweis.«

»Aber dass er deswegen sein eigenes Kind abtreibt? Glauben Sie das wirklich?«

»Wir werden es vermutlich nie erfahren. Wie auch immer,

Silke hat sich von dem Schlag nie erholt. Sie wurde gemütskrank. Nahm eine Menge Antidepressiva. Auch das warf Herwig seinem Schwiegersohn vor. Verantwortungslosen Umgang mit Medikamenten. Er behauptete mir gegenüber, dass Wieland sie absichtlich sediere, um seine Ruhe zu haben – und an ihr Geld zu kommen. Wenn er sie nett umsorgte, war sie spendabler.«

»Und dann kam es zu diesem Suizidversuch, richtig?«

»Genau. Silke wurde in ein Privatsanatorium gesteckt. Und jetzt halten Sie sich an. Dieser Unmensch erteilte dem Vater gerichtlich Besuchsverbot. Er würde Silke nur aufregen und sei ihrer Genesung hinderlich. Das hat Herwig den Todesstoß gegeben.«

»Aber so eine richterliche Verfügung wird doch nicht willkürlich erlassen. Dafür muss es doch eine gute Begründung gegeben haben.«

»Das ist wohl richtig. Herwig hat auch gegen den Bescheid Berufung eingelegt. Leider hat er die Aufhebung dieses Verbots nicht mehr erlebt. Er ist nach einem Herzinfarkt gestorben.«

»Das klingt alles ziemlich tragisch, Herr Barsch. Ich kann auch Ihre Reaktion gut nachvollziehen. Aber stichfeste Beweise gegen Dr. Martin sind das alles keine.«

»Ja, leider, Frau Kleine. Deswegen hab ich mich dann auch von meinem Anwalt überreden lassen, mich zu entschuldigen. Den Triumph vor Gericht wollte ich ihm einfach nicht gönnen. Machen Sie diesen Hallodri dingfest, Frau Kommissarin. Sie würden mir eine große Freude bereiten.«

»Herr Barsch. Ich kann Ihnen dazu nur sagen, dass wir alles tun werden, um den Fall zu klären. Wenn der Herr Dr. Martin etwas mit dem Tod seiner Frau zu tun hat, dann werden wir ihn belangen. Aber versprechen kann ich natürlich nichts. Ich danke Ihnen jedenfalls für Ihre Gesprächsbereitschaft.«

»Gerne. Ich drücke die Daumen, dass Sie diesen Kerl erwischen.«

Glücklich ist sie nicht über dieses Gespräch, die Kleine. Böse Anschuldigungen gegen den Herrn Martin, die der Herr Barsch da von sich gegeben hat. Die sie ihm ja auch gerne glauben möchte. Aber genauso gut könnten diese Verschwörungstheorien der paranoiden Phantasie eines überbesorgten Vaters entsprungen sein. Manchmal ist es wirklich schwer, objektiv zu bleiben.

Viel erwartet sie sich jedenfalls nicht, als sie am Friedhof in diesem kleinen Kaff zwischen St. Pölten und Krems einparkt. Das Grab der Martins findet sie schnell.

»Karl Martin 1943–2017«. »Rosalia Martin 1942–2018«. Schlichtes Holzkreuz. Bodendecker. Ungepflegt.

»Haben Sie die Martins gekannt?«, fragt eine Mittsiebzigerin mit Gießkanne hinter ihr.

»Den Sohn kenn ich«, sagt die Kleine, woraufhin die alte Dame sie skeptisch mustert.

»Freundin?«

»Nein. Bekannte. Hat mich nur interessiert, wo er herkommt. Wie waren denn die Eltern?«

»Ordentliche Leute. Der Karl war ein Polier. Hat sein ganzes Leben lang hart gearbeitet. Gebuckelt, sagt man bei uns. Und die Rosa, eine ganz brave Hausfrau. Haus und Garten immer picobello. Alles haben s' in den Buben gesteckt. Im Ausland hat er studieren dürfen. Aber gedankt hat er es ihnen nicht.«

»Hat er sich nicht um seine Eltern gekümmert?«

»Ganz im Gegenteil. Ich sag Ihnen, der hat sich für sie geniert.«

»Wirklich? Wie geht so was? Sich für die eigenen Eltern genieren?«

»Schrecklich, gell? Beim Begräbnis vom Vater, da ist er aufgetaucht mit so einem Angeberauto. Beim Leichenschmaus haben wir ihn dann ausgefragt. Zuerst hat er ja mächtig geprahlt mit seiner Karriere und so weiter. Dann hat ihn die Berta auf seinen Ehering angesprochen und gefragt, warum sie nicht mitgekommen sei, seine Frau. Da ist er sogar etwas verlegen geworden. Hat gesagt, dass sie krank sei. Aber wissen S', warum ihm das wirklich peinlich war? Weil seine Mutter es gar nicht gewusst hat, dass er eine Frau hat. Stellen Sie sich das einmal vor. Und auf der Hochzeit waren sie natürlich auch nicht. Nach allem, was sie für den Buben getan haben.« Die Frau schüttelt böse den Kopf. »Er ist dann auch ziemlich schnell wieder verschwunden. Und wir haben die arme Rosa trösten müssen. Der Mann stirbt. Der Sohn ist verheiratet, und sie weiß nichts davon. Und dann bleibt er nicht einmal über Nacht bei der trauernden Mutter. Das hat ihr, glaub ich, das Herz gebrochen. Und sie ist ihm ja bald gefolgt, ihrem Karl.«

»Auf dem Begräbnis der Mutter. War er da auch, der Herr Martin?«

»Das schon. Es gab auch einen Leichenschmaus, da hat er sich nicht lumpen lassen. Aber das Haus hat er sofort einem Makler übergeben. Ich glaub, er war nicht einmal drinnen. Woher kennen S' denn den jungen Martin?«

»Dienstlich. Das Elternhaus. Ist das schon verkauft?«

»Ja. Da ist ein Wiener Ehepaar eingezogen. Die brauchten da auch nicht viel herrichten. Die Martins haben immer alles schön in Schuss gehalten. Und der Garten. So was kriegen S' heute ja kaum mehr zu sehen. Nutzgarten und Blumen. Herrlich. Wenn S' die Hauptstraße runterfahren, das vierte Haus links. Können S' gar nicht verfehlen.«

Kurz bleibt sie vor dem Haus stehen, die Kleine. Jägerzaun. Grüne Holzkastenfenster. Ansonsten nichts Besonderes. Klein für heutige Begriffe. Vom üppigen Garten ist im November halt auch nicht viel zu erkennen.

Die Kleine hat jedenfalls genug gehört und gesehen. Stimmungsaufhellend war das alles nicht. Dafür kauft sie sich in einer Bäckerei eine Topfengolatsche und ein Trinkjoghurt und macht sich auf den Heimweg. Ein bisserl Zeit hat sie noch bis zur Hausdurchsuchung. Vielleicht mach ich noch einen kleinen Umweg, denkt sie, und ihre Stimmung hebt sich wieder.

Der Deal

Es war wie ein letztes Aufbäumen.

»Ich hätte einen anderen Vorschlag, Wieland. Du lässt Lisbeth gehen, dafür verrate ich der Polizei nicht, dass du neben Silke und Hans Helmut auch den Chinesen auf dem Gewissen hast.«

Wieland entfuhr ein Schrei. »Woher weißt du das? Aber dann … Dann haben ja gar nicht die Chinesen den Keller ausgeräumt! Ich Trottel! Ihr wart das! Du und deine Hippiemutter. Hätte ich mir denken können.«

Um Wielands Ruhe war es geschehen. Vielleicht meine Chance. Allerdings musste ich ihn emotional ein wenig herunterholen, damit er nicht völlig ausrastete. Nicht auszudenken, wenn er Lisbeth etwas antun würde. Ich musste den Gedanken an mein armes Kind zur Seite schieben, sonst würde ich noch verrückt werden. Und damit wäre weder ihr noch mir geholfen. Ich atmete durch.

»Du bist ziemlich schlau, Wieland.« Für Schmeicheleien war er eigentlich immer empfänglich gewesen.

Er sah mich auch positiv überrascht an.

»Dass du dir mein Auto geliehen hast. Du hättest die Leiche damit entsorgen wollen, hab ich recht?«

»Wozu entsorgen, Elli Grace? Der kleine Chinese hätte nicht nur wunderbar in deinen Kofferraum gepasst. Er hätte auch gerne dort gefunden werden dürfen.« Er lachte schallend, weil ich empört die Luft einsog. »Was habt ihr denn mit ihm gemacht? Oder steckt ihr womöglich mit den Asiaten unter einer Decke?« Sein Blick verdunkelte sich wieder.

»Mit der Chinesenmafia? Blödsinn. Aber wir haben nicht nur den toten Dai Lo, Wieland, wir haben auch den lebendigen Dang, seinen Begleiter. Er hat uns um Hilfe gebeten. Er war verletzt, schon vergessen? Außerdem ist er Zeuge dieses Mordes, das weißt du. Den wirst du deshalb niemandem anhängen können. Auch mir nicht.«

Das war mein letzter Trumpf. Ich betete, dass ich Wieland damit überzeugen konnte.

Er schien auch angestrengt nachzudenken. »Das monströse Schlitzauge?«, murmelte er. Dann erhellte sich sein Blick. »Den Typen kannst du als Zeugen vergessen, Elli Grace. Der wird nicht aussagen. Der macht sich offenbar vor den eigenen Leuten in die Hose, sonst wäre er nicht zu euch gekrochen, sondern hätte die Bande unverzüglich alarmiert.«

»Doch. Das wird er«, sagte ich bestimmt. Dang würde uns nicht hängen lassen, davon war ich überzeugt. Nach wie vor hoffte ich natürlich, dass ich ihn da raushalten konnte. Wenn Wieland auf den Deal einging, dann wäre nicht nur Lisbeth frei, sondern auch dieser arme Chinese.

»Ich gewinne nichts mit dem Deal«, sagte Wieland und dezimierte damit meine Hoffnungen beträchtlich.

»Doch, Wieland. Du hast immerhin drei Menschen umgebracht. Meinen Mann, den kleinen Chinesen und zum Schluss deine Frau. Aber das wissen nur wir beide. Wenn du gestehst, dass du Silke aus Verzweiflung getötet hast. Nach jahrelanger Qual. Dann bekommst du vielleicht sogar mildernde Umstände. Und bei guter Führung bist du in ein paar Jahren wieder ein freier Mann.«

»Ich werde garantiert nichts zugeben!«, schrie Wieland. »Wenn das rauskommt, dass ich meine Frau umgebracht hab, dann … dann krieg ich nicht einmal meinen Pflichtteil ausbezahlt. Nie im Leben, Elli Grace!«

»Hör mir bitte bis zum Schluss zu. Auch von deiner Vergangenheit als Drogenkurier braucht die Polizei nichts zu erfahren. Es war eine reine Beziehungstat. Außerdem … Wenn du im Gefängnis sitzt, hast du auch von der chinesischen Mafia nichts zu befürchten, denn dann wird auch Dang dich nicht verraten. Überleg doch einmal. Wenn die Firma erfährt, dass du einen ihrer Leute getötet hast, wirst du ihre Rache zu spüren bekommen! Die finden dich, egal, wohin du fliehst. Ich denke, das Angebot ist fair.«

»Jetzt hörst du mir einmal zu, Elli Grace. Niemand kann mir etwas beweisen. Der Mord an Silke passt eher zu dir als zu mir, der Inspektor ist auch meiner Meinung. Dass du ihr nachträglich den Schädel einschlagen musstest, das ist wirklich dein Problem. Ich hätte ihr Ableben als Suizid durchgebracht. Darum geschieht es dir nur recht, wenn du diese Möglichkeit versemmelt hast. Und die anderen beiden Toten, das sagst du ja selber, die kann man nicht mit mir in Verbindung bringen. Vergiss den Chinesen. Diese Asiaten ticken anders als wir. Der hält seinen riesigen Schädel nicht für dich hin.«

»Dann wird Mama dir die Mafia höchstpersönlich auf den Hals hetzen!«, rief ich verzweifelt.

»Nur zu, Elli Grace. Wenn dir so wenig an deiner Tochter liegt.«

»Wo hast du sie versteckt, Wieland?« Ich warf mich an seine Brust und trommelte mit den Fäusten dagegen. Er schleuderte mich mit seiner Linken weg. Ich fiel zu Boden und blieb keuchend dort liegen. Meine Widerstandskraft war gebrochen.

Wieland lachte und zog mich hoch. Mit einer Hand drückte er mich so fest an sich, dass ich seinen heißen Atem zu spüren bekam. »Ich will auch großzügig sein, Elli Grace«, zischte er. »Du gestehst diesem Hartinger den Mord an Silke, so wie ich es dir vorgeschlagen habe. Im Anschluss werde ich deine Mutter kontaktieren. Sie wird die Übergabe vornehmen. Lisbeth gegen das Heroin. Damit nehme ich euch das verräterische Zeug ab. Ist doch überaus kulant von mir, oder? Und das, meine Liebe, ist eine Win-win-Situation.«

Draußen wurde es plötzlich laut. Mehrere Autos bremsten sich vor dem Haus ein. Wieland lugte vorsichtig durch den Türspion. Sein Blick erhellte sich. »Die sind ja schneller, als die Polizei erlaubt!« Er wieherte, als ob er gerade einen phantastischen Witz gemacht hätte. »Das wird dich freuen, Elli Grace. Du brauchst gar nicht mehr zur Polizei. Die Polizei ist zu dir gekommen.«

»Was …?«

Wieland nickte selbstzufrieden. »Dass die eine Hausdurchsuchung machen würden, war mir gestern schon klar«, sagte Wieland. »Bin ja kein Trottel.«

Er schob die Pistole in seine Jackentasche und packte mich am Ellbogen. »Wir zwei gehen jetzt schön mitsammen in die Garage zurück und von dort ins Haus. Du wirst dem Herrn Inspektor vor meinen Augen alles gestehen. Auch, was du gerade da drüben zu suchen hattest.« Er grinste. Völlig von sich eingenommen, weil er mich offensichtlich durchschaut hatte. Martin. Wieland Martin. Der unbesiegbare Held.

Plötzlich krallte er seine Hand noch fester um meinen Ellbogen. »Ich schwöre es dir, Elli Grace, wenn ihr irgendetwas Faules probiert, du und deine schreckliche Mutter oder dieses tätowierte Schlitzauge, dann ist Lisbeth tot.«

Ein interessanter Fund

Schau, schau, da hat der Ernstl aber einen Volltreffer gelandet, denkt sich der Hartinger, als die Schlagzeile des Onlinekuriers vor ihm aufpoppt.

Riesiger Drogenfund in der SCS: 67 Kilo Heroin in Auto sichergestellt

Wien Vösendorf – Einen sprichwörtlich guten Riecher hatte ein Mitarbeiter eines schwedischen Möbelhauses, als ihm ein falsch abgestellter Kastenwagen auf dem Parkareal der Firma auffiel. »Wir Mitarbeiter dürfen seit Kurzem nur gekennzeichnete Parkplätze verwenden, um unseren Kunden die besseren Plätze freizuhalten, und müssen unsere Berechtigung gut sichtbar im Auto platzieren«, sagt Herr M. (37). »Da es nur eine begrenzte Anzahl dieser Stellplätze gibt, schmerzt jedes widerrechtlich abgestellte Fahrzeug.« Laut seinen Angaben stand der Wagen schon vor sechs Uhr früh auf dem Gelände, als er seinen Dienst antrat, was die Sache zusätzlich verdächtig machte. Daher habe er sich veranlasst gesehen, den Sicherheitsdienst zu alarmieren. Dieser vermutete aufgrund der chinesischen Schriftzeichen auf dem Wagen, dass es hier um mehr ging als bloßes Falschparken, und verständigte das LKA.
Die herbeigerufenen Beamten vom LKA Mödling staunten nicht schlecht, als sie im Laderaum des Wagens mehr als 50 Pakete Heroin vorfanden.
»Das ist der größte Fund aller Zeiten in NÖ«, behauptet der leitende Ermittler, Chefinspektor Ernst Zeilinger, gegenüber dem Kurier. »67 Kilo Heroin reichen für mehr als 200.000 Spritzen, damit Sie eine Vorstellung bekommen. Der Marktwert dürfte bei fünf Millionen Euro liegen.«

Die Ermittlungen laufen auf Hochtouren. Laut Zeilinger stehen erste Verhaftungen unmittelbar bevor.

Na, da werd ich den Kollegen demnächst anrufen und ihm zu seiner Beförderung gratulieren, nimmt sich der Hartinger vor. Und zu seinem großen Coup natürlich. Der Ernstl war ja der einzige Lichtblick gewesen bei den Ermittlungen zum Tod des Kollegen Moravec. Einer der wenigen, der bis zum Schluss an seine Theorie geglaubt hat.

Aber zuerst muss er hier einmal den Sack zumachen. Dann kann auch er mit einem Erfolg aufwarten und seine Aufklärungsbilanz wieder auf Hochglanz bringen.

Handschellen klicken

»Wo kommen denn Sie her?« Hartinger trat erstaunt zur Seite, als ich mit Wieland durch die Kellertür in den Flur trat. Er telefonierte gerade. »Gleich, Frau Kleine. Ich muss hier amtshandeln. Ich ruf Sie zurück.« Hinter ihm eilten zwei uniformierte Polizisten vorbei in die Ordination.

»Ich hab Frau Moser ertappt, wie sie unbefugt drüben ins Haus eingedrungen ist. Durch die Garage.« Wieland putzte sich eine Spinnwebe vom Ärmel. »Schon was gefunden? Vielleicht sollten Sie auch drüben im Wohnhaus noch einmal nachschauen.«

Hartinger schwieg.

Wieland räusperte sich. »Ich glaube, Frau Moser wollte Ihnen etwas sagen.« Er lächelte mir aufmunternd zu. Seine blonden Locken umrahmten sein Gesicht wie ein Heiligenschein.

Mein Blut klumpte sich zusammen. Plötzlich verstand ich Leute, die das Bedürfnis verspürten, anderen eine in die Fresse zu schlagen. Ich ballte meine Faust in der Jackentasche. Dann gab ich mir einen Ruck. Es nützte ja nichts. Ich musste es tun. Für mein Kind. »Ich möchte ein Geständnis ablegen«, sagte ich. Meine Stimme klang fremd. Als ob sie aus dem Radio käme.

Hartinger sagte immer noch nichts. Beide Männer schauten mich erwartungsvoll an.

Ich blickte erst auf meine Füße. Dann dem Inspektor direkt in die Augen. »Ich habe Frau Martin umgebracht.«

»Elli!« Mama war gerade aus dem Wartezimmer getreten. Ein Uniformierter mit einem Zettel in der Hand neben ihr.

»Es tut mir leid, Mama. Ich war's. Ich hab Silke getötet. Aus Eifersucht.«

Ein kurzer Blick auf Wieland genügte. Er schien zufrieden.

»Er sollte *mich* lieben«, wisperte ich und senkte meinen Blick. Bohrte ihn durch den Linoleumboden. Meine Scham war nicht gespielt. Dieser Part meines Geständnisses war ja nicht gelogen, und auch der Rest hätte durchaus wahr sein können. Es geschah mir nur recht, wenn ich für Silkes Mord einsitzen musste.

»Spinnst du?« Mama rüttelte mich fest an den Schultern.

Ich schrak hoch. Fixierte sie, wie ich noch nie in meinem Leben jemanden fixiert hatte. »Ich war's, Mama. Lass mich in Ruhe!« Dann drehte ich mich weg von ihr.

Hartinger schob Mama sanft zur Seite. »Wie haben Sie es denn gemacht, Frau Moser?« Die beißende Ironie, die ich so verabscheute an ihm, war völlig aus seiner Stimme verschwunden. Als Wieland Anstalten machte, etwas zu sagen, hob Hartinger beschwörend die Hand.

»Ein Müllbeutel. Über den Kopf«, flüsterte ich. Dann versagten mir die Knie, und ich ging zu Boden.

Mama stürzte sich auf mich und nahm mich in die Arme. Wiegte mich wie ein kleines Kind. »Ruhig. Ruhig«, sagte sie.

»Lisbeth. Er hat Lisbeth in seiner Gewalt«, flüsterte ich ihr ins Ohr.

»Ruhig, mein Kind. Ruhig. Es wird alles gut«, wiederholte sie wie ein Mantra.

»Ich muss Sie bitten, Frau Sargnagel«, sagte Hartinger.

Mama stand auf und half mir hoch. »Was geschieht denn jetzt mit ihr?«, fragte sie.

»Untersuchungshaft. Dann sehen wir weiter.«

Hartinger bat einen Uniformierten, mir Handschellen anzulegen. Ich musste mich umdrehen und die Hände auf den Rücken legen. In meinem ganzen Leben war ich mir noch nie so gedemütigt vorgekommen. Selbst im Stehen, erst recht beim Gehen! Mein innerer Schwerpunkt war völlig verrutscht, ich taumelte wie eine Betrunkene, als wir uns in Bewegung setzten.

Zu zweit geleiteten sie mich aus dem Haus.

Wieland folgte uns. »Ich werd mir dann mal ein Hotel nehmen. Sie werden mich vermutlich noch brauchen für die eine oder andere Aussage?«, sagte er, ganz der Kooperative.

Doch Hartinger ignorierte ihn erneut. »Wären Sie wohl

so lieb, die Beamten bei der Hausdurchsuchung weiterhin zu unterstützen?«, fragte er Mama.

Sie nickte. Blieb in der Tür stehen und schaute uns nach, während sie mich zu einem Streifenwagen führten. Als ich kurz vor dem Einsteigen noch einmal zurückblickte, warf sie mir eine Kusshand zu. Meine Augen füllten sich mit Tränen. Würde ich jemals hierher zurückkehren?

Plötzlich schoss ein Wagen die Straße herauf, bremste sich scharf ein und blockierte die Einfahrt. Heraus sprang Frau Kleine.

»Halt! Sie haben die Falsche!«, rief sie ihrem Chef zu, der gerade dabei war, mich mit dem Kopf voran in das Auto zu drücken. Eine Geste, die ich schon im Fernsehen immer als erniedrigend empfunden hatte, auch wenn es vermutlich eine Sicherheitsmaßnahme war.

»Was soll das?«, fuhr Hartinger seine junge Kollegin an. »Wir haben ein Geständnis.«

»Tut mir leid, Chef«, keuchte sie. »Ich wollte es Ihnen schon am Telefon erklären, aber zuerst haben Sie mir nicht zugehört und später nicht mehr abgehoben.«

»Ich hoffe für Sie, Frau Kollegin, dass es was Dringliches ist, das dieses Theater hier rechtfertigt«, brummte Hartinger.

Mich interessierte allerdings im Moment weniger, was die Kleine zu sagen hatte. Es war die zarte Person, die sich gerade aus ihrem Wagen schälte, der meine ganze Aufmerksamkeit galt.

»Lisbeth!«, rief ich und lief – ungeachtet der Handschellen und der umstehenden Polizisten – auf sie zu.

Leider achtete in diesem Augenblick niemand auf Wieland, der ungehindert seine Waffe ziehen konnte.

»Stehen bleiben, sofort!«, schrie er und knallte einmal in die Luft. »Keine Bewegung!«

Alles erstarrte. Niemand rührte sich. Auch nicht, als er mit langsamen Schritten auf Lisbeth zuging. Mein Mädchen. Das schwächste Glied hier in der Runde. Er würde sie erneut als Geisel nehmen oder erschießen. Ich konnte mittlerweile seine Gedanken lesen. Aber ich würde es nicht zulassen.

Mit ein paar wenigen Sätzen war ich bei meinem Kind. Jemand schrie. Ich verlor die Balance. Diese vermaledeiten Handschellen! Ein Schuss krachte. Ich fiel auf Lisbeth und riss sie mit zu Boden.

Schon wieder!

»Einen Krankenwagen, schnell!«, schreit der Hartinger den Streifenpolizisten an, bevor er selbst zum Verletzten hinläuft.

Die Kleine steht schon über ihn gebeugt. »Chef. Es tut mir leid. Ich weiß, ich hätte ihn vorwarnen müssen. Jetzt hab ich es wieder vergurkt, ich Idiotin«, winselt sie.

»Bist jetzt ganz deppert, Ursula?«, schreit der Hartinger. Vor lauter Aufregung vergisst er, dass er ja gar nicht per Du ist mit der Kollegin. Komplett heiser ist seine Stimme. Wie nach einem Fußballmatch zwischen Mistelbach und Wolkersdorf.

»Geben S' her. Irgendwas zum Blutstillen!«, herrscht er sie an.

Die Kleine geht in die Hocke und reicht dem Chef ihr Halstuch, damit er es auf die Wunde vom Herrn Martin drücken kann. Ganz blass ist sie, die junge Polizistin. Aber nicht wegen des Bluts. Sie sieht sich schon am Ende ihrer Karriere, bevor die richtig angefangen hat.

»Drücken S' dadrauf«, befiehlt der Chef weiter. Seine Stimme hört sich schon viel konzilianter an.

Also presst sie das Tuch in die Wunde und hofft.

»So ein Scheißer«, murmelt der Hartinger neben ihr. Dann steht er auf, klopft den Staub von der Hose und schaut ausnahmsweise einmal auf seine Assistentin hinunter. Aber nicht im symbolischen Sinne, da wär's jetzt schon eher umgekehrt. »Frau Kleine«, sagt er mit einem Räuspern. Weil, leicht fällt ihm das nicht, aber das ist nun Ehrensache. »Ich gratuliere Ihnen zu Ihrem beherzten Handeln. Manchmal muss man auch auf eine Vorschrift pfeifen, wenn es die Situation erfordert. Wenn Sie nicht so blitzschnell geschossen hätten, dann wär eine der zwei Moser-Frauen jetzt wahrscheinlich tot. Und getroffen haben Sie noch dazu perfekt«, sagt er und setzt dabei diesen Grinser auf, den sie schon so gut kennt von ihm. »Präzise in die Schulter. Tut schön weh, da hat er noch länger was davon. Aber es ist weder lebensbedrohlich, noch macht ihn das invalid. Toll haben Sie das gemacht. Wenn da jemand ein Idiot ist, dann bin ich das. Wo haben Sie denn die junge Frau gefunden?«

Die Kleine fährt sich mit dem Ellbogen über die Nase. »In dem Weinkeller, wo der Herr Martin in der Nacht nach dem Mord …«

»… hinbrunzt hat. Alles klar. Haben Sie sich die Koordinaten durchgeben lassen? G'scheit.«

Die Kleine nickt. »Vielleicht hat er ja bemerkt, dass er beschattet wird, hab ich mir gedacht. Dann wäre er nicht zufällig dort stehen geblieben, sondern … Egal. Ich war gerade auf dem Weg zu Ihnen. Wollte direkt von St. Pölten zur Hausdurchsuchung stoßen. Nachdem ich noch etwas Zeit gehabt hab und das kein großer Umweg war, hab ich mir gedacht, schau ich mir die Stelle einmal ganz unverbindlich an.«

»Und da haben S' dann ganz unverbindlich eine Geisel befreit.«

Jetzt kann auch die Kleine wieder lächeln. »Ein Auto mit einem Wiener Kennzeichen ist dort gestanden. Ich hab geklopft, reingerufen. Keiner da. Sicherheitshalber hab ich mir die Nummer von dem Auto notiert und gleich einmal dem Kollegen zur Überprüfung durchgegeben. Und auf halbem Weg hierher meldet mir der Kollege, dass die Nummer auf eine gewisse Lisbeth Moser registriert ist. Und das war mir irgendwie suspekt. Drum hab ich Sie angerufen, ob ich da eventuell die Kellertür aufbrechen könnte. Ob da Gefahr im Verzug ist, quasi. Aber Sie haben mir leider nicht zugehört, Chef.«

Der Hartinger ignoriert den kleinen Vorwurf. »Dann sind S' echt wieder zurück und haben die Kellertür aufgebrochen?«

»Musste ich gar nicht!« Die Kleine lacht. »War eh nur angelehnt. Aber von drinnen hab ich dann die Frau Moser gehört. Mit dem Fuß hat sie gegen die Tür der Kellerröhre getreten, weil, rufen konnte sie ja nicht. Der Martin hat sie zuerst niedergeschlagen, dann gefesselt und geknebelt und in diese verschimmelte Kellerröhre gesteckt. Wissen Sie, wie kalt es dadrinnen ist?« Die Kleine zittert noch immer vor lauter Mitgefühl – und Empörung.

Dem Hartinger braucht sie nicht zu erzählen, wie kalt es in einem Weinkeller ist. Acht bis zehn Grad höchstens. Damit der Wein nicht unkontrolliert gärt. Für ein, zwei Stehachterl geht das ja, aber für einen längeren Aufenthalt ist es für einen Menschen doch ein bisserl zu kühl.

»Geh, Frau Sanitäter«, sagt er zu der Rot-Kreuz-Frau, die ihm grad die Sicht verstellt. »Geben S' zuerst dem Opfer da drüben eine warme Decke. Den Arsch da können S' nachher auch noch verarzten.«

»Sanitäterin«, sagt die Rettungsfrau, »so viel Zeit muss sein«, und winkt einen Kollegen herbei, der sich um den Martin kümmern soll. Die Decke bringt sie der jungen Frau persönlich. Auch die Platzwunde am Kopf, die ihr der Martin zuvor verpasst hat, verarztet sie an Ort und Stelle.

»Hat die Frau etwas gesagt, warum er sie eingesperrt hat?«, wendet der Hartinger sich wieder an die Kleine.

Die schüttelt den Kopf. Völlig rätselhaft sei ihr das gewesen. Sie müsse ihn bei etwas erwischt haben, was sie nicht hätte sehen dürfen. Aber was das sein solle, das sei ihr genauso schleierhaft gewesen.

»Gut, Frau Kleine«, sagt der Hartinger schließlich. »Da hab ich schon so eine Idee. Das riecht doch nach Erpressung wie Kuhdung nach Scheiße, oder? Mir ist der Moser ihr Geständnis vorhin sowieso suspekt vorgekommen. Und Sie …«, sagt er mit einer seltsam belegten Stimme. »Sie, Frau Kleine, sollten der Frau persönlich die Handschellen abnehmen. Schließlich ist es Ihr Verdienst, dass ich Depp sie nicht eingelocht hab.«

»Steht sie also nicht mehr unter Mordverdacht?« Die Kleine strahlt.

»Sagen Sie ihr, sie soll sich zur Verfügung halten. Wir werden die beiden Damen gleich noch einer ersten Befragung unterziehen. Und das Risiko einer Verdunkelungs- oder gar Fluchtgefahr, das nehm ich auf mich!«

Warum der Kleine dann die Tränen runterlaufen und nicht nur den Moser-Frauen, da braucht es jetzt keine Psychologin zur Erklärung. Manchmal ist sogar der Hartinger ein feiner Kerl. Aber genauso wie er Fettnäpfchen ignoriert, merkt er das gar nicht. Für ihn zählt jetzt alleine, dass der James Bond, der wirkliche Mörder, endlich dorthin kommt, wo er hingehört. Nämlich ins Gefängnis.

»Sagt mir jetzt endlich mal jemand klipp und klar, was los ist? Immerhin hab ich den Schädel für euch hinhalten müssen.«

Lisbeth hatte die Sanitäter überzeugen können, dass ihre Genesung durch die Obsorge von Mutter und Großmutter auch privat gewährleistet war, und so waren die nur mit Wieland im Gepäck ins Spital abgezogen.

Die Sache mit Dang und dem Dai Lo hatte Mama Lisbeth ja schon in Wien kurz umrissen, den Rest konnte ich nun, nach Wielands Verhaftung, zur Gänze klären. Ich verschonte mich auch selbst nicht, gab meine dämliche Verliebtheit genauso zu wie meine wahnwitzigen Racheattacken gegen Silke. Als ich Lisbeth erklärte, wieso Mama der Leiche dann noch unbedingt den Schädel einschlagen musste, ausgerechnet mit einem Porzellangemüse, da klatschte sie sich die Hand an die Stirn.

»Mensch!«, rief sie. »Ihr beiden! Wenn ich mir vorstelle, dass mindestens die Hälfte meiner Gene auf euch zurückgeht. Und der Rest vom Papa. Da kann ja nichts Gescheites rauskommen.«

»Vergiss die Umwelteinflüsse nicht, Lisbeth«, sagte Mama.

»Eben!«

Das Lachen tat zur Abwechslung mal richtig gut. Trotzdem wussten wir, dass die Sache noch nicht ausgestanden war. Lisbeth hatte vier ängstliche Chinesen in ihrer Wohnung sitzen, die sich nicht einmal trauten, ans Fenster zu gehen, bis sie wieder in Wien sein würde. Lisbeth hatte ihnen ein altes Wertkartenhandy für Notfälle dort gelassen. Die eigenen Handys hatte Mama ihnen abgenommen, sie würde ihnen neue besorgen und natürlich auch Reisepässe.

»Wo nimmst du denn das Geld dafür her?«, fragte ich besorgt.

»Das lass meine Sorge sein, Kind«, sagte sie, was mich keineswegs beruhigte.

»Mama! Von den Drogen lässt du die Finger. Du hast es versprochen!«

»Ich hab gar nichts versprochen. Kümmere dich um deine Angelegenheiten. Alles, was diese Chinesen betrifft, erledigen Lisbeth und ich.«

Ich gab mich geschlagen. »Das Einzige, was mich stört, ist, dass Wieland viel zu glimpflich davonkommen wird, wenn wir Dang und seine Freunde schützen«, seufzte ich. »Für Hans Helmuts Tod hat er kein Motiv, wenn wir die Drogensache vertuschen. Und eine chinesische Leiche mit Wielands Handschrift gibt es auch nicht. Was habt ihr denn mit ihr gemacht?«

Mama und Lisbeth warfen einander vielsagende Blicke zu.

»Das wirst du erfahren, sobald Dang und Co in Sicherheit sind, Elli. Bis dahin gilt: Je weniger Leute darüber Bescheid wissen, desto besser.«

Damit musste ich mich wohl oder übel zufriedengeben. Auch damit, dass wir nicht wussten, was Wieland aussagen würde.

»Gestehen wird er gar nichts. Der ist überzeugt, dass man ihm nichts nachweisen kann«, sagte Mama.

»Das ist es ja gerade, was mich nervös macht. Die zwei Polizisten sind ziemlich clever. Die können messerscharf schließen. Und was die alles finden!«

»Mein Auto!«, rief Lisbeth plötzlich.

»Was ist damit?«

»Es steht noch in der Kellergasse, verdammt!«, fluchte sie.

»Heute lass ich dich sowieso nicht mehr nach Wien fahren«, sagte ich entrüstet. »Du hast eine Gehirnerschütterung, jede Wette. Glaubst du, ich hab nicht gehört, dass du am Klo …«

»Schon gut. Ich hätte es trotzdem gerne in meiner Nähe. Schließlich hast du auch kein Auto parat, falls die Chinesen zum Beispiel doch noch Hilfe bräuchten.«

Da war was dran. Die Polizei hatte sowohl meinen Corsa als auch Wielands Agera beschlagnahmt, um diverse Spuren zu sichern, wie sie sagten.

»Dann werd ich es eben holen. Ist ja nicht das erste Mal, dass ich diesen Weg zu Fuß bestreite.« Ich stand entschlossen auf, um mich anzuziehen, da läutete es an der Tür Sturm.

Hannes schrie in die Gegensprechanlage: »Mama! Was ist los

bei euch, verdammt? Warum muss ich im Internet lesen, dass die Polizei bei dir ein und aus geht?«

Ich drückte den Buzzer und seufzte. »Dann kommt mal rauf.«

Wie ich befürchtet hatte, tauchte Hannes nicht alleine auf.

»Mutti! Eine Facebook-Freundin vom Hannes behauptet, bei euch ist gestern eingebrochen worden. Stimmt das, sag?«

»Ja. Wo hat sie denn das wieder her, diese Freundin?«

»Das ist doch völlig egal, wo sie das herhat. Weißt du, wie peinlich das für den Hannes war? Er hat zugeben müssen, dass er es nicht weiß. Hallo!«

Doris entledigte sich ihrer Schuhe, während Fippsi an ihr vorbeisauste und zu Lisbeth aufs Sofa hüpfte, um sie abzuschlecken.

Lisbeth lachte und streichelte seinen Rücken. »Na, du Süßer«, sagte sie.

»Lis! Was ist denn mit dir los, um Gottes willen?«, rief Hannes, als er seine Schwester mit dem Kopfverband erblickte.

»Ich wurde vor Kurzem Opfer eines Anschlags. Bin als Geisel in einem Kellerverlies festgehalten worden. Eine Polizistin hat mich in letzter Sekunde befreit, und Mama hat unter Einsatz ihres Lebens das meinige gerettet, weil ich ansonsten wohl erschossen worden wäre.«

»Hat sie was genommen, oder ist das die Gehirnerschütterung?« Hannes sah sich entsetzt in der Runde um. »Hallo, Marion. Hätt ich mir denken können. Wo das Chaos herrscht, kannst du nicht weit sein.«

»Danke für die liebevolle Begrüßung«, sagte Mama.

Lisbeth setzte Fippsi auf den Boden. »Sorry, Hannes. Es ist wirklich so, wie ich sage. Wenn auch ein wenig dramatisch erhöht.«

»Wolltest du noch weg?«, fragte Doris.

Ich hatte immer noch keine Zeit gefunden, mir meine Jacke auszuziehen. »Ja, eigentlich wollte ich zum Weinkeller, Lisbeths Auto holen.«

»Wie kommt das Auto denn dorthin?«

»Du wirst es nicht glauben«, sagte Mama. »Sie hat es dorthin gelenkt.«

Doris verdrehte die Augen. »Logo, dass man von dir keine gescheite Antwort kriegt.«

»Bevor ihr zwei anfangt zu raufen«, sagte Lisbeth. »Warum fahrt ihr nicht um das Auto? Dann braucht Mama nicht dorthin zu latschen, und wir können in der Zwischenzeit dem Hannes erzählen, was passiert ist.« Ohne eine Antwort abzuwarten, warf sie Mama ihren Autoschlüssel hin.

»Was, ich und Dosis?«

»Jep. Ihr beide seid hier eindeutig die Entbehrlichsten.«

Doris schnappte nach Luft. »Und Fippsi?«

»Den kannst du als Wachhund mitnehmen, oder lass ihn da. Deine Entscheidung.«

»Soll ich wirklich, Hasi?«

»Wo ist dein Problem, Schatzi? Du fährst Marion zum Keller. Sie wird dir ansagen, wie du hinkommst. Dann lässt du sie aussteigen und fährst zurück. Adresse ist im Navi. Oder du fährst Marion hinterher.«

Lisbeth instruierte Mama noch im Detail, wo sie was in ihrem Auto finden würde, dann ließ sie sich wieder auf dem Sofa nieder. Bevor sie zu erzählen anfing, machte ich für Hannes und mich eine Flasche Rotwein auf. Jetzt, wo seine Holde nicht da war, entspannte er sich sichtlich.

»Also. Schieß los, Lis. Aber diesmal ohne dramatische Überhöhung, wenn's geht. Mir scheint, die Sache ist auch nüchtern betrachtet aufregend genug.«

»Na gut. Ich bin also heute Vormittag auf dem Weg zu Mama durch die Kellergasse gefahren. Ich wollte mich einfach wieder einmal in meinem kleinen Reich umsehen, nachdem wir letztes Wochenende darüber geredet hatten. Die Tür stand offen, also bin ich rein. Da steht Wieland drinnen und ist völlig außer sich, als er mich sieht. Schreit, was ich hier will. Und ich sag noch keck: ›Hallo. Das ist immerhin mein Keller, und das könnte ich genauso gut dich fragen.‹ Und dann wollte ich wissen, wo Mama ist.«

»Wieso Mama?«

»Der Corsa ist vor dem Keller gestanden. Da war es ja naheliegend, dass Mama nicht weit sein konnte. Da schaut der so wild drein, der Typ, und ich krieg die Krise. Wenn er mir nicht sofort verrät, wo Mama ist, ruf ich die Polizei, sag ich. Sicherheitshalber zücke ich schon mal mein Handy. Aber er ist schneller und zieht eine Pistole. Da sind mir schon ein bisschen die Knie weich geworden, das muss ich ehrlich zugeben. Mit einer Pistole hat mich noch keiner bedroht. Er sagt, ich soll ihm das Handy geben. ›Ich denk gar nicht daran‹, antworte ich und will abhauen. Da stellt mir der Arsch ein Bein, und ich fall hin. Und dann haut er mir fast den Schädel ein, und ich bin weg. Alles schwarz.«

»Mein Gott, Lisbeth! Wenn er geschossen hätte – du könntest tot sein!«, rief Hannes.

»Ich fand es auch lebendig in dem Kellerloch, in dem ich dann aufgewacht bin, nicht so prickelnd. Und der Schädel brummt mir immer noch.« Lisbeth griff sich theatralisch an den Verband.

»Warum hat er das getan? Der Typ war doch ganz okay. Ich schnall's einfach nicht.« Hannes setzte sich zu Lisbeth aufs Sofa und strich ihr liebevoll über den Kopf.

»Ich glaube, das sollte dir lieber Mama erzählen, Hannes«, sagte sie.

»Ich weiß gar nicht, wo ich anfangen soll«, stammelte ich.

Ich schaute Hilfe suchend zu Lisbeth. Was durfte er wissen, was besser nicht? Was würde ihn zum gefährdeten Mitwisser machen oder zu sehr aus der Bahn werfen?

»Von vorne? Warum erzählst du ihm nicht einfach alles, so wie mir vorher? Du kannst ihm die Wahrheit schon zumuten. Er ist erwachsen, Mama.«

Hannes sah mich erwartungsvoll an. Weil ich weiterhin zögerte, stand er auf und ging zur Glaswand hinüber. Wie sein Vater, durchfuhr es mich. So musste Hans Helmut kurz vor seinem Abgang dort gestanden haben. Ich konnte meinen Blick nicht von ihm lösen. Wie er gedankenverloren mit seinem Weinglas herumspielte.

Plötzlich drehte er sich zu mir um. »Mama, bitte!« Er stellte sein Glas ab und starrte mich an. »Kannst du mir nicht einmal im Leben zutrauen, dass ich auch Krise kann? Wie oft hab ich mir von dir anhören müssen, dass ich zu klein bin? ›Das verstehst du nicht, Kind. Und jetzt gib eine Ruh.‹ Glaubst du, es macht irgendwas besser, wenn man nicht darüber spricht?«

Ich betrachtete meinen Sohn, als sähe ich ihn zum ersten Mal. Er hatte recht. Man konnte niemanden vor der Wahrheit schützen. Auch Kinder nicht. Auch nicht sich selbst. Ich hätte zwar weiß Gott was dafür gegeben, wenn Mama mich als Kind mit ihren Wahrheiten verschont hätte, aber hätte es mir tatsächlich geholfen, im Dunkeln gelassen zu werden? Wohl kaum.

Also erzählte ich zum zweiten Mal an diesem Tag die ganze Geschichte. Vom ersten Auftauchen der Chinesen über meine peinlichen Versuche, mich für Wieland interessant zu machen, bis hin zur Botoxattacke auf seine arme Frau. Und dass ich es deswegen auch gerecht gefunden hätte, statt Wieland ins Gefängnis zu gehen. Für Lisbeth. »Hätte ich mir in vielerlei Hinsicht verdient gehabt«, schloss ich mein Bekenntnis.

»Du spinnst, Mama«, sagte Hannes. »Es ist kein Verbrechen, sich zu verlieben. Und wenn du glaubst, dass wir das nicht bemerkt hätten. Ich meine, sogar Doris ist das aufgefallen. Und das mit dem Botox. Wer weiß, wie schlimm Silkes Gesicht wirklich geworden wäre. Außerdem wäre es ja auch für Silke eine gute Lehre gewesen, dass Schönheit nicht alles ist. Ich finde ja, in einer Beziehung sollten Ehrlichkeit und Vertrauen an höchster Stelle stehen. Wenn Papa gleich zu dir gekommen wäre mit seinem Schuldenproblem, dann wäre es nicht so weit gekommen.«

So viel Weisheit aus dem Mund meines Sohnes. Ich war gerührt und stolz zugleich.

Kurz darauf kamen Mama und Doris zurück.

Meine Schwiegertochter segelte zur Tür herein und kniete sich zu Lisbeth ans Sofa. »Lisbeth. Es tut mir so leid, was ich da letztens über dich gesagt hab, mit der Watschen und so. Marion hat mir alles erzählt. Und heute. Wahnsinn, wie tapfer du bist und mutig! Ich wäre, glaub ich, in Ohnmacht gefallen.« Dann sprang sie auf und mir um den Hals. »Mutti! Du hättest tot sein können! Wahnsinn. Meine Schwiegermutter eine Lebensretterin. Ich bin so stolz, zu deiner Familie zu gehören, ehrlich. Hoffentlich werd ich auch mal so eine gute Mutter!« Vor lauter Rührung schossen ihr die Tränen aus den Augen. Ich muss zugeben, dass auch ich damit kämpfte.

Hannes befreite mich von Doris, die immer noch an meinem Hals hing, und küsste sie kräftig auf den Mund. »Deshalb mag ich meine Maus so. Sie trägt ihr Herz auf der Zunge. Sie würde mich nie anlügen oder mir was verschweigen.«

Den Wink hatte ich verstanden. Mamas kryptische Ansage an Lisbeth, als sie ihr den Autoschlüssel zurückgab, allerdings nicht.

»War nichts im Handschuhfach«, sagte sie.

Lisbeth fuhr hoch. »Scheiße! Hast du im Keller nachgeschaut?«

»Hätte ich. Ging nicht. Alles polizeilich versiegelt.«

»Verdammt! Verdammt! Warte! Gib mir mal meine Jacke rüber.« Hektisch wühlte sie in den Taschen ihres Parkas, jede Menge Dreck und Staub fiel dabei auf den Teppich, vermutlich noch aus der Kellerröhre.

»Was suchst du denn?«, fragte Hannes.

Lisbeth zitterte und ließ ihren Anorak zu Boden gleiten. Das bisschen Farbe, das sie vorher noch im Gesicht gehabt hatte, war verschwunden. »Einen Ziegel Heroin«, sagte sie matt.

Doris klappte ihren Mund auf.

»Ich erklär's dir später«, sagte Hannes. »Was wolltest du denn damit, Lis? Doch nicht etwa verscherbeln, oder?«

»Nein. Natürlich nicht. Marion und ich. Wir dachten, wir sollten Wieland nicht einfach so davonkommen lassen. Immerhin hat er unseren Vater auf dem Gewissen.«

»Unter anderem«, verbesserte ich ganz automatisch.

»Eben. Auf jeden Fall haben wir uns überlegt, wenn wir Wieland so ein kleines Geschenk ins Auto legen, dann finden die Polizisten das bei ihm, und dann hat er einen Erklärungsnotstand.«

»Und à la longue auch ein Motiv für den Mord an deinem Mann, Elli«, ergänzte Mama.

»Seid ihr noch zu retten?«, schrie ich und stieß in der Hektik mein Rotweinglas um.

»Was regst du dich so auf? Wir dachten, wenn die Polizei die restlichen Drogen findet – und das können wir mit einem anonymen Anruf steuern –, dann werden die sicher feststellen, dass Wielands Packerl aus derselben Lieferung ist. Außerdem werden die Chinesen dann denken, dass Wieland ihr Zeug gestohlen hat.«

»Super. Und jetzt werden sie genau dieselben Überlegungen anstellen, Polizei wie Chinamafia, allerdings über Lisbeth. Gratuliere. Das habt ihr hervorragend hingekriegt.«

Verhörtechnik

»Wenn ich mir eine kleine Kritik erlauben dürfte, Frau Kleine«, sagt der Hartinger. »Wie Sie die Moser gefragt haben, ob sie der Martin mit der entführten Tochter erpresst hat, das war eine klassische Suggestivfrage. Ganz schlechte Verhörtechnik. Da hat schon mancher Polizist einem Täter eine gute Ausrede in den Mund gelegt.«

»Aber ...«, stammelt die Kleine. »Das haben Sie ja selber ...«

»Glaub ich ja auch, aber die Frage war falsch formuliert. Die Tatsache der Entführung, die hätte aus der Moser ihrem Mund kommen müssen. Kommen S'. Ich zeig Ihnen, wie so ein Verhör geht. Knöpfen wir uns den James Bond vor.«

»Herr Martin. Erzählen Sie uns bitte, was in diesem Weinkeller passiert ist.«

»Ich war in keinem Weinkeller. Bin direkt nach meinem netten Gespräch mit Ihnen auf dem Dezernat in die Ordination gefahren, um meine Sachen zu holen und in ein Hotelzimmer umzuziehen.«

»Herr Martin, da sagt die Frau Moser junior aber etwas anderes. Sie behauptet, Sie hätten sie niedergeschlagen, gefesselt und geknebelt und in die Kellerröhre gesteckt.«

»Dann lügt die Frau, denn ich bin nie in diesem ominösen Keller gewesen.«

»Wollen Sie sich nicht ein wenig kooperativer zeigen, Herr Martin? Es wird nicht schwierig sein, gegenteilige Beweise zu finden. An Ihrer Waffe zum Beispiel. Da sind Blutspuren drauf. Wenn die von der jungen Frau Moser sind, dann wird die Staatsanwaltschaft auch ohne Ihr Geständnis entsprechende Schlüsse ziehen, glauben Sie nicht?«

»Die Waffe hab ich gerade zuvor der Frau Moser, also der alten, abgenommen. Ich hab Ihnen doch schon gesagt, sie will mir diese ganze Sache anhängen. Ich hab mit dem Tod meiner

Frau nichts zu tun. Es war dieses eifersüchtige Frauenzimmer, so glauben Sie mir doch.«

»Und warum dann das Theater in der Einfahrt mit der gezogenen Pistole? Immerhin haben Sie auch geschossen.«

»In die Luft! Ich dachte, Frau Moser läuft davon. Es war eine Kurzschlusshandlung. Ich hab mich in die Enge getrieben gefühlt.«

»Das verstehe ich jetzt nicht. Sie müssen doch gesehen haben, dass wir Frau Moser bereits Handschellen angelegt hatten.«

»Ist mir entgangen. Ich hab nur gehört, was Ihre übereifrige Emanzeninspektorin von sich gegeben hat.« Er schaut die Kleine verächtlich an.

Die zieht mächtig Farbe auf, hält aber den Mund. An Beleidigungen wird sie sich gewöhnen müssen in dem Job.

»Diese kleine Punkgöre«, fährt der Martin fort, als wäre sie Luft. »Die hat ihr offensichtlich irgendeine Horrorgeschichte über mich erzählt. Völliger Schwachsinn. Wer weiß, was die in diesem Keller wollte. Gehen Sie lieber mal dieser Frage nach, dann finden Sie sicher auch die Leute, die sie so zugerichtet haben.«

»Warum behauptet sie dann, dass Sie es waren?«

»Um von etwas anderem abzulenken, ist doch klar. Den Machenschaften ihrer Mutter zum Beispiel? Diese Weiber stecken doch sowieso unter einer Decke.«

»Gut, Herr Martin. Nehmen wir an, Sie haben der Frau Moser die Pistole abgenommen, wie Sie behaupten. Das wirft mehrere Fragen auf. Zum einen: Warum haben Sie mir die Waffe nicht gleich vor Ort ausgehändigt? Die Frau Moser hatten Sie ja schon zur Vernunft gebracht.«

»Völlig darauf vergessen. Stresssituation.«

»Gut. Die andere Sache. Wenn es tatsächlich Frau Moser war, die die Waffe zuletzt in den Händen gehabt hat – also bevor Sie sie ihr abgenommen haben –, dann müssen wir davon ausgehen, dass sie es war, die ihrer Tochter damit den Schädel eingeschlagen hat. Finden Sie das realistisch?«

»Machen Sie Ihre Hausaufgaben, Herr Chefinspektor. Die beiden Frauen waren jahrelang zerstritten. Haben kein Wort miteinander geredet. Erst beim Tod des Vaters ist das Kind wiederaufgetaucht. Nun frag ich Sie, warum.«

»Haben Sie denn eine Theorie?«

»Selbstverständlich. Weil sie ihre Mutter in Verdacht hat, den Vater umgebracht zu haben. Ich schätze, sie hat etwas darüber herausgefunden, vielleicht liegt das Geheimnis ja auch in diesem Keller verborgen. Jedenfalls sagt das Kind das ihrer Mutter auf den Kopf zu, es kommt zum Streit. Die Moser schlägt ihre Tochter nieder und wirft sie in die Kellerröhre.«

»Angenommen, es ist, wie Sie vermuten. Sie kennen Frau Moser doch etwas besser als wir. Was denken Sie, was sie mit ihrer Tochter vorhatte?«

»Nichts Gutes auf jeden Fall. Soviel ich weiß, war die junge Frau nicht gebunden. Wäre wohl kaum jemandem abgegangen, außer ihrem Arbeitgeber vielleicht. Also wenn Elli Grace ihre Tochter loswerden wollte, brauchte sie sie einfach nur dort liegen zu lassen. Keiner hätte sie gehört.«

»Das ist aber schon hart, wenn die Mutter ihre Tochter quasi verhungern lässt.«

»Finde ich nicht so abwegig. Sie hat meine Frau umgebracht und, wie ich vermute, auch ihren Mann. Warum nicht auch die Tochter? Finden Sie es heraus. Das ist schließlich Ihre Arbeit.«

»Noch einmal: Sie trauen der Frau Moser ohne Weiteres zu, dass sie ihre Tochter ermorden würde?«

»Ja, sicher. Drücke ich mich so unklar aus?«

»Es ist nur, weil … Herr Martin. Gerade zuvor haben Sie noch behauptet, die Frauen steckten unter einer Decke. Warum sollte die junge Frau ihre Mutter decken, wenn sie zuvor so einen bösen Streit hatten, der damit endet, dass die ihr beinahe den Schädel einschlägt?«

»Ich sag jetzt gar nichts mehr ohne meinen Anwalt.«

»Wie Sie meinen, Herr Martin. Können Sie uns vielleicht vorher noch ganz unverfänglich etwas über Herrn Moser erzählen? Wir werden diesen Fall wieder aufrollen müssen, wenn Sie behaupten, Frau Moser hätte beim Tod ihres Mannes die Hand im Spiel gehabt.«

»Mittlerweile bin ich ja überzeugt davon, auch wenn Sie die Frau für eine Heilige halten. Die ist nicht ganz dicht. Ich würde ein psychiatrisches Gutachten anregen, wenn ich Sie wäre.«

»Das werden wir uns überlegen, Herr Martin. Aber zurück zu Herrn Moser. Was war er denn für ein Mensch? Sie waren doch befreundet, oder?«

»Ach, befreundet würde ich das nicht nennen. Wir haben uns bei Kongressen getroffen. Er war ein wenig flatterhaft, würde ich sagen. Einerseits recht provinzlerisch. Einfach gekleidet. Speisekarte von rechts gelesen, wenn Sie wissen, was ich meine. Andererseits wollte er halt auch die große Welt schmecken im Casino. Wenn Sie mich fragen – er hat mir nachgeeifert. Mein Auto zum Beispiel, das war für ihn der Inbegriff des Luxus. Ein Statussymbol. Ist es ja auch. Wissen Sie, was? Schauen Sie sich den Sohn an. Der ist ganz der Vater.«

»Sie kennen Frau Mosers Sohn?«

»Am Wochenende. Da hatte sie Besuch von der ganzen Familie. Schreckliche Bagage. Aber bitte, ich war nie ein Familienmensch. Dieses Kleinbürgerliche, das liegt mir nicht. Wie auch immer. Der Sohn hat mich sehr an den Verblichenen erinnert. Sein ganzes Gehabe. Weinsprech, um anzugeben. Solche Sachen halt.«

»Gut. Danke für den Tipp. Dann werden wir jetzt mal einen Anwalt für Sie organisieren.«

»So ein Arschloch!«, sagt die Kleine vor der Tür.

»Tsts, Frau Kleine! So böse Worte aus Ihrem Mund?«

»Weil's wahr ist«, faucht sie, und der Hartinger grinst.

»Zur Verhörtechnik. Haben Sie bemerkt, wie der zu plaudern angefangen hat, als ich ihn um seine Meinung gefragt hab?«

»Ja, Chef. Das war genial. Weil, jetzt wissen wir, was er mit der jungen Frau vorhatte. Sie einfach dort drinnen verrecken lassen.«

»Regen Sie sich nicht so auf, Frau Kleine. Sie haben sie ja gefunden. Ist Ihnen noch etwas aufgefallen, was er unabsichtlich verraten hat?«

Die Kleine fächelt sich Luft zu, der Adrenalinspiegel ist immer noch hoch. Sie schüttelt den Kopf.

»Er hat den Moser schon vorher gekannt, das hat er bisher geleugnet. Der ist nicht zufällig an dem Haus vorbeigekommen, wie er damals behauptet hat. Das könnte noch ein interessanter Punkt werden.«

»Stimmt, Chef. Das wäre mir nicht aufgefallen.«

»Dafür haben Sie ja mich«, sagt der Hartinger und lächelt. »Ich klopf noch einmal der Witwe auf die Finger, nehmen Sie parallel dazu die Tochter ins Verhör. Aber seien Sie nicht zu gutmütig. Und lassen Sie die Frau reden!«

Klick. Klick. Klick.

Was ich mir als Routinesache vorgestellt hatte, entpuppte sich als mühselige Gratwanderung. Lisbeth und ich fuhren zusammen zur Polizei, um unsere Aussagen zu unterschreiben. »Sicherheitshalber« – so hatte ich es auch befürchtet – wurden wir noch einmal befragt, und zwar getrennt. Während sich die nette Polizistin um Lisbeth kümmerte, musste ich dem harten Inspektor Rede und Antwort stehen. Eine uniformierte Beamtin saß fürs Protokoll neben ihm. Einen Rechtsanwalt lehnte ich ab, ich hätte ja nichts zu befürchten. Ziemlicher Fehler!

»Frau Moser«, eröffnete der Inspektor die Befragung. »Sie haben gestern angegeben, dass Herr Martin Sie erpresst hätte. Wenn Sie den Mord nicht gestehen, dann würde er Ihre Tochter umbringen. Ist das richtig?«

»Ja.«

»Hat er Ihnen auch erklärt, wie er seine Frau getötet hat? Wenn Sie das auf sich nehmen sollten, mussten Sie das ja wissen.«

»Ja, hat er. Mit einem Plastiksack. Also mit einem Müllbeutel, hat er genau genommen gesagt.«

»Hat er auch ein Beruhigungsmittel erwähnt?«

»Nein. Daran könnte ich mich erinnern.« Ich hatte beschlossen, das Oxycodon nicht zu thematisieren. Rückblickend machte es keinen Sinn, dass Wieland Silkes Tod als Selbstmord inszenieren wollte. Warum hätte er dann auch noch einen Raubmord vortäuschen sollen? Aber ich zeigte mich interessiert. »Hatte sie denn so was im Blut?«

Hartinger befriedigte meine Neugier nicht, sondern stellte mir eine Gegenfrage. »Sie wissen nicht zufällig, ob Frau Martin öfters Beruhigungsmittel geschluckt hat?«

»Sie hat regelmäßig Valium genommen vor dem Schlafengehen, das weiß ich. Aber ich vermute, dass sie auch Antidepressiva nahm. Sie war schließlich etliche Wochen in einem Sanatorium. Da geht man nicht gleich mit null nach Hause.«

Hartinger nickte und las sich durch, was die Kollegin neben ihm notiert hatte. Plötzlich blickte er auf. »Frau Moser. Sie erinnern sich doch an die Platzwunde von Frau Martin. Zugefügt mit diesem Porzellangemüse. Wir haben schon einmal darüber gesprochen. Hat Herr Martin sich dazu geäußert?«

»Tut mir leid. Ich habe ihn nicht danach gefragt. Für mich war nach seinem Geständnis klar, dass er Silke zuerst erstickt und dann einen Raubmord fingiert hat. Um ihn später mir in die Schuhe zu schieben«, seufzte ich.

Hartinger seufzte ebenfalls und malträtierte die Klickvorrichtung seines Kulis. »Hm«, sagte er.

Klick. Klick. Klick.

»Hm. Sonst hat er nichts erzählt?«

»Doch«, stotterte ich. Dieses Geklicke macht mich ganz nervös. »Ich wollte ihn hinhalten. Vielleicht würde mich ja meine Mutter suchen. Also hab ich gesagt, er soll mir erzählen, was passiert ist. Daraufhin hat er gemeint, warum nicht, sein Geständnis würde diesen Raum nicht verlassen. Da ist mir schon etwas mulmig geworden, Herr Inspektor.«

Klick. Klick. Klick.

Irgendwie erinnerte mich dieses verdammte Geräusch an die Handschellen!

»Ja?«

»Was, ja?«

»Was er erzählt hat. Der Herr Martin.«

»Ach so. Dass er es eilig hatte. Warum, gehe mich nichts an. Und dass er Silke zuerst gar nicht bemerkt hatte, weil sie schlief.«

»Noch was?«

»Warten Sie. Er hat was von Hyperventilieren geredet. Genau! Er wollte sich was aus dem Safe holen. Da muss Silke aufgewacht und heftig erschrocken sein, und dann hat sie hyperventiliert. Da ist er beim Erzählen richtig ausgezuckt, weil er das so gehasst hat an ihr. Jedes Mal, wenn sie Streit hatten, hat sie das gemacht. Vielleicht hat er sie mit dem Schlag endgültig zum Schweigen bringen wollen?«

»Hm.«

Klick. Klick. Klick.

Hartinger wiegte bedächtig den Kopf. »Sie meinen, er hat ihr zuerst den Schädel eingeschlagen, um ihr anschließend den Sack über den Kopf zu ziehen? Dann kann es nicht der Müllsack gewesen sein, den wir in seinem Schlafzimmer gefunden haben. Weil. Da waren keine Blutspuren dran. Aber das wird die Spurensicherung ja bald herausgefunden haben.«

Scheiße! Hätte ich bloß den Mund gehalten.

»Sie haben recht«, stotterte ich. »Das klingt wenig plausibel. Er wird ihr wohl gleich den Sack über den Kopf gezogen haben, damit sie mit dem Keuchen aufhört.«

»Hm. Und danach noch einen Hieb auf den schönen Kopf?«

Klick. Klick. Klick.

Am liebsten hätte ich ihm seinen Kuli aus der Hand gerissen.

»Warum nur, warum? Wo sie doch eh schon tot war«, murmelte der Polizist.

Klick. Klick. Klick.

»Zur Sicherheit?«, stammelte ich.

»Hm. Der Herr Martin ist doch Arzt. Der müsste das doch erkennen, ob es genug ist, meinen Sie nicht?«

»Vermutlich. Dann ... Dann hat er vielleicht gedacht, dass es mehr nach Einbruch aussieht, wenn die Leiche ein Loch im Kopf hat?«

»Hm.«

Wie um mich zu foppen, hörte er plötzlich mit der Klickerei auf. Bei seiner nächsten Frage wurden mir die Knie weich.

»Und es kann nicht sein, dass Sie zufällig Zeugin dieser Szene geworden sind?«

Ich zuckte zusammen. Während ich garantiert aussah wie eine Schülerin, die man beim Schwindeln ertappt hat, verriet Hartinger mit keiner Miene, ob er meine Unsicherheit bemerkt hatte.

»Was? Wieso? ... Wie kommen Sie bitte auf diese absurde Idee?«

Klick. Klick. Klick.

Es war wieder da, das vermaledeite Geräusch. Und trieb meinen Adrenalinspiegel mit jedem Klick weiter in die Höhe.

»Ich frage nur, weil der obduzierende Arzt gemeint hat, Frau Martin hätte eine Herzmassage bekommen.«

»Von mir?«

Klick. Klick. Klick.

»Es hätte ja sein können, Sie finden Ihre Freundin, starten sofort einen Wiederbelebungsversuch, leider vergeblich. Vielleicht wollten Sie ja jemanden …« Er hielt abrupt im Satz inne.

Langsam wurde mir schlecht. Bei diesem Menschen konnte man nie sicher sein, was er tatsächlich wusste und was er nur aus seinem Möglichkeitsrepertoire fischte. Ich hatte nach den gestrigen Ereignissen gedacht, ich wäre aus dem Schneider. Und jetzt?

Elli! Du bist die Tochter deiner Mutter, sagte ich mir. Angriff ist die beste Verteidigung!

»Wollte ich was? Ihn decken? Fangen Sie jetzt schon wieder damit an, dass wir gemeinsame Sache gemacht haben, Wieland und ich? Ach ja, richtig! Jetzt fällt es mir wieder ein. Wir haben sie zusammen gequält. Wieland erstickt sie, während ich ihm genüsslich zusehe, wie er meiner Nebenbuhlerin den Garaus macht. Aber sie ist noch nicht ganz tot. Dann belebe ich sie wieder, damit sie möglichst lange leiden muss. Katz-und-Maus-Spiel sozusagen. Zum Schluss gibt ihr Wieland noch eins über die Rübe, dann küssen wir uns leidenschaftlich, nehmen ihren Schmuck und rufen die Polizei. Vielleicht noch ein Quickie auf dem Teppich, bevor die kommt. Wollten Sie das hören, Herr Hartinger?« Ich hatte mich jetzt wirklich in Rage geredet. Meine Stimme zitterte.

»Beruhigen Sie sich, Frau Moser.« Hartinger lachte. »So dramatisch hatte ich das ja auch gar nicht gemeint.« Er schenkte mir ein Glas Wasser ein. »Schauen Sie. Als wir dort bei Ihnen aufgekreuzt sind. Da hatte ich den Eindruck, Sie wären dem Herrn Wieland recht zugetan. Sie wollten ihn trösten, das hat man deutlich gesehen.«

»Ja, und? Er hat mir leidgetan. Schließlich hab ich einen ähnlich schweren Verlust erleiden müssen, falls Sie sich noch erinnern.« Ich nahm einen kräftigen Schluck aus dem Glas. Das gab mir die Gelegenheit, wenigstens eine kurze Zeit mein Gesicht zu verbergen.

Plötzlich ging die Tür auf, ein uniformierter Beamter trat ein und flüsterte Hartinger etwas ins Ohr.

»Geh, da schau her!«, rief der. »Sagen Sie ihr, ich komm gleich. – Was anderes, Frau Moser«, wandte er sich wieder an mich. »Wussten Sie, dass sich Frau Martin noch kurz vor ihrem Tod Botox spritzen ließ?«

»Ehrlich? Die hatte das doch gar nicht nötig.« Mein Herz schlug wieder schneller. Diese Frage verunsicherte mich zutiefst. Trotz Wielands Geständnis begann ich zu zweifeln, ob ich nicht doch Silkes Schluckmuskel gelähmt hatte. »Hat das denn etwas mit ihrem Tod zu tun?«, stammelte ich.

Hartinger sah mich überrascht an. »Das nicht. Das Botox war zwar wild verteilt auf Hals und Gesicht – sie hätte laut Arzt fürchterlich ausgesehen –, aber auf ihre Gesundheit hatte das keinen Einfluss.«

Ich seufzte erleichtert auf. Fehler!

Er sah mich wieder scharf an. Sein Mund verzog sich. »Mich interessiert mehr der Zeitpunkt, Frau Moser. Der Gerichtsmediziner sagt, es muss unmittelbar vor ihrem Tod passiert sein. Wäre das möglich gewesen, als sie zusammen in dieser Excalibur City unterwegs waren?«

Ich »überlegte« kurz. »Wir waren nicht die ganze Zeit zusammen. Das ist durchaus möglich.«

»Hm. Wir haben uns natürlich auch in diesem Wellnessparadies umgesehen. Man kann sich dort wirklich fast alles machen lassen. Haare, Nägel, Zähne und auch allerhand im Gesicht. Botox wurde aber nirgends angeboten.«

Schon wieder schwamm ich in turbulentem Wasser. Sollte ich die Botoxparty ins Spiel bringen? Ging sich das zeitlich denn aus? Ich widerstand dem dringenden Bedürfnis, mir die verschwitzten Hände in den Rock zu wischen. Nur keine Nervosität zeigen, Elli, so kurz vorm Ziel! Du hast keine Ahnung, was Silke da getrieben hat, und aus!

»Da bin ich überfragt, Herr Chefinspektor. Vielleicht hatte sie eine Verabredung? Sie war sehr erpicht darauf, dass wir genau an diesem Nachmittag dahin fuhren, und hat die ganze Fahrt über auf ihrem Handy herumgewischt. Was allerdings nichts heißen muss, das hat sie auch so ständig getan.«

»Hm. Das wird die Datenauswertung von ihrem Handy dann ja zeigen, auf welchen Seiten sie so gewischt hat.«

Klick. Klick. Klick.

Ein fetter Schweißtropfen rann meine Wirbelsäule hinunter und triggerte mir eine Gänsehaut, als ob die Blair Witch persönlich hinter mir stünde. Die Handyauswertung hatte ich nicht bedacht. Warum konnte ich auch nicht den Mund halten und einfach nur mit den Schultern zucken? Silkes Handy war an diesem vermaledeiten Tag ausschließlich zu Hause eingeloggt gewesen. Ich hatte mich soeben in einen fatalen Widerspruch geredet.

»Ach, Blödsinn, jetzt fällt es mir wieder ein. Das muss ich mit einer anderen Gelegenheit verwechselt haben, das mit dem Herumwischen. Mein Gedächtnis spielt mir leider öfters einen Streich, seit ich im Wechsel bin«, stammelte ich und klatschte meine Hand an die Stirn. »Silke hatte ihr Smartphone gar nicht mit. Darum mussten wir uns einen fixen Treffpunkt ausmachen, als wir uns trennten. Ist man ja gar nicht mehr gewohnt ohne Handy heutzutage.« Ich lachte dämlich.

»Na gut, Frau Moser. Sie werden ja wohl nichts dagegen haben, wenn wir dann auch Ihr Handy auswerten, um Ihre Aussage zu bestätigen. Reine Routine. Und die Kollegen sehen sich auch gerade die Videoaufnahmen aus der Excalibur City an.«

In meinem Gehirn ratterte es gefährlich, die Rädchen drehten durch. Überhitzung!

Ich warf das Handtuch und gestand. Dass wir beide den Fuß nicht nach draußen gesetzt hatten, schon gar nicht nach Tschechien gefahren waren. Dass ich Silke das Botox auf ihren Wunsch verpasst hatte, nachdem sie die Wirkung meiner Eigenbehandlung erkannt hatte. Dass Wieland nichts davon erfahren sollte und wir deswegen das Märchen mit dem Outletcenter erfunden hatten.

Hartinger nickte. Zu meiner Verwunderung kam keine sarkastische Bemerkung. »Wo hatten Sie denn das Zeug her? So einfach ist das doch nicht zu bekommen, oder?«

Als ich ihm erklärte, dass es eigentlich ein Vaginalpräparat gewesen war, verzog er nun doch den Mund. Und ich wäre am liebsten im Boden versunken.

Plötzlich verfinsterten sich seine Züge wieder. Von einer Sekunde auf die andere war er wieder mein Feind. »Oxycodon. Haben Sie ihr Oxycodon gegeben?«

»Sind Sie wahnsinnig? Das ist ein extrem gefährliches Betäubungsmittel. Es wird selbst in der Schmerzmedizin nur äußerst selten eingesetzt. So etwas haben wir in der Ordination gar nicht geführt. Sie hat Valium genommen. Zur Beruhigung.«

»Hm. Was ist weiter passiert?«

»Nichts. Ich hab sie behandelt. Danach ist sie eingeschlafen. Ich hab zusammengepackt und bin hinüber. Bald darauf ist Mama gekommen. Aber das wissen Sie ja schon.«

»Hm. Und Herr Martin hat seine Frau praktischerweise schlafend vorgefunden und musste ihr nur noch einen Sack über den Kopf ziehen und fertig. Anschließend hat er einen Einbruch fingiert und ihr eine Keramikaubergine an den Kopf geworfen, weil er sie gehasst hat. Also nicht die Melanzani. Obwohl …« Hartinger legte seinen Kuli zur Seite und lächelte. »Danach hat er sich bei Ihnen den Schlüssel geholt.«

Ich nickte. »So muss es gewesen sein. Behauptet er was anderes?«

»Na ja. Zugegeben hat er bis jetzt noch nichts. Aber das war ja auch nicht zu erwarten«, sagte er und nahm seinen Kuli wieder auf.

Meine Nerven reagierten schon in Antizipation des zu erwartenden Klicks, obwohl der dann ausblieb, weil er den Kuli in seine Jacke steckte. Wenigstens schien das Ende der Befragung nah.

Leider wieder nur Schein.

»Ist Ihnen eigentlich jemals der Gedanke gekommen, dass Herr Martin auch beim Tod Ihres Gatten seine Hand im Spiel gehabt haben könnte?«, fuhr Hartinger ohne Kuli fort. Wenigstens brachte mich die Frage nicht gleich wieder aus dem Gleichgewicht.

Ich atmete tief durch und wischte mir nun doch meine verschwitzten Hände in den Rock. »Ehrlich gesagt hab ich mich das auch schon gefragt«, sagte ich und seufzte. »Er war auch nicht zufällig vorbeigekommen an diesem Tag, wie er das zunächst behauptet hatte. Hans Helmut wollte ihm seine Geräte verkaufen, bevor er in Konkurs ging. Allerdings hab ich keine Ahnung, warum er ihn hätte töten wollen.«

»Genau das wäre meine nächste Frage gewesen. Ein mögliches Motiv können Sie sich nicht vorstellen?«

»Ein Streit? Worüber, da kann ich wiederum nur spekulieren. Vielleicht hat mein Mann auch ihm Geld geschuldet? Ich weiß es nicht.«

Hartinger nickte zufrieden. »Gut. Das wär's fürs Erste. Vielleicht brauchen wir Sie noch, wenn sich die Beweislage ändert. Lesen Sie sich das Protokoll hier noch einmal in Ruhe durch, bevor Sie es unterschreiben. Vielen Dank für Ihre Mitarbeit, Frau Moser. Die Kollegin wird Sie dann hinausbegleiten.«

Selbst die Tür, die hinter ihm zufiel, machte »klick«!

Zeugenaussage Lisbeth Moser

Die Kleine ist echt stolz. Ihre erste Zeugenbefragung, ganz ohne Chef. So viel Vertrauen hat sie sich nicht so bald erhofft. Darum darf sie sich auch keinen Fehler erlauben. Suggestivfragen vermeiden, sagt sie sich noch dreimal vor, bevor sie beginnt.

Zuerst lässt sie sich von der Zeugin beschreiben, was genau passiert ist. Aber da kommt erwartungsgemäß nichts Neues. Dann folgen die Fragen, die sie sich genau vorbereitet hat. Damit sie der Zeugin nicht wieder Worte in den Mund legt. Aber sie erkennt auch bald, dass man sich nicht immer ans Konzept halten kann, so gut es auch sein mag. Manchmal nimmt so ein Gespräch eben einen anderen Verlauf.

»Sie haben mir gestern erzählt, dass Sie keine Idee hatten, warum Herr Martin Sie dadrinnen gefangen hielt«, schießt sie los. »Denken Sie – aus heutiger Sicht –, dass er Ihre Entführung geplant hat? Wir wissen ja nun, was er damit bezweckte.«

»Sorry«, sagt Frau Moser. »Meine Mutter hätte kein Lösegeld zahlen können. Es hat auf mich eher wie eine Kurzschlusshandlung gewirkt. Er hat ja auch nicht damit rechnen können, dass ich an dem Tag dort vorbeifahren würde. Ich meine, wenn er mich hätte entführen wollen, dann hätte er mich dort hingelockt. Hat er aber nicht.«

»Was genau hat Sie denn eigentlich bewogen, den Weg durch diese Kellergasse zu nehmen? Sie liegt ja nicht direkt auf dem Weg zu Ihrer Mutter.«

»Das ist, rückblickend gesehen, auch sehr aufschlussreich, finde ich. Letztes Wochenende, da waren wir bei meiner Mutter auf Besuch, weil Allerseelentag war. Grab des Vaters besucht und so weiter. Da ist das Gespräch auf diesen Weinkeller gekommen.«

»Darf ich Sie fragen, warum das aufschlussreich sein sollte?«

»Der Punkt ist, dass Wieland danach gefragt hat. Mein Vater muss ihm davon vorgeschwärmt haben, und er wollte den

Keller unbedingt sehen. Nun stellen Sie sich vor, meine Mutter wusste nicht einmal von dessen Existenz. Mein Großvater hat ihn mir vor Jahren geschenkt, da war ich noch ein Teenager. Ich hab den schon komplett vergessen gehabt, und dann sind meine ganzen Erinnerungen daran wieder hochgekommen. Immerhin hab ich dort einmal ein paar Wochen gehaust. Bin mit achtzehn von zu Hause weggelaufen. Aber das ist eine andere Geschichte.«

»Würden Sie mir die erzählen?«

»Ein Zerwürfnis mit meinem Vater. Sie werden es vermutlich sowieso rausfinden, darum sag ich es Ihnen gleich. Ich bin erst nach seinem Tod wieder hier heraus. Mit meiner Mutter hab ich die Sache geklärt. Trotzdem. Dieser Keller. Ich wollte einfach hin und schauen, wie es jetzt dort aussieht.«

Mit so einer aufrichtigen Antwort hat die Kleine zum Beispiel nicht gerechnet. Und ihr fällt auch prompt eine recht ordentliche Folgefrage ein, wie sie selbst meint. »Nun, das wissen wir jetzt ja, wie es dort aussieht. Ist Ihnen im Vergleich zu damals vielleicht etwas aufgefallen? Hat er sich sehr verändert, dieser Raum?«

Da lacht die junge Moser. »Unbedingt«, sagt sie. »Es war so aufgeräumt. Ich hab niemals aufgeräumt. Also muss jemand in der Zwischenzeit dort gewesen sein.«

»Ihr Vater?«

»Gut möglich. Obwohl. Mit dem Putzen hatte er es nicht so. War Frauenarbeit seiner Ansicht nach.«

»Dann ist wohl eher Ihre Mutter dafür zuständig gewesen?«

»Oh, die hätte das perfekt gekonnt. Aber wie gesagt, sie wusste nicht, dass dieser Keller existiert. Also muss ich stark annehmen, dass sie ihn auch nicht geputzt hat.«

Da lacht auch die Kleine. »Natürlich. Das sagten Sie ja schon. Etwas anderes. Ich weiß, Sie haben die beiden nicht gut gekannt. Aber was hatten Sie denn für ein Bild von den Martins?«

»Ich kann natürlich nur von letzter Woche berichten. Der Mann ist nicht mein Fall. Zu schnöselig. Angeber. Viele – allen voran er selber – halten ihn vermutlich für attraktiv, aber ich bevorzuge Männer mit Ecken und Kanten. Nicht so gelackte Typen. Und charakterlich, da tu ich mich jetzt schwer, objektiv zu sein, nach dem, was ich schon über ihn weiß.«

Die Kleine freut sich, dass ihr Gegenüber genauso über den Martin denkt wie sie. Das spricht ja dann für eine profunde Menschenkenntnis. »Das kann ich verstehen«, sagt sie und meint es auch so. »Und Ihr Urteil über Frau Martin? Glauben Sie, dass sie psychische Probleme hatte?«

Scheiße, denkt sich die Kleine. Schon wieder eine Suggestivfrage. Die muss ich dann aus dem Protokoll streichen.

»Ach, die war ein wenig verrückt. Das ganze Feng-Shui-Gedöns. Überkandidelt, das war es, was mir zuallererst einfiel. Aber psychisch krank? So hätte ich sie spontan nicht eingeschätzt. Natürlich bin ich keine Expertin, und außerdem hab ich sie nur flüchtig gekannt. Auf Basis einer einzigen Begegnung traue ich mir hier nicht zu, ein valides Urteil abgeben zu können.«

Die nächste Frage steht wieder auf dem Konzept der Kleine, und sie fürchtet sich schon etwas davor, weil sie halt recht privat ist. »Sagen Sie. Halten Sie es für möglich, dass Ihre Mutter mit diesem Martin ein Verhältnis hatte?«

»Du meine Güte! Ich sag Ihnen was: Dafür kenne ich meine Mutter zu wenig. Hätten Sie mich wegen meiner Großmutter gefragt, hätte ich sofort Ja gesagt. Vorstellen kann ich es mir nicht. Aber wer stellt sich seine Eltern schon beim Geschlechtsverkehr vor? Noch dazu mit einem Fremden?«

Es ist die Kleine, die ein bisserl rot wird bei dieser Antwort. Ziemlich geradeheraus, ihr Gegenüber. Deshalb ist sie direkt froh, dass ausgerechnet in dem Moment der Chef zur Türe hereinkommt. Er hat ein Plastiksackerl in der Hand mit einem braunen Päckchen drinnen.

Ohne zu grüßen, setzt er sich zu ihr an den Tisch und übernimmt die Befragung. »Frau Moser«, sagt er. »Wir haben dieses Päckchen in der Kellerröhre gefunden. Genau dort, wo Sie gelegen haben müssen. Gehört das Ihnen?«

Frau Moser zieht das Sackerl zu sich heran und betrachtet es von allen Seiten. »Nein. Was ist das?«

»Was könnte es denn sein, Ihrer Meinung nach?«

Die junge Frau wiegt das Paket in der Hand. »Keine Ahnung. Irgendein Lebensmittel? Salz? Mehl? Fühlt sich zumindest nach Pulver an.«

»Heroin«, sagt der Chef und fixiert sein Gegenüber wie ein Zimmermannsnagel.

»Puh!«, sagt die Moser und zieht ihren Kopf nach vorne wie ein Huhn. »In der Größe muss das aber einen ordentlichen Wert haben. Gab's noch mehr davon?«

»Das wollte ich Sie gerade fragen.«

»Hören Sie. Das gehört mir nicht. Ich hab mit Drogen nichts am Hut.«

»Können Sie mir erklären, wie dann Ihre Fingerabdrücke darauf gekommen sind?«

Die Kleine weiß nicht, wer jetzt nervöser ist. Die Zeugin oder sie selbst. Hat sie es doch nicht so mit der Menschenkenntnis? Sie erinnert sich an die Aussagen der Nachbarn über das missratene Kind. War sie nicht schon als Teenager kriminell veranlagt?

»Mensch! Ich seh das Zeug heute zum ersten Mal, ich schwör's.« Entsetzt gibt sie dem Polizisten das Paket zurück. »In der Kellerröhre haben Sie es gefunden, sagen Sie? Ich kann ja zum Beispiel einfach darauf zum Liegen gekommen sein. Ich meine, ich hatte die Hände am Rücken gebunden. Ich bin verkehrt herum zur Tür gerobbt und hab dabei so einiges berührt, von dem ich lieber nicht wissen will, was genau das war. Es war stockfinster und grauslich dadrinnen.«

Jetzt ist die Frau Moser schon ein bisschen aus der Spur geraten, stellt die Kleine fest. Aber wer würde das nicht, wenn man ihm Rauschgiftbesitz vorwirft? Egal, ob berechtigt oder unberechtigt.

»Gut. Das war's dann«, beendet der Hartinger überraschend das Gespräch. »Gibt's von Ihrer Seite noch was, Frau Kleine?«

Die schüttelt nur verwirrt den Kopf und folgt dem Chef ins

Büro, während die Frau Moser im Verhörzimmer das Protokoll durchliest und unterschreibt.

»Was halten Sie von Ihr, Frau Kleine?«, fragt der Hartinger.

»Bis zu Ihrem Eintreffen hätte ich meine Hand für sie ins Feuer gelegt. Aber jetzt?«

»Ein echt vertrackter Fall, was? Andererseits. Vielleicht hat auch der Martin das Paket dort deponiert oder verloren? Vielleicht gab's tatsächlich mehr davon. Dann hätten wir eine Antwort auf die Frage, was er dort zu suchen hatte, oder?«

Dieser Ansatz gefällt der Kleine gleich viel besser. Aber sie weiß: objektiv bleiben, heißt es. Sympathien ausklammern. Trotzdem.

»Nehmen wir an, der Martin erfährt, dass der Moser Heroin versteckt hat«, sinniert sie. »Aber er weiß nicht, wo. Weil er ihm das Versteck nicht verraten will, schmeißt er ihn durchs Fenster. Dummerweise bedeutet das, dass er erst recht nicht weiß, wo er suchen muss.«

»Clever, Frau Kleine«, sagt der Hartinger. »Deshalb lässt er sich später im Weinviertel nieder. Weil, warum der da herzieht in die Provinz, das war mir immer schon ein Rätsel. Das mit der guten Luft für die Frau, das war doch nur ein Vorwand.«

»Und die junge Frau Moser hat zuvor erwähnt, dass er sich auffällig für ihren Keller interessiert hat. Sie hat dem Martin bei ihrem letzten Besuch davon erzählt. Da wollte der sofort hin. Obwohl sie ihm gesagt hat, dass er schon völlig desolat ist.«

Der Hartinger pfeift. »Bingo! Die Drogen waren in dem Keller versteckt, jede Wette. Wenn die Spurensicherung sauber gearbeitet hat, sollten wir da noch mehr Anhaltspunkte finden.«

»Glauben Sie, dass die Moser-Frauen von den Drogen gewusst haben, Chef?«

»Das halte ich sogar für sehr wahrscheinlich. Die Witwe Moser verschweigt jedenfalls etwas, hat sich in allerhand Widersprüche verstrickt. Erzähl ich Ihnen später.«

»Und wo sind die Drogen jetzt, wenn nicht im Keller, Chef?

Weil, wegen dem einen Packerl betreibt der Mensch sicher nicht so viel Aufwand.«

»Gute Frage«, murmelt der Hartinger und kratzt sich hinter dem Ohr. Plötzlich springt er auf und sucht was in seinem Computer. Dann pfeift er gleich noch einmal. »Vielleicht in Mödling«, sagt er und greift zum Telefon.

Organisierte Reise

»Wo bleibt ihr denn so lange?«, schleuderte uns Mama entgegen, kaum dass wir unsere Jacken aufgehängt hatten. »Du kannst dich gleich wieder anziehen, Lisbeth. Wir müssen nach Wien! Die Chinesen!«

»Was ist passiert?«, riefen wir beinahe unisono. Der Kleiderbügel fiel mir aus der Hand, während Lisbeth an mir vorbei ins Klo hastete.

Ich stellte erschöpft meine Tasche ab, hob den Bügel wieder auf und hängte die Jacke auf. War es denn immer noch nicht genug? Wann hörte dieser Alptraum endlich auf?

»Was ist mit den Chinesen? Probleme?«, fragte Lisbeth, als sie vom Klo zurück war.

»Nichts Schlimmes«, beruhigte Mama. »Wir müssen sie reisefertig machen.«

»Echt? Super! Das ging ja schnell.« Mama und Lisbeth gaben sich High Five.

»Schön, dass ihr euch freut. Könntet ihr mich vielleicht an eurer Freude teilhaben lassen?«

Mama grinste. »Sollen wir?«

Lisbeth nickte.

Und so erzählte Mama, dass sie für Dang und seine Freunde Plätze in einer chinesischen Reisegruppe aus Shanghai organisiert hatte. Ihre Kontakte zu früheren Reiseleiterkollegen waren ihr dabei hilfreich gewesen. Welche Beziehungen sie spielen ließ, um ihnen neue Pässe zukommen zu lassen, verriet sie jedoch nicht, ebenso wenig, wie sie das alles finanzierte. Und nun würden Lisbeth und sie die vier noch neu ausstatten müssen. Schicke Kleidung, Schuhe, Koffer, Handy und Tablets mussten her, wenn sie in der betuchten Gesellschaft nicht auffallen wollten – was vor allem bei Dang schwierig werden konnte. Und deshalb war Eile geboten. Denn bereits morgen früh war Abfahrt.

»Und wohin geht die Reise?«, interessierte sich Lisbeth. »Damit wir auch das richtige Outfit besorgen.«

»Die Gruppe kommt heute aus Italien, wo sie Rom und Venedig besucht haben. Am Abend sollen die vier dann im Hotel zu ihnen stoßen. Von dort fahren sie morgen nach Hallstadt, übernachten in Salzburg. Dann geht es weiter nach Heidelberg, über Trier nach Köln, von dort nach Paris und Montargis. Letztes Ziel der Reise ist London. Dort wollen die vier dann untertauchen.«

»Was wollen sie in Montargis?«

»Kindchen. Geschichte! Das ist die Wiege der chinesischen KP. Sogar Deng Xiaoping und Zhou Enlai waren dort zur Ausbildung.«

»Na dann! Was heißt eigentlich ›Teigtascherl‹ auf Französisch, Marion?«

»Boulette«, antwortete Mama und schob ihre Enkelin aus der Wohnung.

Und mich ließen sie mitsamt meiner überbordenden Phantasie zurück, die einmal mehr in alle möglichen Richtungen auswuchs. Mein Bauch, wiewohl in den letzten Wochen einigermaßen geschrumpft, signalisierte Ungemach.

Ich bückte mich, um Mamas Hausschuhe ordentlich hinzustellen, da fiel mir auf, dass Lisbeth in der Hektik ihren Parka hatte hängen lassen. Den würde sie garantiert vermissen! Ich schnappte ihn mir – vielleicht würde ich die beiden ja noch rechtzeitig erreichen –, glitt in Windeseile und geräuschfrei die schöne Wendeltreppe hinunter, sauste durch den gut durchlüfteten Gang und riss die Türe auf.

Den Schrei, den ich dort ausstieß, konnte man wohl nicht bis nach Wien hören, aber Mama und Lisbeth im Auto hätte er eigentlich noch erreichen müssen. Ungeachtet dessen brausten sie im Eilzugtempo davon, während ich von einem Schäferhund gestellt wurde, panisch zurückwich und mir dabei die Türschnalle in den Rücken rammte. Ein schmerzliches Déjà-vu!

Diesmal ging ich allerdings nicht zu Boden, weil mich Frau Kleine auffing.

»Sitz!«, sagte der Polizeibeamte, der den Hund an der Leine hatte, doch der knurrte und schnüffelte nervös an Lisbeths Jacke herum.

»War das Ihre Tochter in dem Auto?«, fragte Hartinger.

»Ja. Sie musste nach Wien. Was erledigen. Hätten Sie sie gebraucht?«

»Sie nicht. Ihr Auto«, sagte Hartinger.

»Wozu brauchen Sie ihr Auto?«

»Für die Spurensicherung.«

Der Hund vor mir knurrte, als ob er auf das Wort Spurensicherung reagierte.

»Ist das nicht der Parka Ihrer Tochter, Frau Moser?«, fragte Frau Kleine. »Den sie im Keller anhatte?«

»Ja. Sie hat ihn vergessen. Ich wollte ihn ihr gerade nachtragen. Alte Mutterangewohnheit.« Ich versuchte es mit einem Lächeln, was erbärmlich scheiterte.

»Dann brauchen wir das Auto ja vielleicht gar nicht«, sagte Hartinger. »Darf ich?«

Er nahm mir die Jacke ab. Der Hund schlug sofort wieder an und stellte den Parka wie einen bösen Feind.

Hartinger lugte vorsichtig in alle Taschen. »Den nehmen wir mit – wenn Sie nichts dagegen haben«, sagte er und drückte Frau Kleine die Jacke in die Hand.

Dann fragten sie mich, ob sie mit dem Hund durchs Haus dürften. Ich zuckte nur mit den Schultern. Einen Hausdurchsuchungsbefehl hatten sie ja schon vorgelegt, keine Ahnung, ob der ein Ablaufdatum hatte. Ich hatte ja sowieso keine Chance, mich zu wehren, ohne mich wieder verdächtig zu machen.

Überall schnupperte dieses Vieh herum. Zuerst im Wohnhaus. Dann in der Ordination, auch im Keller, zum Schluss in der Dachwohnung. Scheinbar konnte der Schnüffler nichts Verdächtiges wittern, denn Hartinger brach die Aktion schließlich ab. An der Haustür zeigte er mir noch ein Foto von einem weißen Van. Ob ich den schon einmal gesehen hätte, wollte er wissen.

Was heißt ›gesehen‹?, dachte ich. Bepackt mit Drogen und

einer Leiche hatten wir das Gefährt. Ich schüttelte bedauernd den Kopf. »Lieferwagen, nehm ich an«, sagte ich. »Was ist damit?«

»Wir melden uns«, sagte Hartinger und stieg ins Auto.

Organisiertes Verbrechen

Grausiger Fund in illegaler Teigtascherlfabrik

Was für die Polizei in Wien-Margareten zunächst als Routine eingestuft wurde – die Aushebung einer weiteren illegalen Teigtascherlfabrik nach einem anonymen Anruf –, entpuppte sich als grausige Überraschung. Es waren nicht die 400 Kilo Teigtascherl, der Reis in riesigen Mengen, der Fisch in trübem, abgestandenem Wasser oder das Mehl in dreckigen Kisten, die der Lebensmittelpolizei den Atem raubten. Mit katastrophalen hygienischen Bedingungen waren die Beamten auch in ihren früheren Einsätzen konfrontiert worden. Eine der Kühltruhen barg ein weit schlimmeres Geheimnis. »Wir trauten unseren Augen nicht, als unter einer Lage Gyozas eine Hand zum Vorschein kam«, sagt der leitende Beamte.
Es blieb nicht bei der Hand. In der Folge konnten die Beamten einen tiefgekühlten Mann asiatischer Herkunft aus der Truhe bergen.
Die Kriminalpolizei, die sofort hinzugezogen wurde, geht mehreren Spuren nach. Sie bittet um Verständnis, dass sie aus ermittlungstechnischen Gründen noch nichts Konkretes berichten könne. Nur so viel ließen die Beamten durchsickern: In einer weiteren Truhe wurde ein doppelter Boden entdeckt, der auf Drogen- oder Medikamentenschmuggel hindeuten könnte. Die Bevölkerung wird um Hinweise bezüglich der Bewohner der Zwei-Zimmer-Wohnung gebeten. Nach dem vorliegenden Kleider- und Bettenbestand geht die Polizei von drei bis sieben Personen beiderlei Geschlechts aus. Vermutlich Chinesen. Ebenso lassen die zurückgelassenen Gegenstände auf deren übereilte Abreise schließen.
So ist der Wiener Teigtascherlskandal um eine Facette rei-

cher geworden. Neben illegaler Lebensmittelproduktion und Verstößen wegen nicht korrekt zur Sozialversicherung angemeldeter Personen beziehungsweise wegen Lohn- und Sozialdumpings geht es nun auch um Drogenschmuggel und Mord. Auch Menschenhandel ist nicht auszuschließen. Sind die Triaden – die chinesische Mafia – nun auch in Wien im Vormarsch?

»Haben S' das gelesen, Chef?« Die Kleine nippt an ihrem Morgenkaffee und hält dem Hartinger den Kurier hin.

»Sie meinen ... das Heroin?«, sagt der, nachdem er den Artikel überflogen hat, und kratzt sich hinterm Ohr.

»Hat die Ermittlung nicht was von erhöhtem Stromverbrauch in diesem Weinkeller ergeben? Was für so ein Loch ja ziemlich ungewöhnlich ist, oder?«

»Tiefkühltruhen zum Beispiel? Kombinieren können Sie, Frau Kleine. Alle Achtung!«

Die Kleine freut sich riesig über das Kompliment, weil, dass ihr Chef mit Lob nicht gerade so um sich wirft, das hat sie schon mitgekriegt.

»Ich ruf gleich noch einmal im Labor an, ob sie in dem Parka schon was Verwertbares gefunden haben.«

»Das wird Sie überraschen, Frau Kleine«, sagt der Hartinger nach dem Gespräch. »Die Blutspuren, die die Spusi am Fußboden im Keller gesichtet hat, sind nicht dieselben wie auf dem Martin seiner Pistole. Stammen also nicht von der jungen Frau Moser ihrer Verletzung. Der Versuch, diese Spur zu verwischen, muss also schon zuvor unternommen worden sein. Und der Parka, der ist leider sauber.«

»Echt jetzt?« Die Kleine schüttelt den Kopf. »Und der Hund? Warum hat der dann angeschlagen?«

»Schätze, sie hat das Packerl eingesteckt gehabt, und dann ist es ihr im Keller rausgefallen. Aber selbst wenn der Hund das noch gerochen hat. Für einen Beweis ist das zu wenig.«

»Und eine Hausdurchsuchung bei der jungen Frau oder bei

der Frau Sargnagel? Vielleicht gibt es ja noch ein paar solche Blöcke. Wir wissen ja nicht, wie viel von dem Stoff ursprünglich vorhanden war.«

»Hab ich auch schon dran gedacht. Aber der Kastner wird mir auf die Beweislage hin keinen ausstellen. Der nimmt der Moser ihre Aussagen für bare Münze. Der Martin ist an allem schuld. Ich kann ihn direkt schon hören: ›Ringen Sie ihm ein Geständnis ab, Hartinger!‹«

»Sie glauben nicht, dass die Moser die Wahrheit sagt?«

»Doch. Im Großen und Ganzen schon. Aber sie verschweigt uns was. Wen will sie decken, wenn nicht den Martin?«

»Sollen wir die drei Frauen noch einmal herbestellen? Zu einem richtigen, harten Kreuzverhör?«

»Hm. Alle drei zusammen, meinen S'?«

»Vielleicht. Keine Ahnung, ob das was bringt.«

»Wer ist das schwächste Glied? Was glauben Sie denn, wer sich als Erstes verplappert?«

»Das ist eindeutig, Chef, oder?«

Der Hartinger lacht. »Also noch einmal ran an den Feind. Aber vorher ruf ich noch in Wien an, ob die schon wissen, woran der tiefgekühlte Chinese verstorben ist. Und ob es da eine Verbindung zum Vösendorf-Van gibt. Würde mich wundern, wenn nicht.«

In der Bredouille

Gerade als ich Lisbeth über den Stand der Dinge informieren wollte, klingelte mein Handy.

»Mama«, sagte sie. »Wundere dich bitte nicht, wenn wir die nächsten paar Stunden nicht erreichbar sind. Wir müssen unsere Handys kurzfristig vom Netz nehmen. Mach dir keine Sorgen. Alles im Griff!« Dann war sie weg.

Von wegen »Mach dir keine Sorgen«! Dieser Satz ist einer von denen, die garantiert das Gegenteil bewirken. In meinem Fall eine schlaflose Nacht.

Der Frühstückskaffee ein paar Stunden später machte ihr ein Ende, nicht jedoch dem Kummer. Kaum dass ich ihn ausgetrunken hatte, standen schon wieder die beiden Polizisten vor der Tür. Sie müssten noch ein paar Kleinigkeiten klären.

»Wird nicht notwendig sein«, sagte der Chefinspektor zu seiner Assistentin, als sie ihr Handy zur Aufnahme bereithielt. »Frau Moser«, eröffnete er. »Ich weiß nicht, ob Ihre Tochter Ihnen erzählt hat, dass man ihre Fingerabdrücke auf einem Heroinpaket identifiziert hat, das wir in dieser Kellerröhre gefunden haben. Wussten Sie davon?«

»Was? Heroin? Woher …«, stotterte ich.

»Sie hat es so erklärt, dass sie das Packerl wahrscheinlich unabsichtlich berührt hat. Jetzt hat der Hund aber auch an ihrer Jacke Spuren desselben Rauschgifts gewittert.«

Ich sackte in mich zusammen.

»Wissen Sie, wo sich Ihre Tochter derzeit aufhält? Wir können sie leider nicht erreichen.«

Ich tippte Lisbeths Namen in mein Handy. Nach einer Weile schüttelte ich resigniert den Kopf. »Sie geht nicht ran«, sagte ich. Wie auch? Ihr Handy lag irgendwo ohne Akku und SIM-Karte herum.

»Und Ihre Mutter?«

Dasselbe Prozedere. Nur, dass mir beim Wischen und Tippen

beinahe das Handy aus der Hand glitt, weil meine Finger so klamm waren.

»Ganz schlecht«, sagte Hartinger und warf seiner Assistentin einen vielsagenden Blick zu.

»Was bedeutet das?«, fragte ich kraftlos.

»Wir werden zunächst eine Fahndung nach den beiden rausgeben müssen. Es sei denn, Sie haben eine Ahnung, wo sie stecken könnten.«

»Tut mir leid. Da kann ich Ihnen nicht helfen«, bedauerte ich. Dang und seine Genossinnen saßen vermutlich gerade im Hotel beim Frühstück oder in ihrem Reisebus. Ich hatte allerdings keine Ahnung, wo Lisbeth und Mama sich herumtrieben. Vielleicht war ihnen ja schon die Mafia auf den Fersen wegen dieser Drogen?

»Hören Sie«, stammelte ich. »Es ist nicht so, wie Sie denken.«

»Was denke ich denn?« Hartingers Stimme klang ungewöhnlich sanft. Auch in seinen Augen konnte ich die übliche Arroganz nicht orten.

»Frau Moser«, sagte Frau Kleine und hockte sich vor mich hin. Ihr trauriger Ausdruck berührte mich. »Wollen Sie nicht endlich mit der ganzen Wahrheit herausrücken?«

»Aber ich habe Ihnen doch schon …«

»Na gut«, sagte Hartinger. Seine Stimme hatte wieder diesen scharfen Ton, der mir durch Mark und Bein fuhr. »Dann gebe ich jetzt die Fahndung raus. Autonummer Ihrer Tochter wissen Sie vielleicht auswendig? Nicht, dass wir das nicht herausfinden könnten. Es ginge einfach noch einen Deut schneller.«

Und das war der Moment, in dem ich zusammenbrach.

Dieses Mal ließ ich nichts aus. Vom Chinesenbesuch am Tag von Hans Helmuts Tod bis zur vertrottelten Idee meiner Mutter, die grässliche Melanzani über Silkes toten Schädel zu schlagen und ihr mittels Herzmassage etwas Blut aus der Wunde zu drücken. Die diversen »Tiefkühlprodukte« beeindruckten die Beamten genauso wie die Connection zu illegalen Teigtascherlfabriken. Alles sprudelte aus mir heraus, als hätte sich in letzter Sekunde eine Schleuse geöffnet, bevor es zur Überschwemmung kam. Ich hatte keine Ahnung, ob sie mir die wirre Geschichte abnahmen. Auf jeden Fall hatte ich die beiden am Ende sprachlos gemacht.

Hartinger fasste sich als Erster wieder. »Wissen Sie, was ich neulich in einem Polizeijournal gelesen habe, Frau Moser?«, sagte er.

Doch die Antwort darauf blieb er mir schuldig, weil sein Handy klingelte.

»Bingo!«, sagte er. »Das passt perfekt zum Rest. Danke.« Er nahm seine Assistentin kurz zur Seite.

Meinen Kindern hatte ich immer eingebläut, dass Tuscheln in Gegenwart anderer unhöflich sei. In dem Moment war es mir völlig gleichgültig, was die beiden zu besprechen hatten. Ich war schlicht und einfach erschöpft.

»Wo waren wir stehen geblieben?«, fragte Hartinger, nachdem sie mit ihrer geheimen Absprache fertig waren.

»Bei einem Polizeijournal«, sagte ich matt.

»Richtig! Wissen Sie, was ich da gelesen habe? Dass Frauen weniger kriminelle Energie hätten als Männer.« Und dann lachte er, bis ihm die Tränen kamen.

Die große Frau Kleine hielt sich anfänglich höflich zurück, aber schließlich konnte auch sie sich nicht mehr zusammenreißen und prustete los.

»Schön, dass Sie sich so gut amüsieren auf meine Kosten«, sagte ich und erhob mich. Meine Niedergeschlagenheit wich aufkeimender Wut. »Gehen wir dann?«

»Sorry«, sagte Hartinger und wischte sich die Lachtränen weg. »Sie können gerne sitzen bleiben, Frau Moser. Wir finden selber hinaus.«

»Wollen Sie mich denn nicht verhaften? Und was ist mit der Fahndung?« Ich ließ mich wieder auf den Stuhl niederfallen. Diese emotionale Achterbahn raubte mir die letzte Kraft.

»Wenn sich Ihre Tochter oder Ihre Mutter bei Ihnen melden, dann rufen Sie mich bitte an, ja?« Er drückte mir sein Kärtchen in die Hand und ging. Einfach so.

Lösung

»Das können wir unmöglich so ins Protokoll schreiben, Frau Kleine«, sagt der Hartinger. »Die lachen sich tot vor Gericht. Und das will ich der Moser eigentlich ersparen.«

»Fassen wir zusammen, was wir eigentlich brauchen«, schlägt die Kleine vor. »Die Sache mit der Melanzani. Können wir das nicht dem Martin anhängen? Dass er seiner Frau damit gedroht hat, damit sie das Oxycodon nimmt, zum Beispiel. Und weil sie sich geweigert hat, hat er ihr das Teil auf den Schädel gehauen.«

»Dann hätte er ihr aber kein Beruhigungsmittel mehr spritzen müssen.«

»Na gut, dann macht er das vorher. Und weil die Frau Moser in der Küche scheppert – mit dem Nudelwalker, oder was war das noch mal? –, haut er ihr in der Panik das Ding an den Kopf.«

»Wok und Putzkübel!«, sagt der Hartinger. Bei der Vorstellung, wie sich die arme Frau in der Speisekammer gegen die chinesische Mafia wappnet, kommen ihm gleich wieder die Tränen. Sein Urteil über die Klein'sche Theorie ist allerdings ernüchternd. »Und wo zwicken wir den Plastiksack rein?«

»Also noch mal von vorne«, seufzt die Kleine. Sie ist schon sehr hartnäckig.

»Er kommt rein. Seine Frau sitzt in dem Sessel und hyperventiliert. Er zieht ihr den Sack über den Kopf und erstickt sie. Dann räumt er den Safe aus. Zieht ihr den Sack vom Kopf runter und spritzt ihr das Oxycodon, weil er es wie einen Selbstmord aussehen lassen will.«

»Da schnappt sie nach Luft!«, ruft der Hartinger begeistert. »Und vor lauter Schreck haut er ihr die Melanzani über den Schädel.«

»Was?«

»Noch nie von terminaler Schnappatmung einer Leiche gehört, Frau Kleine? Kurz vor dem endgültigen Atemstillstand kommt es meistens noch zu ein paar schnappartigen Atemzügen. Und dann aus.«

»Genial, Chef. Aber der Martin wird das alles leugnen.«

»Völlig egal. Der leugnet so viel, da fällt das auch nicht ins Gewicht. Wir stellen ja nur die Theorie auf. Was die dann vor Gericht damit machen, geht uns nichts an.«

»Und wenn die Moser bei der Wahrheit bleiben will?«

»Dann soll sie das gerne tun. Sie wird dann wohl mit einer Anzeige wegen vorsätzlicher Körperverletzung, unterlassener Hilfeleistung und letztlich auch Leichenschändung rechnen müssen.«

»Na gut. Zurück zum Tathergang. Der Martin schnallt also, dass er nicht alleine im Haus ist, und da kommt ihm die Idee, das Ganze der armen Frau in die Schuhe zu schieben.«

»Und es gelingt ihm ja auch beinahe«, ergänzt der Hartinger und seufzt. Wegen mir, denkt er. Und meinem Frauenproblem.

Die Kleine bemerkt den Seufzer aber eh nicht, denn sie spinnt den Gedanken schon weiter. »Das heißt, der Frau Moser ihr einziges Vergehen ist, dass sie uns wegen der Botoxsache belogen hat. Weil es ihr peinlich war. Und illegal natürlich. Aber gegen was für ein Gesetz hat sie da verstoßen, wenn sie ihrer Freundin Vaginalbotox ins Gesicht gespritzt hat?«

Dieser Sachverhalt endet erneut in Gelächter der Polizisten, das die Kleine mit einer ernsteren Überlegung beendet. »Und die Chinatour, Chef? Was machen wir mit den Illegalen?«

Der Hartinger runzelt die Stirn. »Müssen wir davon wissen? Die sind untergetaucht und aus. Ist ja nicht das erste Mal, dass Chinesen spurlos verschwinden, oder? Außerdem geht uns die Teigtascherlsache eigentlich nichts an. Das sollen sich die Wiener mit den Mödlingern ausmachen. Den Van hat man jedenfalls schon demselben Asiamarkt zuordnen können wie den toten Chinesen. Also alles in trockenen Tüchern.«

»Das heißt, wir müssen der Frau Moser vorschlagen, die China-Connection weiterhin zu verschweigen. Wird sie das durchdrücken?«

»Sie hat ja selber erwähnt, dass sie von den Chinesen nichts wüsste, wenn die nicht zufällig an der falschen Tür geklingelt hätten. Wenn wir ihr versprechen, dass wir den Martin trotzdem drankriegen, weil die Kugel aus seiner Pistole in dem Tiefkühlchinesen steckt? Ich schätze, darauf wird sie liebend gerne eingehen. Damit sind ja auch die Tochter und die Mutter aus dem Schneider. Offiziell haben die Chinesen den Van mit dem Rauschgift in Vösendorf abgestellt und sind getürmt.«

»Und der Staatsanwalt? Wird der die Geschichte schlucken?«

»Hm«, sinniert der Hartinger und kratzt sich hinterm Ohr. Dann grinst er. »Wissen Sie was, Frau Kleine? Ich erzähl ihm die ganze Wahrheit, aber so, als ob das Geständnis der Moser meine Theorie wäre. Und ich bestehe darauf, dass alle drei Frauen Dreck am Stecken haben. Er wird mir sofort wieder mein Frauenproblem unterstellen und den Fall abschließen wollen. Und dann tischen Sie ihm – natürlich ohne mein Wissen – unsere Version auf, in welcher der Martin alleinig schuldig ist. Das wird ihm gefallen, und Ihnen wird er das abnehmen.«

»Einverstanden«, sagt die Kleine und erwidert sein Grinsen. »Schade nur, dass ich dem Kastner nicht sagen kann, wie frauenfreundlich Sie diesen Fall gelöst haben, Chef. Das hätte ihn sicher gewurmt.«

»Man kann nicht alles haben«, brummt der Hartinger und blättert durch seine Unterlagen, damit die Kleine seine Rührung nicht mitbekommt. »Dann bereiten wir das Protokoll vor, damit die Damen das flott unterschreiben können«, sagt er um einen Deut zu schroff. Doch dann hat er sich wieder gefasst, und er schaut seiner Assistentin direkt in die Augen. »Und den Chef können wir uns, glaub ich, in Zukunft ersparen, Ursula. Ich bin der Norbert.«

Noch mehr Geständnisse

»Nein, das wirst du nicht!«, rief Mama. »Denk wenigstens ein Mal nicht nur an dich, Elli!« Mit beiden Händen versuchte sie, mir das Handy aus der Hand zu reißen, weil ich den Inspektor anrufen wollte.

»Halt die Klappe, Marion!«, fuhr Lisbeth dazwischen. »Wer denkt hier nur an sich? Es gibt kaum jemanden, der weniger an sich selbst denkt als Mama. Außerdem ist es sowieso schon zu spät. Die Polizei weiß Bescheid.«

»Ihr braucht keine Angst zu haben, ich werde alles auf mich nehmen«, keuchte ich. Das Gerangel mit Mama hatte mich ganz aus der Puste gebracht.

»Na dann«, sagte Mama und ließ endlich von mir ab.

»Kommt überhaupt nicht in Frage«, schimpfte Lisbeth.

»Doch!«, beharrte ich. »Ich hab euch in den Schlamassel hineingeritten, und jetzt werde ich das alleine ausbaden. Ist das klar?«

»Aha«, sagte Lisbeth. »Und von wem war die tolle Idee mit dem Raubüberfall und der Aubergine?«

»Okay, die war von Mama. Aber sie hat es ja nur gut gemeint.«

»Und wer hat es nicht lassen können und ein paar Packerl Heroin abgezweigt, ha?«

»Ein *paar* Packerl?«, rief ich entsetzt. »Mama!«

Mama zuckte gelassen mit den Schultern. »Womit hätte ich denn die Pässe für die Chinesen bezahlen sollen? Was meinst du, was so was kostet? Kriegst du nicht beim Hofer, Schätzchen. Außerdem waren wir uns doch einig, dass wir Wieland irgendwie drankriegen müssen. Der wäre der Polizei ja glatt durch die Lappen gegangen.«

»Und dafür habe ich jetzt auch noch ein Drogendelikt am Hals«, seufzte ich. »Na, egal. Das drück ich auch noch durch. Hauptsache, ich werd nicht als Mörderin eingebuchtet.«

»Hör auf, die Märtyrerin zu spielen, Mama. Mitgehangen, mitgefangen!«, entrüstete sich Lisbeth.

Mama und ich holten gleichzeitig Luft, da klingelte es an der Tür.

Hartinger und Kleine! Verdammt! Und wir hatten wegen der dämlichen Streiterei noch keinen Plan, was genau wir ihnen verklickern sollten.

Die beiden Kriminalbeamten platzten aber nicht nur mitten in unseren Streit, wer denn nun für welches Delikt einstehen sollte, sie machten ihn auch gleich hinfällig.

Was soll ich sagen? Die beiden hatten mir nicht nur meine verrückte Geschichte abgenommen, sondern sie auch wesentlich zu unseren Gunsten entschärft. Während unsere Vergehen einfach unter den Tisch gekehrt wurden, würde auf Wieland eine Flut von Anzeigen niederprasseln. Er musste sich für die Morde an Hans Helmut, Silke und dem kleinen Chinesen verantworten sowie für Lisbeths Kidnapping beziehungsweise für den versuchten Mord an ihr. Dazu kam Drogenschmuggel und weiß der Himmel, was sie noch alles finden würden, wenn sie erst in seinem deutschen Privatleben genauer nachforschen würden.

»Warum tun Sie das?«, stammelte ich vor Glück.

»Na ja«, sagte Chefinspektor Hartinger. »Ich fürchte, ich bin Ihnen etwas schuldig, Frau Moser. Ich war wirklich sehr taktlos Ihnen gegenüber in der Tötungssache wegen Ihres Mannes. Dafür möchte ich mich in aller Form entschuldigen. Abgesehen davon, hätte ich Sie beinahe unschuldig hinter Gitter gebracht.«

Ergriffen drückte ich ihm die Hand. Ich verstand überhaupt nicht mehr, wieso mir der Kerl ursprünglich so unsympathisch gewesen war. Auch das Lächeln der großen Frau Kleine trieb mir die Tränen in die Augen.

»Aber das nächste Mal, da halten Sie sich besser gleich an die Wahrheit«, meinte sie zum Abschied. »Das hätte uns allen einiges an Aufregung erspart.«

»Ja, ja«, sagte Mama, als die beiden Polizisten weg waren. »Ehrlich währt am längsten!«

»Ehrlich währt am längsten?«, äffte Lisbeth ihre Großmutter nach. »Klingt fast ein bisserl lächerlich aus deinem Mund, Marion!«

»Was soll das?«, reagierte Mama beleidigt. »Ich hab mich mein Leben lang an die Wahrheit gehalten. Mehr oder weniger.«

»Deine persönliche Wahrheit vielleicht.«

»Wahrheit ist immer etwas Subjektives«, maulte Mama.

»Stopp!«, schrie ich. »Hört ihr jetzt bitte mit der blöden Streiterei auf?« Mein Harmoniebedürfnis war ohnehin die letzte Zeit stiefmütterlich behandelt worden. »Ist was vorgefallen zwischen euch, dass ihr wie Hund und Katz aufeinander losgeht? Ausgerechnet jetzt, wo sich alles in Wohlgefallen aufgelöst hat?«

Mama schaute ihre Enkelin trotzig an.

»Nun sag schon!«, drängte Lisbeth. »Du bist ihr das schuldig.«

»Hast du noch diesen Cannabiswodka, Liebling?«, fragte Mama.

Ich schenkte uns drei Gläschen voll und wartete gespannt auf ihre Beichte.

»Ich war gar nie in Woodstock«, sagte sie und kippte ihr Glas auf ex hinunter.

»Aha«, sagte ich und ließ die Botschaft sacken. Nachdem die Information langsam mein neuronales Netz mehrschichtig neu verknüpft hatte, war es an mir, den Schnaps in einem Zug zu trinken.

Lisbeth schob mir unaufgefordert ihr Gläschen hin.

»Was bedeutet das konkret für mich?«

»Nichts. Was soll es schon bedeuten?«, brummte Mama und schenkte sich noch einen Schnaps ein. »Ich war geistig voll dabei, als das Festival stattgefunden hat. Im Radio. In Gedanken. Ist doch egal, ob mein physischer Körper vor Ort war. Mein Herz. Meine Seele. Wir waren dort!«

Der zweite Wodka brannte mir die Kehle hinunter. In meinem Kopf war eine Zündschnur angeheizt worden. »Und mein Vater? Dieser Eliyah?«

»Der auf dem Bild hieß wohl so«, stammelte Mama. »Aber der ist nicht dein Vater. Dem bin ich auf einem Campingplatz in Tirol über den Weg gelaufen.«

»Eher in die Arme, oder?«, korrigierte Lisbeth.

»Ja, gut. *So what?* Wir saßen in einer fröhlichen Runde um ein Lagerfeuer, tranken und rauchten ein bisschen. Er hat Gitarre gespielt. In der Früh war er weg.«

»Das heißt, ich wurde nicht in Woodstock, sondern auf einem Campingplatz gezeugt, und mein Vater war kein jüdischer Einwanderer in Amerika, sondern ein Tiroler?«

»Piefke. Auf Urlaub in Tirol.«

»Name? Adresse? Nichts?«

»Jupp«, hauchte meine Mutter. »Rest negativ.«

»Und ... Und warum erzählst du mir dann diesen Schwachsinn von Woodstock?«

»Aber liegt denn das nicht auf der Hand, Kind? Die Geschichte war viel romantischer. Ich dachte, du könntest später damit angeben. Ich meine: Ein Piefke namens Jupp gegen einen jüdischen Einwanderersohn mit Woodstock-Kulisse ...«

Lisbeth nahm mir die Flasche aus der Hand, bevor ich mir einen dritten Schnaps einschenken konnte. »Alkohol löst auch dieses Problem nicht, Mama.«

»Und überhaupt. Wieso beichtest du die Geschichte deiner Enkeltochter, aber deine Tochter soll nichts davon erfahren?«, fuhr ich Mama an.

Sie zuckte nur mit den Achseln.

»Sie hat es mir nicht freiwillig erzählt, Mama. Ich bin ihr auf die Schliche gekommen«, erklärte Lisbeth. »Das berühmte Foto ist ihr zum Verhängnis geworden. Ich hab es erst vor Kurzem in einer Zeitschrift entdeckt. Da war ein langer Artikel drinnen zum Fünfzig-Jahre-Jubiläum von Woodstock. Es ist mir sofort ins Auge gesprungen. Drum hab ich den Text genauer gelesen. Der Reporter hatte die Leute auf dem Foto wieder aufgetrieben und interviewt. Was sie heute so machen, und wie sie Woodstock in Erinnerung haben. Der Wuschelkopf, der angeblich mein Großvater sein sollte, der war einer der Mitorganisatoren des Festivals. Und er hieß tatsächlich Eliyah. Diesen Teil der Geschichte hat Marion also nicht erfunden. Nur dass sie nicht die hübsche Frau an seiner Seite war. Die ist Grundschullehrerin in irgend so einem Kaff an der amerikanischen Westküste geworden.«

»Und das Bild? Wo hast du das her, Mama?«

»Polaroidfoto. Aus einem Buch herausfotografiert«, murmelte Mama kaum hörbar. »Drum ist es ein bisschen unscharf geworden. Und dieses Mädchen daher locker als meine Person durchgegangen. Obwohl. Kurzfristig hab ich ja überlegt, ob ich nicht lieber eine andere Geschichte erfinden sollte. Ich hab einen viel schöneren Busen gehabt als diese Ami-Tussi. Die hatte ja damals schon einen richtigen Hänger.« Mama schaute mich entrüstet an.

»Das heißt, du hast dich für mich geopfert, seh ich das richtig? Hast die Tatsache, jemand könnte meinen, du hättest einen Hängebusen, in Kauf genommen? Für mich? Damit ich später einmal mit der Woodstock-Zeugung angeben kann?«

Mamas Blick erhellte sich. »Genau so ist es, Elli Grace. Das hast du gut erkannt.«

Lisbeth trat von hinten an uns heran und legte uns beiden eine Hand auf die Schulter. »Das bedeutet unterm Strich, Marion, dass diese kleine Lebenslüge, die du deiner Familie da aufgetischt hast, nur an einem seidenen Faden hing?«

»Vielmehr an einem Hängebusen«, ergänzte ich.

Und dann prusteten wir los, bis uns die Tränen kamen.

Verzeihen

»Wissen Mütter eigentlich, was sie ihren Kindern antun?«

»Gott sei Dank nicht, Herr Hartinger! Keine Frau würde sonst jemals ein Kind großziehen wollen.« Frau Mauser lächelt. Sie freut sich, dass er doch noch einmal den Weg zu ihr gefunden hat.

Nachdem er den Fall Moser zu aller Zufriedenheit abgeschlossen hatte, hat der Hartinger sich erlaubt, über seine Entwicklung bezüglich seines Traumas noch einmal gründlich nachzudenken. Er ist definitiv weitergekommen in der Sache. Aber die Mauser hat ihr Fach, die Psychologie, ja nicht umsonst studiert. Er spürt es ja auch, dass er sich dem Tatmotiv seiner Mutter noch einmal nähern muss. War es Not oder Egoismus?

Sie persönlich aufzusuchen, dazu hat es noch nicht gereicht. Aber wozu ist er Polizist? Ein Kollege hat ihm Einblick in die Akte ermöglicht.

Hinderniselimination nennt man das im Fachjargon. Sie war verliebt in einen anderen. Offenbar machte sein Vater Mätzchen, also musste er weg. Angeblich hatte der Geliebte sie dazu überredet. Wie auch immer. Es war geplant. Vorsätzlich. Grausam. Fast ist er erleichtert, dass sie die Tat aus selbstsüchtigen Gründen begangen hat. Somit hat er ihr nicht unrecht getan all die Jahre.

Weil er über die Psychologie jetzt anders denkt als noch vor ein paar Wochen, schaut er sich auch noch das Gutachten der forensischen Psychiaterin über seine Mutter an.

Sie sei eine Frau mit histrionischen Persönlichkeitsmerkmalen, steht in dem Bericht. Die Klientin neige zu übertriebenem Ausdruck von Gefühlen und Erlebtem. Sei leicht beeinflussbar durch andere Personen, ihre Emotionen eher oberflächlich und von Stimmungsschwankungen geprägt. Sie zeige große Defizite in ihrer Problemlösungsfähigkeit. Schwierigkeiten sollten sich, wenn möglich, von selbst lösen. Was sie ihrem Sohn antat, habe sie sich nicht überlegt. Es tue ihr unendlich leid, dass er durch ihre Tat habe leiden müssen.

»Was nützt mir das jetzt?«, fragt er sich – und die Frau Mauser.

»Erinnern Sie sich an unser kurzes Gespräch übers Verzeihen? Die Tat an sich ist unverzeihlich, da waren wir uns einig. Aber es wäre so wichtig für Sie, wenn Sie zumindest einen guten Grund für das Fehlverhalten Ihrer Mutter finden könnten, den auch Sie akzeptieren können.«

»Hören Sie, Frau Mauser. Den Grund kenne ich ja. Sie wollte frei sein für einen anderen Mann. Daher musste mein Vater weg.«

»Und das wäre kein Ansatz, um ihr zu verzeihen? Genau hier könnten Sie Größe beweisen. Sie haben ja selbst gesagt, sie hat ihr Handeln nicht reflektiert. Dazu war sie anscheinend nicht fähig.«

»Ich weiß nicht …« Der Hartinger wetzt auf seinem Sessel herum.

»Sie sind immer noch unsicher, ob Sie das wollen, stimmt's? Aber glauben Sie mir. Es gibt jede Menge wissenschaftliche Studien zum Thema Verzeihen. Nicht nur aus der Psychologie. Es wirkt sich nicht ausschließlich auf die Seele positiv aus, sondern nachweislich auch auf die körperliche Gesundheit. Außerdem. Vergessen Sie nicht: Vergeben heißt nicht, dem anderen die Schuld zu nehmen. Es ist auch nicht gleichbedeutend mit Versöhnung. Es ist ein Annehmen der Fakten und erlaubt Ihnen, gelöster mit der ganzen Situation umzugehen.«

»Vielleicht«, sagt der Hartinger.

»Lassen Sie sich Zeit. Aber verdrängen Sie die Sache nicht wieder. Versprechen Sie mir das?«

Der Hartinger nickt und steht auf. »Ich werd's versuchen. Danke für Ihre Hilfe in jedem Fall.«

»Darf ich Sie abschließend noch fragen, was Ihnen am meisten geholfen hat? Ich meine, es war doch sehr mutig, dass Sie letztlich doch diese klärenden Gespräche geführt haben, Herr Hartinger.«

»Es war ein Satz oder vielmehr eine Phrase, die Sie einmal – in einem anderen Zusammenhang – gebraucht haben: Was wäre für Sie heute anders oder besser, wenn Sie das und das gemacht hätten. Das hab ich mich in letzter Zeit öfters gefragt. Das hilft eigentlich immer.«

»Und mit Helene? Sind Sie auch da weitergekommen?«

»Ja, durchaus. Schauen Sie. Ich kann es drehen und wenden, wie ich will. Aus dem Dilemma käme ich nie raus. Wenn sie eine Mörderin ist, könnte ich sie nicht bedingungslos lieben. Und wenn sie keine ist, kann sie mir nicht verzeihen. Die Vertrauensbasis fehlt einfach. Irgendwann würden wir uns mit Vorwürfen das Leben zur Hölle machen. Es hat nicht sollen sein und aus.«

»Dann wünsche ich Ihnen alles Gute für Ihre Zukunft. Und zögern Sie nicht, mich aufzusuchen, wenn Sie wieder einen Rat brauchen sollten. Was ich nicht hoffe.«

»Ich auch nicht.«

Tränenreicher Abschied

Lisbeth und Mama begleiteten mich zu Silkes Begräbnis. Ihr Patenonkel, ein gewisser Dr. Barsch, hatte mich ausdrücklich eingeladen. »Und bringen Sie gerne alle Leute mit, die Silke gekannt haben.«

Hannes und Doris wollten nicht mit, wegen Fippsi, aber Lisbeth und Mama ließen sich die Gelegenheit nicht nehmen.

»Wenn wir schon Dang nicht begleiten durften auf seiner Europatour, dann fahren wir eben zusammen nach Düsseldorf«, meinte Lisbeth.

Während mich bei Hans Helmuts Begräbnis beinahe die Hitze umgeworfen hatte, war es bei Silke der eiskalte Sturm. Es fehlte nicht viel, da hätte eine Bö die Autotür aus den Angeln gerissen, als wir am Friedhofsgelände aus dem Taxi stiegen. Am Morgen waren sogar ein paar Schneeflocken gefallen, es war unwirtlich und saukalt.

Aber es war nicht nur das Wetter, das zu Hans Helmuts Beerdigung konträr verlief.

Nur wenige Menschen hatten ihren Weg hierher gefunden, um Silke das letzte Geleit zu geben, und bei den meisten hatte ich das Gefühl, sie stellten eher ihren Status als ihr Mitgefühl zur Schau. Das stimmte mich traurig. Was half es, dass alle teuer gekleidet und frisiert waren, wenn ihre Gesichter kühl und gefasst blieben? Wenigstens Dr. Barsch sprach ein paar liebevolle Worte. Ihm war wichtig, dass seine kleine Silke jetzt mit dem Vater vereint war. Ihr Ehe- und Ableben wurde nicht thematisiert. Wieland hätte zwar der Beisetzung seiner Frau beiwohnen dürfen, mit Polizeibewachung, hatte aber freiwillig darauf verzichtet. Dr. Barsch sagte später, dass er das ohnehin zu verhindern gewusst hätte.

Ich war jedenfalls heilfroh, ihn nicht sehen zu müssen. Es war auch ohne ihn schlimm genug. Besonders, als wir dann an ihrem Grab standen.

Die Kälte kroch mir bis in die Knochen, als der Priester den Herrgott bat, er möge die Tochter in sein Reich aufnehmen und in Frieden ruhen lassen. Ich konnte trotz der unterschiedlichen Situation nicht anders, als an meinen armen Hans Helmut zu denken. Ob er wohl seinen Frieden gefunden hat? Im geliebten Weinviertel? Bei seiner Bestattung hatten der Schock und die Wut in mir noch zu tief gesessen, als dass ich echte Trauer empfunden hätte. Schlimmer noch. Was hatte ich getan, anstatt ordentlich Tränen zu vergießen, wie es von einer liebenden Gattin zu erwarten war? Wieland angehimmelt. Seinen Mörder! Wie hatte ich so entsetzlich blind sein können? Hans Helmut hatte sich mir anvertrauen wollen, und dieser Schweinehund hatte es verhindert und sich dann auch noch dreist als mein Retter aufgespielt!

Bei dem Gedanken fing mein Körper an zu zittern, dann bahnte sich ein Sturzbach von Tränen seinen Weg über mein Gesicht. Endlich! Die Trauer um meinen Mann drückte auf die Drüsen und quetschte alles heraus, was mein Körper hergab. Das Schluchzen wollte kein Ende nehmen. Auch mein schlechtes Gewissen Silke gegenüber, die ich ja beinahe gekillt hatte, überwältigte mich erneut. Hätte Wieland sie auch dann umgebracht, wenn sie nicht halb sediert dort in ihrem Stuhl gesessen wäre, wo ich sie so schändlich behandelt hatte? Diese Frage würde mein Leben lang an mir nagen.

Lisbeth und Mama, die mir abwechselnd Taschentücher reichten, hatten alle Hände voll zu tun. Erst im Restaurant versiegte der Tränenstrom. Das Wasserreservoir war erschöpft.

»Sie standen ihr wohl sehr nahe«, sagte Herr Barsch und schüttelte mir ergriffen die Hand. Dann entschuldigte er sich bei mir, dass er kein Feng-Shui-Begräbnis ausgerichtet hatte. »Ihr Vater hat dieses Gebimmel gehasst«, sagte er.

»Sie wird es im Himmel nicht vermissen«, tröstete ich ihn. »Wenn dort das Chi nicht automatisch harmonisch fließt, wo dann?«

Das Zehrungsmahl war ebenso exquisit, wie die Tote es gewesen war. Leicht und luftig. Teuer, aber nichts dran. Alles »an«

irgendwas mit Schäumchen oder Krüstchen. Mir knurrte jedenfalls noch der Magen, als ich mich über das Dessert – Schwarzwälder Kirschtörtchen im Gläschen – hermachte. Der Champagner, den es dazu gab, stieg mir in den Kopf, wo Hans Helmuts Stimme sich erneut meldete. Das passierte mir in letzter Zeit wieder öfters. »Es geht doch nichts über ein g'scheites Schnitzel, Schatz. Wer soll denn von dem Firlefanz satt werden?«

Ich machte eine diesbezügliche Bemerkung gegenüber Lisbeth und Mama, aber die beiden reagierten gar nicht. Sie waren gerade heftig am Tuscheln und warfen dabei nervöse Blicke in Richtung Dr. Barsch. Dieser unterhielt sich mit zwei Anzugtypen. Der eine hätte aus »Reich und Schön« sein können. Leicht angegrauter Yuppie in edlem Nadelstreif. Es war aber wohl der andere Mann, der Mamas und Lisbeths Unruhe auslöste. Ein gelackter asiatischer Typ, der sein gegeltes Haar schick hinter seine Ohren geklemmt hatte, in denen jeweils ein riesiges Loch klaffte. Aufgedehnt mit einem schwarzen Ring, der aussah wie eine Siphondichtung.

In dem Moment, in dem ich überlegte, ob ich da den Kirschkern, den ich gerade auslutschte, durchpusten könnte, schaute er auf und fing meinen Blick. So eine strenge Miene hatte ich nur von Chefinspektor Hartinger im Gedächtnis, als er mich noch als Verdächtige im Visier gehabt hatte. Vor lauter Schreck verschluckte ich den Kern, bekam einen Hustenanfall und versteckte mein Gesicht in der edlen Brokatserviette mit schwarzgoldenem Paisleymuster.

»Was ist?«, fragte ich, als sich meine Bronchien beruhigt hatten.

Mamas Gesichtsausdruck löste gleich noch einen kurzen Hustenanfall aus. »Hör gut zu, Elli«, flüsterte sie. »Wir werden jetzt eine nach der anderen ganz unauffällig aufs Klo gehen. Dort treffen wir uns, und dann hauen wir ab, so schnell wir können.«

»Aber …«

»Sch!«, machte Lisbeth.

»Du zuerst!«, herrschte Mama mich an. Ich tupfte meinen Mund sauber, trank meinen Champagner leer und schlenderte in Richtung Toilette. Dabei vermied ich es tunlichst, in die Richtung des Ohrloch-Chinesen zu schauen.

Mama und Lisbeth waren schon da, als ich aus der Kabine kam.

»Jetzt aber fix!«, drängte Mama.

»Und unser Gepäck?« Ich hatte mir extra einen neuen Koffer und ein paar schöne Klamotten gekauft (in Größe 40!), wenn ich schon mal aus dem Weinviertel herauskam. Die Sachen warteten im Hotelzimmer auf uns.

»Keine Zeit«, fluchte Mama. »Das wirst du ohnehin nicht mehr brauchen, wenn uns die Chinesenmafia erst erwischt hat.«

Die Drogen! Na klar! »Wie viel hast du dir denn davon abgezweigt, verdammt noch mal?«, herrschte ich Mama meinerseits an.

»Jetzt ist nicht die Zeit für Vorwürfe«, sagte Lisbeth und drückte die Tür auf.

Drei Herzen fielen gleichzeitig in die Hosen ihrer Besitzerinnen. Wir standen den Männern Auge in Auge gegenüber. Dr. Barsch in der Mitte. Flankiert von den beiden Anzugschnöseln.

»Frau Moser«, sagte Dr. Barsch. »Die beiden Herren hätten da was Geschäftliches mit Ihnen zu besprechen.«

»Ach. Hat das nicht Zeit?«, stammelte ich.

»Wir gehen dann mal wieder ins Lokal«, murmelte Mama und versuchte, Lisbeth an den Herren vorbeizumanövrieren.

»Geht ganz schnell«, sagte der Chinese und stellte sich ihnen in den Weg. Dann deutete er auf eine Tür am Ende des Flurs. Was blieb uns anderes übrig, als vorauszugehen?

Es war der Frühstücksraum des Hotels, in dem wir uns dann an einen Tisch setzten. Der Asiate schob das Frühstücksgedeck zur Seite und öffnete seinen Aktenkoffer. Mama neben mir zitterte. Aber er nahm weder eine Pistole noch Handschellen heraus, sondern einen Packen Papier.

»Frau Moser. Wir sollen Ihnen im Namen der Verstorbenen unseren Dank ausrichten, dass Sie heute gekommen sind, um

Ihrer Trauer Ausdruck zu verleihen«, sagte er in akzentfreiem Piefkedeutsch.

Wir müssen ziemlich verdattert dreingesehen haben, denn Dr. Barsch entschuldigte sich. »Es tut mir leid, wenn wir Sie so überfallen, meine Damen. Aber die Herren sind sehr beschäftigt. Dr. Wegscheider und Dr. Kampner sind meine – und auch Silkes – Anwälte. Es geht um ihr Testament. Und da Sie vermutlich ja später nicht mehr verfügbar sein werden …«

»Oh!«, sagte ich. »Das freut mich, dass Silke auch an mich gedacht hat.«

Lisbeth und Mama atmeten erleichtert auf.

Ich war gespannt, welches ihrer Feng-Shui-Objekte Silke mir zugedacht hatte. Ich würde es ehren, egal, was es war. Außer die Melanzanilampe vielleicht. Deren Anblick könnte ich nicht dauerhaft ertragen.

Was wir dann allerdings zu hören kriegten, lag jenseits unser aller Vorstellungskraft. Als ihr Mörder war Wieland ausgeschlossen, Silke zu beerben. Da es auch sonst keine näheren Verwandten, im Speziellen keine Kinder, gab, trat nun ihr – eigens für diesen Fall kreiertes – Testament in Kraft. In ihrer romantischen Art hatte sie festgelegt, dass ihr Vermögen an diejenigen Personen gehen sollte, die an ihrem Grab weinten. Und das war laut Dr. Barsch einzig und alleinig ich gewesen.

Lisbeth und Mama hatten ihre Probleme, mich ein zweites Mal an diesem Tag mit genügend Taschentüchern zu versorgen. Als mir Silkes Anwälte auch noch die Höhe des Vermögens in ungefähren Zahlen nannten, traf mich beinahe der Schlag.

»Ein Koiteich«, sagte ich eine Weile später zu Mama und Lisbeth.

Wir saßen in unserem coolen Fünf-Sterne-Hotelzimmer und hatten uns Champagner bestellt. Zur Feier des Tages trank sogar Lisbeth ein Schlückchen mit uns mit.

»Ich werde Silke zu Ehren einen Koiteich anlegen. Das ist Feng-Shui pur. Und er wird mich immer an die Ereignisse dieses schicksalhaften Jahres erinnern.«

Die beiden wussten zwar nicht, was genau es damit auf sich hatte, prosteten mir dennoch freudig zu.

»Auf dass das Jahr 2020 weniger turbulent werden möge!«, seufzte ich, »damit ich in Ruhe meinen Fünfziger feiern kann.«

»Aber ganz sicher!«, rief Mama. »Wir werden zusammen verreisen, Elli.«

»Woodstock vielleicht?«, schlug Lisbeth vor.

»Ach was! Um die ganze Welt! Vergiss nicht. Deine Mutter ist jetzt reich!«

»Die sparsame Hausfrau ist die Mutter allen Reichtums«, murmelte ich und lächelte.

Danksagung

Ich beginne meine Danksagung dieses Mal mit einer Bitte. Konkret: mit der Bitte einer Leserin.

»Bitte bleiben Sie Ihrem Stil treu und lassen Ihre Geschichten bitte, bitte frei von Corona und allem, was dazugehört«, schreibt sie.

Dieser Bitte bin ich in diesem Roman gerne nachgekommen.

Ich habe mich schon zu Beginn meiner Karriere als Krimiautorin der Komödie verschrieben. Humor ist für mich ein probates Mittel, mit dem Unbill des Lebens klarzukommen. Als ich vor einem Jahr die Danksagung zu meinem letzten Roman schrieb, steuerten wir gerade auf die dritte Welle zu. Die vierte, die gerade scheinbar unaufhaltsam auf uns zurollt, hat zwar durch die Impfung an Schrecken verloren, zehrt aber genauso an den Nerven wie die Berichterstattung zu nämlichem Themenkreis. Umso wichtiger finde ich, dass jeder seinen Beitrag dazu leistet, dass wir halbwegs unbeschadet durch diese Krise kommen. Ich sehe meinen Beitrag darin, meine Leser*innen zu unterhalten und ihnen so ein paar vergnügliche Stunden der Entspannung ohne Coronasorgen zu bescheren.

Damit dies gelingen kann, bedarf es allerdings vieler helfender Hände, bei denen ich mich aufs Neue ganz herzlich bedanken möchte.

Allen Mitarbeitern und Mitarbeiterinnen im Emons Verlag, die großteils geduldig im Homeoffice ihr Dasein fristen und uns Autoren bei der Stange halten, sei herzlichst gedankt. Im Speziellen gebührt mein Dank Frau Rahnfeld und Frau Steinmetz vom Lektorat, die sich immer wieder für mich und meine skurrilen Geschichten einsetzen.

Einen riesigen Anteil am Erfolg meiner Bücher hat meine Agentin Simone Hasselmann von der Literaturagentur Lianne Kolf. Vielen, vielen Dank für Ihre Unterstützung!

Die Recherche gestaltet sich in Coronazeiten mitunter recht

mühsam. Gottlob interessierte mich das Thema »Schönheitsmaximierung« schon vor dem Ausbruch der Pandemie, und ich konnte mich in der Schönheitsklinik »Yuvell Home of Aesthetics« im ersten Wiener Gemeindebezirk noch vor Ort über minimalinvasive Schönheitschirurgie informieren. Ich fand es überwältigend, eine persönliche Führung und »Einschulung« zu erhalten. Danke, liebe Frau Dr. Monika Sulovsky, für Ihre Zeit und die aufschlussreichen Erläuterungen. Ich habe viel gelernt bei Ihnen.

Was täte ich ohne meine treuen Testleser*innen? Eure Tipps sind so wichtig. Je komplexer die Sache, desto mehr Fehlerchen schleichen sich ein. Umso wichtiger, dass verschiedene Personen sich auf die Suche nach ihnen begeben, um der Autorin Blamagen zu ersparen. Danke, liebe Anita, Elisabeth, Irmi, Julia, Lisa, Lisi, Mitzi, lieber Johann und lieber Werner!

Das wachsame Auge meiner Lektorin Uta Rupprecht beschert meinen Romanen schließlich den notwendigen Schliff, um im ganzen deutschen Sprachraum verständlich zu bleiben. Danke vielmals dafür.

Dann ist das Buch fertig und sollte »gelauncht« werden. Dass dies ermöglicht wird, trotz diverser Einschränkungen, ist dem unermüdlichen Einsatz von Buchhändler*innen, Bibliothekar*innen und sonstigen Veranstalter*innen geschuldet. Ein herzliches Dankeschön an alle, stellvertretend bedanke ich mich bei den Buchhandlungen Hertha Widhalm aus Scheibbs, der Dombuchhandlung Mistelbach (danke, liebe Roswitha Lukes, für die großartige Organisation meiner letzten Lesung!) und bei Michael Lehner vom BuchLAAden in Laa. Bitte unterstützt uns/mich auch weiterhin!

Genau wie mit meinen Büchern generell will ich mein Publikum auch bei Lesungen unterhalten. Wenn meine phänomenalen Brüder mit von der Partie sind, ist dies garantiert. Danke, liebe Eckel-Buam, dass ihr immer wieder dabei seid. Ihr seids einfach spitze!

Meine Eventbäckerinnen, die sich immer wie selbstverständlich anbieten, mir das (persönlich verhasste) Backen abzunehmen, leisten einen nicht minder wichtigen Beitrag zum Gelingen meiner Lesungen. Danke, liebe Lisi, Evi und Johanna und alle mir unbekannten Damen und Herren, die mich bei Veranstaltungen kulinarisch unterstützen!

Last but not least gilt mein Dank Ihnen, liebe Leserinnen und Leser, dass Sie das Buch gekauft oder geborgt, gelesen und hoffentlich genossen haben. Wie sagt der Kasperl so schön: »Und wenn es euch gefallen hat, dann klatscht fest in die Hände!« Erzählen Sie es doch weiter, wenn Ihnen das Buch gefallen hat.

Bis zum nächsten Mal!

Ihre Beate Ferchländer

Beate Ferchländer
DAS ZIMTSCHNECKENFIASKO
Broschur, 320 Seiten
ISBN 978-3-7408-0172-4

Eigentlich wollte Minnerl die verhasste Schulinspektorin nur ausspionieren, um ihrem neuen Roman mehr Leben einzuhauchen. Nun liegt sie tot zu ihren Füßen. Das passiert, wenn eine Lehrerin Krimis schreibt und es mit dem Recherchieren zu wörtlich nimmt! Als einige von Minnerls Kollegen dann auch noch kriminelle Ambitionen entwickeln, gerät die Sache vollends außer Kontrolle ...

»Leichte Kost, köstlich gewürzt mit schwarzem Humor und ziemlich giftigen Zimtschnecken. Die Schule als Mordsspaß.«
Kulturvernetzung